Świat
inkwiz

fabryka słów®
WYDAWNICTWO

JACEK

PIEKARA

Świat inkwizytorów

Płomień i krzyż

TOM I

Ilustracje
Dominik Broniek

fabryka słów®

Lublin 2015

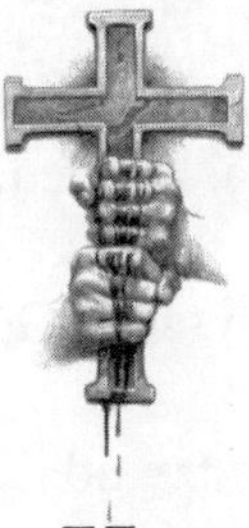

Piękna Katarzyna

To ja powinnam być matką Jezusa! – zawołała pewnym głosem Katarzyna. – To z mojego łona powinien narodzić się Zbawiciel.

Obróciła się w stronę leżącego na łożu kanonika i odgarnęła sploty czarnych włosów, które do tej pory otulały jej piersi gęstą zasłoną.

– Gdybym żyła wtedy w Jerozolimie, właśnie do mnie zawitałby Anioł, wieszcząc dobrą nowinę. Patrz, Gersardzie. – Okręciła się na pięcie. – Czy gdyby Bóg mnie ujrzał, pragnąłby jeszcze innej kobiety?

– Bluźnisz – sapnął kanonik, a policzki płonęły mu jak pokryte czerwoną barwiczką.

– Och, nie. – Wyciągnęła ręce nad głowę, pozwalając, by Gersard mógł się dobrze przyjrzeć jej brązowym, sterczącym sutkom. – Ja to po prostu wiem.

Ujęła swe pełne piersi w dłonie.

– Czy nie lepiej wykarmiłabym naszego Pana niż ta żydowska dziewczynina? Powiedz sam! – rzuciła ostrym tonem.

– Lepiej, lepiej – wysapał Gersard. – Chodź tu już do mnie, chodź!

Sięgnęła dłonią między uda. Lubieżnym, kocim gestem.

– To z tego łona wyłoniłby się Jezus. Nie spomiędzy chudych jak patyki nóg tego dziewczątka. Och, taaaak...

Kanonik przełknął ślinę tak głośno, że Katarzyna o mało co, a parsknęłaby śmiechem. Udało jej się jednak pohamować wybuch wesołości.

– A sądzisz, że po pierwszej nocy ze mną Bóg mógłby się powstrzymać, by nie odwiedzać mnie jeszcze? By każdego wieczoru i każdej nocy nie przygniatać mnie swym świetlistym ciałem?

Gersard wyskoczył z łoża. Jedną ręką chwycił Katarzynę za włosy, drugą objął w pasie i przewrócił na dywan. Potem wtargnął w nią wielki i gorący niczym słup ognia, który zniszczył Sodomę.

– Taaaaaak! – rozjęczała się Katarzyna, jednocześnie usilnie starając się sobie przypomnieć, czy aby na pewno namaściła dzisiaj skórę różanym balsamem.

Ale kiedy kanonik chwycił ją za łydki i zarzucił jej nogi na swoje ramiona, postanowiła poddać się urokowi chwili. W końcu Gersard był dość milutki, więc należało wykorzystać drzemiącą w nim burzę, póki ta burza nie zakończy się nawałnicą.

– Ci mężczyźni... – Wyciągnęła się wygodnie w balii i odgarnęła płatki fiołków, które pływały na powierzchni wody. – Wyobrażają sobie, że są panami świata.

– A nie są, moja pani? – spytała służąca, ostrożnie dolewając gorącej wody z dzbanka.

Katarzyna prychnęła.

– Są tylko gliną, którą ugniatamy, jak chcemy, by wydobyć z niej odpowiadający nam kształt.

– Dobrze by było – westchnęła dziewczyna.

– Każdy z nich pragnie coś ode mnie uzyskać. Jeden, by go zapewniać o czułej miłości i szeptać, jak bardzo drży mi serce, kiedy tylko go widzę, i jak całe moje ciało ogarnia słodka tęsknota...

Dziewczyna roześmiała się i zaczęła trzeć gąbką plecy Katarzyny.

– Ej, skórę mi zedrzesz, niezdaro! – Katarzyna prysnęła na nią wodą.

– Nie zedrę, nie zedrę. – Służąca słyszała podobne utyskiwania przy każdej kąpieli, więc zdążyła się przyzwyczaić. – Co dalej, moja pani?

– Oczywiście opowiadam mu, jak tęsknię za nim, a każda chwila bez niego wydaje się nieznośną torturą dla mojego serca. – Katarzyna zrobiła omdlewającą minę, a potem roześmiała się. – Kiedy się spóźnia, gniewam się cały wieczór, ale, rzecz jasna, w końcu pozwalam, by ukoił mój gniew. W łożnicy zasłaniam wstydliwie piersi i płonię się niczym dziewczynka. A kiedy we mnie wchodzi, krzyczę, że nie zniosę dłużej tego słodkiego bólu...

Służąca prawie wpadła do balii ze śmiechu.

– I wierzy w to?

– Moja miła Irmino, śmiałby nie uwierzyć!

– Wie pani, jak ja nie lubię tego imienia! – obruszyła się dziewczyna.

– A jak chciałabyś się nazywać?

– Czy ja wiem? – Zaczęła ostrożnie rozczesywać długie, gęste włosy Katarzyny. – Może Anna? Anja?

– Dali ci na chrzcie Irmina, to nie zawracaj głowy – burknęła Katarzyna.

Służąca westchnęła ciężko, jakby nie mogła się pogodzić ze złym losem, który pokarał ją takim właśnie imieniem.

– A inni zalotnicy? Czego pragną? – zapytała.

– Och, inny znowuż chce widzieć we mnie amazonkę, która ujeżdża go niczym niesfornego rumaka i żąda, by ściśle, bez zastanowienia wykonywał każde jej polecenie. Kolejny pragnie tylko, by chwalić jego męskość, zapewniać, że jego ciało przypomina ciało Heraklesa, choć maczugę ma wiele od niego potężniejszą... Auć – syknęła Katarzyna. – Włosy mi chcesz powyrywać, podła dziewko? – Uszczypnęła ją w ramię. – Jak mi Bóg miły, każę cię wychłostać!

– I kto wtedy będzie miał do pani tyle cierpliwości co ja? – Irmina sięgnęła po dzbanek z ciepłą czystą wodą, palcem sprawdziła, czy temperatura jest odpowiednia, po czym przechyliła naczynie nad głową Katarzyny.

– Na gwoździe i ciernie, czy ty chcesz mnie ugotować?! Kim ja jestem według ciebie? Rakiem? Żeby go parzyć wrzątkiem...

– Proszę tak nie krzyczeć, bo potem będzie pani cały wieczór chrypiała. A mężczyźni wolą kobiety o głosie jak dzwoneczek.

– Co ty tam wiesz o mężczyznach – prychnęła Katarzyna. – Znalazła się znawczyni męskich obyczajów.

– Jak mnie pani jeszcze trochę podszkoli, to kto wie... – zaśmiała się służąca. – A czego pragnie nasz śliczny kanonik?

Katarzyna odepchnęła jej ręce.

– Wystarczy – syknęła. – Obetnij mi teraz paznokcie u stóp, ale jeśli mnie zranisz, to ogolę cię na łyso i każę ci pokazywać się tak ludziom.

– Aha – mruknęła dziewczyna. – A goście pomyślą, że ma pani chorą służącą. Mnie włosy odrosną, ciekawe, jak będzie z pani opinią.

– A to wyszczekana cholera! – Katarzyna uniosła się i chciała uderzyć Irminę w policzek, lecz ta wywinęła się ze śmiechem.

– Niech pani raz-dwa wyciąga nogę, bo woda stygnie – przykazała.

– Och, kanonik. – Kobieta ułożyła się wygodnie i wystawiła stopę za krawędź balii. – Ten to lubi dwie rzeczy. Po pierwsze, żeby opowiadać mu nieprzystojne różności – wypowiadając te słowa, uśmiechnęła się do własnych wspomnień, lecz nie zamierzała wtajemniczać Irminy w szczegóły. – Po drugie, ciągle utyskuje, jaki to jest biedny i niedoceniany, ilu ma wrogów i jak go straszliwie prześladują. A ja muszę go słuchać, współczuć mu i zapewniać, że jest lepszy od nich wszystkich. Dobrze przynajmniej, że kiedy się już zabiera za robotę, to wie, jak fachowo utłuc ziarno swoim tłuczkiem w moim moździerzu.

– I wszyscy pani wierzą? Temu, co panią tak kocha, nie przeszkadza, że odwiedzają panią inni zalotnicy?

– Głupia dziewka! – roześmiała się Katarzyna. – Przecież on myśli, że zanim go spotkałam, byłam niewinna jak Święta Panienka przed pierwszymi harcami z Józefem. Rybi pęcherz, trochę świńskiej krwi, dużo jęków, łezki na policzkach i rumieniec wstydu działają cuda! Dałby się pokrajać za to, że jestem najcnotliwszą z dam! A jeśli coś złego usłyszy, to wierzy, iż to plotki rozpowiadane przez podłych ludzi.

– No proszę! Szkoda, że ja z moim chłopcem nie wpadłam na taki pomysł.

– Auć! – wrzasnęła Katarzyna. – Ucięłaś mi palec! Jak mi Bóg miły, wyślę cię na wieś. Będziesz tam pasać świnie, bo do tego właśnie się nadajesz.

– Jeśli pani nie przestanie wierzgać, naprawdę zaraz utnę pani palec.

Katarzyna uspokoiła się i poruszyła tylko stopą, jakby chciała się upewnić, że jeszcze tę stopę ma.

– Głupia dziewka – powtórzyła. – Na podręczną do kata cię posłać, a nie damie usługiwać.

– Zrobione – oznajmiła po chwili Irmina. – Wyjdzie pani? Ręczniki już nagrzane.

Katarzyna stanęła w balii i pozwoliła się otulić ciepłym ręcznikiem, a potem wyszła, stając bosymi stopami na rozścielonym dywaniku.

– Zabijesz mnie kiedyś w tej kąpieli – poskarżyła się kapryśnym tonem. – Włosy wyrwiesz, ugotujesz albo potniesz na kawałeczki. Za jakie grzechy cię trzymam, co?

– Znalazłoby się pewnie trochę. – Dziewczyna pomogła Katarzynie ułożyć się na łóżku i zaczęła wcierać w jej ciało balsam. – Lepiej by się pani dzieckiem zajęła, bo mały znowu łobuzował. Przewrócił Riedlowi kram i rozsypał mu wszystkie jabłka. A jak Riedel się pieklił, to go wyzwał od najgorszych i rzucił w niego kulą z błota.

Katarzyna roześmiała się szczerze.

– Co jeszcze zbroił? – spytała ciekawie.

– Złoił skórę temu małemu od Schumannów. Zęba mu wybił.

– Oj, wyszaleje się – machnęła dłonią Katarzyna. – Zapłaciłaś co trzeba?

– Zapłaciłam, moja pani. Riedlowi dwie korony, Schumannom pięć.

– Na żebry mnie ten dzieciak pośle – westchnęła Katarzyna. – Rozmawiałaś z jego preceptorem? Zrobił postępy?

– Preceptor? Ten to zrobił postępy, a jakże. Tydzień temu próbował mnie tylko pocałować, a dzisiaj już wkładał rękę pod spódnicę.

– Mam go wyrzucić?

– Nie, moja pani. Tak mu zjechałam twarz pazurami, że ciekawe, jakie sobie znajdzie wytłumaczenie – zachichotała dziewczyna. – Bo i co mi po nim? Biedny jak mysz kościelna...

– Grajcie, święci pańscy, ty nawet myślisz czasem... Ale z postępów zadowolony?

– Tak, proszę pani. Mówi, że chłopak już teraz gada po łacinie niczym ksiądz i nawet z tej tam – pstryknęła palcami – greki wiele rozumie.

– Bardzo dobrze – stwierdziła Katarzyna. – Mądrego mam synka, co?

– Mądrego, mądrego... – Służąca zabrała się do masowania łydek. – Tylko szkoda, że go pani tak często widuje, że niedługo zapomni, jak wygląda.

– No, znalazła się ta, co mnie macierzyństwa będzie uczyć! – syknęła Katarzyna. – Mało to idzie na jego zachcianki? Łaciny go uczą, greki go uczą, religii go uczą, wymowy go uczą, fechtować go uczą... Jeść ma co, a ubrań całe kufry. I tylko nie ma tygodnia, żebym nie płaciła za jego figle. Co było w kwietniu, jak Schwarzowi o mało całego sklepu nie puścił z dymem? Ledwo go udobruchałam, żeby mnie do sądu nie podał. No, wystarczy tego dobrego – zdecydowała, myśląc o masażu. – Ze skóry mnie zaraz obłupisz.

– Już przygotowałam suknie, bo pani pamięta, że dzisiaj wieczorem przychodzi pan Grien?

– Miałabym nie pamiętać – westchnęła Katarzyna.

Solomon Grien był zasuszonym starością, chudym, niewysokim człowieczkiem. Zawsze chodził, wspomagając się prostą drewnianą laską, i nigdy nie ubierał się inaczej niż na czarno. Mało kto w Koblencji wiedział, kim jest naprawdę Solomon Grien i jak wielką władzą dysponuje. Katarzynie wydawało się, że na swój sposób szczerze ją lubi i nie odwiedza jej jedynie po to, by realizować swoje kaprysy. A kaprysy miał szczególne, gdyż jako człowiek posunięty w latach lubił już tylko patrzeć, jak bezwstydnie naga Katarzyna wije się i jęczy pod którymś z jego zabijaków. Siedział sobie wtedy wygodnie w fotelu, z obutymi w wygodne pantofle stopami ułożonymi na podnóżku i ze szklanicą pełną wina. Od czasu do czasu też rozkazywał, co w danej chwili Katarzyna ma robić, choć zdarzało się to już coraz rzadziej, bo kobieta sama wiedziała, jak postępować, by miał największą przyjemność z przyglądania się jej harcom. Zresztą trzeba przyznać, że stary Solomon wybierał jej chłopaków na schwał i zazwyczaj Katarzyna zabawiała ich nie bez własnej przyjemności.

– Brwi powinnam pani wyszczypać. – Służąca krytycznym wzrokiem przyjrzała się twarzy Katarzyny. – A wie pani, co robić, żeby nie odrastały tak szybko? Trzeba rozgrzanymi na ogniu szpilkami przekłuć cebulki włosa.

– Doskonale o tym wiem, durna dziewucho, ale prędzej piekło zamarznie, niż pozwolę ci zbliżyć się do mnie z gorącymi szpilkami – odparła Katarzyna.

– A to niech pani sobie chodzi zarośnięta jak nieboskie stworzenie – służąca znowu odskoczyła przed dłonią chlebodawczyni – i robi z siebie dziwowisko. Wolna wola!

Katarzyna uwielbiała dostatnie życie. Piękne meble, bogate suknie, finezyjne naczynia, biżuterię powstałą w pracowniach najbieglejszych złotników i obrazy malowane przez artystów potrafiących umiejętność obserwacji świata połączyć z niezwykłym kunsztem. Nad łożem w jej sypialni królował wielki obraz Malviniego zatytułowany „Hefajstos i Afrodyta", na którym potężny mężczyzna z krzaczastą brodą ściskał w objęciach piękność o porcelanowej skórze i włosach przypominających złotą przędzę. Malvini tak odważnie przedstawił swe postaci, że nawet młot greckiego boga-kowala, zmierzający w stronę wymarzonego kowadła, był widoczny w całej okazałości. No ale Katarzyna mogła pozwolić sobie na podobnie frywolny obraz w sypialni, gdyż do tej komnaty miała wstęp jedynie zaufana służąca oraz kilku mężczyzn, którzy przed zaproszeniem musieli udowodnić swą miłość, szacunek i przywiązanie (z tychże między innymi dowodów miłości, szacunku i przywiązania Katarzyna zbudowała sobie uroczy domek na wsi, gdzie zamierzała się przenieść w nieodległej przyszłości). W jadalni i bawialni wisiały jednak obrazy znacznie poważniejszej treści. Największe wrażenie robiło dzieło zatytułowane „Przybycie Chrystusa do Rzymu", na którym to obrazie wybijała się postać długowłosego, brodatego mężczyzny w błyszczącym srebrem pancerzu, z migoczącym szkarłatnym płomieniem mieczem w dłoniach. Goście i domownicy mogli tam też podziwiać malowidło przedstawiające „Śmierć Judasza", na którym wijące się w agonii ciało zdrajcy bogobojni Apostołowie przyszpilali ostrzami do ziemi. Ściany w bawialni pokryto barwnymi tapiseriami przedstawiającymi żeglujących wśród chmur Aniołów, wdzięcznie przygrywających Panu i jego świętym na fletach, lutniach i klawikordach. Natomiast w sypialni stały dwa potężne kufry, których wieka były misternymi płaskorzeźbami wyobrażającymi piętnaście stacji Drogi Krzyża i piętnaście stacji Drogi Miecza.

Katarzyna kochała również drobiażdżki, bibeloty i cacuszka. Złote łyżeczki, których trzonki wyobrażały nimfy; kieliszeczki z wyrżniętymi w krysztale twarzami Apostołów; puchary, z których na każdym wygrawerowano inny etap Chwały Pańskiej. Ba, miała nawet szachy z kości słoniowej i hebanu, gdzie figury wyrzeźbiono na podobieństwo biblijnych postaci, oraz noszącą nabijaną brylantami obróżkę, rozkoszną, psotną małpkę, która ciągle kradła słodycze lub owoce. Ostatnio Katarzyna myślała o tym, by kupić sobie małego czarnego chłopczyka, który ubrany w czerwone jedwabne szaty będzie nosił za nią tren, kiedy wybiera się na zakupy. Doskonale by wyglądał, trzymając w objęciach białego, puchatego pieska z czerwoną kokardą!

Rozmarzyła się, widząc oczyma duszy siebie sunącą po ulicy z Murzynkiem i pieskiem. Z zamyślenia wyrwała ją dochodząca z sieni rozmowa. Szybko rozgryzła w zębach szczyptę kardamonu i lukrecji, by nadać oddechowi przyjemniejszy zapach, i ostatni raz przejrzała się w ogromnym zwierciadle. Zwierciadło specjalnie na jej zlecenie sprowadzono z Florentyny, a powstało ono w przesławnych na cały świat florentyńskich manufakturach. Odbijało obraz tak udanie, iż nikt, kto zobaczył w nim siebie samego, nie chciał już spoglądać w lustro z wypolerowanego srebra. Katarzyna poprawiła jeszcze tylko kosmyk włosów, przygryzła leciutko usta, by nadać im powabny kolor, i skierowała się do bawialni, gdzie czekał od dawna zapowiadany gość.

Melchior Ritter był mężczyzną na schwał. Długie jasne włosy spływały mu lokami na potężne ramiona, a spodnie opinały się na umięśnionych udach i jędrnych pośladkach. Katarzyna zawsze z przyjemnością gościła go w swoim domu, zwłaszcza że wizyty te nie zdarzały się często. Melchior okazał się nie tylko człowiekiem wykształconym i uprzejmym, lecz też dobrze znającym niewieście potrzeby. Zarówno te, które może zaspokoić uroczy brylantowy drobiażdżek, jak i te, do których potrzeba nieco więcej czasu i dużo więcej niż nabrzmiałej złotem kiesy. Tym razem Melchior wystąpił niczym kogut szykujący się do podboju dawno nieodwiedzanego kurnika. Miał na sobie złoto-czerwone spodnie i takiegoż koloru kubrak, silne łydki opięte były czerwonymi pończochami, a talia spięta czarnym pasem ze złotą klamrą w kształcie słonecznej tarczy. Na ramiona zarzucił czarny płaszcz haftowany w złote płomyczki, a na głowie nosił zawadiacko przekrzywiony czerwono-złoty beret.

– Och, mój najmilszy przyjacielu! – Katarzyna wyciągnęła dłoń na powitanie. – Jakże się za tobą stęskniłam.

Ritter skłonił się głęboko i z czcią ucałował czubki jej palców.

– I w moim sercu tęsknota wołała już wielkim głosem – wyznał.

Przyjrzał się Katarzynie z nieukrywanym zachwytem.

– Zawsze, kiedy cię długo nie widzę, zaczynam myśleć, iż to niemożliwe, byś była piękniejsza niż na konterfekcie, który noszę na sercu. – Dotknął dłonią swej piersi. – A kiedy już stajesz przed moimi olśnionymi oczyma, nie mogę sobie darować, jak mogłem być tak głupi, aby obraz pomylić z jego niezrównanym pierwowzorem.

– Zawstydzasz mnie, przyjacielu. – Katarzyna uśmiechnęła się promiennie.

– Wybacz, pani – Melchior uczynił krok w bok, odsłaniając tym samym stojącego za jego plecami młodzieńca – że widząc cię, tracę pamięć o zasadach dobrego wychowania. Pozwól sobie przedstawić: oto Heinz Ritter, mój bratanek, który podróżuje ze mną do Augsburga i który błagał mnie na kolanach o łaskę ujrzenia kobiety władającej moim sercem.

– Witajcie, panie Ritter. – Katarzyna skinęła uprzejmie głową młodzieńcowi, który stał spłoniony i miął w dłoniach róg płaszcza. – I siadajcie, proszę was uprzejmie. Zaraz podadzą kolację, a ja liczę, kochany przyjacielu, iż opowiesz mi o dalekich krajach, które, jak mniemam, znowu odwiedzałeś.

– To prawda, najdroższa Katarzyno, że tułałem się po świecie – rzekł Melchior z uśmiechem wskazującym na to, by jego słów o tułaczce nie brać aż tak dosłownie. – Kilka miesięcy spędziłem w Wenecji, a następnie wraz z weneckimi kupcami pożeglowaliśmy do Bizancjum, skąd miałem szczery zamiar wyruszyć do Jerozolimy, by pokłonić się ziemi, po której stąpał i na której nauczał nasz Pan przed swym chwalebnym zejściem z krzyża, lecz... – Rozłożył dłonie.

– Cóż się stało?

– Ostrzeżono nas, iż Persowie wzmogli prześladowania wyznawców Chrystusa, a na domiar złego w Ziemi Świętej szaleje zaraza niszcząca wioski i miasta, w równej mierze dziesiątkująca biedaków, jak i bogaczy, pogan, jak i prawowiernych. Liczyłem na to, iż przywiozę ci w prezencie okruch kamienia, na który zstąpił nasz Pan... – westchnął.

Szczerze mówiąc, wolałabym jakiś diamentowy okruch, pomyślała Katarzyna.

– ...ale skoro Bóg nie dał mi tej łaski, więc pozwól, że złożę w twoje dłonie ten oto drobiazg, choć pewien jestem, iż jego uroda zblednie na tej łabędziej szyi.

Pochylając głowę, jakby zawstydzony prezentem, wręczył Katarzynie inkrustowane złotem podłużne pudełeczko.

– Twoja pamięć jest dla mnie wystarczającym podarunkiem – powiedziała czułym głosem Katarzyna.

– Pozwól, iż będę nalegał, przyjaciółko.

Dopiero wtedy wyciągnęła rękę i otworzyła pudełeczko. Na moment odebrało jej głos.

– To... to... jest cudowne – szepnęła.

W misternie kutą złotą siateczkę wpleciono kilkadziesiąt brylantów oraz rubinów, które odbijając płomienie ustawionych na stole świec, zdawały się płonąć żywym ogniem. Oto był dar, za który królowa oddałaby się świniopasowi.

– Załóż – poprosił Melchior.

Katarzyna uniosła naszyjnik (jakże był on ciężki!) i spięła zapinkę na karku.

– Jak wyglądam? – zapytała gorączkowo, z iście dziecięcym podekscytowaniem.

– Jak bogini – odparł cicho Melchior. – Czy podać ci lustro, pani?

– Twoje oczy są najdokładniejszym z luster – odparła szczerze Katarzyna i poczuła łzy pod powiekami. Nigdy w życiu nie widziała tak pięknego klejnotu jak ten, który teraz otaczał jej szyję.

Nie zważając na nic, wstała i ucałowała Melchiora w oba policzki.

– Ostatni raz tak radosna jak dziś byłam rok temu, kiedy miałam szczęście cię gościć.

Usiadła i otarła rzęsy wierzchem dłoni.

– Wybacz – szepnęła, a potem klasnęła. – Kolacja! – krzyknęła już mocnym głosem. – Tylko żwawo, bo goście nam umrą z głodu!

Służący wnieśli półmiski z potrawami, które jak Katarzyna pamiętała, najbardziej sobie cenił jej gość. Zwłaszcza dumna była z pasztetu, po którego rozkrojeniu ze środka wyleciało sześć maleńkich, kolorowych ptaszków, oraz z deseru składającego się z figurek z czekolady, ciasta i marcepanu, wyobrażających panów i damy dworu na polowaniu.

Gdy już skończyli posiłek, Katarzyna zwróciła się do młodego Rittera.

– Czym się zamierzacie zająć, panie, kiedy wejdziecie już w dojrzały wiek? Zamierzacie podróżować jak stryj, czy może uprawiać ziemię jak ojciec? – spytała, wiedząc, że brat Melchiora jest właścicielem zamku i rozległych winnic.

– Utrapienie z tym hultajem – odezwał się Melchior, nie pozwalając odpowiedzieć bratankowi. – Wyobraź sobie, kochana przyjaciółko, iż umyślił sobie zostać grajkiem i pieśniarzem. Wstyd to straszny dla całej rodziny, ale ojciec prędzej z ciebie skórę zedrze, niż pozwoli na takie szaleństwo. – Obrócił się w stronę Heinza. Pomimo jednak ostrych słów widać było, iż rzecz cała raczej go bawiła, niż złościła.

– Minstrelem – sprostował cicho chłopak. – Nie żadnym grajkiem.

– Czas minstreli już minął, drogi panie Ritter – wyjaśniła łagodnie Katarzyna. – Teraz królowie, książęta i dobra szlachta nie trudnią się wymyślaniem rymów ani wyśpiewywaniem piosneczek, a pozostawiają ten wątpliwy zaszczyt ludziom z plebsu.

Chłopak milczał z oczyma wbitymi w obrus. Katarzyna poczuła do niego jakąś nieoczekiwaną sympatię, tak bardzo był przekonany o swej racji i tak bardzo urażony, iż inni nie chcieli mu jej przyznać.

– Poza tym zważcie, panie Ritter, że nie ma człowieka budzącego większą śmieszność niż nieudaczny artysta. Ten, z którego kpią za plecami, a czasem i prosto w twarz, ten, który broniąc swego dobrego imienia, wikła się w spory sądowe lub bijatyki. A im bardziej broni mizernego talentu, tym bardziej z niego szydzą. Czy macie tak wiele zdolności, panie Ritter, by nie stać się podobnym błaznem?

Młodzieniec podniósł głowę, najwyraźniej zdumiony nie tyle słowami Katarzyny, ile tym, że uznał je za rozumne.

– Nie wiem, pani – odpowiedział po prostu. – Czy nie sądzicie, że czas to pokaże?

– A macie go tak wiele, by próbować?

– Heinz umie pięknie formować słowa – rzekł Melchior Ritter – i układa poruszające historie. Cóż, skoro woli śpiewać i brzdąkać na lutni...

– To prawda, panie Ritter? Piszecie? Co takiego, jeśli wolno spytać? Dramaty? Komedie? Powieści? Sonety opiewające urok pani waszego serca?

– Dramaty – odparł młody Ritter. – Ale któż zechciałby je kiedykolwiek wystawić? Ja staram się oddać urok języka, którym mówicie i wy, pani, i mój stryj, i ja sam. Nie bawią mnie tak kunsztowne frazy, iż w ich gąszczu ginie sens wypowiadanych zdań. Chciałbym, aby każdy mnie rozumiał, nawet jeśli jest człowiekiem nieuczonym. By prostaczek znalazł w moich utworach poruszającą historię, a mąż wykształcony zwierciadło, w którym odbije się prawda naszych czasów, ludzkie dążenia i słabości, tragedie i radosne chwile, ból i łzy, ale też radość codziennego dnia i śmiech.

Katarzyna zamyśliła się, a potem położyła dłoń na dłoni Heinza.

– Nie zmarnujcie tego, panie Ritter – powiedziała czule i serdecznie – jeśli właśnie tego pragniecie. Pamiętajcie, że bohaterami nazywamy ludzi wyruszających na podbój marzeń. Bądźcie więc bohaterem.

Poderwała rękę i nastrój prysł. Roześmiała się dźwięcznie.

– Dość już rozmów o sztuce! – zawołała. – Opowiedz mi o Bizancjum, przyjacielu. O strojach, o zwyczajach, o tańcach. Czy nadal jest w modzie, by mieć jako podręcznego małego Murzynka? Czy to prawda, że damy noszą u sukien tak szerokie rękawy, że przypominają ptaki wzbijające się do lotu? Jak bardzo zagięte powinny być noski trzewiczków? Czy to prawda, że najmodniejsze suknie powinny niemal obnażać biust i zasłaniać go jedynie jedwabną koronką?

Melchior Ritter rozłożył dłonie w geście udawanej bezradności.

– Hola, kochana Katarzyno! Pomaleńku, pomaleńku, bo nie pomnę już, na które pytanie miałem odpowiedzieć jako na pierwsze.

– Nieważne. Ważne, żebyś odpowiedział na wszystkie, a wierz mi, że mam ich sporo!

Katarzyna rzeczywiście zarzuciła gościa gradem pytań dotyczących i strojów, i potraw, i służby, i mebli, i obrazów, i tapiserii. W końcu, kiedy zobaczyła, iż Melchiora przesłuchanie nieco już znużyło, uznała, że i on powinien mieć chwilę przyjemności, by zachować wizytę w słodkiej pamięci.

– Jesteś koneserem sztuki, przyjacielu, więc pozwól, że wykorzystam cię, byś mi doradził w pewnej sprawie. Wybaczycie nam, panie Ritter, że was opuścimy na moment? – zwróciła się grzecznie w stronę Heinza. – Każę wam przynieść kawy, by umilić oczekiwanie.

Młodzieniec poderwał się na równe nogi.

– Oczywiście, pani. Proszę się mną nie kłopotać. A i kawy spróbuję z radością, bo ojciec uważa ją za wynalazek zamorskich diabłów...

– W Bizancjum wszyscy już piją ten napar – rzekł Melchior. – Mówią, iż wyzwala w żołądku uzdrawiające fluidy.

Zapewne biedny Heinz Ritter mógłby wypić nie jedną, lecz co najmniej kilkanaście czarek kawy (nawet gdyby je leniwie sączył), czekając na powrót stryja. Jednak przezorna Katarzyna, chcąc okazać serce młodzieńcowi, kazała zaopiekować się nim służącej.

– Czule zaopiekować? – zapytała Irmina ze śmiechem.

– A spodobał ci się?

– Słodziutki jak marcepan. – Dziewczyna złożyła usta do pocałunku.

– No to na co czekasz, durna dziewko? – Katarzyna uszczypnęła ją w ramię.

Potem spędziła uroczy wieczór w ramionach Melchiora. Uwielbiała, kiedy zachwycał się jej ciałem i kiedy trzeba, to dotykał jej tak, jakby miał do czynienia z bezcennym kryształem, a kiedy trzeba, traktował tak, jak śmiały jeździec traktuje narowistą klacz. Gdy wrócili do bawialni, spostrzegli, iż nie ma w niej Heinza.

– A gdzież to się zapodział mój bratanek?

– Ośmielam się sądzić, przyjacielu, że recytuje Irminie któryś ze swoich sonetów. I jak widać, długi jest to sonet, a ona słucha go z wielką przyjemnością.

Melchior roześmiał się szczerze.

– Dziękuję ci, Katarzyno, że nie zapomniałaś o moim bratanku, gdy ja, wstyd się przyznać, zapomniałem. Tym bardziej podziwiam twą delikatność.

Katarzyna kazała przynieść kawę oraz słodkie wino i spokojnie czekali na powrót Heinza, który też zjawił się niedługo potem, czerwony niczym piwonia i uciekający z oczami przed kpiącym spojrzeniem stryja.

Katarzyna trochę dla wprawy, trochę dla rozrywki zaklęła niegdyś niewielki złoty medalion. Nie było w nim wiele prawdziwej magii. Miał pomagać w przezwyciężeniu nieśmiałości, powodować, by ludzie uważniej słuchali jego właściciela, a kobiety patrzyły na niego nieco przychylniejszym wzrokiem. Ten drobiażdżek w niczym nie pomógłby nieokrzesanemu prostakowi, lecz młodzieniec podobny do Heinza Rittera mógł mieć z niego pewien pożytek, jeśli tylko wspomoże go własnym urokiem oraz talentem. I teraz postanowiła mu go podarować.

– Mam dla was prezent, panie Ritter – powiedziała ciepło. – To jedynie skromny medalik, ale noście go na piersi i pamiętajcie, że szczerze wam życzę powodzenia we wszystkim, co zamierzacie. A gdy cesarski teatr wystawi waszą pierwszą sztukę, nie zapomnijcie mnie zaprosić. – Uśmiechnęła się.

Młodzieniec uniósł głowę, jakby spodziewał się dostrzec na twarzy kobiety ironiczny lub lekceważący wyraz, ale dojrzał tylko szczerą sympatię.

– Dziękuję wam, pani, nie zapomnę waszej dobroci – rzekł, opuszczając oczy, a Katarzyna zastanawiała się, czy Ritter aby na pewno pomyślał jedynie o medalione i czy tylko za ten prezent jej dziękował.

Stara wiedźma mieszkała w ruderze przytulonej do murów miejskich Koblencji. Na całą jej majętność składała się właśnie ta zbita z drewna dwuizbowa chatynka, stojąca w otoczeniu czynszowych domów, gdzie mieszkały wszelkiego rodzaju wyrzutki, z którymi uczciwy, porządny koblencki mieszczanin nie chciałby mieć nic wspólnego. Katarzyna pojawiała się tam tylko po zachodzie słońca, choć samotna wyprawa do niebezpiecznej dzielnicy zawsze budziła w niej strach. Owszem, przed każdym takim spacerem otaczała się zaklęciem ochronnym, mającym powodować, że napotkani ludzie nie będą na nią zwracać uwagi, lecz dla bezpieczeństwa ukrywała też w fałdach sukni sztylet z zatrutym ostrzem i woreczek sherskenu. Nie znosiła wypraw do złośliwej staruchy, ale zdawała też sobie sprawę, że nikt nie nauczy jej więcej z arkanów mrocznej sztuki. Już teraz bez trudu dostrzegała, jak ogromne zrobiła postępy, korzystając z wiedzy zaklętej pod tym owrzodzonym czerepem porośniętym siwymi, brudnymi kłakami, pośród których grasowały napite krwią wszy. Katarzyna nie znosiła trupiego, słodko-zgniłego smrodu, który otaczał wiedźmę niczym całun, nie znosiła robactwa kłębiącego się pod nigdy niepranymi kocami, nie znosiła okopconych, pozbawionych okien ścian i zgniłego klepiska. Nie znosiła odoru bijącego od wydrążonej w ziemi dziury, gdzie starucha załatwiała swoje potrzeby. Zawsze po powrocie do domu kazała palić odzież, w której była w domu wiedźmy, i przesiadywała całymi godzinami w wannie, szorując się gąbką, a później namaszczając ciało wonnymi olejkami. I w końcu wydawało się, że smród brudu, starości i gnijących resztek znika, pokonany przez słodki zapach róż i cynamonu.

Jednak ta odrażająca wiedźma dysponowała nie tylko wiedzą, lecz również prawdziwą mocą. I ku zdumieniu oraz radości Katarzyny zarówno wiedzą, jak i mocą zapragnęła się z nią podzielić. Niełatwo to co prawda przychodziło, ale przychodziło... Starucha dawkowała swą wiedzę, tak jak biegły perfumiarz dawkuje eteryczne olejki, a wydusić z niej kroplę więcej, niż chciała ofiarować, było niemal niemożliwością. Katarzyna ufała jednak, że wreszcie otrzyma, czego chce. Przecież maszkara nie miała nikogo innego poza nią, komu mogłaby ofiarować dar ze swej wiedzy i swych zdolności. A najwyraźniej nie chciała umrzeć, nie przekazując tegoż daru. Pytanie tylko brzmiało, czy zdoła przed śmiercią nauczyć Katarzynę wszystkiego, co sama umiała.

Kobieta rozejrzała się na boki, lecz dostrzegła tylko cień pod jedną ze ścian i zaraz potem usłyszała odgłosy wymiotów, a później soczyste przekleństwa. Pchnęła drzwiczki prowadzące do rudery. Starucha siedziała w skotłowanym barłogu i trzymała w dłoniach czarnego, włochatego pająka. Paznokciami przypominającymi spękane łupiny italskiego orzecha urywała mu nogi i nuciła jednocześnie coś pod nosem. Jakąś melodię bez słów i, wydawałoby się, bez sensu.

– Witaj, matko – powiedziała ciepłym głosem Katarzyna, gdyż z doświadczenia wiedziała, że nazywanie ropuchy „matką" oraz grzeczny ton nastrajają wiedźmę przychylnie.

– Witaj, diablico – zaskrzeczała starucha, odsłaniając w uśmiechu zęby przypominające karczowisko pełne zbutwiałych pni. – Co mi przyniosłaś w podarunku?

Nie ma to jak od razu przejść do rzeczy, pomyślała Katarzyna. Ukucnęła, niemal dławiąc się od smrodu, który im bliżej ziemi, tym zdawał się mocniejszy, i złożyła przed wiedźmą zawiniątko.

– Co to jest? – Wiedźma oberwała już pająkowi wszystkie nogi i teraz wyciskała jego wnętrzności do glinianego pojemnika.

– Tak jak chciałaś, matko. Miesięczna krew dziewicy, oko białego psa, pępowina noworodka, tłuszcz wisielca, lewa noga ropuchy.

– Obcięłaś ją w czasie pełni? – Starucha podniosła na nią kaprawe oczy.

– Tak, matko. Wszystko, jak kazałaś.

– Tłuszcz wytopiłaś w srebrnym kociołku?

– Oczywiście, matko.

– I nie miał wisielec więcej niż dwa dni?

– Nie, matko.

– Dobrze – mruknęła wiedźma. – Potem się tym zajmę. Teraz możesz już sobie iść.

Katarzyna przygryzła usta. Z jakąż rozkoszą uraczyłaby to stęchłe truchło solidnym kopniakiem! Ale nie mogła dać poznać po sobie złości.

– Dobrej nocy, matko – powiedziała. – Cieszę się, że mogłam pomóc.

Starucha zaśmiała się rzężącym, gardłowym śmiechem.

– Usiądź, no usiądź, latawico – rzekła. – Może czegoś cię dzisiaj nauczę. Przeczytałaś księgę, którą ci dałam?

– Przeczytałam, matko.

– To zapomnij wszystko, co w niej było – prychnęła wiedźma. – Głupia męska magia. Bez szacunku dla ziemi, dla wody, dla ognia i dla powietrza. Oni chcą walczyć, okiełzać, dominować, a tak się nie da. Ty musisz się nauczyć być ziemią, wodą, ogniem i powietrzem, być niczym piąty żywioł, stanowiący jedność z pozostałymi. Głupi mężczyźni traktują magię niczym konia, którego trzeba ujeździć, albo jak dziewkę, której siłą trzeba rozłożyć nogi. Wydobyć przemocą to, co dałaby po dobrej woli, aby tylko wiedzieć, jak prosić...

– Naucz mnie więc prosić! – krzyknęła Katarzyna, nie okazując, jak bardzo jest wściekła, iż cały miesiąc studiowała, widać na darmo, księgę zapisaną w starożytnej grece.

– Patrz – rzekła starucha i wyciągnęła nad ogień szponiastą dłoń.

Płomienie polizały ciało, a potem otuliły je czerwonopomarańczowym splotem. Katarzyna aż syknęła, jakby to jej ręka tkwiła właśnie w ogniu.

– Patrz, córuniu, patrz – niemal wyśpiewała te słowa czarownica. – Patrz, jak staję się jednością z ogniem.

Katarzyna znała sztuczki, którymi magicy mamią wzrok prostaczków, i chciała wiedzieć, że nie daje się nabrać na jedną z nich. Wyciągnęła dłoń w płomienie tuż obok dłoni wiedźmy. Już po chwili wyrwała ją z okrzykiem bólu. Tymczasem starucha nawet nie drgnęła, tylko parsknęła śliną i śmiechem.

– Ot, głupia dziewka – burknęła. – Myślisz, że sprowadzam cię tu po to, żeby pokazać coś, co może zrobić byle cyrkowiec? Myślisz, że będę połykała płomienie i żonglowała sztyletami?

– Wybacz, matko.

– Chodź, diablico, chodź. Pokażę ci, jak śpiewać do snu ogniowi. Jeśli się tego nauczysz, będziesz mogła spać w płomieniach niczym otulona ciepłą kołderką.

– Tak, proszę, naucz mnie tego! – Katarzyna była bardziej zachwycona, niż kiedy na jej dekolcie zalśnił naszyjnik od Melchiora Rittera.

– Mój brat mówi, że pewna babka nauczyła go miłosnych czarów. Wie pani?

Katarzyna pogroziła Irminie palcem.

– Chcesz pójść na stos, podła dziewucho?

– A co tam! A bo to ja byłam u tej babki? Nauczył się, hultaj, jak wywołać miłość kobiety.

Tym razem Katarzyna roześmiała się serdecznie.

– Do tego nie trzeba czarów. Wystarczą kosztowne i piękne podarki, gładka wymowa oraz wiele zapału w łożnicy.

– Pani to kpi i kpi – obraziła się służąca. – A ja mówię o prawdziwiuteńkich czarach!

– No dobrze, opowiedz, co usłyszałaś.

– Trzeba wziąć leszczynowy pręt i napisać na nim pięć słów: pax, pix, abyra, syth i samasic. Potem należy ukochaną palnąć trzy razy tym prętem w głowę i szybciutko pocałować prosto w usta – zatrajkotała dziewczyna – a można już być pewnym jej miłości.

Katarzyna machnęła ręką.

– Głupia dziewko, pomyśl sobie, co ty byś zrobiła, gdyby jakiś chłopak palnął cię kijem w głowę?! Bo jeśli o mnie chodzi, to na pewno nie zdołałby tego uczynić trzy razy. Oczy bym wydrapała.

Irmina naburmuszyła się.

– Ech, bo z panią to tak zawsze. Nie wierzy pani w czary i tylko się ze mnie naśmiewa. A ja na własne oczy widziałam magika, który potrafił sprawić, że biała róża zamieniała się w czerwoną, jabłka same toczyły się po stole, a martwe ryby skakały na patelni.

– Idź już, idź – przykazała Katarzyna. – I zajmij się czym innym niż czary, bo doniosę na ciebie czarnym płaszczom.

– Ale się boję! – parsknęła służąca, jednak posłusznie wyszła z pokoju.

Żeby to było takie proste, westchnęła do siebie Katarzyna, gdyż doskonale wiedziała, że prawdziwa mroczna sztuka jest czymś więcej niż jedynie figlami, które potrafią wyczyniać uliczni magicy, niż jedynie recytowaniem głupiutkich zaklęć czy bezsensownym mieszaniem ziół lub wywarów. Prawdziwa magia wymagała nie tylko pracy i doświadczenia, ale też naturalnego talentu. Nie każdy przecież mógł zostać śpiewakiem poruszającym swymi pieśniami czułą strunę w ludzkim sercu, choćby poznał wszystkie melodie świata. Nie każdy mógł zostać malarzem umiejącym wyczarować na płótnie postaci, co wyglądały jak żywe, nawet jeśli umiał ucierać farby i ostrzyć pędzle.

Wiedza, doświadczenie, umiejętność komponowania eliksirów, maści i mikstur były jedynie wozami z drogocennym towarem. Natomiast talent był koniem, który miał te wozy pociągnąć. A Katarzyna nie tylko wierzyła i ufała, iż taki talent posiada. Ona doskonale o nim wiedziała i nieraz mogła się już naocznie przekonać o jego istnieniu. Liczyła również, że zachowa się tak jak sprytny sługa z opowieści Chrystusa – nie tylko ocali talent, ale rozmnoży go ponad wszelką miarę. Na razie jednak miała użyć innego ze swych talentów (który zapewne bardziej spodobałby się Owidiuszowi niż Chrystusowi), gdyż spodziewała się niedługo wizyty kanonika.

Gersarda traktowała nieco lepiej niż większość zalotników. Po pierwsze, wbrew rozsądkowi lubiła go, tak jak lubi się domowe zwierzątko. Niby sto razy oglądało się jego pocieszne podskoki i figle, lecz chce się je oglądać po raz sto pierwszy. Poza tym widziała w kanoniku inwestycję na przyszłość. Taką samą inwestycję jak opłacenie wraz z innymi udziałowcami wyprawy do Indii. Ryzyko było wielkie, ale zysk, jeśli statki wrócą z ładowniami zapchanymi korzeniami, mógł być wręcz niewyobrażalny.

Tak, tak, nikt nie mógłby powiedzieć o mnie, że nie umiem pomnażać tego, co zarabiam w pocie, hmm, hmm, czoła, roześmiała się do własnych myśli. A Gersard miał szansę stać się kimś ważnym. Był świetnie wykształcony, miał głowę do interesów, co przyniosło mu nieliche dochody, i przede wszystkim wypełniała go od stóp po czubek głowy tak szalona ambicja, że nie raz i nie dwa w czasie miłosnych zapasów zwierzał jej się, iż zostanie papieżem. Katarzyna była zbyt rozsądna, by sięgać myślą tak daleko, niemniej biskupem lub kardynałem jej kochanek mógł się stać nawet w najbliższej przyszłości. Osiągnąłby to zapewne, gdyby nie bezinteresowna nienawiść, jaką darzył go arcybiskup Koblencji, który był człowiekiem na tyle potężnym, iż bez trudu mógł zniszczyć karierę młodego duchownego.

O czym tenże młody duchowny świetnie wiedział, gdyż zaraz kiedy skończył ujeżdżać Katarzynę (a robił to jakby w pełnej zapału złości), natychmiast zajął się własnymi kłopotami.

– Kurwi syn – sapnął. – Przeklęty bękart, diabelski pomiot, kozojebca zasrany!

Katarzyna pogłaskała go po włosach.

– Mój biedny księżulo – powiedziała trochę czule, a trochę złośliwie. – Tak bardzo zalazł ci za skórę?

– Zalazł za skórę?! – Kanonik oburzył się, iż użyła tak delikatnego sformułowania. – On chce doprowadzić mnie do zguby! Od kiedy tylko mnie zobaczył, wiedziałem, że zrobi wszystko, żeby się mnie pozbyć!

– Pozbyć? – Kobieta przymrużyła oczy. – Jak to pozbyć?

– Zwyczajnie. – Huknął pięścią w poduchę, lecz nie dało to szczególnego efektu, bo poducha była mocno wypchana pierzem i dłoń kanonika ugrzęzła w tej miękkości. Zaklął, wzbudzając śmiech Katarzyny.

– Śmiej się, śmiej – warknął. – A mnie ześlą gdzieś na poniewierkę, gdzie będę cierpiał w odległej głuszy z dala od...

– Z dala ode mnie – dokończyła za niego Katarzyna.

Łypnął na nią, bo to akurat nie przyszło mu do głowy. Chociaż oczywiście rezygnacja ze spotkań z piękną i fascynującą Katarzyną też nie byłaby mu miła. Kim by ją sobie zastąpił? Dobrze wymytą chłopką? Rumianą szlachcianką z zaścianka? Dddiabli!

– Nic nie możesz poradzić? Przecież jesteś taki mądry. – Pogładziła go po policzku.

– Próbowałem wszystkiego. Przekupiłem kancelistów, żeby szepnęli o mnie dobre słówko, to nazwał mnie przy nich baranem i chwalił, że mnie chytrze ostrzygli.

Katarzyna tym razem zaczęła się śmiać tak, że o mało nie spadła z łóżka. Gersard wściekł się i silnie klepnął ją w nagie pośladki we wcale nie udawanej złości. Roześmiała się jeszcze głośniej.

– Przynieść ci bat? – zapytała, ocierając łzy wywołane wesołością.

– Kpij sobie, kpij. – Wstał i jednym tchem opróżnił stojący na stole kielich.

– Co jeszcze zrobiłeś, mój księżyku? Powiedz, może biskup lubi zabawiać się z takimi gładkimi chłopcami jak ty?

– On niczego nie lubi. – Gersard wzruszył ramionami. – Nie ma żadnych słabości, żadnych upodobań, żadnych nałogów. Całymi dniami i całymi nocami przesiaduje w kancelarii nad stosami dokumentów. Złota ma pod dostatkiem, na pochwały nie jest łasy, a zagrozić mu nie mam czym.

Katarzyna przygryzła usta i spojrzała uważnie na Gersarda.

– Ludzie umierają – powiedziała cicho. – Zwłaszcza tacy starzy jak on...

– On nigdy nie umrze – westchnął Gersard. – Na pierwszy rzut oka grosza byś za niego nie dała. A tak naprawdę zdrowy jest jak koń. Pije tylko zioła, je spleśniały chleb i czasami trochę owoców.

– Spleśniały? – skrzywiła się Katarzyna.

– Dla umartwienia grzesznego cielska, jak mawia.

– Aż dziwne, że skoro tylu go nienawidzi, nikomu jeszcze nie wpadło do głowy, by sypnąć mu trucizny do tych ziół czy spleśniałego chleba... – rzuciła niby beztrosko, ale przyglądała się uważnie, jaka będzie reakcja Gersarda na jej słowa.

– Pilnuje się, truteń! Sam zbiera zioła z zielnika, który założył obok pałacu. A trzeba mu przyznać, że na czym jak na czym, ale na ziołach to się zna. Zawsze przed zagotowaniem próbuje wody, którą mu przyniesiono, a owoce sam zrywa z drzewa. Chleb zbiera ze stołu, przy którym wcześniej jadła służba, i zostawia, żeby dojrzał w jego komnacie. A do tej komnaty nikt nie ma wstępu poza sługą, którego zna od pacholęcych lat. I ten właśnie sługa może jako jedyny dotykać naczyń, z których je lub pije arcybiskup.

– Dziwnie dużo wiesz na temat obyczajów Jego Ekscelencji, mój drogi kanoniku.

Gersard zaczerwienił się od brody po czoło, lecz nic nie powiedział, a dla pokrycia zmieszania znowu sięgnął po kielich. Zaklął, bo naczynie okazało się puste.

– Nie ma twierdz nie do zdobycia. – Katarzyna przeciągnęła się rozkosznie na łóżku i z satysfakcją zauważyła, że kanonik skupił wzrok na jej piersiach i nie może go już oderwać. – Mmmm? Nawet mnie można zdobyć – dodała słodkim głosem. – Tutaj i teraz...

Tym razem zajmował się nią nieco ostrożniej niż poprzednio, a nawet wyraźnie dbając o jej kobiece potrzeby. Katarzyna nie była jednak w nastroju do sypialnianych figli, więc w pewnym momencie, by szybciej sprowokować finał, rozjęczała się niczym kotka na wiosnę i wbiła paznokcie w pośladki Gersarda. Odsapnęła z ulgą, kiedy podniósł się z niej, choć udało jej się udać, że to westchnienie zadowolenia. Kanonik przeparadował nago po pokoju, otworzył sekreterę, wyjął z niej butlę wina i nalał sobie hojnie do kielicha.

– Wiem już, że to zmurszałe ścierwo szykuje dla mnie parafię – rzekł wściekłym tonem. – Parafię! – powtórzył tak, jakby to słowo było wyjątkowo nieprzyzwoite. – Chce mnie wysłać gdzieś nad Bałtyk, nad samą polską granicę. Mówią, że nie ma tam nic prócz błota i lasów. – W oczach Gersarda błyszczały łzy złości i bezsilności.

– Pożegnaj się więc z Koblencją – rzuciła Katarzyna lekko.

– I tylko tyle masz mi do powiedzenia? – oburzył się.

– A co mogę zrobić? Co chciałbyś, żebym zrobiła?

Wzruszył gniewnie ramionami i nic nie odpowiedział.

– A gdybym nawet mogła coś uczynić – powiedziała wolno, z namysłem – to czy gotów jesteś podjąć ryzyko?

– Ryzyko?

– Jak bardzo ci zależy na tym, by biskup zniknął z twego życia?

– Duszę bym oddał diabłu – warknął Gersard.

– Być może nie będzie potrzebna aż tak wielka ofiara. – Katarzyna skrzywiła usta. – Bo na razie dla diabła twoja dusza warta jest pewnie tyle, co ty sam dla arcybiskupa.

– A to się pocieszycielka znalazła! – krzyknął, lecz spojrzał na nią zarówno z nadzieją, jak i zainteresowaniem. – Powiedz, co wymyśliłaś? – Uszczypnął ją w sutek tak mocno, że zaskoczona jęknęła.

W odpowiedzi ścisnęła mu przyrodzenie z taką siłą, że potem z trudem łapał dech przez dobry pacierz.

– Kobiety nie lubią podobnego traktowania – stwierdziła lodowato – a przynajmniej ja nie lubię. Chyba zostawiłeś swoje maniery w jakimś portowym zamtuzie, które, jak słyszałam, lubisz odwiedzać.

– Złe języki – wydusił z siebie czerwony Gersard. – Nie dawaj im wiary.

Odetchnął głęboko i cofnął rękę z podbrzusza, jakby chciał sprawdzić, co mu tam zostało po uścisku Katarzyny.

– Nie bój się, nie bój – zaśmiała się. – Jeszcze ci posłuży na kilka razy.

Potem dotknęła ostrożnie swojej piersi i zrobiła kapryśną minkę.

– Zabolało – poskarżyła się. – Pocałuj i przeproś.

Kanonik przytulił ją, skruszony już i wdzięczny, że zmieniła ton głosu.

– Kupię ci diamencik na przeprosiny – obiecał, całując pierś kobiety.

Ot, jak to czasem nawet na głupim uszczypnięciu można zyskać, pomyślała Katarzyna. Później delikatnie odsunęła Gersarda.

– Za chwilę znów poharcujemy – powiedziała – ale teraz opowiem ci pewną historię, mój księżyku. Chcesz posłuchać? O złym szachu i mądrym wezyrze... Ejże! – Odepchnęła go nieco mocniej. – Mówi się do waszej przewielebności! Siadaj i słuchaj!

Odstąpił, wiedząc, że na razie Katarzyna nie ma ochoty na umizgi i nic na to nie poradzi.

– Co mi chciałaś opowiedzieć?

– Wiele, wiele lat temu w krainie tak odległej od Cesarstwa, że nikt w niej nawet o nim nie słyszał, panował zły szach, który dręczył uczciwych ludzi. Morzył ich głodem, nakładał wysokie podatki i skazywał na srogie kary. Szydził z uczonych mężów, prześladował sprawiedliwych, a wywyższał nikczemników. Nikt jednak nie śmiał przeciwstawić się potężnemu władcy, nawet jego wezyr, człowiek wykwintnych manier i dobrego serca, który rozpaczał, że państwo popada w ruinę, a ludowi żyje się coraz smutniej i coraz biedniej...

– A to miał się nad czym rozczulać – prychnął kanonik.

Katarzyna spojrzała na niego ze złością.

– Po pierwsze, nie przerywaj mi, katabasie, a po drugie, jeśli nie rozumiesz, że bogaty jest ten władca, który ma bogatych poddanych, to jesteś głupszy, niż na to wyglądasz.

Gersard wydął policzki, lecz nic nie odrzekł, gdyż wiedział, że kiedy jego kochanka zaczyna przemawiać takim tonem, najlepiej stulić uszy po sobie.

– Ale nadszedł dzień – kontynuowała Katarzyna – kiedy wezyr pomyślał: czyż tak ułożono świat, by wszyscy mieszkańcy naszego państwa mieli cierpieć z powodu kaprysów jednego człowieka? I właśnie wtedy w głowie wezyra zaświtała myśl, by pozbyć się złego szacha. Grzech to straszny – Katarzyna uniosła palec – zabić Bożego pomazańca i suzerena. Ale... czy lepiej wystawić na zgubę całe państwo? Czy życie jednego człowieka, choćby szacha, jest więcej warte niż życie wszystkich jego książąt, baronów i rycerstwa? Czy jest więcej warte niż moje? Tak pomyślał wezyr.

Gersard gorliwie przytaknął, najwyraźniej dlatego, iż zgadzał się z biegiem myśli wezyra, a poza tym pragnął zapewne udowodnić Katarzynie, że pilnie jej słucha.

– Jednak wezyr wiedział, że nie tylko wyrzuty sumienia powstrzymują go, by zdecydować się na ostateczność. Szach doskonale zdawał sobie sprawę, iż jest znienawidzony, więc otaczał się wierną służbą, kosztowaczami potraw i strażnikami dokładnie przeszukującymi każdego, kto pragnął się znaleźć przed obliczem władcy.

Katarzyna westchnęła, jakby szczerze współczując wezyrowi w jego niewesołej sytuacji.

– Pewnego dnia zasmucony wezyr wyznał wszystko ukochanej żonie. A ta ucałowała jego dłonie, czoło oraz usta i powiedziała: dobry Bóg natchnął cię myślą, byś podzielił się ze mną zmartwieniem, tak jak zawsze dzieliłeś się bogactwem i szczęściem. Bo ufam, iż wiem, jak zaradzić twym kłopotom. A kiedy wezyr klasnął uradowany w dłonie, mówiła dalej: czyż nieprawdą jest, o światłości moich oczu, że nasz szach lubi przed snem czytać księgi? Czyż nie płoną wtedy u jego wezgłowia wielkie świece sprawiające, iż w komnacie jest wówczas jasno jak w dzień? To prawda, odparł wezyr, tak właśnie mają się sprawy. Ofiaruj więc naszemu władcy, oby ziemia całowała jego stopy, świece, które sama przygotuję. Niech będzie to podarek, o którym nie wie nikt prócz ciebie i mnie. Po prostu połóż świece w komnacie, tak by słudzy sięgnęli po nie, kiedy będą już potrzebne.

Katarzyna skinęła na Gersarda, by podał jej kielich, i upiła łyczek wina, gdyż nieco zaschło jej w gardle.

– Zdumiał się wezyr: cóż to pomoże, że szach będzie czytał przy twoich świecach? Jego żona westchnęła i odparła: przyrządzając te świece, będę się modliła do Boga i jego Aniołów, by ich płomienie podarowały szachowi to, na co zasługuje. A jeśli ty, mój mężu, uważasz, że zasługuje na śmierć, to nie sądzisz, że Bóg sądzi tak samo?

– I co? – spytał gorączkowo Gersard. – Co się stało?

– Nic. – Katarzyna wzruszyła ramionami. – Na tym kończy się ta historia. Ale podobno przepis na świece, „świece sprawiedliwości", jak je nazywano, nadal gdzieś istnieje.

– Och – westchnął kanonik. – Przydałaby się taka receptura!

– Może będę mogła ją dla ciebie zdobyć, mój księże – uśmiechnęła się Katarzyna. – A pamiętaj, że nie ma ona nic wspólnego z trucicielstwem czy czarami, których brzydzi się każdy zacny chrześcijanin. To świece, które dają każdemu to, na co zasłużył. Może nie masz racji i przyniosą twemu arcybiskupowi chwałę, splendor, zdrowie i bogactwo?

– A pewnie! – warknął Gersard. – Zadławi się od pierwszej chwili, gadzina!

Dotknął dłoni Katarzyny.

– Możesz zrobić dla mnie takie świece? – zapytał pokornym tonem i popatrzył jej w oczy. – Możesz poratować przyjaciela, którego desperacja trzyma tak mocno w szponach, że czasami zdaje mu się, iż tylko śmierć go z nich wyrwie?

Pogładziła kanonika po włosach.

– Spróbuję, Gersardzie – powiedziała miękko. – Wierz mi, że spróbuję ci pomóc.

A wtedy będziesz miał u mnie dług tak potężny, że nie wystarczy ci życia, by go spłacić, pomyślała. A jeśli nadszedłby czas, iż spłacić go nie zechcesz, to przypomnę ci, jak bardzo czarne płaszcze nie znoszą czarowników i trucicieli i jak czule zajmują się nimi w swoich kazamatach.

– Przynieś mi tylko jedną świecę z tych, których używa arcybiskup, abym miała ją za wzór.

Skinął głową. Szybko i gwałtownie.

Katarzyna nie potrzebowała czarów, by sporządzić potrzebne kanonikowi świece. Musiała jedynie wmieszać do wosku arszenik i również arszenikiem nasączyć knoty. A wtedy wystarczy jeden wieczór, by pojawiły się pierwsze objawy zatrucia. Arcybiskup następnego dnia zacznie skarżyć się na mdłości, utratę apetytu, bóle brzucha, może nawet omdleje. Gdzie więc służba poprowadzi go, by odpoczął i nabrał sił? Do sypialni. Co zrobią, by nie pozostawić arcybiskupa w ciemnościach? Zapalą świece. Może zaczną go zabawiać lekturą w ich świetle, gdyż sam będzie zbyt słaby, aby przerzucać stronice. I migoczące płomyczki tych świec będą ostatnim, co zobaczy, zanim arszenik spustoszy mu ciało w takim stopniu, iż straci życie. A może go zresztą nie straci? Może tylko krew uderzy mu do mózgu i zamieni się w nieruchome truchło, oddające pod siebie kał i mocz oraz niepotrafiące żyć bez pomocy innych? To byłoby całkiem zabawne, pomyślała Katarzyna, gdyż nie przepadała za duchownymi. Zwłaszcza tak oschłego serca jak arcybiskup. Cóż, możliwe, że podstęp się nie powiedzie. Może Gersarda zawiedzie odwaga i nie podłoży zatrutych świec? Może chorujący arcybiskup przeniesie się do wiejskiej posiadłości? Może organizm tego starca będzie jednak w stanie zwalczyć dawkę arszeniku? Kto wie jak potoczy się to wszystko? W razie czego Katarzyna miała przygotowane inne rozwiązania. Czyż nie można nasączyć trucizną stron ulubionej księgi arcybiskupa? Czyż nie można zatruć rosnących na drzewie owoców?

Wiedziała oczywiście, do jakich sposobów uciekają się możni, by ustrzec się od trucicieli. Pili wino z kielichów zrobionych ze skorupy orzecha kokosowego i porcelany lub z pozłacanego rogu jednorożca, na piersiach nosili jaspisowe naszyjniki, a na palcach pierścienie z beozarem. Na stołach trzymali smocze języki, które miały zadygotać, kiedy obok nich pojawi się truciciel. Cóż, przynajmniej na tych praktykach fortunę zbijali handlarze przywożący skorupy, rogi czy języki z odległych krain i żądający za nie cen, na które stać było tylko królów i książąt.

Katarzyna wiedziała jedno: nie odważy się użyć czarów przeciw komuś tak znanemu, a w dodatku będącemu z racji pełnionego stanowiska zbyt blisko inkwizytorów. Czarne płaszcze wydawały się często nie dostrzegać rzeczy niemal oczywistych, lecz niektórzy z nich mieli dar wyczuwania magii. A gdyby zorientowali się, że arcybiskupa zabiły zaklęcia czarownicy, to wszczęliby poszukiwania na taką skalę, że prędzej obróciliby Koblencję w perzynę, niż przyznali się do klęski. Może nawet nie z miłości do duchownego, ale z poczucia urażonej dumy.

Katarzyna wiedziała, iż jest coraz bliżej celu. Ale wiedźma obiecywała, zwodziła i kpiła, nie chcąc powiedzieć, kiedy dokładnie nadejdzie chwila, w której pozwoli swej uczennicy zapoznać się z najtajniejszą z tajnych ksiąg i poznać oraz zrozumieć zawartą w niej wiedzę.

– Miałaś mi ją dać. – Katarzyna kucała obok wiedźmy i z trudem powstrzymywała się, by nie wrzasnąć. – Miałaś mi dać Czarną Księgę!

– Czarną Księgę? – spytała starucha z kpiną w głosie. – Nie pomyliłaś się, córuniu? Naprawdę obiecywałam, że ci ją dam?

– Ssssama wiesz – wysyczała, nie mogąc już opanować wściekłości.

– Czarna Księga, Czarna Księga – zamamrotała wiedźma i łypnęła chytrze na Katarzynę spod opadających na czoło siwych strzępów włosów. – Może sobie przypomnę, gdzie ją schowałam. Może... kiedyś... sobie przypomnę.

Katarzyna nie wytrzymała i chwyciła wiedźmę za gardło. Miała młode, silne palce, a szyja czarownicy była chuda i pomarszczona niczym u starego gąsiora.

– Zabij mnie, a nigdy... – zdołała wycharczeć starucha.

Katarzyna wiedziała, jak zabrzmiałby koniec tego zdania. „Zabij mnie, a nigdy nie zdobędziesz Czarnej Księgi". Poluzowała uchwyt, potem cofnęła ręce od gardła staruchy. Zobaczyła, że jej dłonie drżą niczym w febrze, więc ukryła je w fałdach sukni.

– Nie baw się ze mną, ropucho! – warknęła tylko.

Wiedźma długo kasłała, spluwając na podłogę rzadką flegmą. Wreszcie wyparskała się, złapała dech i spojrzała na Katarzynę. W jej zaczerwienionych, ropiejących oczach pojawił się złośliwy błysk.

– Jaka niecierpliwa. Jaka gwałtowna. Młoda krew, młody gniew. – Pokręciła głową. – Muszę nauczyć cię pokory, dziecko. Pokory i cierpliwości.

Kobieta wpatrywała się w nią wzrokiem pełnym nietajonej nienawiści. Już tylko tego chciała od wiedźmy. Czarnej Księgi, spisanej krwią na delikatnej, miękkiej skórze zdartej z grzbietów niemowląt. Pragnęła już tylko dostać się do tej skarbnicy najtajniejszej mrocznej wiedzy, w której bizantyjscy czarnoksiężnicy utrwalili zaklęcia przez wieki zbierane przez perskich wyznawców ognia, chaldejskich wróżbitów, egipskich kapłanów i asyryjskich demonologów. Wiedźma jedynie raz pokazała jej Księgę, ale to wystarczyło, by Katarzyna poczuła emanującą z niej moc. Czuła się wtedy tak, jakby skąpano ją w lodowatej wodzie, a ostre, zimne igły wkłuwały się w jej umysł, duszę i serce. To musiała być Czarna Księga. Szachor Sefer, jak nazywali ją Hebrajczycy, سیاه

تبه‌کاران و مجرمین یاکسانی که ازانجام عملی ممنوع میشوند، کتاب دفتر ثبت نام, jak zapisywali jej nazwę Persowie. Jedyna w swoim rodzaju i niepowtarzalna, gdyż nie zrobiono z niej żadnych kopii ani odpisów, a jedynie jej fragmenty, częstokroć przekłamane i zniekształcone, cytowano w innych dziełach. W jaki sposób Księga, warta więcej niż złoto całego świata, znalazła się w dłoniach staruchy, mieszkającej w rozpadającej się ze starości budzie przytulonej do miejskich murów Koblencji?

– Zdejmuj suknię – rozkazała wiedźma ze złym błyskiem w oczach. – Potem stań pod ścianą.

Katarzyna rozpięła haftki i opuściła materiał. Półnaga odwróciła się i przytuliła piersi do chropowatych, nieheblowanych desek. Kiedy poczuła na plecach pierwsze uderzenie bicza, zacisnęła zęby tak mocno, iż przez chwilę bała się, że pęknie jej szczęka. Wiedźma była stara, schorowana, lecz rękę miała silną i pewną. Katarzyna wiedziała, że czarownica nie przestanie jej bić, póki nie usłyszy z ust Katarzyny błagalnego skowytu. I jak zawsze obiecywała sobie, że skowyczeć nie będzie. Przycisnęła policzek do desek, czując, że niechciane łzy bólu i wściekłości płyną spod powiek. W kącik jej ust wbiła się drzazga. Ale zaczęła krzyczeć dopiero po dwudziestym uderzeniu.

Katarzyna musiała sama nałożyć sobie maść na poranione plecy, co nie tylko było diablo niewygodne, ale powodowało tak intensywny ból, że znowu zaczęła płakać. Jednak nie mogła przecież pokazać służącej zmasakrowanego ciała, gdyż ta niechybnie zainteresowałaby się, dlaczego jej pani po kilku dniach nie ma najmniejszego śladu. Żadnej cieniutkiej blizny, żadnego zadrapania... Zainteresowałaby się, dlaczego zmaltretowana skóra znów jest gładziutka niczym świeża królicza skórka. Katarzyna dość już słyszała plotek na swój temat, by dokładać jeszcze jedną. I to taką, którą mogli zainteresować się inkwizytorzy. Dziewczyna była co prawda dyskretna i najwyraźniej oddana swojej pani, ale Katarzyna wiedziała, ile racji jest w starej prawdzie mówiącej, iż tajemnica, o której wiedzą trzy osoby, to już nie tajemnica. Wystarczało więc, że o niezwykłych zdolnościach Katarzyny wiedziała ona sama oraz wiedźma, która pozwalała jej zgłębiać sekrety związane z mroczną sztuką.

Maść została sporządzona z kilkunastu ziół, które następnie wymieszano w odpowiednich proporcjach i zagotowano w tłuszczu. Na szczęście w niczym tak obrzydliwym jak tłuszcz wisielca czy martwego niemowlęcia, lecz w zwykłym, poczciwym świńskim tłuszczu. Katarzyna wypowiadała potem nad maścią zaklęcia, odpowiednie dla nowiu, kwadry i pełni Księżyca. Właśnie dzięki temu specyfik zyskał ogromną moc gojenia ran. Ale nic nie odbywało się za darmo. Katarzyna wiedziała, że kiedy z jej pleców znikną rany, skaleczenia czy siniaki, to niemal w tym samym momencie jakiś nieszczęśnik na ulicach Koblencji skuli się pod wpływem nagłego, niespodziewanego bólu. Na jego plecach nie będzie nawet najmniejszego śladu, lecz cierpieć będzie tak, jakby to jego stłuczono rzemieniem. Nie można powiedzieć, by Katarzynie wizja udręczonego mieszczanina spędzała sen z powiek. Szczerze mówiąc, raczej ją to bawiło, zwłaszcza kiedy wyobrażała sobie, że ofiara

jej zaklęć za wszelką cenę będzie starała się dociec przyczyny nienaturalnego bólu i jak w końcu uzna to za Bożą karę za popełnione lub choćby pomyślane grzechy. Może zacznie pokutować albo obieca poprawę postępowania? Jakież to byłoby zabawne, gdybym, chcąc nie chcąc, przyczyniała się do wzniecenia ognia religijnej żarliwości, pomyślała.

Do sypialni Katarzyny wstęp miała tylko młoda, zaufana służąca, ta sama, która zajmowała się panią w kąpieli, szykowała jej stroje oraz płaciła za szkody wyrządzone przez dzieciaka. Oczywiście sypialnię odwiedzali również zalotnicy, choć nie każde spotkanie kończyło się w łożnicy, bo Katarzyna po pierwsze miewała humory, a po drugie uważała, iż nie ceni się tego, co zbyt łatwo przychodzi. Dlatego też czasami gość musiał kontentować się wykwintną kolacją oraz towarzystwem gospodyni, która zabawiała go rozmową, a nie sztuką miłości. Ale w domu znajdował się jeden pokoik, w którym nigdy nie był nikt poza samą Katarzyną. Do tej pozbawionej okien komnatki prowadziło tajne przejście otwierane po przesunięciu tylnej ściany szafy. Tam Katarzyna zajmowała się sztuką, którą ukochała nade wszystko, a która łacno mogła ją zaprowadzić do lochów i na stos. To w tym małym pokoju zgromadziła księgi pełne wiedzy o tajemnych obrządkach, jak również dzieła z zakresu botaniki i anatomii. To tutaj przechowywała zioła, wywary z nich, maści, mikstury i eliksiry. Wszystko starannie posegregowane oraz opisane. Tylko prostaczkom wydawało się, że pracownia czarownika lub czarownicy powinna być zakurzona, zagracona, z sufitem zasnutym pajęczymi sieciami i polepą pokrytą kocim gównem. Katarzyna utrzymywała wszystko w nienagannym porządku oraz czystości, gdyż jedynie wtedy mogła zapanować nad właściwym doborem składników. I tylko prostaczkom mogło się wydawać, że w pracowni czarownika lub czarownicy powinny poniewierać się trupie czaszki, kości niemowląt, szubieniczne sznury, miesięczna krew czy okruchy sprofanowanej hostii. Owszem, przy niektórych zaklęciach potrzebne były takie właśnie składniki (z wyjątkiem hostii, bo to przecież jedynie kawałek mącznego opłatka, nic więcej), ale pod warunkiem, że przechowywały one życiową esencję zwierzęcia lub człowieka. Esencja ta nie była tworzywem zaklęcia. Ona była jego wzmocnieniem, które powodowało na przykład, że miłosny urok czy klątwa zyskiwały dodatkową siłę. Lecz najważniejsze było zaklęcie, magia słowa jednocząca umysł czarownicy z istotą natury. Katarzyna wiedziała, że umie już sprawnie i skutecznie władać tą magią, chociaż poznała na tyle sekrety roślin i zwierząt, że mogłaby zostać również biegłą znachorką lub trucicielką. Ale to nie było tak zabawne. To nie była prawdziwa sztuka. Jednak z prawdziwej sztuki należało korzystać z umiarem oraz uważnie, gdyż dla oka wprawnego w rozpoznawaniu mrocznych arkanów nieuważny czarownik jaśniał niczym latarnia. I tego także starucha uczyła Katarzynę: jak stosować magię pod kloszem ochronnej mocy lub nawet lepiej, a mianowicie jak stosować magię, jednocześnie tworząc tropy prowadzące do niczego nieświadomej i niewinnej osoby.

Poza wszelkimi specyfikami Katarzyna przechowywała w pracowni skarb wyjątkowy. Były nim lalki wyobrażające wszystkich zalotników, którzy odwiedzali dawniej lub obecnie jej dom. Katarzyna ulepiła figurki z gliny, domieszała do nich pot i nasienie każdego z mężczyzn. Zrobiła im maleńkie paznokietki z kawałątków paznokci zalotników i przyozdobiła im głowy czuprynami zrobionymi z ich włosów. Każdą figurkę ubrała również w strzępy odzieży, a wystarczyło przecież zaledwie kilka niteczek. Lalki trzymała w zamkniętej sekreterze, gdyż pomyślała kiedyś, że jeśli nawet zdołałaby wytłumaczyć przed służącą obecność ziół i wywarów, to za nic w świecie nie wytłumaczy obecności lalek, które, jak każdy głupi wiedział, mogły służyć tylko jednemu: czarnej magii.

Katarzyna, posiadając te figurki, zyskiwała ogromną władzę nad każdym z kochanków. Od niej zależało, czy zechce zesłać na nich choroby lub ból. Kiedyś dla płochej rozrywki wyczarowała jednemu z zalotników paskudne wrzody na podbrzuszu i jednocześnie słała mu słodkie liściki proszące, by zechciał się z nią spotkać. Mężczyzna, zawstydzony chorobą, znajdował sobie tysiące wymówek. Niebawem Katarzyna znudziła się zabawą, odczarowała kochanka i jednocześnie wysłała mu oschły list oznaczający zakończenie przyjaźni, gdyż „zważywszy, ile znajdujesz powodów, by nie ukoić mej tęsknoty, ośmielam się sądzić, że jestem już ci wielce niemiła". Konała potem ze śmiechu, kiedy wystawał pod jej domem i wieczorami śpiewał tęskne serenady. Ale do łożnicy już go nie wpuściła.

Katarzyna znowu zjawiła się wezwana przez staruchę, ale tym razem święcie sobie obiecywała, że nie da się ponieść złości. W łożu może i chciała godzić się na kilka niewinnych klapsów, które umiejętnie porcjowane zamieniały ból w ogień, lecz wiedziała, że chłostania pleców rzemieniem nigdy nie uzna za przyjemność. Zwłaszcza że później musiała poświęcać sporo czasu i wysiłku, by uleczyć rany i doprowadzić skórę do aksamitnej gładkości.

Wiedziała doskonale, iż są ludzie, którzy ponad miłosne igraszki przedkładają solidne lanie. Sama gościła niegdyś zalotnika pragnącego tylko, by ubrana od stóp do głów chłostała go pejczem, kiedy on sam nago wije się na dywanie i błaga o litość. Ale poprzestała na pozwoleniu mu na zaledwie kilka odwiedzin, gdyż w jego obyczajach widziała coś ordynarnie prostackiego. A poza tym krzyków, które z siebie wydawał, nie tłumiły nawet grube ściany oraz równie grube drzwi i służba potem plotkowała na prawo i lewo.

Katarzyna od samego progu powitała wiedźmę uprzejmym uśmiechem i przysiadła obok niej, dopytując się, czy aby czego nie potrzebuje i w czym ona, Katarzyna, mogłaby okazać się pomocna nauczycielce, którą przecież tak bardzo szanuje.

– Zmieniłaś ton, diablico, ha! Nie dało rady po złości, może się uda po dobroci, co? Tak sobie właśnie umyśliłaś?

– Wybacz, matko, moje zachowanie – odparła pokornie – spowodowane jedynie żądzą wiedzy, nad którą to żądzą czasem trudno mi zapanować. Obiecuję, że będę się stosowała do twoich nauk, a ty sama zdecydujesz, kiedy mnie oświecić.

Wiedźma zarechotała.

– Oświecić – powtórzyła. – Ty módl się, żeby ci kat nie poświecił. Już ja wiem, jaki prezent szykujesz Jego Ekscelencji. Żebyś tylko ze mną nie wpadła na podobnie zabawny koncept, diablico.

– Skąd wiesz? – zapytała Katarzyna szybciej, niż pomyślała, i zaraz sklęła się za pochopność.

Starucha wzruszyła ramionami.

– Skąd wiem, to wiem. Ale przecież cię nie wydam, córuchna. Gruby katabas zatchnie się własną krwią i wymiotami, a niech mu tak będzie... Może szybciej zobaczy tego Boga, do którego co dzień się modli.

Wiedźma zamoczyła palec w kociołku, a potem starannie go oblizała.

– Jadłaś już kolację, latawico? – zagadnęła złośliwie.

– Bardzo ci dziękuję, matko. Jadłam. Ale... skąd wiesz? – wróciła do poprzedniego pytania.

– Widzi ten, kto umie patrzeć. Słucha ten, kto umie słuchać. Ty nie umiesz. Może się nauczysz. Kiedyś. Jeśli dożyjesz.

Katarzyna bardzo dokładnie zabezpieczyła swoją pracownię. Wiele dni spędziła, cierpliwie nizając zaklęcia niczym paciorki na sznurze różańca. Dzięki temu mała komnata skryta za tylną ścianą jej szafy była otoczona barierą chroniącą ją zarówno przed magią, jak i niepożądanymi gośćmi. A ktoś, kto nawet przyłożyłby ucho do drewna, kiedy Katarzyna przebywała w pracowni, niczego by nie usłyszał. Czy stara miała taką moc, by podsłuchać rozmowę Katarzyny i Gersarda, która to rozmowa odbyła się w sypialni? A może umiała czytać w myślach? Katarzyna wzdrygnęła się, mając nadzieję, że aż takimi zdolnościami wiedźma nie dysponuje.

– Przyprowadź mi swojego syna, latawico – rozkazała wiedźma, wykrzywiając usta.

Serce Katarzyny załomotało.

– Nie mieszaj w to mojego dziecka – odparła ostrym tonem.

– A czy ja go chcę skrzywdzić? – obraziła się starucha. – Czy ja, córeńko, ukrzywdziłabym krew z twojej krwi i kość z twojej kości?

– To po co ci on?

– Żeby go zakląć, diablico. Zakląć potężnym dobroczynnym zaklęciem. To będzie dar. To będzie ofiara. To będzie zaszczyt.

Katarzyna prychnęła niczym zła kotka.

– Nic z tego – rzekła. – Trzymaj łapy z daleka od mojego syna, bo ci je pourywam.

Wiedźma nie uniosła się gniewem, ani nawet nie parsknęła szyderczym czy złośliwym śmiechem. Pokiwała tylko głową.

– Nie wyrządzę mu niczego złego, Katarzyno – powiedziała z powagą, pierwszy raz chyba wypowiadając imię swej uczennicy. – Uwierz mi.

Katarzyna, wpatrzona w nią, zmrużyła oczy.

– Nic z tego – powtórzyła.

– Jeśli go nie przyprowadzisz, nigdy nie dam ci Księgi – zdecydowała starucha.

– Ty podła gadzino, ty wstrętna...

Wiedźma syknęła coś przez zęby i Katarzyna poczuła, że nie może wypowiedzieć już ani jednego słowa więcej. Ba, nie mogła się nawet poruszyć, jakby dopadł ją atak paraliżu. Mogła tylko patrzeć z wściekłością na pochyloną wiedźmę.

– Gorąca diablica, oj, gorąca – zamamrotała starucha. – Ale dasz mi syna, latawico. Wiesz, że go nie skrzywdzę, czujesz, że go nie skrzywdzę. Mogłabym cię zmusić, ale nie zmuszę. Dasz po dobrej woli.

Znowu syknęła coś przez zęby i Katarzyna poczuła, że paraliż ustępuje.

– Nie dam! – warknęła. – Choćbyś nie wiem co robiła.

– Idź już – rozkazała starucha. – I pamiętaj, by przemyśleć moje słowa. Chcę zostać z nim na tak krótką chwilę, że nie zdążysz nawet trzy razy odmówić „Ojcze nasz".

Katarzyna pasowała się z myślami przez dwa dni. Z jednej strony narastała w niej żądza posiadania Czarnej Księgi oraz zjednania sobie dodatkowych łask wiedźmy, z drugiej obawiała się o syna. Przecież stara przyrzekła, że nie zrobi mu krzywdy, przekonywała samą siebie. Jednocześnie wiedziała też, że te zapewnienia tak naprawdę nie są nic warte. Jeżeli starucha chciałaby złamać obietnice, złamałaby je bez mrugnięcia okiem. Ale przecież mogłaby mnie zmusić do oddania dziecka, dodawała zaraz w myślach, a jednak nie postąpiła w ten sposób. Przez te dwa dni częściej niż kiedykolwiek przedtem rozmawiała z synem. Zjadła nawet z nim kolację, czego nie zwykła robić nigdy wcześniej. Jeżeli się nie zgodzę, będę żałowała do końca życia, pomyślała drugiego wieczoru, kiedy przytulała już twarz do pachnącej różanym olejkiem poduszki. A jeżeli stracisz syna? – zapytało w niej coś, co miało twardy, napastliwy głos. Jestem młoda! – krzyknęła do samej siebie. Urodzę następnego! I w tym samym momencie przestraszyła się własnych myśli i własnej żądzy posiadania Szachor Sefer. Bo tak naprawdę uważała się za dobrą matkę. No, powiedzmy, za nie najgorszą. Jedyne, co sobie wyrzucała, to iż nie mogła się przekonać, by zrozumieć syna, starać się wiedzieć, co czuje i co myśli. W jego towarzystwie zawsze odczuwała coś na kształt skrępowania, a jednocześnie wstydu z powodu, iż to skrępowanie odczuwa.

– Ale przecież go kocham – wyznała poduszce. – Chyba – dodała po chwili.

Kiedy obudziła się o poranku, była już zdecydowana, co robić. Postanowiła zaryzykować. Przecież starucha nie chce sobie ze mnie zrobić wroga, przekonywała siebie. I tak przekonana wybrała się po zachodzie słońca do dzielnicy biedoty i z trudem tylko powstrzymywała łzy, widząc, jak jej syn jest szczęśliwy i dumny, że może pójść na spacer z matką. Chociaż jednocześnie był zdziwiony, że opuścili dom po zmroku, a matka, zazwyczaj piękna i strojna, tym razem ubrała się tak, jakby chciała się skryć przed wzrokiem ludzi.

– Chodź. – Katarzyna wzięła chłopca za rękę. – I pamiętaj: niczego się nie bój.

– Ja nigdy niczego się nie boję – zapewnił zuchwale. – Kiedy tu jestem, nikt nie zrobi ci krzywdy.

– Bardzo dobrze. Oto właśnie mój synek. – Zmierzwiła mu włosy.

Pchnęła skrzypiące drzwiczki do rudery, w której mieszkała wiedźma, i jak zwykle z wnętrza omotał ją całun smrodu oraz gryzącego oczy dymu z paleniska.

Starucha siedziała przy ogniu i mieszała coś w kociołku zawieszonym nad płomieniami. Mruczała przy tym zajęciu, a Katarzyna, choć była w stanie wyłapać poszczególne słowa, nie rozpoznawała języka.

– Witaj, matko – rzekła głośno.

Jej syn najwyraźniej stracił demonstrowaną przed drzwiami zuchwałość, gdyż poczuła tylko, iż silnie ściska jej dłoń i przysuwa się bliżej, by bokiem dotykać matczynej sukni.

– Kim jest ta maszkara? – wydobył z siebie głos, który w zamierzeniu miał być butny i groźny, a przeszedł w niekontrolowane piśnięcie.

Wiedźma uniosła wzrok.

– To tak wychowałaś syna, diablico? – spytała szyderczo. – Że przestępując próg obcego domu, zaczyna wizytę od obrażania gospodarza?

– Wybacz, matko – szepnęła Katarzyna.

– Chodź tu, diabełku. – Czarownica skinęła sękatym paluchem na chłopca, lecz ten nawet nie drgnął. – Chodź, powiedziałam.

W głosie wiedźmy nie było magii, Katarzyna mogłaby przysiąc. Ale syn, jakby pchany przemożną siłą, uwolnił dłoń z jej dłoni i postąpił dwa kroki w stronę paleniska.

– Siadaj – rozkazała starucha.

Posłusznie przysiadł, starając się jak najbardziej skulić w sobie. Katarzyna widziała, że mimo iż próbuje nadrabiać miną, jest śmiertelnie przerażony.

– Nie nauczyłaś go odróżniać prawdy od pozorów, mała latawico. – Wiedźma obróciła głowę na Katarzynę. – Źle zajmujesz się synem.

Katarzyna z trudem przełknęła ślinę. Jedyne, czego teraz pragnęła, to zabrać chłopca jak najdalej stąd. W myślach wyrzucała sobie głupotę. Tymczasem starucha odwróciła się w stronę chłopca.

– Czasem zdrada, fałsz i śmierć kryją się w jedwabiach, aksamitach i złocie, wiesz o tym?

Przytaknął, ale Katarzyna nie była pewna, czy w ogóle rozumie, co się do niego mówi.

– Nie sądź ludzi po pozorach, diabełku. Nie zawsze ci, co szpetnie wyglądają i śmierdzą, zasługują na twoją pogardę. Nie zawsze życzą ci źle i nie zawsze powinieneś się ich obawiać.

Przyglądała mu się dłuższą chwilę, a potem rozdziawiła w uśmiechu spękane usta, obnażając przegniłe brunatne pieńki zębów.

– I ja byłam kiedyś piękna – zaskrzeczała – i młoda. Chodziłam w złocie, jedwabiach oraz aksamitach. Nie uwierzyłbyś, jak niedawno temu...

Roześmiała się chrapliwie, a potem sięgnęła pokoślawionymi palcami do twarzy chłopca. Ten, o dziwo, nie cofnął się. Wiedźma przeciągnęła mu po policzku zakrzywionym pazurem. Delikatnie.

– Młoda skóra – westchnęła. – O tak, młoda skóra. Bez zmarszczek, bez parchów i bez wrzodów. I ja miałam kiedyś taką skórę. Wiesz chociaż, kto jest jego ojcem, latawico? – Obróciła wzrok na Katarzynę.

Ta zacisnęła usta.

– Dowie się, kiedy przyjdzie właściwy czas.

Starucha zaniosła się suchym kaszlem.

– Nie wiesz, nie wiesz, głowę dam, że nie wiesz. Zbyt wielu przyjmujesz między nogami, żeby wiedzieć.

– Nie mów źle o mojej matce, jędzo! – wrzasnął chłopak, lecz wiedźma uciszyła go skinieniem dłoni. Zamilkł, jakby zasznurowano mu usta, i tylko ciemne oczy spoglądały z bezsilną wściekłością na czarownicę.

– Idź już, latawico – poleciła. – Czekaj przed drzwiami. I nie zaglądaj, póki nie zawołam.

– Obiecaj... – zaczęła Katarzyna.

– Idź już! – rozkazała wiedźma ostro. – Jeśli chcesz dostać to, co chcesz dostać.

Katarzyna cofnęła się o krok i oparła plecami o drzwi.

– Obiecaj – powiedziała żałosnym tonem.

Starucha machnęła ręką, jakby odganiała natrętną muchę.

– Obiecuję – rzekła – choć przecież obiecałam już wcześniej. Idź, diablico, idź. Nie skrzywdzę twojego pomiotu. Ale nie waż się tu wchodzić bez zaproszenia, bo to się źle skończy i dla niego, i dla ciebie.

Katarzyna szybkim ruchem przetarła rękawem łzy, które niespodziewanie pojawiły się pod powiekami, odwróciła się i wyszła, zamykając za sobą drzwi. Oparła się o ścianę rudery i głęboko, ze szlochem wciągnęła powietrze.

– Nic mu się nie stanie – szepnęła, zapewniając samą siebie. – Na pewno nic mu się nie stanie.

Przytknęła ucho do drewna, lecz nic nie słyszała poza stłumionym, niezrozumiałym mamrotaniem wiedźmy. I tak była zajęta nasłuchiwaniem, że dopiero po upływie dobrej chwili zdała sobie sprawę, iż przez szczelinę przy dachu dochodzi niezwykle mocne światło. Dużo mocniejsze, niżby wynikało to z siły płonącego na palenisku ognia. Ale bała się pchnąć drzwi i wtargnąć do środka. Bała się nie tyle gniewu wiedźmy, ile tego, że naprawdę zrobi ona krzywdę jej synowi. Spojrzała na ściany rudery i dopiero teraz uświadomiła sobie, iż są one zdumiewająco solidnie sklecone. Pomiędzy deskami nie było najmniejszej szczeliny, wszystkie szpary zaklejono gliną. Najwyraźniej starucha nie chciała, by temu, co robi, przyglądali się ciekawscy. Lecz zostało jedno miejsce, którego nie zauważyła bądź które zlekceważyła. Właśnie ta szpara pod dachem, przez którą pobłyskiwało światło. Katarzyna nie była na tyle wysoka, by do niej sięgnąć, ale znalazła inny sposób. Cichutko zaczepiła czubek stopy o wystającą krawędź, namacała palcami hak wbity w drewno i podciągnęła się. Teraz oczy miała już na wysokości szczeliny, chociaż musiała stać na czubkach palców. Nie widziała też zbyt wiele. Niezwykły blask dobiegający z rudery przygasł i w tej chwili wnętrze rozjaśniały tylko płomienie bijące z paleniska. Katarzyna była w stanie dostrzec zaledwie kawałek pleców syna oraz ramię i twarz wiedźmy. Na szczęście starucha nie siedziała blisko chłopca, nie patrzyła nawet na niego, ale pod swoje stopy. Mieszała coś, czy może lepiła i mruczała znowu w tym samym, nieznanym Katarzynie języku. W pewnym momencie wiedźma uniosła nieco dłonie i Katarzyna dostrzegła, że w palcach czarownicy powstaje coś na kształt figurki maleńkiego człowieczka.

– Stworzony, a nie zrodzony – tym razem Katarzyna już zrozumiała słowa wiedźmy, gdyż tamta zaczęła szeptać po persku. – Daję ci ciało, daję ci duszę, daję ci żądzę, daję ci siłę.

Katarzyna o mało nie krzyknęła, kiedy zobaczyła, iż ulepiony z brunatnej masy człowieczek zaczyna się wić pomiędzy palcami starej.

– Sza, paskudo – wymamrotała wiedźma. – Zachowaj swoją moc na później.

Brązowa figurka jeszcze chwilę się szarpała, lecz zaraz zwiotczała w dłoniach czarownicy. Katarzyna zobaczyła twarz potworka i znowu omal nie wrzasnęła. Bo to była ludzka twarz.

– Ulepię ci braciszka, paskudo – wyszeptała starucha – żebyś nie był sam. Poczekaj, poczekaj...

Odłożyła człowieczka na bok, a on zamachał rękoma, lecz najwyraźniej nie mógł ruszyć stopami. Zapiszczał coś i zabrzmiało to niczym lament maleńkiego szczura.

– Tak, tak, dla niego cię tworzę. Na jego zawołanie się pojawisz, kiedy nadejdzie czas.

Znowu zaczęła coś lepić i ugniatać przy samej ziemi.

– Obaj będziecie dla niego. Dojrzejecie. Urośniecie. Miną lata, ale staniecie się ludźmi, małe paskudy. Ulepionymi, jak człowiek powinien być ulepiony. Z błota i gówna. Z krwi i żółci. Z jadu ropuchy. Z ogona węża. Z włosów trupa. Silni będziecie, mali braciszkowie. Do waszych serc nigdy nie zapukają ani litość, ani miłosierdzie, ani żal za złe postępki.

Katarzyna tak drżała, że ledwo mogła utrzymać się przy ścianie rudery. Strasznie ją bolały palce, którymi obejmowała hak, i czuła, że ma dłoń lepką od krwi. Noga zdrętwiała jej tak, iż bała się, że nie będzie w stanie nią poruszyć. Tymczasem starucha ulepiła drugiego człowieczka i postawiła go tuż obok pierwszego. Wyglądali identycznie. Katarzyna w końcu nie wytrzymała i puściła hak. Zeskoczyła, starając się zrobić to cicho, ale zdrętwiała noga załamała się pod nią i kobieta klęknęła w błocku. Odetchnęła głęboko. I nie usłyszała ostatnich słów, które wiedźma skierowała do małych ludków.

– A gdy przyjdzie pora, rozprujecie go wzdłuż i wszerz, wszerz i wzdłuż. Lecz dopiero wtedy, kiedy ten, kto nadejdzie, przypomni wam, co macie uczynić.

Katarzyna zacisnęła zęby i zajęła się masowaniem nogi. W chwilę później usłyszała skrzeczący głos staruchy.

– Chodź tu, diablico!

Pchnęła drzwi gwałtownie i mocno i wpadła do wnętrza. Chłopiec siedział przy palenisku, ale drgnął, słysząc hałas, obrócił się w jej stronę. Zobaczyła, że ma nieprzytomne oczy. Rzuciła na niego jakiś urok, stara prukwa, pomyślała wściekle Katarzyna, lecz zaraz potem uspokoiła się, gdy syn zamrugał oczami i popatrzył na nią trzeźwym wzrokiem.

– Czy możemy już stąd iść, mamo?

Katarzyna spojrzała na wiedźmę.

– Idź, idź, idź – wymamrotała starucha i opuściła głowę.

Katarzyna wykorzystała to, by szybko rozejrzeć się po wnętrzu. Nigdzie nie widziała wyczarowanych przez wiedźmę ludków, ale w tym ciemnym pomieszczeniu mogli skryć się gdziekolwiek. Choćby w dziurze, która służyła starej za kloakę.

– Tak, chodźmy. – Wyciągnęła rękę, a chłopiec wstał, lecz nie podał jej swojej dłoni.

Katarzyna była pewna, że nigdy się nie dowie, co wiedźma zrobiła w tym krótkim czasie, kiedy jej chata rozbłysnęła światłem. Jaki wtedy czar rzuciłaś, przeklęta ropucho? – zapytała w myślach.

– Do widzenia, matko – powiedziała i czekała jeszcze, lecz starucha zdawała się drzemać, tak jakby przed chwilą wyczerpał ją ogromny wysiłek.

Katarzyna z troską obserwowała syna. Dzieciak po wizycie u staruchy był wyraźnie przygnębiony i osowiały, lecz kobieta nie wiązała tego ze złym urokiem czy klątwą, a raczej z samym przebiegiem spotkania. W końcu dla dwunastoletniego chłopca musiało być ono sporym przeżyciem, choćby nie wiadomo jak nadrabiał miną.

– To tylko obrzydliwa ropucha. – Zmierzwiła mu włosy, gdy już przyszli do domu. – Zapomnij o niej.

– Po co tam poszliśmy? – odezwał się po raz pierwszy, od kiedy opuścili ruderę.

– Stare próchno chciało cię zobaczyć. Chciała wiedzieć, jakiego mam mądrego i pięknego syna.

– Po co? – powtórzył.

Jest taki jak ja, pomyślała Katarzyna. Niełatwo go nabrać na ładne słówka, a jeśli zadaje pytanie, to chce słyszeć odpowiedź. Cóż, kiedy czasami prawdziwe odpowiedzi są tymi niedobrymi odpowiedziami.

– Niegdyś wyświadczyła mi przysługę. Dawno temu, ale zachowałam ją we wdzięcznej pamięci. Trudno odmawiać człowiekowi, który stoi już nad grobem – westchnęła.

Spojrzał na nią i od razu wiedziała, iż przejrzał jej kłamstwo. I sama była wściekła na siebie, że musi kłamać.

– Tak – powiedział. – A więc ta stara powędruje przed Tron Pański z bagażem ogromnej wdzięczności.

Będzie się na pewno modlić w twojej intencji ze świętymi oraz Aniołami.

Szydzi ze mnie, pomyślała rozzłoszczona już Katarzyna, ale twarz chłopca nie wyrażała żadnych uczuć. Nie było na niej ironicznego uśmieszku, kpiącego skrzywienia ust. A w głosie nie było ani grama ironii.

– Mam nadzieję, że tak właśnie się stanie – potwierdziła Katarzyna, postanawiając dostosować się do reguł gry, którą w końcu sama zapoczątkowała.

Podeszła do okiennic i uchyliła je, gdyż wieczór był gorący. Pod murem dostrzegła młodzieńca, który od dawna się do niej zalecał, a który właśnie teraz usiadł z lutnią w dłoniach.

Twoje słodkie, gorące spojrzenia
przez me oczy do serca się wkradły.
I nie znajdą drogi powrotnej,
gdyż zatrzymam je w sobie na zawsze –

śpiewał miękkim głosem.

Katarzyna uśmiechnęła się i skinęła mu dłonią, a on rozpromienił się, jakby obsypano go złotem, i z zapałem rozpoczął nową zwrotkę. Posłuchała jej uprzejmie, lecz kiedy zauważyła, że dość podle sfałszował nutę, zamknęła okiennice.

– Starucha mówiła, że nie wiesz, kto jest moim ojcem – dobiegł jej głos syna i aż drgnęła, gdyż szczerze mówiąc, zapomniała o jego obecności w komnacie.

– Co takiego? Ach, twoim ojcem... Oczywiście, że wiem, głuptasie – roześmiała się.

– Powiesz mi?

– Kiedy przyjdzie pora, powiem.

Milczał dłuższą chwilę, nie patrząc w stronę Katarzyny.

– Czy mogę już iść do swojego pokoju? – spytał wreszcie. – Muszę jeszcze poczytać Arystotelesa.

– Nie jesteś głodny? Nie zjesz kolacji?

– Wolałbym pójść do pokoju – odpowiedział spokojnie.

– W takim razie dobranoc.

Pochyliła się, żeby go pocałować. Nie odsunął się, ale równie dobrze mogłaby całować posąg. Poczekał, aż Katarzyna się wyprostuje, i odszedł.

Coś ty mu zrobiła, starucho? – zadała sobie w myślach pytanie. Najgorsze jednak było to, iż miała wręcz pewność, że syn żywi do niej urazę, że zawiodła jego miłość i zaufanie. Tak jakby wiedział, co uczyniłam, pomyślała. A zaraz potem odpędziła głupie myśli i pocieszyła się, że to tylko wyrzuty sumienia podpowiadają jej złe odpowiedzi, a chłopak jest najzwyczajniej w świecie zmęczony.

Katarzyna spełniła życzenie wiedźmy i teraz liczyła, iż dotrzyma ona wreszcie przyrzeczenia. W końcu zaklęła się na wszystkie świętości. Ale czy dla tej ropuchy była jakakolwiek świętość? Czy przysięga na serce szatana, czy klątwa „niechbym straciła wszelkie mroczne dary", wsparta potężnymi słowami mocy, cokolwiek znaczyła? Sama Katarzyna nigdy nie ośmieliłaby się złożyć podobnej obietnicy i jej nie dotrzymać, bowiem sprofanowane słowa mocy miały taką siłę jak katowski topór. A może wiedźma umiała się przed nimi bronić? Może dla niej przysięgi były zaledwie pustymi, nic nieznaczącymi słowami? Tak czy inaczej, Katarzyna wiedziała, że nie pomoże jej zadręczanie się myślami, więc pomknęła do wiedźmy jak na skrzydłach już następnego wieczoru. Lecz gdy weszła do wnętrza rudery, czekał ją srogi zawód. Stara po prostu wydawała się nie zauważać jej obecności. Zarówno wtedy, kiedy Katarzyna była przymilnie grzeczna, jak i wtedy, kiedy zaczęła krzyczeć.

– Przysięgłaś, ropucho! Przysięgłaś na płomienie piekieł i na wiecznie krwawiące serce szatana! Dałaś mi słowa mocy! Bądź przeklęta!

Starucha siedziała nieporuszona, tak jakby nie była żywą istotą, a jedynie kupą gnijących łachmanów rzuconych na polepę. Tylko jej oczy spoglądały na Katarzynę. Martwo i bez cienia zainteresowania.

– Idź sobie, diablico – rozkazała w końcu obojętnym tonem. – Nic już nie mamy ze sobą. Dostałaś, co miałam ci dać, nauczyłam cię, czego miałam nauczyć. Każdy pójdzie teraz swoją drogą. Ale spotkamy się, córuniu. – Głos czarownicy nabrał niespodziewanej słodyczy, trudno jednak było nie usłyszeć, iż ta słodycz pokrywała szyderstwo. – Obie spotkamy się w piekle. Może już niedługo?

– Bądź przeklęta! – wrzasnęła raz jeszcze Katarzyna, gdyż całą sobą czuła, iż teraz nie jest to jedynie gra, lecz wiedźma naprawdę chce się jej pozbyć i naprawdę nie chce już jej widzieć.

– Będę, jestem, byłam. – Starucha odwróciła się bokiem. – Odejdź, Katarzyno, bo skrzywdzę cię, jeśli nie usłuchasz uprzejmej prośby – dodała spokojnym, mocnym głosem.

Katarzyna zmełła w ustach przekleństwo, ale nie ośmieliła się dłużej zostać. Wiedziała, iż wiedźma rzeczywiście może ją skrzywdzić, i wiedziała też, że nie będzie miała najmniejszych skrupułów, by to uczynić. Wyszła i dopiero przed drzwiami rudery rozpłakała się rzewnymi łzami. Wszystkie jej plany i marzenia brały w łeb. I to przez kogo? Przez obrzydliwe, rozpadające się próchno, które zachowało tylko tyle sił, by manifestować bezrozumny, ośli upór.

– Dlaczego? – wychlipała Katarzyna. – Dlaczego nie mogę dostać tego, czego chcę?

Lecz kiedy wróciła do domu, żal i bezradna złość przemieniły się w zimną, zawziętą wściekłość. Tak zimną i tak zawziętą, że wymagającą ułożenia rozumnego planu. Planu, którego celem nie byłaby bynajmniej zemsta. O nie! Katarzyna mogłaby pogodzić się z myślą, że starucha będzie żyć długo, szczęśliwie i bogato. Pod jednym wszakże warunkiem. Pod warunkiem, że Katarzyna położy dłonie na Szachor Sefer i będzie mogła o niej powiedzieć: „Oto moja własność".

Na razie musiała jednak powściągnąć swe pragnienia, gdyż oczekiwała wizyty Gersarda. Kanonik przyszedł co prawda nieco spóźniony, za to rozradowany wielce, gdyż dzisiejszego dnia arcybiskup nie pojawił się ani w katedrze, ani w kancelarii, a wszyscy mówili, iż ciężko zachorzał. Co ważne, wszyscy łączyli to również z ascetycznym postępowaniem Jego Ekscelencji.

– Rosołu by się chociaż napił – załamywał ręce jeden z kancelistów. – Albo grzanego wina z cynamonem i migdałami.

– A czy zjedzenie gotowanej rybki to taki grzech? – utyskiwał drugi.

– Już tam diabli lecą po jego duszę – cieszył się Gersard, obściskując Katarzynę, i nawet kiedy ją ujeżdżał, nie przestawał gadać o tym, jaki to szczęśliwy dzień i jak miło pomyśleć, że arcybiskup z każdym oddechem nabieranym w płuca popada w gorszą boleść. Katarzyna jakoś to zniosła i starała się być miła, chociaż serdecznie nie cierpiała, jeśli zalotnicy zajmowali się w łożnicy czymkolwiek innym oprócz jej ciała i mówili coś, co nie było pochwałą jej kunsztu lub urody.

Gdy skończyli już miłosne figle, Katarzynie wpadło do głowy, by poradzić się Gersarda i spytać, jak on uporałby się z problemem starej wiedźmy. Oczywiście zręcznie połączyła prawdę z kłamstwem, opowiadając o pożyczce, której dłużnik nie chce uregulować, a której w sposób zgodny z prawem wyegzekwować się nie da, gdyż nie ma na jej zaciągnięcie żadnych dowodów.

– Nie mogę mu nic zrobić. – Zaciskała pięści tak wściekle, że wnętrza dłoni pokryły się nabiegłymi krwią śladami po paznokciach. – Nic!

– Przypal go, wyrwij mu paznokcie czy co tam – mruknął Gersard, którego temat sporów Katarzyny z obcą mu osobą zupełnie nie interesował.

– Pewnie. A jak mi zdechnie w czasie tortur? Myślisz, że w innym wypadku wahałabym się choć przez chwilę?

Kanonik spojrzał na jej zawziętą twarz i zrozumiał, że kochanki nic nie powstrzymałoby przed odzyskaniem wierzytelności, gdyby tylko znalazła odpowiedni sposób.

– Upij go – poradził.

Trzepnęła Gersarda w głowę tak mocno, że aż sapnął urażony i odsunął się na bok łóżka.

– Mówiłam ci, że nie pije nic oprócz wody. A nigdy niczego nie pił ani nie jadł w mojej obecności.

– Przezornie – mruknął złośliwie. – Jak sądzisz, czemu się temu nie dziwię?

Katarzyna tym razem nie zezłościła się, tylko roześmiała.

– Bądź dla mnie miły, Gersardzie, a nic ci się nie stanie.

Mocnym ruchem przygarnął ją do siebie.

– A niech tam diabli i demony porwą tego twojego dłużnika – zawołał. – Nie mamyż to lepszych rzeczy do roboty?

– Diabli i demony – powtórzyła cichutko i powoli. – Podsunąłeś mi całkiem ciekawą myśl, Gersardzie.

Jednak kanonik nie słuchał już, tylko z zapałem zajął się kuciem jej kowadła, wykorzystując fakt, że było jeszcze rozpalone po poprzedniej robocie.

Katarzyna rozłożyła na posadzce lwią skórę i palcem wyrysowała na jej skraju tajemne symbole, jednocześnie głośno przepowiadając zaklęcia. Następnie otworzyła flakonik, w którym przechowywała niedźwiedzią krew, i nakreśliła nią okrąg opasujący skórę lwa. Na obrzeżach okręgu umieściła sześć symboli, a każdy dobierała z wyjątkową starannością. Potem usiadła na zydlu i wypowiedziała długą formułę przyzwania. Nie rozległ się huk, komnaty nie rozjarzył blask płomieni ani nie zasnuł jej całun siarkowego, smrodliwego dymu. Po prostu w pewnym momencie pośrodku lwiej skóry pojawił się blady mężczyzna ubrany w czerwony kubrak. Na głowie nosił diadem, a u pasa miał krótki miecz. Na pierwszy rzut oka mógł się wydawać człowiekiem, gdyby nie to, że białe włosy zdawały się emanować delikatną poświatę. A kiedy podniósł wzrok, Katarzyna dostrzegła, iż jego oczy pozbawione były zarówno źrenic, jak i białek. To były po prostu plamy czerni, tak jakby ktoś wydrążył otwory w jasnej skórze i zalał je smołą. Demon chciał postąpić krok w stronę Katarzyny, lecz w tej samej chwili wokół okręgu pojawiły się widmowe postaci niedźwiedzi. Wielkością przypominały raczej duże psy, lecz kształt ich ciał nie pozostawiał wątpliwości: to były silne, rozwścieczone niedźwiedzie o mocnych szczękach i łapach uzbrojonych w długie, grube pazury. Wyciągnęły te pazurzaste łapska w kierunku demona, który jednak stojąc pośrodku kręgu, był bezpieczny.

– Całkiem sprytne – przyznał demon miękkim, uprzejmym tonem. – Stworzyłaś znakomitą barierę, Katarzyno. – Przyjrzał jej się uważnie. – Choć nie wyglądasz na czarownicę.

– Powinnam mieć czarną suknię, spiczasty kapelusz i kota na ramieniu? – zadrwiła kobieta.

Demon bacznie zlustrował otaczające go niedźwiedzie.

– Wiesz, wiedźmo, że przedrę się przez nie? I wtedy – obnażył w uśmiechu równe, białe zęby – uczynię z tobą, co tylko będę chciał. Być może obdarzę cię męką, być może rozkoszą. A być może i jednym, i drugim, tak splątanymi, że nie rozpoznasz, które jest którym.

– Najpierw zobacz, na czym stoisz, durniu – odparła ostro Katarzyna. – Jeden niemądry gest, jedno niemądre słowo, a obudzę pod tobą duszę lwa. Rozedrze cię od stóp aż po czubek głowy.

Demon nawet nie zerknął pod stopy, a jedynie westchnął.

– Obawiam się, że możesz mieć rację, Katarzyno – powiedział. – Wiesz, kim jestem, prawda?

– Oczywiście. Nazywają cię Berithi i jesteś mordercą.

– Raczej żołnierzem, piękna Katarzyno. Morderca to takie niemiłe słowo. Mógłbym ci opowiedzieć historie z czasów, kiedy was, ludzi, nie było jeszcze na ziemi. Mógłbym ci opowiedzieć o wielkich wojnach, o pojedynkach toczonych pośród rozjarzonych krwią gwiazd...

– Przestań – rozkazała Katarzyna – bo uwolnię lwa.

Roześmiał się.

– Czy nie wiesz, że aby zmusić mnie do posłuszeństwa, potrzebny jest srebrny pierścień z moją podobizną, który musisz wystawić mi przed twarz?

– Podejrzewam, że sam wymyśliłeś ten rytuał, demonie. A jeśli ktoś posłuchał, miałeś wiele radości, urywając mu rękę. Czy się mylę?

– Piękna, mądra i dowcipna. – Berithi rozłożył dłonie, jakby dziwiąc się, iż tyle cnót może pomieścić się w jednej kobiecie. – Jaka szkoda, że czeka cię tak straszna przyszłość, Katarzyno.

– Wiem, że potrafisz odpowiadać na pytania z przeszłości, przyszłości i teraźniejszości – odparła uprzejmie Katarzyna – ale nie w tym celu cię sprowadziłam. I wierz mi, że z własną przyszłością świetnie poradzę sobie sama.

– Skoro tak twierdzisz. A w jakim celu mnie sprowadziłaś, powabna pani? Czy chcesz zakosztować mych pieszczot w łożnicy? Czy chcesz, bym napełnił cię nasieniem, i czy pragniesz zrodzić mego syna, który zostanie pierwszym wśród ludzi?

– Tak, właśnie po to cię sprowadziłam! – krzyknęła radośnie Katarzyna i klasnęła w dłonie. Potem roześmiała się kpiąco. – Wyobraź sobie, że o niczym innym nie marzę, niż żeby pofiglować z tobą w łożnicy, a w nagrodę za te figle przez dziewięć miesięcy chodzić tak, jakbym nosiła na brzuchu worek kartofli. Nie, Berithi, sprowadziłam cię w bardzo konkretnym celu – powiedziała już poważnym tonem. – Żądam, byś zmusił pewną kobietę do wyjawienia mi jej tajemnicy. Wiem, że potrafisz tak zręcznie dręczyć ludzi, by ich nie zabić. Więc torturuj ją, póki nie zdradzi sekretu, ale nie pozwól jej umrzeć.

– Piękna i bezwzględna. Tak jak lubię.

Katarzyna spojrzała na niego ciężkim wzrokiem.

– Na początek troszkę go tylko rozbudzę – obiecała. – Tak żeby pożarł ci stopę. Może wtedy zaczniesz mnie traktować z należytą powagą?

– Hola, hola. – Uniósł wypielęgnowaną dłoń, a jeden z niedźwiedzi, podrażniony tym gestem, machnął pazurzastą łapą tuż obok niej. – Droczę się z tobą, bo kiedy się złościsz, jesteś jeszcze piękniejsza, o ty, która łamiesz serca ludzi i demonów.

– Czy to oznacza, że kiedy się nie złoszczę, jestem mniej piękna? – zapytała lodowatym tonem Katarzyna.

– Czemuż, ach, czemuż spodziewałem się właśnie takiej odpowiedzi – westchnął Berithi. – Rozkazuj, pani. Kogo chcesz doświadczyć cierpieniem przechodzącym ludzkie rozumienie tego słowa?

Katarzyna uformowała z mgły postać staruchy i pchnęła widmo przed siebie, w stronę uwięzionego w kręgu demona.

– Oto i ona – powiedziała.

Demon milczał długą chwilę.

– Musisz mi wybaczyć, ale nie spełnię twej prośby – rzekł.

– Nie mówiłam nigdy o żadnej „prośbie" – odparła Katarzyna. – Wspominałam jedynie o poleceniu, którego niewykonanie zakończy się dla kogoś bardzo długim oraz bardzo bolesnym powrotem do nie-świata. Czy teraz wyraziłam się jasno, czy jednak mam szturchnąć lwa?

– Wybacz. – Berithi pochylił głowę. – Jakkolwiek nazwiesz swą zachciankę: rozkazem, prośbą czy poleceniem, to i tak jej nie spełnię. Bynajmniej nie z braku szacunku do ciebie, a z przyczyn hermetycznej natury.

– Z przyczyn hermetycznej natury – powtórzyła Katarzyna. – Cóż za śliczny substytut dla zdania: „Daj mi spokój, kobieto".

– Ależ...

Katarzyna nie czekała jednak, co Berithi będzie miał do powiedzenia, tylko obudziła lwa z drzemki. Ten natychmiast wbił kły w nogę demona, rozdzierając ją na strzępy. Berithi zawył, lecz bał się postąpić kroku, by nie wpaść w łapy niedźwiedzi, które za wszelką cenę próbowały go dosięgnąć. Katarzyna przemówiła do lwa łagodnym głosem i ten, aczkolwiek niechętnie, to jednak ułożył się z powrotem. Demon sapał głośno, z twarzą wykrzywioną bólem, lecz jego noga powoli nabierała dawnego kształtu.

– To była pierwsza lekcja – obwieściła Katarzyna. – Zważywszy na twoje zdolności regeneracji, możemy, jak widzę, przeciągnąć naukę niemal w nieskończoność. Chyba że masz mi coś do powiedzenia. Coś, co będzie brzmiało na przykład tak: natychmiast wykonam twoje rozkazy, pani Katarzyno.

Berithi spojrzał na nią martwym wzrokiem czarnych oczu.

– Przykro mi, pani Katarzyno – rzekł. – Nawet nie wiesz, z kim...

Katarzyna nie dała mu dokończyć. Uśpiła lwa dopiero wtedy, gdy pożarł demona niemal do połowy. Tym razem jednak znacznie więcej czasu zajęło jej uspokojenie rozszalałej bestii. Berithi tej tortury nie wytrzymał tak dobrze jak poprzedniej, gdyż wijąc się z bólu, wpadł pod łapy niedźwiedzi, które pocięły mu twarz pazurami. Oderwały mu ucho i wyszarpały oko.

– Dlaczego nie chcesz mnie usłuchać? – Katarzyna była nie tylko wściekła, lecz również rozżalona. – Czy wyglądam na kogoś, kto lubi dręczyć innych? Spełnij moje żądanie i będziesz wolny!

Demon siedział skulony na lwiej skórze i przyglądał się, jak odrastają mu nogi. Twarz miał ściągniętą bólem.

– Zostaw mnie – szepnął. – Odeślij. Może kiedyś będziesz potrzebowała pomocy demona? Klnę się na wszystkie piekielne zorze, iż przybędę, kiedy tylko mnie wezwiesz, i spełnię twoje życzenie, nawet jeśli staniesz przede mną bezbronna. Ale nie TO życzenie.

Katarzyna podparła brodę na pięści i przyglądała się demonowi z uwagą.

– Czegoś się boisz jeszcze bardziej niż mnie – rzekła. – Tej staruchy? Kim ona jest?

– Powiedziałem, co miałem do powiedzenia – westchnął Berithi. – A ty obudź lwa, jeśli taka jest twoja wola. Nic więcej ode mnie nie usłyszysz.

– Starucha, starucha – mruczała do siebie Katarzyna. – Jest biegła w sztuce, to przyznam. Znacznie bieglejsza ode mnie. Lecz przecież nie oprze ci się nieprzygotowana. Czemu więc mi to robisz?! – Zdenerwowana uderzyła pięścią w otwartą dłoń. – Dlaczego taki jesteś?!

Nie doczekała się odpowiedzi, więc powoli się uspokajała.

– Ktoś ją chroni? – spytała. – A może ty jesteś jej coś winien? Skąd ją znasz? To chyba możesz powiedzieć.

Demon skrzywił się smutno.

– Katarzyno, kiedyś naprawdę możesz potrzebować pomocy. Już niedługo będziesz miała tylu wrogów, iż jeszcze jeden do niczego ci się nie przyda. Uwolnij mnie, a zyskasz moją wdzięczność.

Katarzyna uśmiechnęła się promiennie.

– Jestem wzruszona twoją troską – powiedziała. – Ale dziękuję, nie skorzystam.

A potem obudziła lwa i wyszła z komnaty.

Katarzyna była wściekła, iż jej plan się nie powiódł. Wezwanie demona, zwłaszcza tak potężnego jak Berithi, wydawało się znakomitym rozwiązaniem. A tu, patrzcie państwo! demon się zbiesił. Kobieta pozostawiła go na pastwę lwu oraz niedźwiedziom nie z zemsty, nie po to również, by bawić się jego cierpieniem (gdyby to było jej zamiarem, zostałaby w pracowni), lecz aby dać się poznać jako osoba zdecydowana i nieznosząca sprzeciwu. Dobrze przecież wiedziała, iż plotki w nie-świecie rozchodzą się jeszcze szybciej niż w ludzkim uniwersum. Demony z wściekłością, ale i szacunkiem będą sobie opowiadały o mękach, jakie zadała Berithiemu. I następny przyzwany sto razy pomyśli, zanim jej czegokolwiek odmówi. Katarzyna zastanawiała się, czy nie popróbować sztuki raz jeszcze, tym razem z innym demonem, lecz wiedziała, że nie byłoby to działanie szczególnie rozsądne. Wezwanie demona w niczym nie przypominało gwizdnięcia na psa, który zapodział się w krzakach i zaraz przybiegnie z radosnym skomleniem i wywieszonym jęzorem. Wezwanie demona wymagało ogromnej koncentracji, wielogodzinnych przygotowań oczyszczających umysł oraz tworzyło na powierzchni nie-świata coś w rodzaju fali, jaką na lustrze wody tworzy ciśnięty kamień. Katarzyna wezwała Berithiego, a więc stworzyła falę naprawdę potężną. I próba powtórzenia podobnej sztuczki z innym demonem mogłaby się zakończyć powodzią, która zmiotłaby samą czarownicę. Katarzyna nie do końca rozumiała, co opowiadając jej o fali, miała na myśli stara wiedźma, ale wiedziała jedno: parszywa ropucha nie ostrzegała bez przyczyny. A to oznaczało, że powinna teraz odczekać przynajmniej kilka tygodni. Cóż, czekała tyle czasu, poczeka trochę więcej. Nauczyłaś mnie cierpliwości, mateczko, pomyślała, więc skorzystam z tej nauki.

Katarzyna często zastanawiała się, dlaczego Inkwizytorium, tak skrupulatne w szukaniu czarowników i heretyków, nigdy nie zainteresowało się staruchą. Przecież powszechnie nazywano ją parszywą wiedźmą, a kiedy wychodziła z domu (co zdarzało się niezwykle rzadko), ludzie żegnali się albo spluwali przez lewe ramię, by odczynić zły urok. A przynajmniej odwracali się lub przechodzili na drugą stronę ulicy. Być może inkwizytorzy nie zajmowali się pomyloną czarownicą właśnie z uwagi na tak oczywistą rolę, jaką odgrywała. A może obserwowali, kto do wiedźmy przychodzi? A może, i to była najgorsza ewentualność, stara ropucha była w rzeczywistości informatorem Inkwizytorium? Spowiadała się czarnym płaszczom z tajemnic innych ludzi, z ich pragnień, dążeń i grzechów? Zarówno tych popełnionych, jak i tych zaledwie zamierzonych. Wszystko układało się w logiczną całość, a zwłaszcza podejrzany był brak zainteresowania inkwizytorów czarownicą. Ludzi palono już za mniejsze występki i przesłuchiwano z powodu byle oskarżenia wypowiedzianego po pijanemu przez wrogów lub jednego nieostrożnego zdania. A tutaj, pod samym bokiem Inkwizytorium, mieszkała sobie kobieta powszechnie uważana za groźną wiedźmę i nikt nawet nie starał się utrudnić jej życia! Jak jednak można było wyjaśnić fakt, że starucha posiadała Czarną Księgę? Przecież takiego kąska inkwizytorzy nie wypuściliby z rąk. Czy mogli o tym nie wiedzieć? A może zdawali sobie sprawę, że czarownica prędzej zginie, niż wyjawi im swą tajemnicę, i woleli nie ryzykować, decydując się spokojnie poczekać na odpowiedni moment?

Muszę więc zrezygnować, pomyślała, jednocześnie zrozpaczona i wściekła. Muszę zrezygnować z Księgi, za którą ze śpiewem na ustach oddałabym nieśmiertelną duszę, jeśli tylko trafiłby się pragnący jej kupiec.

A jeśli powiedziałaby o tym Grienowi? Czy stary kruk nie znalazłby sposobu, żeby zmusić staruchę do mówienia? A jaki miałby później inny wybór, niż użyczyć Księgi właśnie Katarzynie, która jako jedyna znana mu osoba umiałaby ją odczytać i wyciągnąć korzyści z zawartej w niej wiedzy? Czyż nie byłby to rozsądny handel? Czy Solomon nie chciałby mieć na swe usługi czarownicy władającej tak potężną magią? A kiedy ona sama poznałaby Księgę wystarczająco dobrze, znalazłaby już sposób, by wyzwolić się spod kłopotliwej opieki. O tak, to była myśl, którą należało spokojnie rozważyć.

Od samego rana we wszystkich kościołach w Koblencji biły żałobne dzwony, a duszpasterze rozpaczali po śmierci arcybiskupa i barwnie opowiadali wiernym, jakież to chwalebne miejsce czeka przy stole Pańskim na Jego Ekscelencję i jak radować się on będzie wszystkimi Bożymi darami.

– To czemu się smucić, skoro jest mu teraz tak dobrze? – spytała Katarzyna służącą.

– Oj, bo pani jak coś powie!

– Pił jedynie wodę, jadł spleśniały chleb, to sobie nieboraczek wreszcie użyje.

– Na gwoździe i ciernie, niech pani tak nie mówi! – Irmina rozejrzała się, jakby wokół nich czaiło się przynajmniej stu podsłuchiwaczy.

– Czesz, czesz – nakazała Katarzyna. – Tylko włosów nie rwij. I powiedz, czy naprawdę ci się nie wydaje, że gdy umiera wierny sługa Kościoła, to wszyscy powinni się weselić z jego szczęścia? Przecież opuszcza ten padół łez, chorób i biedy, aby radować się w niebie.

– Matko Boska Bezlitosna! – Służąca cisnęła szczotką o ziemię. – Nie będę słuchać takich bluźnierstw.

Katarzyna roześmiała się serdecznie, gdyż dzień uznała za bardzo pomyślnie rozpoczęty i nie zamierzała przejmować się humorami służącej.

– Już dobrze, dobrze – mruknęła pojednawczo. – Uczesz mnie ładnie, a dam ci sukienkę.

– Tę czerwoną ze złotymi rękawkami? – Irmina rzuciła się, by podnieść szczotkę z podłogi.

– Czerwoną to będziesz miała skórę, jak ci ją złoję! Też coś, czerwoną! – prychnęła Katarzyna.

– Dzisiaj rano jeden ksiądz zaprzysięgał się, że widział, jak arcybiskupa ponieśli do nieba Aniołowie w złotym wozie. Wie pani?

– Ponieść go sobie mogli, szkoda, że wozu mi nie zostawili – powiedziała Katarzyna.

– A co, nie wierzy pani? Ksiądz mówił!

Katarzyna machnęła tylko ręką, a zaraz potem usłyszała kołatanie do drzwi i dobiegające z pierwszego piętra głosy służących. Przebijał przez nie podniesiony głos kanonika.

– Nie wolno teraz do pani! Pani jest zajęta! – wołała służąca, ale Gersardowi najwyraźniej udało się pokonać jej opór, gdyż wpadł do gotowalni zarumieniony i rozpromieniony.

– Słyszałaś? Słyszałaś? – Nagle wzrok kanonika padł na Irminę i jego twarz momentalnie przybrała boleściwy wyraz. – O tym, że nasz ukochany arcypasterz oddał duszę Bogu? – dokończył grobowym tonem.

Katarzyna pokręciła z westchnieniem głową. Jeżeli ten głupiec będzie się częściej zachowywał w podobny sposób, to szybko oboje trafimy do czarnych płaszczy, pomyślała.

– Wyjaśniałam właśnie Irminie, że dobry chrześcijanin może się radować ze śmierci bogobojnego człowieka, gdyż człowiek ten zmierza prosto przed ołtarz Pański.

A smutek jest jedynie wyrazem naszego egoizmu. Czy mam rację, wasza przewielebność?

Gersard gorliwie przytaknął.

– To święta prawda. Lecz zwykle nie ujawniamy tej radości, by jej mylnie nie odczytano.

– Widzisz, głupia dziewko. – Katarzyna uszczypnęła służącą w biodro. – Idź teraz sobie – przysunęła głowę Irminy tak, że ucho dziewczyny znalazło się przy ustach Katarzyny – bo założę się, że nasz kanonik przyniósł ze sobą tęgie kropidło i zechce mnie błogosławić przez następną godzinkę.

Służąca parsknęła śmieszkiem i wybiegła z gotowalni, zatrzaskując za sobą drzwi. Katarzyna jeszcze długo słyszała, jak Irmina bez opamiętania chichocze.

– Co jej tak wesoło? – Gersard zmarszczył brwi. – Zresztą nieważne.

Odetchnął głęboko i klasnął w dłonie.

– Jestem wolny! Wreszcie pozbyłem się tego wściekłego psa.

– Ściany mają uszy – stwierdziła Katarzyna lodowatym tonem. – Manifestuj swą radość jeszcze bardziej żywiołowo, a wylądujesz na dożywociu w klasztornej celi.

– Dobrze, dobrze, będę uważał – powiedział niefrasobliwie. – Nie uwierzyłabyś, gdybym ci powiedział, jaki ze mnie wytrawny aktor.

Rzeczywiście, nie uwierzyłabym, pomyślała Katarzyna.

– Ktokolwiek zostanie arcybiskupem na miejsce tego starego łotra, a jest trzech kandydatów, ja będę górą. Jeden jest ze mną spokrewniony, drugi był przyjacielem ojca, a trzeciemu tylko pijaństwo i miłosne uciechy w głowie. Opowiadają, jak w Watykanie urządził przyjęcie, na które zaprosił pięćdziesiąt najbieglejszych w swym fachu ladacznic. A kiedy je wymęczyli, to ściągnął drugą pięćdziesiątkę. Z Florentyny, Wenecji i Genui nawet sprowadzał dziewki, gdy tylko się dowiedział, że któraś powabna albo że zna wyjątkowo rozkoszne sztuczki.

– Cóż – mruknęła Katarzyna. – Ciekawie się zapowiada życie w Koblencji przy tak uduchowionym pasterzu.

– Najważniejsze, że wreszcie szczęście się do mnie uśmiechnęło. Ha! – Zatarł dłonie z radością. – Jeszcze rok, dwa i będę chodził w biskupiej infule. Aby mi tylko dali jakąś bogatą diecezję. Ale chodź tu na razie, moja śliczna. Uklęknij przed swoim przyszłym biskupem, co? Zabaw się jego pastorałem, hmmm...

Katarzyna zaśmiała się i zabrała do rozsznurowywania Gersardowi pasa. Kilka pacierzy później przeszli do sypialni, gdzie kanonik zabawił następne parę godzin, ale Katarzyna wyraźnie widziała, że myślami jest gdzie indziej i że coś go dręczy. W końcu wstał, ubrał się i zarzucił pelerynę na ramiona.

– Do zobaczenia, Katarzyno – powiedział bez zwykłej serdeczności w głosie.

Kobieta wyraźnie dostrzegła, iż ucieka przed nią spojrzeniem.

– Do środy, czyż nie? – spytała.

– Niestety – odparł, spoglądając w bok. – Nowe obowiązki, nowe zadania, a przez to coraz mniej czasu, by folgować własnej wygodzie i własnym przyjemnościom. Tak to już jest, iż niektórzy muszą poświęcać dobro własne dobru społeczności...

– Nie wygłaszasz kazania – przerwała mu Katarzyna. – I zapamiętaj sobie, że nikogo nie skłaniam, by był moim gościem, i nikogo również nie skłaniam, by zechciał być moim przyjacielem.

– Ależ, ależ... – Gersarda musiały zaniepokoić ostre nuty w głosie kochanki, więc podszedł i objął ją czule lub zręcznie czułość udając. – Nie gniewaj się, moja piękna. Choroba i śmierć arcybiskupa, Panie świeć nad duszą tego zacnego człowieka, otworzyły przede mną nowe szanse. I muszę je wykorzystać, Katarzyno. Muszę!

– Bardzo cię proszę. – Wyśliznęła się z jego objęć. – Wykorzystuj je sobie, jak tylko zechcesz.

– Może pod koniec tygodnia – obiecał zdawkowo. – Dam ci znać.

– Doskonale – powiedziała i podała kanonikowi dłoń do ucałowania.

Tym razem ośmielił się nie zostawić jej żadnego drobnego dowodu pamięci i przywiązania. Katarzyna nie wymagała od niego, by zawsze przynosił jej klejnoty, strojne suknie czy kosztowne drobiazgi. Czasami wystarczał uroczy, czuły prezencik. Jak choćby listek dębu, tak kunsztownie oblany złotem, iż zachował dokładny kształt z czasów, kiedy rósł jeszcze na drzewie. Jak choćby maleńki pałacyk z kości słoniowej, z którego kiedy nacisnąć dźwigienkę, wychodził kolorowo ubrany człowieczek z porcelany i kłaniał się w pas. Jak choćby mieszczącą się w dłoni mozaikę, na której nefrytowe nimfy zabawiały perłowych marynarzy w szmaragdowym oceanie.

Myślisz, że można mnie tak potraktować, Gersardzie? – myślała z wściekłością, patrząc, jak wychodzi. Myślisz, że można mnie wyrzucić na śmietnik niczym stary łach?

Myślisz, że można mnie zbyć nieszczerymi zapewnieniami przyjaźni i traktować, jakbym była byle portową ladacznicą? O nie, kanoniku! Zaklinam się na wszystkie demony piekieł, że przyjdziesz do mnie skruszony i zrozpaczony. Że będziesz błagał o minutę mego czasu, że będziesz gotów zlizywać proch spod moich stóp, abym tylko znów obdarzyła cię przyjaźnią! I na mego słodkiego władcę Szatana, przysięgam ci, że w pocie czoła zapracujesz na tę przyjaźń!

Gersard rzeczywiście, jak wytykała mu Katarzyna, lubił odwiedzać zamtuzy o podłej renomie, choć dla bezpieczeństwa zabierał ze sobą dwóch silnych służących, by służyli mu pomocą w razie zwady. „Można mieć ochotę na frykasy i delicje, ale czasem człowiek nabiera apetytu na kawałek krwistego mięcha" – mawiał kanonik, uzasadniając przed samym sobą odwiedzanie przybytków, gdzie po pierwsze, nikt nie wiedział, kim jest naprawdę, a po drugie, mógł pofolgować pewnym obyczajom, na które Katarzyna nie dawała zgody. Tym razem jednak wyprawa zakończyła się klęską. Zuchwały zawadiaka, który zwykle służył Gersardowi w jednej, drugiej czy nawet trzeciej i czwartej potrzebie, tego wieczoru całkowicie zmarniał i co gorsza, stanu tego w żaden sposób nie dało się odmienić. Kanonik wrócił więc do domu wściekły i z tej wściekłości upił się jak nieboskie stworzenie. Na drugi dzień rano z trudem wstał z łoża, gdyż palący ból żołądka omal nie doprowadził go do płaczu. A kiedy przejrzał się w lustrze, zobaczył, że jego twarz i szyja pokryte są czerwoną, diabelnie swędzącą wysypką. Ponieważ chlubił się końskim zdrowiem, ta nagła zmiana poważnie go zaniepokoiła. Gdy dolegliwości nie minęły pierwszego, drugiego i trzeciego dnia, a medycy tylko rozkładali ręce i doradzali puszczanie krwi, Gersard zaczął domyślać się, w czym rzecz.

– Jak mi Bóg miły, otruła mnie – rzekł do siebie.

A kiedy poczuł tępy ból w dużym palcu stopy i zobaczył, że mu ta stopa puchnie, przeraził się, iż do wszystkich chorób przyplątała się jeszcze podagra.

– A to parszywa dziwka – zaklął.

Bo jeśli Katarzyna mogła sprokurować śmierć arcybiskupa, to czemuż miałaby mieć kłopoty w sprowadzeniu chorób na Gersarda? Kanonik nie znał się na ziołach, lekach i truciznach, ale wnioskował, że skoro są specyfiki leczące impotencję, podagrę czy wrzody, to mogą być również takie, które je wywołują.

Kanonik z początku nie wiedział, jak rozwiązać sprawę Katarzyny. Czy po dobroci, czy grożąc. Wreszcie jednak sam przed sobą musiał przyznać, że grozić nie za bardzo ma czym. Jego kochanka była bowiem naprawdę bogata (chociaż Gersard nawet nie podejrzewał, jak bardzo), a poza tym miała ustosunkowanych zalotników. Każdy przecież wiedział, że Solomon Grien uważa ją za przyjaciółkę i darzy specjalnymi względami. A ktoś, kto wywołał gniew Griena, równie dobrze mógł się od razu powiesić. Przynajmniej zaoszczędziłby w ten sposób kłopotów sobie i innym. Dlatego Gersard postanowił pogodzić się z kochanką. U weneckich kupców zamówił czarną niewolnicę, dobrze wyszkoloną w sztuce pielęgnacji ciała oraz włosów, i małego ciemnoskórego chłopczyka, o którego zakupie Katarzyna od dawna myślała. Miał nadzieję, że nawet nie wartość tych prezentów zjedna mu przychylność kobiety, ale to, że usiłował spełnić jej pragnienia. Jednak na wszelki wypadek, i by nie przychodzić z pustymi rękami, zamierzał ofiarować Katarzynie piękny szmaragdowy diadem. Diadem wpadł mu zresztą w ręce dość tanio, ponieważ był częścią majątku pewnej bogatej mieszczki, której dobra skonfiskowano po skazaniu w procesie inkwizycyjnym. A że Zygmunt Schongauer, przełożony lokalnego oddziału Inkwizytorium, był znajomym Gersarda, rzecz całą załatwili szybko i ku zadowoleniu obu stron. Zresztą Schongauer nie po raz pierwszy i nie po raz ostatni potrafił tak pokierować sprawami, by na konfiskacie majątku skazanego zarabiało nie tylko Inkwizytorium, lecz również on sam i jego przyjaciele. Kanonik zamierzał jednak postawić sprawę jasno: Katarzyna może liczyć na jego pomoc i przychylność, ale koniec ze spotkaniami, wspólnymi kolacjami i harcami w sypialni. Niedawno o kochance Gersarda zaczęto plotkować w wyjątkowo paskudny sposób i ostatnie, na co kanonik miał ochotę, to zostać do tych plotek włączony.

Zabijaka przyprowadzony przez Solomona Griena był tak hojnie wyposażony przez naturę, że Katarzynie wydawało się, iż rozrywa ją na strzępy. W końcu nie wytrzymała ciosów jego młota, zręcznie wywinęła się spod umięśnionego ciała i zabrała się do niego językiem oraz ustami. A już po chwili mogła odetchnąć z ulgą, gdyż olbrzym zrobił to, po co go sprowadzono. Solomon Grien też najwyraźniej był zadowolony z rozwoju sytuacji, ponieważ mlasnął z podziwem i dał znak swojemu człowiekowi, żeby ubrał się i wyszedł. Tymczasem Katarzyna schowała się za parawanem i dokładnie obmyła twarz w miednicy. Kiedy wróciła, Grien siedział tak jak poprzednio i przyglądał jej się z uśmiechem.

– Okręć no się, moje dziecko – rozkazał.

Kobieta posłusznie okręciła się wokół własnej osi, pozwalając, by włosy zafalowały w powietrzu.

– Ileż my już lat się spotykamy, hmmm? – spytał.

– Trzy – odparła. – Trzy lata będą we wrześniu.

– Ano właśnie – westchnął. – A ty nic się nie zmieniłaś. Ani jednej zmarszczki, ani jednej fałdki. Rzekłbym nawet, że wypiękniałaś przez ten czas.

– Dziękuję wam, panie Grien. – Dygnęła przed nim żartobliwie, choć w czasie tego dygu diabelnie zabolało ją to, nad czym olbrzym pracował przez ostatnie kilka pacierzy.

– Tym bardziej więc żałuję, że to nasze, jak się obawiam, ostatnie spotkanie.

– Czemu? – zdumiała się Katarzyna. – Czyżbyście gdzieś wyjeżdżali, panie Grien?

Szczerze się zmartwiła, gdyż mimo że zachcianki Solomona dały jej dzisiaj mocno popalić, to płacił on za usługi więcej niż hojnie. A poza tym zawsze dobrze mieć przyjaciela takiego jak on.

– Nie, Katarzyno. Sądzę jednak, że ty wyjedziesz.

– Powiedzcie, czym wam zawiniłam? – Katarzyna uklęknęła, a jej oczy wypełniły się łzami.

Polecenia otrzymanego od Solomona nie można było zlekceważyć. Ale stary oszust spojrzał na kobietę zdziwiony, a potem położył dłoń na jej ramieniu.

– Moje dziecko – rzekł łagodnym tonem – źle mnie zrozumiałaś. Nie zamierzam wyganiać cię z Koblencji, gdyż darzę cię przyjaźnią i zawsze chętnie korzystam z twej łaskawej gościny.

Katarzyna rozchmurzyła się i ucałowała jego dłoń.

– Co więc mają oznaczać wasze słowa?

– To, że szczerze martwię się o twoją przyszłość. Doszły mnie bowiem pogłoski, iż niedługo ziemia może ci się zacząć palić pod stopami. – Przywołał uśmiech na zwiędnięte usta. – Ujmując to zarówno w przenośni, jak i dosłownie.

Katarzyna zamarła.

– Inkwizycja? – szepnęła.

Grien pokiwał głową.

– Właśnie tak – odparł.

Poczuła, jakby trafił w nią grom z jasnego nieba. Chociaż właśnie tego mogła się spodziewać. Zbyt była nieuważna, zbyt nieostrożna, za bardzo dawała się ponieść emocjom i zawierzyła pozornemu bezpieczeństwu dawanemu przez zażyłe kontakty z wieloma możnymi oraz wpływowymi osobami. A przecież nie powinna się śmiać, kiedy słyszała plotki o sobie powtarzane czy przez służbę, czy przez zawsze rozplotkowanych kramarzy. Nie powinna tego lekceważyć, nie powinna tak rzucać się w oczy, a zwłaszcza obnosić ze znajomością z nielubianym przez arcybiskupa kanonikiem. Kto wie, może też czyjeś bystre oko podejrzało, gdzie czasami chodzi wieczorami? Może czyjeś usta powtórzyły, iż Katarzyna spotyka się ze starą, pomyloną wiedźmą? Chociaż przecież uważała. Zakładała płaszcz z kapturem, chowała twarz i włosy, nawet zmieniała chód, a idąc na spotkanie, przemykała pod murami domów, nie rozmawiając z nikim po drodze.

– Czy nie możecie... czegoś uczynić?

– Niestety nie, Katarzyno. Gdybyż to chodziło o nasz lokalny oddział Inkwizytorium! Z koblenckimi inkwizytorami żyjemy w zgodzie. Oni starają się nie interesować naszymi sprawami, my usiłujemy nie wchodzić im w paradę. Jeżeli nawet rodzą się pewne pożałowania godne nieporozumienia, to wyjaśniamy je, kierując się zaufaniem, rozsądkiem oraz uczciwością.

– Cóż więc się stało? – zapytała, gdyż najwyraźniej spodziewał się po niej pytania.

– Z Hez-hezronu przysłano dwóch biskupich inkwizytorów. Podobno w celu przeprowadzenia rutynowej inspekcji, tak naprawdę mówi się jednak, że chodzi o ciebie, moje dziecko.

– O mnie? – Katarzyna ledwo usłyszała własny głos. Była tak przerażona, że nie pamiętała nawet, iż naga klęczy na twardej i zimnej posadzce. Solomon pokiwał ponuro głową.

– Nie możecie czegoś z tym zrobić? – wyszeptała.

– Nie, moje dziecko. To wściekłe psy, które nie cofną się, kiedy już zwęszą trop. A oni zwęszyli świeżą krew.

– Nie mogłoby im się coś... przytrafić?

Grien roześmiał się.

– Wstańże, moja miła, i ubierz się – przykazał ojcowskim tonem – bo przeziębisz się i dostaniesz odcisków na kolanach.

Katarzyna posłusznie podniosła się i narzuciła na ramiona jedwabny szlafroczek. Przysiadła na skraju łoża.

– A co do twojego pytania, dziecko, to czy nie słyszałaś o powiedzeniu mówiącym, że „kiedy ginie inkwizytor, czarne płaszcze ruszają do tańca"? Oznacza ono ni mniej, ni więcej, że Inkwizytorium bardzo, ale to bardzo nie lubi, gdy zabija się jednego z członków tej konfraterni. – Zamyślił się. – Nie da się ukryć, że w tym właśnie są nadzwyczaj podobni do nas – dodał. – Jeśli te dwa psy miałyby jakiś wypadek – kontynuował – to w miesiąc później na ulicach Koblencji zaroiłoby się od czarnych płaszczów i srebrnych krzyży. A to nigdy nie robi dobrze interesom.

Katarzyna opuściła wzrok. A więc zamierzali ją poświęcić. I szczerze mówiąc, trudno się było dziwić Solomonowi Grienowi, który musiał dbać o własną fortunę oraz fortunę swoich ludzi.

– No, no, nie smuć się, moja miła. – Grien dostrzegł jej minę. – Nie zostawię cię samej na ich pastwę. Zawsze byłaś uczynna i pełna szacunku dla starego człowieka, czas więc, by twe starania zostały docenione.

– Zrobię, co rozkażecie – odparła, zresztą zgodnie z prawdą, ponieważ nie pozostawało jej inne wyjście.

– Bardzo dobrze. – Skinął głową. – Jutro spotkasz się z Giovannim Malapestą z kantoru weneckiego. To mój zaufany współpracownik, którego zapoznałem z twą pożałowania godną sytuacją i który zgodził się udzielić swego wsparcia z uwagi na łączącą nas przyjaźń. Dopomoże ci we wszystkim, między innymi w spieniężeniu majątku. Wystawi obligacje na stosowne sumy oraz zaopatrzy cię w paszport, który umożliwi podróż do miejsca, gdzie Inkwizytorium nie ma władzy.

– Dokąd mam się udać? – spytała Katarzyna, jednocześnie przerażona perspektywą odmiany życia, jak i szczęśliwa, że to życie w ogóle uda jej się zachować.

– Najlepiej do Palatynatu, moje dziecko. Wenecjanie również tam mają sieć kantorów, więc bez trudu zrealizujesz skrypty i ułożysz na nowo swoje sprawy, nie kłopocząc się przyziemnymi troskami. A i my prowadzimy w Palatynacie interesy, więc znajdziesz się pod naszą opieką.

– Dziękuję wam. Nie podejrzewacie nawet, jak bardzo jestem wam wdzięczna za dobroć.

Grien przymknął powieki, przyjmując te podziękowania w sposób zupełnie naturalny, jakby nie spodziewał się po kobiecie niczego innego. Oczywiście Katarzyna zbyt dobrze znała ludzi i świat, by nie zdawać sobie sprawy, iż zaciągnęła właśnie dług, który będzie pokrywać przez resztę życia. Jeśli trafi do Palatynatu, będzie musiała tam wykonywać polecenia przyjaciół Griena. Była też pewna, że wartość jej kamienicy oraz domu za miastem zostanie znacznie zaniżona, a wielka część sumy trafi wprost do kieski Solomona. Z naddatkiem zwróci sobie, co na mnie wydał, pomyślała gorzko.

– I jeszcze jedno, moje dziecko – powiedział Grien. – Miałem kiedyś okazję podziwiać twoją niezwykle interesującą kolekcję figurek.

Katarzyna pobladła. A przecież nie powinna się temu dziwić. Stary oszust miał na swe usługi ludzi, którzy potrafili bezszelestnie dotrzeć do każdego miejsca i bezszelestnie je opuścić. Miał również takich, którzy potrafili bezszelestnie zabijać.

– I bardzo się cieszę, Katarzyno, że wśród tych figurek nie rozpoznałem własnej podobizny. Kazało mi to domyślać się, iż traktujesz naszą przyjaźń w sposób wyjątkowy, tak jak i ja ją traktuję.

Kobieta w myślach dziękowała Bogu, że nie zdecydowała się ulepić laleczki przedstawiającej Griena. Wiele razy się nad tym zastanawiała i za każdym razem intuicja odwodziła ją od projektu. No i jak się teraz okazywało, rzeczona intuicja podpowiadała nad wyraz rozsądnie. Gdyż Solomon na pewno nie byłby tak skory do pomocy, gdyby znalazł w ukrytym pokoju własną podobiznę. Katarzyna zastanawiała się, czy ukarałby ją za to? Och, na pewno nie zabił ani nie oszpecił. Ale była pewna, że w repertuarze kar miał takie, których nie zapomniałaby do końca życia, a które nie odjęłyby jej urody.

Wiedziała, że nie ma wiele czasu. Jeśli inkwizytorzy z Hezu rzeczywiście przybyli do Koblencji w jej sprawie, to śledztwo i proces mogą się zacząć na dniach. Musiała więc jak najszybciej załatwić sprawy finansowe, a przede wszystkim jak najdokładniej pozacierać wszelkie ślady mogące świadczyć o tym, iż zajmowała się mroczną sztuką. Wiedziała, że w wypadku rewizji nie uratują jej tajne drzwi będące jednocześnie ścianą szafy. Taki schowek był dobry na ciekawską służbę, ale nie na inkwizytorów, szkolonych również w sztuce odnajdywania skrytek. Katarzyna nie zamierzała bowiem poddawać się i rezygnować z zachowania dobrego imienia. Jeżeli tylko uda jej się zatrzeć wszystkie dowody i uciec, to z zagranicy rozpocznie starania o przywrócenie czci. W końcu miała wysoko postawionych przyjaciół, którzy być może skłonią czarne płaszcze do wycofania zarzutów, pod warunkiem, że te czarne płaszcze nie znajdą w jej domu niczego kompromitującego ani nie namówią nikogo do zeznań. Zresztą nawet oskarżające zeznania w wypadku braku jakichkolwiek dowodów można by tłumaczyć złośliwością, zawiścią czy zazdrością. A jak wiadomo, im kto bogatszy i piękniejszy, tym więcej otacza go ludzi, którzy nie mogąc mu tego bogactwa i piękna zabrać, znajdą chociaż radość w tym, że on je utraci.

Zgodnie z zaleceniami Griena spotkała się z Malapestą, który jak każdy wenecki kupiec okazał się twardym negocjatorem. Katarzyna podpisała akta sprzedaży domu i sprzętów w nim się znajdujących oraz podmiejskiej posiadłości i uzyskała za to sumę nieprzekraczającą jednej czwartej rzeczywistej wartości majątku. Ale i tak była przecież na tyle bogata, by zacząć nowe, dostatnie życie. Zwłaszcza jeśli zabierze z domu kosztowności, których umowy nie uwzględniały. Nigdy już nie odzyskam wszystkiego, co teraz stracę, pomyślała ze złością. Nawet jeśli czarne płaszcze wycofają zarzuty, nie zwróci mi to mebli i obrazów. Wróciła do domu wściekła i nie zdążyła zdjąć płaszcza, kiedy rozległo się stukanie.

– Elza, otwórz te diabelne drzwi! – warknęła, widząc, że nikt się nie kwapi do niespodziewanego gościa.

W końcu sama szybkim krokiem przemierzyła sień i uchyliła drzwi. Omal nie zderzyła się w progu z ubranym na czarno mężczyzną, na którego piersiach połyskiwał srebrny, połamany krzyż. Mężczyzna, choć był jeszcze dość młody, czarnowłosy, miał zmęczoną końską twarz.

– Wybieracie się gdzieś, pani? – zapytał grzecznie.

Cofnęła się o krok, jedynie z najwyższym trudem powstrzymując się przed próbą ucieczki w głąb domu.

– Och! – Chwyciła się za pierś. – Przestraszyliście mnie, panie.

Uśmiechnęła się, starając ułożyć zmartwiałe ze strachu usta w najpiękniejszy z uśmiechów.

– Czy nie pomyliliście drzwi, mistrzu inkwizytorze? – zapytała. – Ale, tak czy inaczej, zapraszam na kieliszek wina.

– Czy wy jesteście... – zaczął inkwizytor zwyczajową formułę, która zawsze poprzedzała aresztowanie.

– To ja – szepnęła, kiedy padło imię i nazwisko.

– Nazywam się Ruprecht Zeedorf i mam zaszczyt być inkwizytorem Świętego Officjum w Koblencji, w imieniu którego kładę na was areszt. Oto dokumenty sygnowane przez mistrza Zygmunta Schongauera, przełożonego Inkwizytorium.

Katarzyna nie wzięła papierów z jego rąk. Była pewna, iż wszystko jest w jak najlepszym porządku. I podpisy, i pieczęcie, i nazwiska.

– O co mnie oskarżacie? – ledwo usłyszała własny głos.

– Jesteście oskarżeni o – inkwizytor rozwinął dokument – działanie wbrew doktrynie i przykazaniom naszego świętego Kościoła poprzez publiczne wyznawanie herezji oraz nakłanianie innych do jej wyznawania. Ponadto oskarża się was o stosowanie czarów na szkodę poczciwych mieszkańców miasta Koblencji i uczestnictwo w sabatach, na których profanowaliście relikwie, przyzywaliście demony oraz składaliście ofiary z niechrzczonych dzieci. Et cetera, et cetera... Akt oskarżenia liczy cztery strony i wybaczcie, ale nie będę go wam czytał tutaj i teraz – dodał inkwizytor bardzo rzeczowym tonem.

Katarzyna oparła dłoń o ścianę, gdyż zdawało jej się, że zaraz upadnie.

– To... to wszystko kłamstwa. Mistrzu, powiedzcie sami, czy ja według was wyglądam na czarownicę? – Czuła, jak niechciane łzy spływają jej po policzkach.

Inkwizytor odsunął ją z drogi, jakby nie ważyła więcej od suchej gałązki, i wkroczył do sieni. Za nim wszedł postawny mężczyzna, również w czarnym płaszczu oraz czarnym kapeluszu, trzech strażników i siwy notariusz, którego Katarzyna kiedyś poznała w czasie załatwiania transakcji handlowych. Notariusz miał opuszczoną głowę.

– Panie Heidemann, powiedzcie im – chlipnęła. – Przecież mnie znacie... Powiedzcie im.

Zauważyła, że na jej słowa inkwizytor skrzywił lekko usta, jakby uśmiechając się z politowaniem nad naiwnością oskarżonej o czary i herezję, która sądzi, że ktokolwiek stanie w jej obronie. Notariusz zgarbił się tak, że niemal schował szyję w ramionach.

– Wasz majątek zostanie spisany oraz zabezpieczony na czas trwania procesu – kontynuował inkwizytor obojętnym głosem. – Do chwili wydania wyroku pieczę nad nim obejmuje Święte Officjum, działające poprzez pełnomocników wyznaczonych zgodnie z prawem i obyczajem.

Przynajmniej nic wam się nie dostanie! – pomyślała Katarzyna z mściwą satysfakcją, z jaką napadnięty człowiek mógłby obserwować złodzieja na próżno przeszukującego jego puste kieszenie.

– Za pozwoleniem, za pozwoleniem! – zawołał ktoś od progu.

Inkwizytorzy odwrócili się jak na komendę, a Katarzyna wraz z nimi. Przy drzwiach stał mężczyzna trzymający pod pachą plik dokumentów.

– Pozwolicie, szlachetni i pobożni mistrzowie, że zgłoszę roszczenia do tego majątku w imieniu pana Giovanniego Malapesty, obywatela weneckiego, który dziś rano zakupił wszelkie ruchomości oraz nieruchomości znajdujące się na Alei Dębowej pod numerem piątym, czyli, jak mniemam, właśnie tutaj. Oczywiście dysponuję stosownymi aktami kupna, które z najwyższym szacunkiem mogę przedłożyć także teraz.

Inkwizytor skinął głową.

– Wasze roszczenia zostaną wzięte pod uwagę – rzekł. – Panie Heidemann, proszę zapoznać się z tymi dokumentami.

Katarzyna wbiła sobie paznokcie w uda tak mocno, że zabolało ją pomimo grubej sukni. Nigdy nie chciał mnie uratować, pomyślała o Solomonie Grienie. Nigdy nie chciał mi pomóc w ucieczce. Jedyne, czego pragnął, to przejąć za bezcen mój majątek. Ale, na gwoździe i ciernie, to się tak nie skończy, kanalio. Będą żądali ode mnie zeznań? Bardzo dobrze! Opowiem im, jak przyzywałeś w moim domu demony i jak latałeś ze mną na sabaty. Może i spłonę na stosie, ale dopiero wtedy, kiedy poczuję twój skwierczący tłuszcz.

Jakże teraz żałowała, że nie ulepiła figurki Griena i że nie ma choćby jednego wieczoru na to, by przygotować odpowiednie klątwy. Jeżeli tylko wywinę się z tego, pomyślała, jeżeli tylko cudem boskim czy diabelskim uda mi się odzyskać wolność, to ludzie, którzy mnie sprzedali, będą żałować, iż kiedykolwiek się urodzili.

– Pozwólcie, pani, razem z nami na górę – rozkazał Zeedorf, nie nakazując nawet rewizji pokoi znajdujących się na parterze.

On wie, olśniło Katarzynę, on doskonale wie, dokąd iść i czego szukać. A więc to Grien musiał być Judaszem! Nie dość, że mnie oszukał, to przedtem sam doniósł czarnym płaszczom. Przecież tylko on wiedział, co znajduje się w pracowni. Pożałujesz, Solomonie, pożałujesz chwili, kiedy poznałeś Katarzynę. Zniszczę i ciebie, i twoją rodzinę, i twoich przyjaciół. Przygryzła usta tak mocno, że poczuła na języku żelazisty posmak krwi.

– Oczywiście, mistrzu – powiedziała. – Rada będę, jeśli sami stwierdzicie, iż w moim domu nigdy nie było rzeczy mogących budzić najmniejsze nawet podejrzenia. To bogobojny dom prawowiernej chrześcijanki.

Akurat domawiała te słowa, gdy wchodzili do sypialni, a wzrok inkwizytora padł na obraz przedstawiający miłosne figle Afrodyty i Hefajstosa.

– Nie śmiałbym w to wątpić – odparł Zeedorf, pewnie kierując się w stronę szafy.

Irmina ścieliła właśnie łoże, kiedy zobaczyła wchodzących do komnaty inkwizytorów. Zamarła w bezruchu, z poduchą w jednej dłoni, z jaśkiem w drugiej. Otworzyła usta i z tymi otwartymi ustami pozostała długą chwilę.

– Na co się gapisz, głupia dziewko? – krzyknęła Katarzyna, by tym krzykiem dodać sobie animuszu. – Przynieś nam zaraz wino. Mistrzowie inkwizytorzy z pewnością chętnie się napiją. Czyż nie tak, mistrzu Zeedorf?

– Nie odmówimy – odparł grzecznie. – Pozwolicie? – Sięgnął dłonią do klamki.

– Mam tam tylko suknie – Katarzyna z trudem pokonała suchość gardła.

– Cóż za piękna robota – zachwycił się inkwizytor, dotykając reliefu pokrywającego drzwi szafy. – Spójrz, Robercie – zwrócił się do jednego ze swych towarzyszy – u samego arcybiskupa nie widziałem tak pięknie wykonanego mebla. Czyż to nie Mojżesz rozmawiający z krzakiem gorejącym? A tu? Salomon modlący się przy Arce Przymierza. No, no. – Pokręcił głową. – Powiedz Heidemannowi, że szafa ma trafić do pałacu arcybiskupa. Jak mi Bóg miły, ten wenecki kupiec obejdzie się smakiem!

Mogliby chociaż zachować tyle przyzwoitości, by nie dzielić się moim majątkiem w mojej obecności, pomyślała Katarzyna, choć oczywiście nic nie powiedziała na głos.

– Irmino! – ponagliła tylko służącą, która porzuciła już poduszki i zamknęła usta, lecz nadal nie ruszyła się z miejsca.

– Tak, proszę pani. Słucham panią. Już przynoszę, proszę pani.

– Gdzie jest mały? – Katarzyna cofnęła ją jeszcze od progu.

– Nie wiem, proszę pani. Poszukam go, proszę pani.

– Zajmij się nim – nakazała, a jej słowa zlały się ze skrzypnięciem otwieranych drzwi szafy.

Zeedorf odgarnął zasłaniające mu drogę stroje i zniknął w ciemnym wnętrzu. Katarzyna poczuła na pośladku dłoń jednego ze strażników, który tchnął na nią piwno-cebulowym oddechem.

– Może byś się zabawiła ze mną, wiedźmo? – wychrypiał. – Dobrze ci dogodzę, jakem...

Inkwizytor nazwany przez Zeedorfa Robertem uderzył go w twarz urękawicznioną dłonią.

– Okaż szacunek, chamie – warknął – żebym ja nie musiał cię go nauczyć.

– Robercie – zawołał Zeedorf, który najwyraźniej znalazł się już w pracowni i oglądał właśnie sekrety Katarzyny – pozwól do mnie, jeśli łaska.

Drugi z inkwizytorów zanurkował w ciemnym wnętrzu i Katarzyna pozostała sama ze strażnikami. Ten, który wcześniej jej dotknął, przyglądał się teraz zawieszonemu nad łożem obrazowi przedstawiającemu wyuzdaną scenę mitologicznej miłości. Potem obrócił się w stronę Katarzyny.

– Przyńdzie czas, że w lochach nie trafi się inkwizytor. A wtedy, wiedźmo, cała miejska straż przeleci między twoimi nogami.

– Ona gzi się z kozłami. Co to dla niej taki kutas jak twój – prychnął drugi strażnik.

Katarzyna oparła się o ścianę i przymknęła oczy, nie słuchając już sporu strażników, którzy właśnie kłócili się, który ma większe przyrodzenie i który lepiej dogodził jakiejś grubej Matyldzie. Wiedziała, że w przyszłości, która ją czeka, gwałt zadany przez jednego czy nawet i dziesięciu strażników będzie jej najmniejszym problemem.

Uchyliła powieki, a wtedy w złotym pierścieniu noszonym na serdecznym palcu ujrzała czerwonawy błysk. Zmrużywszy oczy, dostrzegła oblicze Berithiego.

– Trzeba było posłuchać uprzejmej rady, czarownico – usłyszała w myślach spokojny głos, w którym pobrzmiewała nuta rozbawienia. – Wyniósłbym cię stąd na skrzydłach. Ale teraz z przyjemnością popatrzę, jak będą rozrywać twoje ciało cęgami i palić żywym ogniem. Z radością zobaczę, jak uroda, z której jesteś tak dumna, obraca się wniwecz. Ogolą cię na łyso, czarownico, i poszarpią piersi kleszczami. Rozerwą ci łono na żelaznym koźle, szczupłe kostki zgniotą żelaznymi trzewikami, a w słodkie usteczka wleją wrzący olej. – Demon roześmiał się z prawdziwą, szczerą radością.

– Widzę, że dobrze zapamiętałeś mojego lwa – odparła mu również w myślach Katarzyna, zanim nakryła pierścień dłonią.

Inkwizytorzy, jeden po drugim, wyszli z szafy i Katarzyna widziała, że to, co zobaczyli, wywarło na nich wrażenie. Zeedorf nie starał się już nawet być uprzejmy.

– Zwłóczcie z niej łachy i nałóżcie suknię, jaką przygotowaliście.

Strażnikom nie trzeba było tego dwa razy powtarzać. Katarzyna nie broniła się, kiedy zdzierali z niej suknie i bieliznę, kiedy ich lepkie ręce pod pozorem zrywania szat obmacywały jej piersi, brzuch i łono. Wiedziała, że opór nic nie da, a jedynie rozsierdzi strażników, którzy staną się jeszcze bardziej bezwzględni i jeszcze bardziej brutalni. Syknęła tylko, gdy palce jednego z mężczyzn wbiły się jej głęboko pomiędzy nogi.

– Krowy ci macać, a nie damę – warknęła.

Kiedy stała już naga, rzucili jej pod nogi wściekle żółtą, podartą suknię.

– Zakładaj – rozkazał strażnik. – Byle szybko.

– Nie róbcie mi tego. – Katarzyna obróciła zrozpaczony wzrok na Zeedorfa. – Błagam was, mistrzu, nie róbcie mi tego. Nie przy służbie, nie przy sąsiadach...

– Zakładaj – inkwizytor zimnym głosem powtórzył polecenie strażnika. – Niech zobaczą cię taką, jaką jesteś naprawdę. W żółtym kolorze, niczym najgorszą kurwę.

– Nie jestem kurwą!

– A jakże! – Strażnik grubymi paluchami miętosił jej pierś, lecz teraz inkwizytorzy nie uczynili żadnego gestu, by go powstrzymać.

– To, że byłaś kurwą dla ludzi, nic nas nie obchodzi – rzekł Zeedorf. – Ale zapłacisz za to, że stałaś się kurwą Szatana. To, że plugawiłaś boskie naczynie, jakim jest twoje ciało, nie jest naszą sprawą. Zapłacisz za to, że splugawiłaś swą duszę.

Katarzyna rozpłakała się i uklęknęła na podłodze.

– Tylko nie żółtą suknię, błagam. – Pochyliła głowę.

Inkwizytor ujął pod rękę swego towarzysza.

– Ubierzcie ją – rozkazał strażnikom. – Gdy wrócimy za kilka pacierzy, ma być gotowa do wyjścia.

Katarzyna, usłyszawszy trzask zamykanych drzwi, zacisnęła zęby tak mocno na dolnej wardze, by przez te kilka pacierzy myśleć tylko i wyłącznie o bólu promieniującym z rozszarpanych ust. A potem ułożyła się na podłodze i rozsunęła nogi, bo nie chciała, żeby ją bili.

Epilog

Gersard, stojąc na rogu ulicy, widział, jak dowodzeni przez inkwizytorów strażnicy wyprowadzają związaną i zakneblowaną Katarzynę. Musieli z niej wcześniej zedrzeć odzienie, gdyż teraz miała na sobie jedynie podartą żółtą suknię, niczym najgorsza ladacznica.

– Spóźniłem się – szepnął do siebie zmartwiałymi ustami. – Boże mój, spóźniłem się.

Wiedział, że nie jest w stanie już nic uczynić. Jego kochanka i prześladowczyni tak naprawdę właśnie zniknęła ze świata. W rękach oprawców zamieni się w strzęp mięsa, oszalały z bólu i przerażenia.

– Wyda mnie – tym razem chyba nawet nie szepnął, a jedynie chciał szepnąć.

Zaczął drżeć na całym ciele, tak jakby z lipcowego upału trafił wprost w czeluści lodowego piekła. Jeśli śledczy wyciągną od Katarzyny wszystko, co wie, to Gersard będzie stracony! Cudzołożenie z piękną wiedźmą jeszcze by mu darowano, kładąc to na karb słabej ludzkiej natury i tłumacząc, że zwiodła go kobieta, która przez samą tę właśnie naturę została stworzona jako grzeszna kusicielka. I skoro powiodła na pokuszenie nawet praojca Adama, to jak mógł ocaleć Gersard? Ale innych sprawek nie wybaczą. Za czary i trucicielstwo pójdzie na stos. Może, może w drodze szczególnej łaski jedynie zamkną go w klasztornej celi, by o chlebie i wodzie dożył końca swych dni, w wiecznym mroku i wiecznym smrodzie własnych odchodów. I w tym momencie zdał sobie sprawę, że nawet jeśli Katarzyna nie opowie o zbrodniach, które wspólnie popełnili, to i tak czeka go podły los. Czarownica rzuciła bowiem na niego klątwę. Klątwę, której nie będzie w stanie odwrócić. I kiedy Gersard uzmysłowił sobie, iż do końca życia nie zakosztuje już niewieścich wdzięków, że będzie dręczony podagrą, wysypkami oraz hemoroidami, opadł na kolana, załamał ręce, a z jego oczu popłynęły łzy.

– Spójrzcie no – powiedział ktoś. – Kanonik płacze.

Gersard zorientował się, że jego zachowanie obudziło ciekawość tłumu, ale nie miał siły wstać z kolan. Nie potrafił również powstrzymać łez, które spływały mu ciurkiem po gładko wygolonych policzkach.

– Patrzcie! – krzyknęła jakaś kobieta. – Żal mu czarownicy!

– Nie czarownicy mu żal – zawołał ktoś donośnym głosem. – Nasz kanonik płacze, iż ludzie tak podle krzywdzą Jezusa swym postępowaniem! Nie nad czarownicą użala się ten święty mąż, a nad jej grzechami!

Gersard uniósł głowę, by zobaczyć, kto stanął w jego obronie, i oczami zamglonymi od łez dojrzał spoconego kupca o nalanej, szerokiej twarzy, oczach niczym obrane jajka i ogromnym, wylewającym się zza pasa brzuszysku.

– Pozwólcie, ojcze, że wam pomogę. – Tłuścioch wyciągnął w stronę kanonika upierścienioną dłoń.

Gersard wstał, a w tym momencie ktoś rymnął na kolana obok niego i chwycił kraj jego szaty.

– Pobłogosław mnie, święty człowieku! Pobłogosław mnie, ty, co wylewasz łzy nad grzechami świata! – zakrzyknął tak głośno, że usłyszeć go musieli chyba wszyscy w okolicy.

Ogłupiały kanonik uczynił w powietrzu znak krzyża i wymamrotał słowa błogosławieństwa. Zauważył, że inkwizytorzy ze swym więźniem zniknęli już za rogiem ulicy, i rozszlochał się jeszcze żałośniej.

– I mnie, ojcze! – wrzasnęła jakaś kobieta.

– Synek! Dotknij mojego synka! – zawołała inna.

Wokoło Gersarda zebrał się tłum i każdy, czy mężczyzna, czy kobieta, czy dziecko, czepiał się jego szat, prosząc o błogosławieństwo. A kanonik kreślił nad ich głowami znaki krzyża i odmawiał głośne modlitwy. Kątem oka dostrzegł jeszcze opasłego kupca, który już z oddali wesoło zamachał mu ręką na pożegnanie.

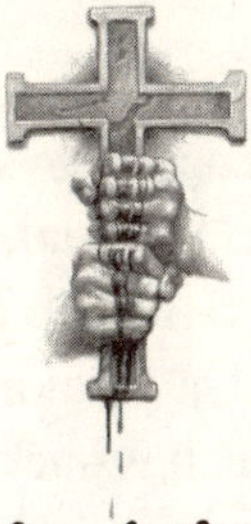

Płomień i krzyż

Arnold Löwefell siedział na pniu drzewa i ogryzał podpieczone w ogniu, na pół surowe ludzkie mięso. Ten kawałek udźca należał do barona Lothara Wittlebena, który to baron, nabity na ruszt, smażył się nad wysoko buzującym ogniem. Na szczęście Wittleben nie żył już od dobrych kilku pacierzy, gdyż wcześniej jego potępieńcze wycie zagłuszało nawet wrzaski rozochoconych i pijanych buntowników.

Löwefell był wściekły, iż musiał się pojawić właśnie tu i teraz – w samym sercu chłopskiego powstania, które krainę mlekiem i miodem płynącą przekształcało w krainę krwią i łzami płynącą. Przez blisko tydzień spędzony na podróży dość się napatrzył zbrodni i okrucieństw, o jakich zwykło się mawiać, iż przekraczają ludzkie pojęcie. Miał przynajmniej tyle szczęścia, iż jego pojęcia nie przekraczały. W czasie dość długiego życia miał okazję przypatrywać się wielu nieszczęśnikom – palonym na stosach, ćwiartowanym żywcem, gotowanym w oleju, smażonym na żelaznych fotelach, rozszarpywanym przez konie lub brony, łamanym kołem. Widział, jak wypruwano z ofiar flaki, i widział, jak szarpano ich ciała tak, iż cęgi odkrywały żywą kość. Widział, jak pojono ludzi wrzątkiem i jak zaszywano im w trzewiach wściekłe szczury. Widział, jak wykapywano im oczy wrzącą siarką i jak rwano paznokcie lub zęby. Widział to wszystko i wiele razy sam wydawał polecenia, by w ten właśnie sposób torturować nieszczęśników. Ale w trakcie trwania nawet najsroższej kaźni, w trakcie zadawania nawet najpotworniejszego bólu Löwefell szczerze modlił się o to, by uratować duszę grzesznika. By opowiedział o swych grzechach skierowanych przeciw świętej wierze, by ujawnił wspólników, by zaczął szczerze żałować wszelkich popełnionych niegodziwości. Löwefell nigdy nie dręczył ludzi dla samej przyjemności dręczenia, dla szukania jakiejś przeklętej radości w słuchaniu ich wycia, obserwowaniu łez i wdychaniu smrodu krwi. Współczuł torturowanym tak bardzo, jak jedna myśląca i czująca istota może współczuć drugiej. Lecz to współczucie nie mogło go uczynić mniej skutecznym lub mniej surowym. Tutaj natomiast, w czasie owej nieszczęsnej rebelii, aż za wielu widział ludzi, którzy zadawali innym cierpienie jedynie dla zaspokojenia własnej żądzy. Lub dla zemsty i wymazania z pamięci lat upokorzenia. Jakże radowała się ta pijana tłuszcza, paląc zamki i torturując szlachtę!

Widowisko, którego był świadkiem dzisiejszej nocy, nie odbiegało niczym od poprzednich. Obserwował, jak zdobyto zamek barona Wittlebena, a jego samego upieczono żywcem nad ogniskiem. Z jeszcze trzepoczącego się w płomieniach okrwawionego i osmolonego kadłuba wykrawano kawałki mięsa, którymi potem karmiono jego żonę i córki. Kobiety oczywiście zgwałcono, a żonie Wittlebena wypruto flaki i w ich miejsce włożono nasmołowane wiechcie. Starszą z córek buntownicy, kiedy nasycili już pożądanie, zgwałcili grubą, rozpaloną do białości gałęzią. Średnia miała tyle szczęścia, iż któryś z nieuważnych chłopów złamał jej kark, gdy na niej leżał. Innym nie przeszkodziło to zresztą w zabawianiu się stygnącym, martwym już ciałem. Najmłodsza na razie się uchowała. Siedziała w cieniu, pod stosem przygotowanych na podpałkę bali, a obok niej warował czternastoletni może chłopak w porwanym kaftanie i z krótką włócznią w dłoniach. Löwefell widział, iż parę razy odpędzał już mężczyzn, których spojrzenie wyłowiło dziecko z mroku. A oni byli na tyle pijani i rozochoceni zabawą, że nawet nie próbowali pokonać siłą jego oporu. Chłopak należał do rebelii, lecz najwyraźniej starał się trzymać z dala od popełnianych tu zbrodni. Owszem, jadł pieczone mięso barona, ale w tym ceremoniale akurat musiał uczestniczyć każdy, kto znalazł się w pobliżu.

– Dawajcie, bracia, oto nasza komunia! – zawołał kilka pacierzy wcześniej rudobrody mężczyzna z oszpeconą twarzą. Najwyraźniej skazano go wiele lat temu na obcięcie nosa, gdyż teraz środek jego twarzy pokrywała paskudnie zarośnięta blizna.

– Jedz, panie szlachcic, jedz. – Ktoś wetknął Löwefellowi kawał mięsa w dłoń.

Löwefell nie ukrywał, że jest szlachcicem. Miał niezłego konia i miecz, a pod płaszczem kolczą koszulkę. Ale nie stanowił wyjątku. W rebelii oprócz zbuntowanego chłopstwa, wagabundów, zbiegów, żebraków można było zobaczyć również szlachciców, mnichów, a nawet księży. Z miast przybyło wielu węszących szybki zarobek partaczy, zawsze skłonnych do buntu żaków czy rzemieślniczych uczniów i czeladników. Do tłumu przyłączyli się również wyjęci spod prawa raubritterzy. Rebelia zapłonęła w Cesarstwie niczym żagiew ciśnięta w snopy suchego siana. Tyle tylko, iż ten ogień można było ugasić jedynie rzekami krwi. A Arnold Löwefell miał nieszczęście polegające na tym, iż jego misja musiała być wykonana tu i teraz – w chwili kiedy, jak wiedział, za Renem zbierała się cesarska armia. Wzmocniona o niedobitki tych, którzy widzieli okrutną śmierć swych sąsiadów, żon lub dzieci.

Sięgnął myślą do dnia, w którym przełożeni zdecydowali się uhonorować go tą jakże zaszczytną misją...

Otton Vischer był najwyraźniej w fatalnym humorze. Kiedy zobaczył wchodzącego do komnaty Löwefella, nawet go nie przywitał, ale bez słowa wskazał krzesło. Nie pomyślał również, by poczęstować gościa winem, chociaż przed nim samym stała opróżniona do połowy karafka i kielich wypełniony krwistoczerwonym trunkiem. Vischer zabębnił knykciami w blat stołu i uniósł wzrok. Löwefell poznał po jego oczach, że ta karafka nie była pierwszą, która dziś gościła na stole.

– Czym mogę ci służyć, Ottonie? – zapytał, gdy denerwująca cisza przeciągnęła się zbyt długo.

– A owszem, owszem, możesz przysłużyć się nam wszystkim – odparł Vischer. – Do zadania, o którego szczegółach niebawem opowiem, wybraliśmy właśnie ciebie, wierząc w twe zdolności oraz ufając, iż sprzyjać ci będzie łaska Pana.

Urwał na chwilę, jakby spodziewał się podziękowań. Jeśli tak, musiał się jednak srodze zawieść.

– Pokornie słucham – rzekł tylko Löwefell.

– Pozyskaliśmy wiadomości o pewnej dziewczynce, która mogłaby być więcej niż użyteczna w świętej misji, jaką prowadzimy ku chwale Boga Jedynego i Aniołów.

Mógłbyś sobie oszczędzić tego nieznośnego patosu, pomyślał Löwefell, choć zachował spokojną twarz, a nawet przywołał na usta lekki uśmiech i skinął głową, jakby w pełnej rozciągłości zgadzał się ze zdaniem rozmówcy.

– Dziewczynka nazywa się Anna Matylda Wittleben i jest najmłodszą córką barona Lothara Wittlebena. Musimy dotrzeć do niej jak najszybciej i jak najszybciej sprowadzić do Amszilas. Wszyscy ufamy, Arnoldzie, iż właśnie ty jesteś jedyną osobą, która rzecz całą przeprowadzi z właściwą pieczołowitością i której tak ważną misję można bez zastrzeżeń powierzyć.

Teraz czas, byś wyjawił, jaką szykujesz pułapkę, pomyślał Löwefell. Cóż takiego odrażającego lub niebezpiecznego jest w tym zadaniu? Przyjrzał się chudej, przeoranej zmarszczkami twarzy Vischera, który w czarnym stroju przypominał nieboszczyka przygotowanego do pochówku. A przynajmniej żałobnika, który zaraz zacznie załamywać kościste ręce nad otwartą trumną.

– Jestem gotów usłużyć naszej sprawie najpilniej jak potrafię – rzekł. – I wdzięczny jestem za okazane zaufanie.

Vischer uniósł szybko głowę, jakby spodziewał się znaleźć na twarzy rozmówcy szyderczy uśmiech bądź chociażby ironiczne wykrzywienie ust. Nie znalazł.

– Mała Wittleben przebywa na zamku swojego ojca w dolinie Mozeli. Kilkanaście mil od Trewiru.

Arnold Löwefell w tym momencie wszystko zrozumiał. Cały teren doliny Mozeli, hen daleko aż po Ren, płonął w ogniu chłopskiego buntu. Przed armią rebeliantów z trudem obronił się sam Trewir, o mało nie wdarli się oni do Koblencji, ale poza wielkimi miastami i kilkoma fortecami wszystko znajdowało się w rękach zbuntowanego motłochu. Jeżeli rebelianci zdobyli zamek Wittlebenów, to po małej Annie Matyldzie nie zostało wiele. Można było mieć tylko nadzieję, że umarła na tyle szybko, by Bóg oszczędził jej losu przynależnego męczennikom.

– Podróż zajmie mi co najmniej dwa tygodnie – powiedział. – Zakładając oczywiście, że będę miał wiele szczęścia i nie zabiją mnie po drodze ani chłopi, ani wojska cesarskie. Nie sądzisz więc, że lepiej zaczekać, aż wszystko wygaśnie? Z tego, co możemy wnioskować, wygląda, iż do końca lipca będzie po rebelii.

– A jeśli nie? – Vischer złożył dłonie, jakby chciał się zacząć modlić. – A jeśli bunt nie wygaśnie?

To oczywiście było prawdopodobne. Po batach, jakie od buntowników dostali jaśnie panowie, można było się spodziewać również tego. Przecież wcześniej zginął książę Elsing – mąż wnuczki miłościwego pana, i marszałek van der Weyden, który zapowiadał, że mozelskie wzgórza i doliny zaczerwienią się od krwi motłochu. Pierwszego stratowali w czasie ucieczki właśni żołnierze, drugi początkowo ocalił co prawda głowę, ale stracił zarówno sławę rycerską, jak i dobre imię, kiedy po bitwie jeden z rycerzy rzucił mu w twarz zajęczą skórkę. I van der Weyden zginął w pojedynku, broniąc swego honoru z takim samym szczęściem, z jakim przedtem dowodził. Jednak teraz cesarz osobiście prowadził doborowe oddziały. Ciężkozbrojne rycerstwo, helweckich pikinierów, zaprawioną w bojach z Palatynatem burgundzką piechotę. Ba, w cesarskiej armii nie zabrakło nawet dosiadających ogromnych perszeronów flamandzkich arkebuzerów i liczono na to, że sam huk niezwykłej broni oraz smrodliwy dym palonego prochu napełnią przerażeniem serca rebeliantów.

Jeżeli władca zwycięży, zdławi bunt w ciągu następnych tygodni, osada po osadzie, miasteczko po miasteczku i zamek po zamku zdusi wszystkie objawy rebelii. Utopi kraj we krwi, a na polach wyrosną lasy szubienic. Ale jeśli nie odniesie zwycięstwa? Wtedy powstanie może potrwać nawet do zimy. Co będzie oznaczało, iż mała Anna Matylda ma takie same szanse przeżycia jak kurczak zamknięty w klatce z oszalałymi z głodu lisami. Zresztą najprawdopodobniej już teraz nie żyła. Ale jak widać, sprawdzenie tego było warte narażenia zdrowia Arnolda Löwefella. A to się rzeczonemu Arnoldowi Löwefellowi podobać nie mogło.

– Czego oczekujesz ode mnie? Abym sprawdził, czy dziewczynka żyje, a jeśli tak, to żebym przewiózł ją przez pół kraju ogarniętego powstaniem?

– Dokładnie – odparł sucho Vischer. – Nie zlecałbym ci tego zadania, gdybym wiedział, że mu nie podołasz.

Oczywiście, pomyślał Löwefell, chociaż jeżeli zginę, to ufam, że takie godne ubolewania wydarzenie nie spędzi ci snu z powiek.

– Otrzymasz listy z kancelarii cesarskiej, ale też pismo od Hakenkreuza poświadczające, że jesteś jego specjalnym wysłannikiem, i nakazujące, by lokalne oddziały buntowników zapewniły ci wszelką możliwą pomoc. Sfałszowano je tak zręcznie, iż zaręczam, że sam Hakenkreuz uwierzyłby, że wyszły spod jego ręki.

O tak, pisma od wodza buntowników z całą pewnością bardzo mi się przydadzą, zważywszy, iż większość tego motłochu potrafi podpisać się krzyżykiem, a każdego, kto umie nakreślić własne inicjały, uważa za podejrzanego, pomyślał Löwefell.

Doskonale wiedział, jak zazwyczaj wyglądają prowincje ogarnięte buntem. Oprócz w miarę zorganizowanych i mniej lub bardziej skutecznie dowodzonych oddziałów wszędzie włóczą się setki ludzi niesłuchających niczyich rozkazów i dbających jedynie o łupy oraz folgowanie żądzy mordowania i niszczenia. Na takich ludziach nie zrobią wrażenia ani pisma pieczętowane przez Najjaśniejszego Pana, ani listy wodza buntowników. Równie dobrze mógłby mieć dokumenty sygnowane przez samego Chrystusa i wszystkich jego Apostołów... Poza tym listy nie obronią przed strzałą lub bełtem wystrzelonymi z leśnej gęstwiny. A wystrzelić mógł każdy. Buntownik, cesarski najemnik, chłop skuszony widokiem ładnego konia i stroju...

– Kim jest ta dziewczynka? – zapytał, chociaż po pierwsze sądził, że otrzyma tylko wymijające objaśnienie, a po drugie właściwie sam znał odpowiedź.

Vischer wzruszył ramionami, a jego twarz przybrała wręcz odpychający wyraz, jakby brzydził się myśli, które rodziły mu się w głowie, lub słów, które czekały pod językiem.

– Nie chciałbyś wiedzieć – powiedział tylko. – Wierz mi, że nie chciałbyś wiedzieć.

I słysząc te słowa, Arnold Löwefell zaniepokoił się dużo bardziej niż wtedy, kiedy okazało się, że musi udać się do prowincji ogarniętej powstaniem. Postanowił nie drążyć dalej tematu, doskonale wiedząc, że i tak nie przyniosłoby to spodziewanych efektów.

– Mam wyruszyć sam?

– Zbrojna eskorta tylko utrudniłaby ci zadanie – wyjaśnił Vischer i Löwefell po części zgodził się z tymi słowami.

– Będziemy się za ciebie modlić, bracie – zakończył spotkanie Vischer, unosząc oczy ku sufitowi, jakby zamierzał wzrokiem przebić kamienne płyty i sięgnąć nim aż do nieba.

Arnold Löwefell pochylił głowę.

– Z całą pewnością wasza modlitwa wydatnie zbliży mnie do wypełnienia misji – rzekł uroczystym tonem.

I znowu nawet najbardziej bystry obserwator nie wyczytałby z jego twarzy niczego poza poważnym skupieniem.

Teraz przyglądał się skrytej w cieniu dziewczynce i zastanawiał, z jakich to powodów jest ona tak ważna dla klasztoru. Wydawała się tylko i wyłącznie śmiertelnie przerażonym dzieckiem. Tak przerażonym, iż znieruchomiałym i odrętwiałym, zamienionym w posąg, na którego twarzy wyrzeźbiono jedynie ból, strach oraz rozpacz. Miała usmoloną buzię, lecz łzy wyżłobiły w sadzy jasne nacieki. Złote niedawno jeszcze włosy teraz przypominały snopek ubabranego w pyle lnu, a niegdyś kremowa sukienka wyglądała niczym łachy żebraczki. Löwefell nie wyczuwał w tym dziecku mocy, która mogłaby zainteresować zakonników z Amszilas i którą to moc mogliby mieć nadzieję wykorzystać. Ale zbyt wiele lat zajmował się już pracą dla Inkwizytorium, by nie wiedzieć, że czasami nawet ogromna moc może zostać ukryta w sposób niemal doskonały. A jej ujawnieniu służyły przecież liczne rytuały, nie zawsze zresztą skuteczne. Gdyby dusze lub umysły ludzi obdarzonych mocą płonęły niczym jasne pochodnie w mrocznej komnacie, to dałoby się ich wszystkich znaleźć bez najmniejszego trudu. A ponieważ tak się nie działo, więc tu właśnie pozostawała rola dla Arnolda Löwefella i ludzi mu podobnych. Dla inkwizytorów Wewnętrznego Kręgu. Tych, których świętym zadaniem było odnajdywanie sekretów wśród zagadek spowitych w tajemnice.

Jeden z pijanych chłopów rozplątał sznur podtrzymujący mu gacie, stanął w rozkroku i odlewał się wprost w ogień oraz na spalone ciało barona. Usilnie starał się trafić strumieniem moczu w zniekształconą twarz rycerza, a kiedy mu się to nie udało, zaklął bełkotliwie i wymyślnie. Potem obrócił się w stronę sągów drewna, a jego mętny wzrok padł na przycupnięte w cieniu dziecko.

– A, jest jaśniepańska suka – warknął i zachwiał się.

Inkwizytor zdawał sobie sprawę, że ta chwila niedługo nadejdzie, że w końcu któryś z tej tłuszczy zainteresuje się jedyną pozostałą przy życiu Wittlebenówną. Chłopów było siedmiu, lecz wiedział doskonale, że ci na wpół przytomni od opilstwa oberwańcy nie stanowią dla niego problemu. Miał u boku miecz, przy nogawicy długi kord, a w kieszeni płaszcza woreczek z zielem sherskenu. Problem polegał na czym innym. Po pierwsze, ta siódemka nie była jedyna w okolicy. Opodal płonęły inne ogniska, a pomiędzy nimi wciąż włóczyli się buntownicy. Jedni szukając okazji do wypitki, inni badając, czy aby nie da się czegoś ukraść, jeszcze inni po prostu sprawdzając, czy gdzieś przypadkiem nie znajdą znajomków lub krewniaków. Po drugie, Löwefell tylko dlatego siedział z chłopami, aby wykorzystać ich następnego dnia do swoich celów i zmusić, by pomogli mu w wypełnieniu misji. Miał już plan zwerbowania tych ludzi, by odprowadzili go do w miarę bezpiecznego miejsca, skąd już będzie blisko do zgrupowania cesarskich wojsk. W końcu miał przecież tyle szczęścia, iż jeden z obwiesiów umiał czytać i rozpoznał pieczęcie oraz podpis Hakenkreuza. W związku z tym traktowali Löwefella może bez szczególnego szacunku, ale również bez wrogości, a raczej z czymś w rodzaju zaciekawienia. A gdyby inkwizytor ich zabił, musiałby szukać następnych, którzy daliby się równie łatwo przekonać. Oczywiście uratowanie Anny Matyldy było najważniejsze, lecz miał nadzieję, że dokona tego dzięki sztuce dyplomacji, a nie sztuce walki. Bo też przedzieranie się zbrojnie przez szeregi zbuntowanego chłopstwa z dzieckiem uwieszonym na siodle nie wydawało mu się skutecznym sposobem wypełnienia misji.

Czarnowłosy chłopak z włócznią w rękach uniósł się.

– Wara – powiedział.

Löwefella zdumiało, jak spokojny był to głos. Wydawał się nie należeć do nieletniego szczeniaka, lecz do dorosłego, pewnego siebie mężczyzny. W głosie tym nie było też ani strachu, ani złości. Tak mógłby przemawiać właściciel zwracający się do krnąbrnego psa, którego na razie tylko ostrzega, lecz nie będzie się wahał, by w razie oporu surowo go ukarać.

– Ty do mnie wara? – rozdarł się chłop i zacisnął pięści w kułaki.

Inkwizytor po drgnieniu mięśni czarnowłosego poznał, co stanie się dalej. Chłopak zgrabnie zamarkował uderzenie na twarz, po czym tępy koniec włóczni z całej siły władował w krocze przeciwnika. Buntownik wciągnął z jękiem powietrze w płuca i opadł na kolana, jęcząc z bólu. I wtedy czarnowłosy zrobił coś, czego Löwefell się nie spodziewał. Wraził ostrze prosto w gardło wroga tak, że ostrze włóczni wyszło karkiem. Mężczyzna zwalił się na ziemię, a wokół jego głowy rozlała się kałuża krwi.

– Co tam? Bijeta się, chopy? – Inkwizytor dostrzegł, że rudobrody, beznosy rebeliant, ten, który umiał odczytać pisma Hakenkreuza, usiłuje wypatrzyć, co się dzieje. Na szczęście oślepiały go i blask ognia, i dym, który wiatr właśnie zawiał prosto w jego twarz.

– A gdzież tam byśmy się bili? – odparł spokojnie czarnowłosy. – Pochlał sobie i śpi.

– Ano dobrze. – Rudobrody opadł na pień i przyssał się do bukłaka, nie zwracając już na nich uwagi.

Löwefell uniósł się i zbliżył do chłopca. Ten zwrócił na niego chłodne, taksujące spojrzenie.

– Też macie ochotę pokosztować tego samego, szlachetny panie? – spytał.

Mówił poprawnie, bez charakterystycznego dla nadmozelskich chłopów akcentu.

– *Cave me domino ab amico* – rzekł inkwizytor, wskazując ruchem głowy martwego buntownika.

– *Fide, sed qui, vide* – odparł czarnowłosy.

Löwefell ostrożnie przysiadł obok niego.

– Proszę, proszę, jak miło usłyszeć tak zgrabną łacinę w takim miejscu. Możesz mi wyjawić, co zamierzasz uczynić z tym dzieckiem?

Chłopak milczał, lecz nie dlatego, że nie chciał odpowiedzieć. Inkwizytor był pewien, iż jego plany nie wykraczały poza ochronę dziewczynki teraz i tutaj i nie sięgały dalej niż do świtu.

– Co im powiesz, jak się obudzą? – Znowu ruchem głowy wskazał trupa. – Że nadział się na własną włócznię? Chyba nawet oni nie są tak głupi, by uwierzyć w coś podobnego.

– Czego chcecie, panie?

Inkwizytor postanowił zagrać w otwarte karty. Z doświadczenia wiedział, że takie postępowanie przynosiło spodziewane korzyści w zdumiewająco dużej liczbie wypadków.

– Jestem przyjacielem jej rodziny. Wysłano mnie, bym ją odwiózł w bezpieczne miejsce. I zamierzam to zrobić z twoją pomocą lub bez niej. Jeśli z twoją pomocą, to zostaniesz sowicie nagrodzony. No i uratujesz głowę, a to chyba też coś dla ciebie znaczy?

– Uratuję głowę – nawet nie spytał, po prostu powtórzył jego słowa.

– Przecież wiesz, jak to się skończy. – Arnold Löwefell obniżył głos. – Najszczęśliwsi spośród was zostaną po prostu powieszeni. Inni będą się modlić o szybką śmierć.

Czarnowłosy skinął głową, jakby zgadzał się z tymi przewidywaniami przyszłości. Ale inkwizytor nadal nie mógł wiele wyczytać z jego obojętnej twarzy.

– Dlaczego mam wam wierzyć?

– A masz inne wyjście?

– Spytajcie raczej, czy wy macie inne wyjście, niż mnie przekonać – odparł chłopak. – Nie zabijecie mnie tak szybko, żebym nie zdołał krzyknąć.

– A ten tumult pewnie pomoże ci uratować małą? – zadrwił Löwefell.

Czarnowłosy znowu przytaknął.

– Pewnie macie rację.

Nie odzywał się przez dłuższy czas, siedział spokojnie na piętach, z włócznią opartą na udach. Inkwizytor był jednak przekonany, iż ten spokój jest tylko pozorny, a chłopak w każdej chwili jest gotów do odparcia ataku. Musieli go gdzieś szkolić, pomyślał, musiał się uczyć fechtunku. Czyżby był rycerskim synem? Löwefell słyszał o tym, że czasami buntownicy nie mordowali jaśniepańskich dzieciaków, ale pozwalali im przyłączyć się do własnych szeregów. Może wydawało im się to zabawne, a może w niektórych z nich budziła się chwilowa litość dla pokonanego wroga? Inkwizytor jak najdalszy był od uznawania ludzi za istoty hołdujące wzniosłym porywom natury, lecz z doświadczenia wiedział, iż czasami współczucie czy miłosierdzie wyrastają nawet na ziemi nawiezionej krwią.

– Co zamierzacie uczynić? – spytał w końcu czarnowłosy.

– Pojadę z nią w stronę Schengen, na północ. Tam gdzie zbierają się cesarskie wojska. Tych tutaj przekonam, żeby nam towarzyszyli i że znam kupca, który dobrze płaci za małe dziewczynki. Obiecam im udział w tym handlu, a potem... Masz tu jakiegoś znajomka, krewniaka? – zapytał, nie kończąc poprzedniego zdania.

– Jak dla mnie możecie ich sobie wszystkich zabić. – Chłopak wzruszył ramionami. – Jeżeli dacie radę pięciu chłopom.

– A więc tak właśnie zrobimy – zdecydował inkwizytor. – A ty, jeśli dbasz o własną skórę, nie próbuj mnie zdradzić.

Na czarnowłosym jego słowa zdawały się nie wywrzeć żadnego wrażenia. Kolejny raz pokiwał tylko głową.

– Ostrze tak samo lekko wchodzi w chamskie, jak i w pańskie gardło – rzekł, a potem po raz pierwszy uśmiechnął się. – Tego mnie tu właśnie nauczyli – dodał. – I chyba dobrze zapamiętam tę naukę. *Exempla trahunt*. – Spojrzał na dymiące nad płomieniami ciało barona.

– *Vestigia terrent* – zaprotestował inkwizytor z uśmiechem, do którego nawet się nie zmuszał, gdyż myślał już nie o chwili dzisiejszej, lecz o tym, co wydarzy się za kilka lub kilkanaście dni, kiedy cesarskie oddziały wdepczą bunt w ziemię.

Ale, o tak, to była szczera prawda. Biedacy poznali, że jeśli możnym rozpruć kałdun, to też krzyczą w męce, a z brzucha wylewają im się flaki, nie mieszki ze złotem. Przekonali się, że rycerze potrafią na kolanach błagać o życie, a jaśnie panie mają między nogami to samo, co zwykłe chłopki. I jakkolwiek skończy się rebelia, będą o tym wszystkim pamiętać. Oczywiście, jeżeli pozostanie w ogóle ktoś, kto będzie pamiętał. A Arnold Löwefell był pewien, iż krewniacy pomordowanego rycerstwa postarają się już, by tych ocalałych nie zostało zbyt wielu.

– Ona. – Wskazał brodą dziewczynkę, która zdawała się nie słuchać i nie słyszeć ich rozmowy. Jej oczy spoglądały martwo gdzieś w pustkę. – Mówi coś?

Czarnowłosy pokręcił głową bez słowa.

– Ma na imię Anna Matylda – objaśnił chłopaka. – Mogę się do niej zbliżyć? – spytał łagodnym tonem.

Niedorostek przyzwolił skinieniem po ledwo zauważalnej chwili wahania i odsunął się na bok. Inkwizytor zbliżył się do dziecka głęboko pochylony. Wolno i ostrożnie, niczym do przerażonego psiaka, który spłoszony gwałtownym gestem może prędko umknąć. Usiadł obok dziewczynki i ujął jej dłoń. Miała połamane, brudne paznokcie oraz zaschniętą krew na skórze. W żaden sposób nie zareagowała na dotyk Löwefella. Inkwizytor oderwał skraj koszuli chłopaka, wyjął manierkę i wylał trochę wody na materiał. Zaczął myć dłonie dziewczynki, delikatnie i powoli, jakby obmywał z brudu jątrzącą się ranę.

– Piękna panienka musi mieć piękne rączki – przemówił łagodnie. – Białe i z czystymi paznokciami. Jak inaczej mogłaby się bawić z księżną Izabelą? – Wyciągnął zza pazuchy lalkę w balowej kremowej sukni. – Widzisz, dziecko? To jest księżna Izabela, która najbardziej ze wszystkiego na świecie lubi tańczyć na cesarskich balach. I można jej dotykać tylko czystymi paluszkami. Chcesz pobawić się z księżną Izabelą?

Anna Matylda obróciła ku niemu spojrzenie, a Löwefell zobaczył, jak piękne i mądre ma oczy. Jak sarna, pomyślał. Wyciągnęła dłoń i objęła palcami figurkę. Postawiła ją sobie na drugiej dłoni i okręciła, patrząc, jak wiruje suknia. Zabawka była rzeczywiście piękna, wykonana na specjalne zamówienie przez biegłego w tej sztuce rzemieślnika, który swoje wyroby sprzedawał na książęce i królewskie dwory. Anna Matylda uniosła lalkę i uderzyła z całej siły jej głową w belkę. W dłoni pozostał dziewczynce tylko kadłub. Podała go inkwizytorowi.

– Już się pobawiłam – powiedziała i zastygła tak samo nieruchomo jak poprzednio.

Inkwizytor wyjął figurkę z palców dziecka i w sumie zadowolony był z jednego: Wittlebenówna najwyraźniej była w stanie reagować na zachodzące wydarzenia i rozumiała, co się do niej mówi. To znacznie ułatwiało sprawę.

– Przysłali mnie przyjaciele twoich rodziców – odezwał się. – Mam cię stąd zabrać, Anno. W miejsce, gdzie będziesz już zawsze bezpieczna. A ten chłopiec bronił cię dzisiaj przed złymi ludźmi i pomoże nam uciec.

– Zabiją was – powiedziała dźwięcznie, wyraźnie. – Ale najpierw nabiją was na rożen i będą piec w ognisku. Jak kurczaki! – Roześmiała się beztroskim, dziecięcym śmiechem, który w kontekście tych słów i w tej scenerii zabrzmiał złowrogo niczym śmiech demona.

A potem umilkła, skuliła się pod sągiem drzewa i w jednej chwili zasnęła.

– Czy... czy ona postradała zmysły, panie? – inkwizytor po raz pierwszy usłyszał w głosie chłopaka niepewność.

– Nie sądzę – odparł, chociaż nie miał pewności, czy dla wszystkich nie byłoby lepiej, gdyby je postradała.

Na razie jednak musiał zająć się innym problemem. Szczeniak niepotrzebnie zarżnął jednego z chłopów i teraz wypadało coś zrobić z ciałem, gdyż istniało prawdopodobieństwo, że zamordowany był krewniakiem czy przyjacielem któregoś z mężczyzn śpiących przy ognisku. I być może ten przyjaciel lub krewniak zainteresuje się, czemu ofierze przekłuto gardło.

– Niedaleko jest strumień – powiedział czarnowłosy, jakby odgadując myśli inkwizytora. – Wrzucę truchło w krzaki.

– Zrób to – zgodził się Löwefell. – Ja przypilnuję małej.

Chłopak odciągnął ciało na bok, ale zanim postąpił dalej, zaparł się i zzuł z trupa buty.

– Dobra skóra, dobre zelówki – stwierdził, przyglądając się uważnie. – Przypasują mi jak ulał.

Obmacawszy jeszcze dokładnie odzież zabitego, znalazł różaniec ze złota i szlachetnych kamieni oraz wisior ze złotym krzyżem.

– Jeżeli cesarscy znajdą przy tobie kosztowności, obedrą cię żywcem ze skóry – ostrzegł go inkwizytor.

– Macie rację, panie, ale może wam się przyda, żeby przekupić tych tutaj. – Chłopak cisnął precjoza na kolana inkwizytora.

– Może i tak – zgodził się z nim Löwefell, chowając kosztowności w zanadrze.

Spojrzał na niebo i dostrzegł, że księżyc skłania się coraz bardziej ku zachodowi. Do świtu nie pozostało już wiele czasu. Zbliżył się do dziewczynki i delikatnie ją odwrócił, czując cały czas na sobie wzrok chłopaka. Dziecko sapnęło tylko przez sen. Inkwizytor na prawym policzku Anny Matyldy wypisał „Pater", na lewym „Filius", na karku „Spiritus Sanctus" i w skupieniu zmówił krótką modlitwę. Dziewczynka nawet nie drgnęła. Gdyby jej ciało opanował demon, nie byłby w stanie wytrzymać tego rytuału, prowadzonego przez doświadczonego w swym fachu Sługę Bożego, którego dotyk oraz modlitwa miały ogromną moc. Demon musiałby zamanifestować swą obecność.

Przemówić, zesłać na dziewczynkę konwulsje, zmusić ją do ucieczki... Tymczasem Anna Matylda spała twardym, kamiennym snem wyczerpanego dziecka. Löwefell zdjął z ramion płaszcz i dokładnie ją otulił.

– Też odpocznijmy – rzekł do chłopaka. Zauważył, że czarnowłosy, odwrócony bokiem, wpatruje się w mrok, a na jego twarzy pojawił się lęk. – Ktoś idzie? – zagadnął go szeptem. – Hej, mówię do ciebie! – Nie widząc reakcji, szarpnął młodziana za ramię.

Ten wzdrygnął się niczym wyrwany z letargu.

– Nic, panie, nic – powiedział szybko.

Inkwizytor rzeczywiście był pewien, iż nikt się do nich nie zbliża. Nie słyszał kroków czy dźwięku rozmów. A jednak chłopaka coś przeraziło.

– Gadaj! – rozkazał twardo.

Ale gdy ujrzał jego zaciętą twarz, wiedział już, że ani prośbą, ani groźbą niczego nie dopnie. Zaklął więc cicho pod nosem i puścił ramię czarnowłosego. Usiadłszy pomiędzy pniami, oparł się wygodnie, pilnując jednak, by zająć pozycję umożliwiającą w każdej chwili zerwanie się na równe nogi. Jednym z elementów jego wyszkolenia było to, iż potrafił spać z otwartymi oczami, jednocześnie rejestrując wszystkie zachodzące obok wydarzenia. Ten sen nie był tak pokrzepiający jak zwyczajny, lecz przynosił pewne odprężenie i dodawał sił. Zresztą postronnemu obserwatorowi mogło się wydawać, iż inkwizytor w ogóle nie zasnął, a jedynie wpatruje się uważnie w jeden punkt.

Ocknął się, kiedy nad wzgórzami pobłyskiwało już pierwsze pasmo różowych chmur. Lecz nie nadejście świtu wyrwało go ze snu, ale jęk siedzącego kilka kroków dalej chłopaka. Czarnowłosy klęczał na ziemi, a krew bluzgała mu z nosa i ust. Inkwizytor w pierwszej chwili myślał, iż ktoś postrzelił go w plecy, ale niemal natychmiast zdał sobie sprawę, że chłopak pogrążony jest w bolesnym transie. Miał szeroko rozwarte oczy, pełne strachu i bólu, a oczy te zdawały się wpatrywać w przestrzeń, tak naprawdę nic nie widząc. Zaciskał pięści tak mocno, iż krew spływała z poranionych wnętrz dłoni. Löwefell z doświadczenia wiedział, że wyrywając czarnowłosego z transu, może mu tylko zaszkodzić, prawdopodobnie nawet zabić. Dlatego też usiadł obok, nie zważając, że brudzi kubrak krwią, i zaczął łagodnie przemawiać do niego, jednocześnie uwalniając kojącą moc uzdrawiającej ciało i duszę modlitwy. W miarę jak mówił, chłopak zdawał się uspokajać. Nadal pogrążony był w bólu, lecz inkwizytor wyczuwał, że ustępuje paraliżujący go strach. I w końcu bezwładne ciało wpadło mu w ramiona.

– Boże – wyjęczał czarnowłosy i zwymiotował pod siebie.

Drżał cały, jakby w chłodny dzień wyszedł prosto z zimnej kąpieli. Löwefell wielokrotnie widział już podobne objawy i podobny przebieg transu. Chłopak najwyraźniej potrafił uwolnić swą duszę, by unosiła się ponad ciałem i wędrowała po groźnych bezkresach nie-świata. To była wyjątkowa i bardzo niebezpieczna zdolność. Wyjątkowa, gdyż po odpowiednim wyszkoleniu dająca niezwykłe możliwości, a niebezpieczna między innymi dlatego, że każde jej niezdyscyplinowane użycie wiązało się z zagrożeniem życia. Czarnowłosy najwyraźniej nie potrafił tej umiejętności kontrolować, najprawdopodobniej nie zdawał też sobie sprawy, ile może dzięki niej osiągnąć.

Zapewne była dla niego tylko przerażającą dolegliwością, tak jak ataki epilepsji dla chorych na padaczkę. Löwefell wiedział, że nikt nie jest w stanie przetrwać podobnych ataków, jeśli nie zyska fachowej wiedzy na temat ich przebiegu oraz nie nauczy bronić się przed czyhającymi w nie-świecie zagrożeniami.

– Co widziałeś? – zapytał. – Tam gdzie byłeś...

Chłopak podniósł na niego przepełnione bólem i załzawione oczy.

– Potwory – wyszeptał. – Tu wszędzie są potwory. Patrzyły na mnie... – Zaczął dygotać tak mocno, iż nie mógł złączyć dłoni.

– Wydawały się utkane z czarnego dymu, czyż nie?

Chłopak milczał długo.

– Wy wiecie, panie?

– Wiem – odparł Löwefell. – Ale musisz opowiedzieć mi dokładnie, co widziałeś.

Słuchał uważnie wyznań czarnowłosego i z chwili na chwilę był coraz bardziej zdumiony, a jednocześnie coraz bardziej zadowolony. Zdumiony, gdyż z opowiadania wynikało, że chłopak przetrzymał już kilkanaście podróży do nie-świata, co wedle wszelkich prawideł było wręcz niemożliwe. A zadowolony, ponieważ okazywało się, że przywiezie Inkwizycji nie tylko Annę Matyldę, ale i drugą zdobycz. Nie wiadomo jeszcze, cenną czy nie, lecz najpewniej rokującą spore nadzieje.

– Wszystko zaczęło się w nocy – mówił dalej czarnowłosy – kiedy zobaczyłem umarłych...

– Potrafisz dostrzec umarłych? – Löwefell otworzył oczy szeroko, autentycznie zdumiony, gdyż taka zdolność była równie bezwartościowa, co rzadka.

– Tak, panie. Zwykle ich nie widzę. Nie tam, gdzie są ludzie. Ale tutaj... – zatrząsł nim dreszcz – błąkają się i wyją z boleści.

Tego można się spodziewać po miejscu, w którym popełniono tyle zbrodni, pomyślał inkwizytor. Tyle niespodziewanych i niezawinionych zbrodni. Duchy ofiar błąkały się, nie rozumiejąc, że nie należą już do tego świata. Pozostała w nich rozpacz i rozsadzająca oszalałe umysły nienawiść do wszystkiego, co żyje. Do wszystkiego, co ma właściwe miejsce, w przeciwieństwie do nich samych, którzy utracili już swoje. W końcu odejdą, by ukryć się w głębokich lasach, na trzęsawiskach, w opuszczonych ruinach. Wszędzie tam, gdzie nie będą musieli oglądać żywych, których widok wzbudzał w nich porażający bólem żal za utraconym człowieczeństwem.

Umiejętność widzenia umarłych przez czarnowłosego była kolejnym dowodem na to, iż ma on w sobie zdolności daleko wykraczające poza rozumienie zwykłego człowieka. Jednak stokroć bardziej interesujące były jego podróże do nie-świata.

– Kiedy tracisz przytomność... Co się jeszcze wtedy dzieje?

– Ból – szepnął chłopak. – Ból nie do wytrzymania. Ale wiem, że jeżeli mu się poddam, to dopadną mnie...

– Kształty, cienie, dymy... Oni? Tak?

Pokiwał głową.

– Widzę też samego siebie, jakbym frunął na grzbiecie ptaka. Widzę, jak klęczę i krwawię. I widzę też to wszystko – zatoczył koło ręką – ale inaczej.

– Jak?

– Widziałem was, lecz nie tak wyglądaliście jak teraz.

– Mów dalej, proszę.

– Mieliście twarz starca i skórę koloru popiołu. Wasze oczy błyszczały niczym czarne płomienie. – Chłopak wzruszył ramionami, jakby dopiero wypowiadając te słowa, zdał sobie sprawę, że brzmią cudacznie.

Zobaczył, kim jestem naprawdę, pomyślał wstrząśnięty Löwefell. A może, dokładniej rzecz biorąc, zobaczył, jaki byłem niegdyś. Na gwoździe i ciernie, co za diabeł drzemie w tym chłopaku?!

– Wasz płaszcz był jak utkany z ognistych nici – dodał jeszcze czarnowłosy. – W dłoniach trzymaliście księgę, która płakała setką głosów.

Inkwizytor nic nie odrzekł, pokiwał jedynie głową, gdyż musiał sobie spokojnie przemyśleć to, co usłyszał. Wiedział jedno: jego towarzysz musi zostać poddany badaniom oraz szkoleniu, ponieważ istniała wielka szansa, że okaże się cennym nabytkiem.

Usiadł z powrotem pomiędzy balami i patrzył, jak chłopak, zataczając się, odchodzi w stronę strumienia, by obmyć się z krwi.

Anna Matylda obudziła się, kiedy tylko wstał. Wcisnęła się głębiej pomiędzy sągi drzewa i przetarła piąstkami oczy. Otuliła się szczelniej płaszczem, którym inkwizytor okrył ją w nocy. Rzeczywiście, poranek był chłodny.

– Witaj, dziecko – rzekł Löwefell cichym głosem. – Chciałabyś coś zjeść?

Wpatrywała się w niego przerażonym wzrokiem zaszczutego zwierzątka. Usiłowała się cofnąć, ale za plecami miała przeszkodę.

– Nie bój się, Anno. Jestem tu, żeby odwieźć cię do rodziny. Już niedługo będziesz bezpieczna. – Inkwizytor zdał sobie sprawę, iż dziecko najprawdopodobniej nie pamięta wczorajszej rozmowy ani nie przypomina sobie jego samego.

– Mamusia – chlipnęła dziewczynka. – Gdzie jest mamusia?

Oto dziedzina, w której mnie nie wyszkolono, pomyślał z goryczą. Czyli jak rozmawiać z dziećmi, które na własne oczy widziały mękę i śmierć rodziców i same omal nie straciły życia.

– Wszystko będzie dobrze – powiedział ze szczerym przekonaniem, starając się, by słowa te zabrzmiały łagodnie i uspokajająco.

Piątka chłopów powoli budziła się. Wszyscy jeszcze pogrążeni w pijackim stuporze, ale wyrwani z sennych objęć przez chłód poranka. Jeden z nich spojrzał na pokryte sadzą ciało barona i przeżegnał się szybko, cofając o kilka kroków. To ten sam, który pomagał nawlekać Wittlebena na ruszt, skojarzył go Löwefell. Drugi chłop siedział w kucki i rzygał pod własne stopy, co spowodowane było raczej nocną pijatyką, a nie obrzydzeniem na widok ciał pomordowanych. Jedynie rudobrody zdawał się niemal w pełni sił i Löwefell zauważył, że zaraz po przebudzeniu zlustrował wszystko wokół bacznym spojrzeniem.

– Gdzie Pszczółka? – warknął.

Inkwizytor domyślił się, iż chodzi o mężczyznę, którego czarnowłosy zarżnął w nocy i którego ciało odciągnął w chaszcze nad strumieniem.

– Tak więc jednego mniej do podziału – rzucił donośnie i przeciągnął się.

– Do jakiego podziału? – Rudobrody spojrzał na niego podejrzliwie.

– A ty myślisz, że po co trzymam tę tutaj? – Wskazał Annę Matyldę. – Pod Schengen jest kupiec, który złotem płaci za takie dziewczynki. Pojedziecie ze mną i każdy z was napcha kieskę żółciutkimi talarami.

– Pod Schengen? Daleko to?

– Jeśli nie pożałujecie nóg, na wieczór będziemy.

Rudobrody podrapał się w bliznę, która została mu po obciętym nosie.

– Dużo da tych talarów?

– Mówili mi, że płaci sto talarów, jak dziewczynka jest z jaśnie panów i jeśli nikt jej wcześniej nie ruszył.

– Miałem dwie takie jak ona – rzekł po chwili rudobrody, znowu trąc bliznę. – Też takie włoski miały... Jak dojrzałe zboże... Obie mi zmarzły tej zimy. Myślicie, panie, że ten kupiec będzie dla niej dobry? Bo ja tam mogę wziąć. – Wzruszył ramionami. – Niczym swoje odhoduję.

Löwefella po raz kolejny zadziwiła niekonsekwencja ludzkiego postępowania. Oto człowiek, który w okrutny sposób zamęczył, pohańbił i zamordował rodzinę tego dziecka, teraz deklarował, najwyraźniej szczerze, iż otoczy je opieką. Jeszcze wczoraj zarżnąłby dziewczynkę, pewnie wcześniej zgwałcił, a teraz wzruszał się, iż przypomina mu ona zmarłe potomstwo. I w dodatku był skłonny zrezygnować z wysokiej nagrody!

– Kupiec to dobry człowiek. Znajdzie jej rodzinę i weźmie wykupne. I on zarobi na tym, i wy zarobicie – wyjaśnił inkwizytor.

– No niech – zgodził się rudobrody, a potem znowu się rozejrzał. – Gdzie ten Pszczółka, psiawara, się zapodział? Ty, mały, nie wiesz?

Czarnowłosy wzruszył ramionami.

– W nocy powiedział, że idzie sobie baby poszukać – odparł spokojnie. – Pewnie jeszcze nie wrócił.

Jak dla Löwefella wytłumaczenie brzmiało całkiem zgrabnie, bo za buntownikami włóczyły się całe stada sprzedajnych dziewek, a z kolei inni rebelianci nie mordowali jaśnie pań, tylko trzymali je żywcem i za odpowiednią opłatą użyczali każdemu, kto zechciał się zabawić. Toteż czasem taka baronowa, księżna czy inna dama przez całą noc przyjmowała między nogami co rusz innego chłopa. Inkwizytor widział dwa dni temu ustawionych w kolejce zbirów chędożących czternastoletnią może dziewczynę, na której niemal nagim ciele wisiały jedynie strzępy kosztownej sukni. Dziewczyna już nawet nie ruszała się, nie płakała ani nie krzyczała, tylko głucho jęczała z bólu w rytm podrygujących na niej chamów. Löwefell nie wiedział, czemu spojrzała właśnie na niego, a w jej wzroku wyczytał błaganie. Słowa zaklęte w tej niemej prośbie nie brzmiały „uratuj mnie", lecz „zabij mnie". Oczywiście odwrócił się i odszedł, bo cóż innego mógł uczynić?

Beznosy mężczyzna wpatrzył się w czarnowłosego złym spojrzeniem wyblakłych oczu.

– A po co jemu było szukać baby, kiej pan Rajmund kazali mu, będzie trzy roki temu, obciąć jaja i kutasa?

A to pięknie, pomyślał Löwefell. I jak tu nie wierzyć twierdzeniu, że łgarstwo jest ojcem kłopotów? Jak nie zgodzić się z greckim poetą, który powiedział, że „czasami prawda wychodzi na jaw, chociaż nikt jej nie szukał"?

– Na baby nie na baby, kogo to obchodzi? – rzekł głośno, zniecierpliwionym tonem, ale jednocześnie zbliżył się do rudobrodego. – Pakujcie manatki, jeśli chcecie zarobić. A jak nie, wolna droga. Idźcie sobie szukać waszego Pszczółki!

Wydawało się, że wszystko zmierza już ku dobremu, kiedy nagle wzrok rudobrodego ześlizgnął się na nogi chłopaka.

– A czemu ty, psie ścierwo, masz buty Pszczółki? – zapytał wolno.

Inkwizytor westchnął szczerze i z prawdziwym żalem. Wyszarpnął nóż i zgrabnym, mierzonym ruchem cisnął go wprost w pierś buntownika. Ostrze wbiło się aż po rękojeść, a beznosy postąpił dwa kroki do tyłu. Na jego kaftanie rozlewała się czerwona plama.

– Co wy, panie? Co wy? – zajęczał ze zdumieniem i zwalił się na wznak.

Löwefell wyciągnął z pochwy miecz i ruszył ku kolejnemu ze zbirów. Kątem oka dostrzegł, iż czarnowłosy z całym impetem przyszpila włócznią do ziemi rzygającego chłopa, który nie zdążył nie tylko powstać, ale chyba nawet zorientować się, co zaszło.

Inkwizytor zamachnął się z półobrotu, trafiając kolejnego wroga cięciem przez twarz i pierś. Potem płynnie zszedł na bok, unikając wolnego, sygnalizowanego ciosu topora, i wbił ostrze w brzuch trzeciego z buntowników. Pozostał ostatni, ten jednak, niewiele myśląc, wziął nogi za pas. Co gorsza, darł się wniebogłosy, rozpaczliwie wzywając ratunku. Löwefell zdał sobie sprawę, że za nic w świecie nie dogoni młodego, zwinnego mężczyzny, a oszczepy miał przy koniu i nie zdołałby do nich na czas podbiec. Na szczęście chłopak wykazał się inicjatywą i inteligencją. Sięgnął po kamień, przymierzył, zamachnął się i trafił uciekającego prosto w potylicę. Hultaj zwalił się na ziemię niczym rażony piorunem.

– Zacny rzut, chłopcze – uśmiechnął się Löwefell, po czym niespiesznie podszedł, by dorżnąć nieprzytomnego. Przeciągnął mu ostrzem po gardle co prawda bez żalu, ale z niezadowoleniem, iż zmuszono go do przemocy, której dałoby się uniknąć, gdyby wypadki potoczyły się inaczej.

Teraz musieli naprawdę pospieszać, gdyż z każdą chwilą rosło niebezpieczeństwo, iż staną oko w oko z którąś z włóczących się w okolicy zbrojnych grup. A znaleźć wytłumaczenie dla obecności pięciu trupów nie byłoby tak łatwo.

Löwefell wziął na ręce dziewczynkę i podsadził ją na siodło, potem wskoczył w ślad za nią.

– Mam nadzieję, że masz silne nogi, smyku – powiedział.

– Poczekajcie, panie. – Czarnowłosy klepnął się w czoło. – Coś mi się przypomniało i może uznacie, że rzecz była warta przypomnienia.

– Cóż takiego?

– Tu w okolicy jest zamek, którego nie dali rady zdobyć – rzekł chłopak. – Pewnie byłoby bezpiecznie poszukać schronienia właśnie w nim.

Inkwizytor, szczerze uradowany, zaklaskał w dłonie.

– I dopiero teraz mi to mówisz? Przecież to istny dar od losu! Jak się nazywa ten zamek?

Przed wyruszeniem z klasztoru Löwefell dokładnie zapoznał się z mapami okolicy (a w Amszilas dysponowano prawdziwie królewskim zbiorem map) i teraz może nie mógłby służyć za przewodnika, ale przynajmniej miał dość dobre pojęcie o położeniu miasteczek, wsi i grodów. Całą noc ślęczał nad pergaminami i ufał, że jego wysiłek na coś się przyda.

– Tego nie wiem, panie, i trafić pewnie też bym nie trafił. Opowiadali, że broni się w nim bękart jakiegoś księcia.

– Junglinster – rzekł bez wahania inkwizytor. – Jestem pewien, że chodzi o zamek Junglinster.

Czarnowłosy tylko pokręcił głową, gdyż najwyraźniej nazwa nic mu nie mówiła. Ale jeśli rzeczywiście przed buntem broniła się ta właśnie twierdza, to była to prawdziwie dobra wiadomość, gdyż Junglinster znajdował się zaledwie kilkanaście mil od miejsca, w którym obozowali. Löwefell miał nadzieję, że po pierwsze, chłopakowi coś się nie pomyliło, a po drugie, że zamek rzeczywiście ocalał. Bo panowie rycerze mieli często przeciw sobie nie tylko zbuntowane chłopstwo, przed którym zazwyczaj broniły wysokie mury i dobrze wyekwipowani zbrojni. Największe zagrożenie stanowili mieszkańcy grodu. Stajenni, kuchenni, świniopasy, ogrodnicy – ci, których zazwyczaj się nie dostrzega, a jeśli dostrzega, to jedynie by wydać im polecenia lub kazać oćwiczyć za nieposłuszeństwo albo opieszałość. To oni potem wykazywali się największą bezwzględnością, największym okrucieństwem i największą pomysłowością w zadawaniu katuszy. Bowiem nie ma nic gorszego nad upokarzanego sługę, który zrządzeniem losu zdobędzie władzę nad swym dawnym panem. Löwefell był pewien, iż w tym wypadku nie chodziło nawet o bogactwa, które mogli złupić. Ale zgwałcić żonę i córki na oczach jaśnie pana, a potem kazać biczować go tak długo, aż mięso odpadało od kości – o tak, w tym kryła się prawdziwa rozkosz dla serca poniżanego sługi.

Zamek Junglinster przywarował na szczycie wzgórza na podobieństwo kamiennego olbrzyma spoglądającego dumnie w otaczające go doliny. Nie była to siedziba zaprojektowana przez architekta o wyrafinowanym guście i hołdującego nowomodnym rozwiązaniom. Tu wszystko aż emanowało prostotą. I w tej właśnie prostocie tkwiła siła, gdyż zamek przypominał pięść zwiniętą do ciosu. Wokół cylindrycznego donżonu oraz kwadratowej wieży mieszkalnej wznosiły się dwa pasy grubych murów, z których wyrastały niewielkie łucznicze baszty. I jeszcze jedno inkwizytor dojrzał bardzo dokładnie. Na szczycie murów, od strony prowadzącej na wzgórze drogi, tkwił zatknięty na włóczniach szereg głów. Tak zapewne Ludwik Bastard okazał wdzięczność tym swoim poddanym, którzy zapragnęli otworzyć bramy grodu przed armią buntowników. Samych rebeliantów nie było widać w okolicy. Najwyraźniej uznali, iż zdobycie dobrze strzeżonego i świetnie ufortyfikowanego zamczyska przerasta ich siły, i woleli udać się po łatwiejsze łupy.

Wjechali na brukowaną drogę prowadzącą do zamkowych bram. Droga była kręta, ale na tyle szeroka, by bez trudu mogły się na niej minąć dwa konne wozy. Löwefellowi nie podobało się tylko, iż w kilku miejscach przy drodze rosły gęste krzewy, ciągnące się w dół i w górę skalistego zbocza. Trudno nie zauważyć, iż tworzyły one doskonałe miejsce do przygotowania zasadzki na nieuważnych podróżnych. Inkwizytor nie sądził co prawda, by komuś chciało się warować opodal rycerskiego zamku, skoro w okolicy tyle było miejsc do złupienia, ale z drugiej strony czyż nie tu właśnie można było zaskoczyć uciekinierów zmierzających do Junglinster? Czyż nie tu można było pochwycić ludzi, którzy z resztkami dobytku zmierzali do jedynej bezpiecznej oazy w okolicy? Mimo swych podejrzeń nie miał jednak żadnego innego wyboru. Musiał jechać dalej, choćby się okazało, że w chaszczach czyha cała chłopska armia. Objął jedynie silniej dziewczynkę, tak silnie, że aż boleśnie pisnęła, i pochylił się w siodle.

– Rozglądaj się pilnie – przykazał czarnowłosemu półgłosem – i mów, jeśli tylko zobaczysz coś podejrzanego.

Niemal w tym samym momencie obok jego ramienia gwizdnął kamień, trafiając prosto w koński łeb. Jednocześnie usłyszał bolesne rżenie wierzchowca i ryk z kilku gardeł. Kątem oka dostrzegł, iż z chaszczy wypada paru chłopów i pędzi w jego kierunku ile sił w nogach. Jeden miał w ręku widły, drugi pałkę, inny chyba topór... Kolejny kamień przeleciał na dwa palce od głowy Löwefella. I wtedy, niestety, jego wytrenowany i posłuszny rumak wspiął się na tylne nogi. Inkwizytor pochwycił mocniej wodze, by okiełzać konia, lecz wierzchowiec potrącił bokiem chłopaka. Ten stracił równowagę i wywrócił się na drogę. Löwefell nie miał czasu go ratować. Bodnął konia ostrogą i galopem ruszył w stronę zamku, lewą ręką mocno przyciskając do siebie dziewczynkę. To ona była najważniejsza i to ją należało za wszelką cenę ocalić. Ale uczynił jedyne, co mógł uczynić, by pomóc chłopakowi. Sięgnął po oszczep kołyszący się przy siodle, odwrócił się, zamachnął, wymierzył i cisnął. Cisnął tak, że grot wbił się w ziemię tuż przy policzku leżącego na skraju drogi czarnowłosego.

– Tak mi odpłacasz za dobroć, kurwi synu?! – wrzasnął na tyle głośno, by być pewnym, iż wszyscy wokół usłyszeli.

A potem ubódł znowu rumaka ostrogą i pochylony w siodle popędził do zamkowej bramy. Jeszcze tylko strzała bzyknęła mu tuż koło ucha, lecz zaraz potem wiedział już, że i on sam, i Anna Matylda są bezpieczni.

Ludwik Bastard miał płomiennie rude włosy, orli nos i paskudne szramy na lewym policzku. Zajmował wysokie, zdobione krzesło, obok niego na podobnym siedziała wysoka kobieta o łagodnej twarzy młodej Madonny i spiętych wysoko kruczych włosach.

– Witam was uniżenie, panie Ludwiku, i was, pani, dziękując z całego serca za uratowanie życia mnie i dzieweczce, która jest pod moją opieką – pokłonił się inkwizytor. – Pozwólcie, że się przedstawię – kontynuował. – Jestem Arnold Löwefell i mam zaszczyt być wysłannikiem Najjaśniejszego Pana, co łacno mogę wywieść, okazując wam stosowne listy.

– Ano pokażcie – rozkazał Bastard.

Inkwizytor uklęknął, wyciągnął nóż i ostrożnie rozciął nogawicę buta. Wysunął ciasno zwiniętą kartę z cesarskim dokumentem. Podał ją słudze, który następnie przekazał list Ludwikowi. Bastard uważnie wczytał się w pismo.

– Miłościwy Pan prosi, by was wspomagać, więc powiedzcie, w jaki sposób ja mogę to uczynić – rzekł bez zbędnych ogródek, kiedy już zapoznał się z dokumentem.

– Dajcie mi dzień odpocząć i, z łaski swojej, przechowajcie na zamku dziecko, które wywiozłem z pożogi. Ta dziewczynka to Anna Matylda Wittleben, ostatnia z rodu...

– A więc Lothar nie żyje – stwierdził ponuro Bastard. – A jeszcze w zeszłym miesiącu polowaliśmy razem. Panie, przyjmij go do swego Królestwa. – Przeżegnał się zamaszyście.

– A światłość wiekuista niechaj mu świeci – dopowiedział Löwefell. – Żona i dwie starsze córki również odpoczywają już w Pańskiej chwale – dodał zaraz później.

– Widzieliście na własne oczy?

Ciekawe, co by zrobił, gdybym mu powiedział, że jadłem pieczone mięso barona, przemknęło przez myśl inkwizytorowi. Pewnie i mnie kazałby upiec na ruszcie, a może nawet zmusił, żebym posilał się własnym ciałem.

– Miałem to nieszczęście – przytaknął, pochylając głowę.

– Opowiadajcie – rozkazał krótko Ludwik.

– Wybaczcie. – Inkwizytor skierował wzrok na damę siedzącą obok Bastarda. – Wolałbym zapoznać was z tą żałosną historią w cztery oczy.

– Opowiadajcie – odezwała się dama dźwięcznym głosem – nie zważając na słabość mojej płci. Zaręczam wam, że nie opowiecie nic, czego wcześniej byśmy nie słyszeli od innych zbiegów.

Löwefell, postawiony przed taką koniecznością, przedstawił wszystko, co widział, starając się jednak oględnie dobierać słowa z uwagi na obecność niewiasty.

Zresztą nawet oględnie opowiedziana historia okazała się przerażająca dla ludzi, dla których nie było codziennością stykanie się z tak przemożnym okrucieństwem.

– Boże, Boże, Boże... – wyszeptała dama, kiedy skończył.

– Tam nie było Boga – z prawdziwą nienawiścią w głosie przerwał jej Bastard. – Powiedzcie mi, panie Löwefell – obrócił wykrzywioną gniewem twarz w stronę inkwizytora – co robił Bóg, kiedy mojego kuzyna pieczono na ruszcie, a jego żonie palono wnętrzności?

Inkwizytor nie zamierzał dyskutować z rycerzem o wierze, religii lub Bogu. Pochylił więc pokornie głowę, jakby przytłoczyło go brzemię tego pytania i nie był w stanie znaleźć na nie odpowiedzi.

– Niektórzy mówią, że spoglądał ze swego niebiańskiego tronu i zaśmiewał się do rozpuku, a im głośniejsze dochodziły jego uszu jęki mordowanych, tym i on głośniej się śmiał.

Inkwizytor zmilczał, chociaż Bastard posuwał się zdecydowanie za daleko.

– Ja jednak wierzę w co innego, panie Löwefell. Wierzę, że Jego po prostu nie ma...

– Przestań, Ludwiku – dama zwróciła się do rycerza. – Nie bluźnij, na Boga!

– Nie bluźnię, bo nie ma komu. – Bastard roześmiał się szalonym śmiechem. – W niebie, w które wpatrujemy się z nadzieją, zieje tylko pustka, panie Löwefell – umilkł na chwilę i dyszał ciężko. – Nie protestujecie? A może zgadzacie się ze mną? – w pytaniu słychać było nutę pogardy, z jaką pewny siebie i swoich racji arystokrata może przemawiać do chudopachołka.

– Z pokorą przyznaję, iż nie mam umysłu tak wyszkolonego, by poświęcać się teologicznym rozważaniom – powiedział cicho Löwefell. – A zajmuje mnie jedynie problem, jak skrupulatnie wypełniać wolę Najjaśniejszego Pana, którą raczył mi obwieścić własnymi ustami.

Bastard parsknął.

– Ano widać, że gładki z was dworak, panie Löwefell, ale ja wspominam, co mówi Pismo: *Niech mowa wasza będzie tak, tak, nie, nie.*

Zastanawiająca to maniera u apostaty powoływać się na biblijne zapisy, pomyślał inkwizytor, ale, rzecz jasna, nie odezwał się ani słowem. Jeśli Bastard chciał się pasować z Bogiem i wiarą, to była to tylko jego rzecz. Na razie...

– Ech! – Bastard machnął ręką. – Co tam strzępić język po próżnicy. Wracajmy lepiej do waszych spraw. Dziewczyna niech zostaje i zajmę się nią jak własną córką. Wam, skoro umyśliliście jechać dalej, dam na drogę, czego potrzebujecie. Świeżego konia, zapasy, gotówkę, jeśli wam brakuje. Ludzi tylko nie dam, bo nie chcę ich stracić.

– Pokornie dziękuję waszej miłości – skłonił się Löwefell. – Po dziecko wrócę, gdy tylko bunt przygaśnie, ponieważ Najjaśniejszy Pan kazał mi odwieźć ją do Akwizgranu, by chowała się na cesarskim dworze.

– Pewnie, że cesarski godniejszy niż mój – zgodził się Bastard. – Dla dziewuchy tym lepiej, bo i cesarz jak raz znajdzie jej narzeczonego z dobrego domu. Inaczej co by sierota zrobiła? Zamek spalony, włości zrujnowane... Lata miną, zanim to wszystko... – nie dokończył i znowu tylko machnął ręką.

Trudno było się nie zgodzić z tym wywodem. Inkwizytor, przejeżdżając przez spustoszone przez rebeliantów ziemie, sam zastanawiał się, ile lat potrwa odbudowa. Bo przecież nie chodziło tylko o grody, domy, rzemieślnicze zakłady czy młyny. Nie chodziło o popalone pola, wykarczowane winnice, drzewa owocowe, które poszły na rozpałkę. Nie chodziło nawet o zwierzęta gospodarskie, które w wielu miejscach wyrżnięto bez widocznego celu. Rebelianci nie zabrali mięsa czy skór, zostawiali gnijące ścierwa na drodze lub w polu. I nie o to wszystko chodziło. Problem tkwił w tym, iż nad Mozelą po prostu zabraknie rąk do pracy, zwłaszcza kiedy cesarscy stłumią rebelię. Kiedy nadejdą spokojne czasy, trzeba będzie sprowadzić ludzi z innych regionów, skusić ich nadaniami, wolniznami podatkowymi, darowiznami...

– Żal tych ludzi i żal tej ziemi – mówił Bastard wpatrzony w widok za oknem. – Podpalili sady, wykarczowali winnice, zatruli studnie... A przecież sami tu mieszkali. Od lat, od pokoleń... Skąd w ludziach bierze się tak nierozumna pasja niszczenia, panie Löwefell?

– Z podszeptów Wroga – odparł inkwizytor.

– Tak to gada i mój kapelan. – Bastard wzruszył ramionami. – A ja obawiam się, że nie podszeptom Szatana powinniśmy przypisywać całą winę, lecz obmierzłej słabości naszej natury.

– Bóg nam dopomoże – powiedziała silnym głosem dama – cokolwiek byś o Nim sądził, Ludwiku.

Bastard tym razem nie zaprotestował.

– A wiecie, panie Löwefell, że oni nie zważają, czy włodarz miał ciężką rękę, czy starał się ulżyć doli poddanych? Wszystkich nas traktują jednako, niezależnie od tego, jak postępowaliśmy. Rajmund Szary Płaszcz zagłodził w lochach z setkę chłopów, własną ręką torturował dzieci na oczach ich rodziców. Nabijał na pal, kazał obcinać dłonie i stopy, wyrywał nosy i uszy. Utopili go ponoć w gnojówce, a jego rodzinę... – Machnął ręką. – Szkoda gadać, jakie brewerie nad nimi wyczyniali. Ale Lothar miał miękkie serce. Na przednówku rozdawał ubogim żywność, nie procentował kredytów na narzędzia i ziarno, w zimie pozwalał chłopom rąbać drzewa we własnym lesie. Mawiał: „Dzień, w którym nie spełniłeś zacnego uczynku, jest dniem straconym". No to mu odpłacili. Jego własna służba otworzyła nocą bramy zamku.

Inkwizytor słyszał już podobne historie i, co gorsza, w znakomitej większości były one prawdziwe. Zbuntowany, żądny krwi motłoch rzeczywiście nie zważał, kogo dręczy i morduje. Dobrotliwy opat sięgający po klasztorne zapasy, by wykarmić głodujących, był tak samo dobrym celem jak okrutny rządca pozwalający zdychać swym poddanym z głodu. Tu nie liczyły się dobre czy złe uczynki, a jedynie fakt przynależności do znienawidzonej grupy „jaśnie panów".

– Idźcie już, panie Löwefell – rozkazał Bastard, nadal spoglądając w doliny ścielące się u podnóża zamczyska. – Odpocznijcie, skoro jutro czeka was podróż.

Inkwizytor wykonał misję, której wypełnienie przykazano mu w klasztorze. Wykonał ją, wiedział o tym i nie zamierzał udawać sztucznej skromności, z idealną perfekcją. Ocalił dziecko, zawiózł je w bezpieczne miejsce całe i zdrowe, mimo iż podróż przez objętą buntem krainę była tak samo bezpieczna jak spacer po kruchym lodzie. Teraz mógł spokojnie przeczekać rebelię na zamku Junglinster, a następnie bezpiecznie, z wynajętą strażą, odwieźć Annę Matyldę do Amszilas. I nikt nie miałby prawa powiedzieć mu złego słowa. Ale Löwefell nie został tym, kim został, dlatego, że co do literki trzymał się prawa, rozkazów i przepisów. Zawsze chciał czegoś więcej, zawsze przepełniały go pasja oraz pragnienie pomnażania wiedzy. I teraz też wiedział, iż nie wybaczyłby sobie, gdyby nie usiłował odnaleźć czarnowłosego chłopaka, który dysponował nadnaturalnymi zdolnościami o wielkiej mocy. Löwefellem nie kierowało uczucie wdzięczności czy odpowiedzialności za życie niedawnego towarzysza. Owszem, poczuł sympatię do chłopca, lecz to nie miało żadnego znaczenia. W życiu zdarzało mu się już zabijać lub doprowadzać do zguby ludzi, których lubił, zdarzało mu się również pomagać w wywyższeniu takich, którymi pogardzał. Jego własne uczucia nie miały tu nic do rzeczy, były niczym pył na wietrze w porównaniu ze świętą misją, w jakiej miał zaszczyt uczestniczyć. A chłopak mógł okazać się przydatny. Był bystry, spokojny, zdecydowany i miał w sobie dozę koniecznej bezwzględności niezbędnej w życiu Sługi Bożego. A poza tym dysponował wyjątkowymi umiejętnościami. Wszystko to powodowało, iż mógł stać się materiałem na dobrego, jeśli nie wybitnego inkwizytora. Oczywiście na razie był jedynie niczym kawałek drewna, lecz poddany obróbce przez znakomitych rzeźbiarzy może stanie się cennym dziełem, wielce przydatnym w szerzeniu świętej wiary.

Löwefella potraktowano ze szczególną atencją, gdyż otrzymał własny pokój, pomimo iż na zamku przebywało wielu uciekinierów. Jednak niecodziennie przecież trafiał się ktoś, kto wykonywał misję dla Najjaśniejszego

Pana i dysponował jego osobiście podpisanymi listami. Pokój był co prawda ledwie klitką, niewiele większą niż psia buda, ale przynajmniej zapewniał odrobinę intymności. A właśnie izolacji i samotności w tej chwili potrzebował Löwefell jak mało co. Zamierzał bowiem udać się w podróż, której serdecznie nienawidził i która niosła ze sobą nie tylko ból oraz strach, lecz również zagrożenie życia. Podróż prowadzącą poprzez umysł aż do przerażających labiryntów nie-świata, w którym wiele spraw zakrytych przed ludzkimi oczyma objawiało się w pełnym świetle. Jedynie w ten sposób mógł odnaleźć chłopaka znajdującego się w ręku buntowników. Zwykłe poszukiwania przypominałyby próbę odnalezienia zielonej szpilki w sosnowym lesie. Rebelianci z całą pewnością opuścili okolice zamku. W końcu w dwa pacierze od ucieczki Löwefella przez bramy wyjechało kilkunastu konnych – żołnierzy w kolczugach, z mieczami i łukami. Zbójecka czereda pierzchła, nie czekając na ten pokaz siły. Ponieważ zbrojni nie znaleźli ciała chłopaka, najwyraźniej go zabrano. Pytanie tylko, czy uznano go za swego, czy też chciano przesłuchać lub zadręczyć. Inkwizytor miał nadzieję, że czarnowłosy jeszcze żył i że całego obrzędu nie dokona na darmo. Miał też nadzieję, iż nikt nie zaskoczy go w czasie podróży, gdyż po pierwsze, był wtedy bezbronny, a po drugie, to, co się działo z jego ciałem, mogło nie tylko przerazić zwykłych ludzi, ale skłonić ich do uznania inkwizytora za czarnoksiężnika. A nazbyt ironiczną pointą jego życia byłoby, gdyby je zakończył na naprędce skleconym stosie...

Do wprowadzenia się w trans nie potrzebował wiele. Dokładniej ujmując, potrzebował dwóch rzeczy. Jedną z nich był wypełniony wodą cebrzyk, na tyle duży, by w środku zmieściła się głowa. A taki cebrzyk właśnie stał w kącie pokoju. Drugą rzeczą był kawałek szmatki oderwany z koszuli chłopaka. Löwefell dziękował Bogu, iż po oczyszczeniu dłoni Anny Matyldy machinalnie schował ten skrawek materii w zanadrze. Teraz miał się on okazać kluczem do sukcesu.

Löwefell rozebrał się do pasa, uklęknął i zmówił modlitwę. Potem przyciągnął cebrzyk, pochylił się i wsunął głowę do wody, tak by zanurzyła się w niej aż po kark. Wstrzymał oddech i mocno zacisnął powieki, chociaż to akurat ani nie mogło mu pomóc, ani zaszkodzić w dalszym przebiegu rytuału.

Zaczęło się jak zwykle. Od szumu w uszach i rosnących pod zamkniętymi powiekami czerwonych kręgów, które w miarę jak tracił dech, zamieniały się w krwistą zasłonę. Później czuł narastający ból w płucach, z całej mocy domagających się chociaż haustu powietrza. W tym momencie zawsze pojawiał się strach. Niezależny od tego, iż inkwizytor tak wiele razy przeprowadzał już tę próbę, że stała się dla niego niemal codziennością. To był po prostu niedający się okiełznać lęk człowieka, któremu odbierane jest powietrze. Ale tę chwilę trzeba było przetrwać, gdyż kiedy pragnienie zaczerpnięcia tchu stało się jedyną myślą, Löwefell wdarł się do nie-świata.

Jak zwykle spostrzegał nie-świat niczym kłębowisko płomieni. Od jaskrawożółtych aż po przypominające kolorem najczarniejszą sadzę. Ale to nadal były płomienie. W większości śmiertelnie zabójcze. Czasami lęgły się z nich wielonogie, pełzające istoty, które najczęściej szybko odsuwały się gdzieś w pustkę, lecz niekiedy unosiły się na odnóżach i wpatrywały w Löwefella dziwnym spojrzeniem bezcielesnych, bezbarwnych oczu. Oczu, w których zatopiono nienawiść do wszystkiego, co żywe. Nigdy nie zdarzyło się, by którakolwiek z tych istot go zaatakowała, lecz inkwizytor wiedział, że musi być przygotowany na podobną ewentualność i umieć się skutecznie obronić w razie ataku. Kawałek materii, którego miał zamiar użyć, połyskiwał niczym najczystsze srebro. Skoncentrował na nim uwagę. Na szmatce oderwanej z koszuli czarnowłosego. Teraz musiał połączyć ją astralną nicią z właścicielem. Próba taka niosła ze sobą wielkie ryzyko. Jeżeli chłopak nie żył, to ze stworzonego połączenia będzie mogła skorzystać któraś z istot zamieszkujących nie-świat. I zapewne zaraz później nie zawaha się zaatakować inkwizytora, chcąc wykorzystać i przejąć jego moc. Dla mieszkańców Junglinster rzecz zakończy się w ten sposób, iż odnajdą półnagiego Löwefella z głową w kadzi pełnej wody i będą się zastanawiać, cóż skłoniło inkwizytora do zastosowania tak zabójczej kąpieli. Ale jeśli młodzian żył, to astralna nić połączy go z przedmiotem, który należał do chłopaka. Połączy na tyle silnie, iż jeszcze przez co najmniej dwa dni inkwizytor będzie w stanie widzieć ją w rzeczywistym świecie. Delikatną, niemal przezroczystą, niczym niteczka babiego lata zwisająca w rozsłonecznionym lesie.

Samo połączenie przypominało próbę przewleczenia konopnej liny przez wąskie uszko igiełki. Na pozór wydawało się zadaniem niemożliwym do wykonania. Jednak Löwefell nie tylko musiał je wykonać, ale też zrobić to naprawdę szybko. W innym wypadku jego duszące się z braku powietrza ciało osłabnie, a on sam pozostanie w cebrzyku, z płucami wypełnionymi wodą. Inkwizytor skoncentrował wszystkie siły, by nagiąć rzeczywistość do swych wyobrażeń. Oto miał przed sobą gruby sznur i oko igiełki, a musiał je zamienić w nitkę oraz bramę. Kiedy skupił się na tym zadaniu, dostrzegł, iż płomienie zaczynają niebezpiecznie drgać, a bijący z nich żar staje się coraz bardziej nieznośny. Nie wolno mu było poddać się słabości, nie mógł się zdekoncentrować. W tym jak zwykle pomagała modlitwa, ułatwiająca wyciszenie umysłu. Płomienie zbliżyły się, jeden z nich wąskim jęzorem przejechał po ramieniu inkwizytora. Löwefell nie pozwolił, by ból wytrącił go ze skupienia. I w końcu się udało. Srebrna nić, przypominająca błyszczącego węża, pomknęła w przestrzeń. Pora była już najwyższa, gdyż płomień znowu ślizgał się po ramieniu mężczyzny.

Löwefell wyrwał głowę z cebrzyka, kaszląc i prychając. Upadł na posadzkę i zwymiotował wodą, czując rozdzierający ból w płucach. Nie miał lustra, by się w nim przejrzeć, lecz zdawał sobie sprawę, jak w tej chwili wygląda. Jego oczy mieniły się czerwienią niczym oczy demona, a skóra przybrała odcień popiołu. Długo jeszcze nie podnosił się z ziemi, jednak wiedział jedno: znowu wszystko ułożyło się po jego myśli. Nie tylko ocalał, ale również stworzył nić, która zaprowadzi go do celu. Kiedy wstał, ujrzał ją błyszczącą w powietrzu i prowadzącą na wskroś poprzez mur. Zobaczył również, że ma poparzone prawe ramię, tak jakby ktoś przed chwilą przypalał mu ciało pochodnią. I dopiero teraz poczuł emanujący z niego ból.

W podróżnej sakwie miał płócienne bandaże oraz manierkę z gorzałką, więc zaciskając zęby z bólu, najpierw zalał ranę palącym płynem, a potem przygotował opatrunek. I tak miał więcej szczęścia niż czarnowłosy chłopak, którego podróże do nie-świata były zdecydowanie bardziej niebezpieczne oraz wyniszczające zdrowie. Löwefell po każdym rytuale dochodził bardzo szybko do siebie, ale musiał też przyznać, że zasób jego możliwości był mocno ograniczony. Odnalezienie zaginionej osoby lub przedmiotu, spętanie w nie-świecie duszy wiedźmy czy czarownika – na tym właściwie kończyły się zdolności inkwizytora w tym zakresie. Nie spostrzegał, niestety, świata rzeczywistego w jego odmienionej formie, a jedynie trafiał wprost pomiędzy płomienie. Dlatego też nie mógł ujrzeć prawdziwej istoty rzeczy i przedmiotów, tak jak po odpowiednim szkoleniu mógłby to robić jego niedawny towarzysz podróży. Ale i tak umiejętność wysłania astralnej nici przydawała się zarówno w czasie misji pełnionych na rzecz klasztoru, jak również w prywatnym życiu. Kiedyś z rozbawieniem pomyślał, że mógłby w ten sposób odnajdywać ukryte skarby, lecz przecież posiadanie dóbr doczesnych znajdowało się na niezwykle odległym miejscu jego listy życzeń. Oczywiście zdawał sobie sprawę z faktu, iż większość ludzi rodziła się, żyła i umierała opętana żądzą złota. Nie potępiał tej żądzy, ba, nawet dobrze ją rozumiał. Tyle tylko, że dla niego nic ona nie znaczyła. Nie poszukiwał bogactw z tego samego powodu, z jakiego dumny feudał nie schyla się po porzuconego na drodze miedziaka: ta drobna moneta nie jest mu do niczego potrzebna i posiadanie jej lub nie niczego w jego życiu nie odmieni.

Wieczorem zszedł do sali jadalnej na parterze zamku, gdzie podano sutą, choć prostą kolację. Dużo chleba, zawiesisty sos z winogron, duszone w miodzie mięso wieprzowe, kilka podpieczonych kapłonów, a do tego sporo młodego jabłecznika. Jak widać, Ludwik nie zwykł dogadzać swemu podniebieniu, zresztą trudno się było temu dziwić w ciężkich czasach, kiedy okoliczne wsie spustoszono, a z zamku strach wyściubiać nosa, by nie wpaść w łapy rebeliantów. W sali zgromadziło się kilkudziesięciu ludzi, a co znaczniejszych gości, w tym Löwefella, Bastard zaprosił do swego stołu. Wieczerza wyglądała niczym stypa. Każdy z tu obecnych stracił niedawno kogoś z rodziny, a przynajmniej przyjaciół lub znajomków. Zapewne też wielu nie miało wieści od bliskich sobie osób, chociaż wciąż wierzyło, że udało im się przetrwać rebelię. Wypito tylko jeden toast, za Najjaśniejszego Pana i jego armię, zmówiono za to kilka modlitw, a najmocniej zabrzmiały słowa „i daj nam siłę, byśmy nie wybaczali naszym winowajcom".

O tak, pomyślał Löwefell, przebaczenia z całą pewnością nie będzie. A nawet gdyby było, to ta zbuntowana hołota zrozumiałaby ją jedynie jako słabość. Tłuszczy trzeba będzie dać tak straszny przykład, że sama pamięć o grozie zemsty powstrzyma ją przed buntem na przyszłość. Tylko tak można zapewnić spokój tej ziemi. Chociaż przez kilka następnych lat będzie to wręcz martwy spokój. Ale czyż sam Jezus po pełnym chluby zejściu z krzyża nie utopił Jerozolimy we krwi? Czy w tamtych dniach nie brodziło się wśród zwałów trupów sięgających piętra? Straszną cenę zapłaciła Jerozolima za to, iż nie poznała swego Króla, Pana i Zbawiciela, wyszydziła Go i skazała na mękę. Tak samo straszną cenę zapłaci teraz lud znad Mozeli...

Inkwizytor obudził się równo ze świtem. Z satysfakcją dostrzegł, że wyczyszczono mu już i osiodłano konia, lecz zdziwił się, iż u wrót stajni stoi sam Bastard. Löwefell skłonił się z szacunkiem, Ludwik odpowiedział życzliwym skinieniem głowy.

– Jesteście pewni, panie Löwefell, że musicie jechać? Nie możecie zaczekać kilka dni?

– Pan każe, sługa musi – odparł inkwizytor z uśmiechem. – Dziękuję wam za troskę, panie Ludwiku.

– W najgorszy czas tam traficie – westchnął Bastard. – Moja pani kazała wam coś dać. – Wyciągnął na dłoni złoty medalionik z obliczem Matki Boskiej Bezlitosnej. – Przykazała mi życzyć wam, aby natchnął waszą duszę odwagą, a sercu dał siłę, by pozbyło się miłosierdzia.

Löwefell przyjął medalionik w głębokim ukłonie.

– Podziękujcie, z łaski swojej, dostojnej pani i zapewnijcie, że będę jej dar nosił na sercu. A o miłosierdziu dawno już zapomniałem – dodał.

– Tak jak i my wszyscy zapomnimy, kiedy nadejdzie czas zapłaty – rzekł Bastard. – Będzie dwie niedziele temu, jak przysiągłem przed obrazem Jezusa Mściciela, że nie spocznę, póki nie zatknę na włóczniach głów stu buntowników. – Uniósł głowę i skierował wzrok na szczerzące się z murów czaszki. – Na razie mam ich niemal pięćdziesiąt.

– Boże was wspomagaj, panie Ludwiku, w tym szczytnym przyrzeczeniu – powiedział Löwefell. – I dziękuję wam raz jeszcze za uratowanie życia oraz gościnę. Jeśli Bóg pozwoli, wrócę za dni parę i zabiorę, za waszym przyzwoleniem, dziecko.

– Wątpię, byście wrócili – odparł szczerze pan zamku. – I jeśli tak się stanie, powiedzcie mi, co mam uczynić z córką Lothara.

– Ośmielam się być lepszej wiary niż wy, panie Ludwiku – rzucił inkwizytor pogodnym tonem. – Ale jeśli przyjdzie mi złożyć życie, zaczekajcie, proszę, na kolejnego wysłannika, a on zabierze dziewczynkę.

– Tak się więc stanie – rzekł Bastard, po czym odwrócił się i odszedł w stronę zamku.

– Dostojny panie – zawołał jeszcze Löwefell i szybkim krokiem zbliżył się do Bastarda – na śmierć niemal zapomniałem...

Sięgnął w zanadrze i wyjął kosztowności, które czarnowłosy zabrał zamordowanemu chłopu.

– Może to należało do Wittlebenów, a jeśli nawet nie, przechowajcie to, z łaski swojej, dla tej małej.

Bastard długo przyglądał się różańcowi oraz naszyjnikowi.

– Tyle więc zostało z majątku Lothara... Choć można też powiedzieć, że inni mieli mniej szczęścia.

Przyjął precjoza od inkwizytora i tym razem wyciągnął do niego dłoń.

– Wracajcie szybko – pożegnał się.

Strażnicy byli już powiadomieni, toteż Löwefellowi otworzono bramę. Rzecz jasna, nie tę główną, wielką, solidną i wzmacnianą żelaznymi sztabami, a niewielką bramę w murze, na tyle szeroką, by mógł w niej zmieścić się koń.

– Boże was wspomagaj, panie – rzekł strażnik i kiedy Löwefell stanął już pod murami, zatrzasnął furtę z wyraźną ulgą.

Połyskująca niteczka prowadziła w najgorszym z możliwych kierunków – na północ. Najgorszym, gdyż wedle wszelkich przewidywań właśnie na północy, gdzieś na polach nieopodal Schengen, miała się rozegrać bitwa pomiędzy zbuntowaną hołotą a wojskami Najjaśniejszego Pana. Löwefell nie miał wątpliwości, jaki będzie wynik tej batalii.

Rebeliantów mógł ocalić tylko cud albo wyjątkowa nieudolność cesarskich dowódców. Tymczasem, jak wynikało z tego, co wcześniej słyszał, władca powierzył nieformalne dowództwo nad wszystkimi oddziałami młodemu kapitanowi Savignonowi, który mimo nędznego pochodzenia i równie nędznej aparycji uważany był za najzdolniejszego z taktyków. Inkwizytor miał nadzieję, że nie przyjdzie mu wpaść w sidła pomiędzy dwiema armiami, i liczył na to, że ci, którzy zagarnęli czarnowłosego, wykażą się choć odrobiną samozachowawczego instynktu i zwieją gdzie pieprz rośnie, widząc nadciągającą od wschodu burzę.

Löwefell przejechał przez brzozowy zagajnik, wspiął się na kamieniste zbocze wzgórza i nagle znalazł się na osłonecznionym szczycie. Z tego właśnie szczytu z podziwem i zdumieniem spojrzał na rozciągającą się pod jego stopami równinę.

– A to mi się trafiło teatrum – szepnął do siebie.

Bo też naprawdę zajął pozycję, na której zapewne z radością dołączyłby do niego wódz którejkolwiek z armii. Po lewej stronie, daleko pod lasem, widział cesarskie wojska. Rozpoznał równe czworoboki piechoty, dojrzał maszerujących kuszników, niosących na plecach ciężkie i wielkie pawęże. Zdziwiło go tylko, że nigdzie nie mógł dostrzec rycerskich chorągwi, a przed szeregiem piechoty stało jedynie kilkunastu konnych zgromadzonych pod czerwonym cesarskim sztandarem Hockenstauffów. Później dostrzegł jeszcze linię flamandzkich arkebuzerów, ale nie było tych kawalerzystów wielu – może stu, może stu dwudziestu. Kiedy odwrócił głowę na prawo, mógł przyjrzeć się masie kotłującego się hultajstwa. I tak jak zastępy cesarskie przypominały pieczołowicie ustawione figury szachowe, tak chłopska armia wydawała się szachownicą, na której wszystkie figury powywracano i wymieszano bez ładu i składu. W tym bałaganie wyróżniał się jedynie tabor złożony z połączonych łańcuchami wozów. Wokół niego zgromadziły się najbardziej zdyscyplinowane oddziały buntowników. Na prawym skrzydle stała kawaleria rebeliantów – kilkuset ludzi rekrutujących się z wyjętych spod prawa miejscowych raubritterów i ich służby. Już na pierwszy rzut oka widać było, że chłopska czereda znacznie przewyższa liczbą oddziały cesarskie. Ale Löwefell był pewien, iż w zamian za to jeden burgundzki pułk nieskończenie przewyższa umiejętnościami oraz uzbrojeniem nawet trzykroć liczniejszego wroga. Poza tym z tak dużej perspektywy świetnie było widać, iż armia buntowników, choć liczna, jest nieudolnie dowodzona. Po polu kręcili się co prawda konni posłańcy, usiłując zaprowadzić porządek wśród oddziałów, jednak mimo ich wysiłków armia Hakenkreuza nadal przypominała niesforny tłum, a nie gotowe do boju wojsko. Löwefell zauważył nawet z rozbawieniem, że niektórzy rebelianci rozpalili ogniska i spokojnie siedzieli sobie wokół nich, jakby przybyli na festyn lub jarmark, a nie na pole walki.

Inkwizytor wiedział, że Hakenkreuz do końca starał się uniknąć zbrojnej rozprawy.

Wszem wobec głosił, że występuje w obronie cesarskiego majestatu, i mienił siebie zarówno Obrońcą Cesarza, jak i Najwierniejszym Poddanym czy Podnóżkiem u Stóp Najjaśniejszego Pana. Ba, jego agenci rozsiewali wiele sprzecznych wieści. A to że sam cesarz na czele wojsk idzie im z pomocą, a to że szlachta trzyma Najjaśniejszego Pana w niewoli i zadaniem wiernych poddanych jest jego uwolnienie, a to że wiarołomni rycerze zabili władcę i podstawili na jego miejsce sobowtóra. Tak czy inaczej, Hakenkreuzowi udało się przekonać wielu buntowników i święcie wierzono, że cesarz nie wiedział nic o losie swych nieszczęsnych poddanych, gnębionych podatkami i egzekucjami dóbr, przymierających z głodu na przednówku czy sprzedawanych w niewolę. Jak widać, nie udało się jednak uniknąć walnej bitwy. I trudno było się temu dziwić, zważywszy, że Hakenkreuz w tym samym czasie schlebiał, płaszczył się i korzył oraz mordował, palił i rabował. To w ogóle był dziwny człowiek. Wagabunda, zawadiaka, autor śpiewanych po karczmach pieśni miłosnych i przede wszystkim szaleniec. Jednego dnia kazał wynosić z kościołów figury Chrystusa i układać je pod swoimi stopami, jakby Zbawiciel przed nim klękał, drugiego dnia kazał się biczować na ołtarzach i zawodził hymny religijne, błagając Chrystusa o pomoc i zmiłowanie. Czasem ubierał się w aksamity i obwieszał złotem oraz klejnotami, a czasem wkładał włosienicę i tarzał się w gnoju. Zresztą opowiadano o nim tyle historii, że Bóg tylko raczył wiedzieć, które były prawdziwe, a które zmyślone. Tak czy inaczej, tu, na polach pod Schengen, miała zakończyć się historia Hakenkreuza. A może lepiej powiedzieć, że miał rozpocząć się ostatni akt tej tragedii. Bowiem ostatnia scena ostatniego aktu zostanie odegrana, kiedy głowa i członki wodza buntowników zostaną przybite na rogatkach miejskich Akwizgranu. Jeśli Hakenkreuz będzie miał wiele szczęścia, zginie dzisiaj w czasie bitwy. Jeśli rozminie się ze szczęściem, to cesarscy pochwycą go żywcem. A wtedy w Akwizgranie nie tylko udekoruje się rogatki jego szczątkami. Wcześniej odbędzie się huczne przedstawienie, w którym przywódca rebelii odegra główną rolę. I jeśli trafi na doświadczonego kata, to rolę tę odgrywać będzie długo oraz tak głośno, że usłyszą go nawet w ostatnich rzędach. Rzecz cała prawdopodobnie rozpocznie się w południe i trwać będzie aż do zmroku, a kat nie pozwoli, by ofiara choć na chwilę straciła przytomność. Ha, długo będą sobie jeszcze mieszkańcy Akwizgranu opowiadali o tej egzekucji i gdy po latach wspomną jakieś wydarzenie, to powiedzą: „Ach tak, to było w tym roku, kiedy stracono Hakenkreuza".

Löwefell najchętniej zostałby na wzgórzu i z tej bezpiecznej odległości przyjrzał się bitwie, bo też nie sądził, by jeszcze kiedyś w życiu trafiła mu się taka gratka. Cóż, gdy obowiązki wzywały. Teraz miał jeszcze szanse dopaść chłopaka, zanim rozpocznie się rzeź. A w bałaganie, który panował wśród rebeliantów, na pewno nikt nie będzie pytał, kim jest ani czego szuka. Spojrzał w dół, by znaleźć najkrótszą i najbezpieczniejszą drogę prowadzącą w stronę równin, po czym pogonił wierzchowca. Rychło stracił z oczu pole bitwy, widok przesłoniły mu wysokie, gęsto rosnące drzewa, a poza tym bardziej musiał patrzeć pod nogi i uważać na wybór odpowiedniej ścieżki, niż zajmować się rozglądaniem wokół.

Las doprowadził go w końcu na samą równinę i znowu Löwefell miał szczęście zobaczyć coś, co widziało tylko niewielu ludzi nieparających się na co dzień wojennym rzemiosłem. Oto od zachodu jak fala ruszył tłum chłopstwa. Buntownicy byli uzbrojeni we włócznie, piki, siekiery, kosy, widły, niektórzy nawet w zrabowane szlachcie miecze. Pędzili bez ładu i składu, bez trzymania formacji, aby tylko szybciej dopaść równego szeregu flamandzkich arkebuzerów, którzy równiutkim kłusem zmierzali w ich stronę. W powiewających czerwonych płaszczach z cesarskimi orłami wyglądali, jakby wykąpano ich we krwi i obsypano złotem. Inkwizytor ujrzał oficera, który w pewnym momencie wzniósł miecz.

– *Afhalen!* – Löwefell oczywiście nie słyszał komendy, ale mógł się domyślać, jak ona w tym wypadku brzmi. Kiedy tłuszcza zbliżyła się już na odległość strzału, oficer opuścił miecz.

– *Afshieten!*

Huk ze stu kilkudziesięciu arkebuzów przetoczył się po równinie. Szary dym spowił wszystko na powierzchni wieluset stóp. Dzień był bezwietrzny, więc Löwefell nie był w stanie niemal nic dostrzec poza tym, że czasami z oparów wyłaniały się ludzkie postaci i zaraz potem na powrót w nich ginęły. Tym razem postaci nie biegły już w stronę cesarskich wojsk, lecz we wszystkich możliwych kierunkach. A równy szereg Flamandów, ramię przy ramieniu, koński łeb przy końskim łbie, sunął na ich spotkanie.

– *Voorwaarts! Galopperen!*

Inkwizytor wiedział, że w tym momencie kawalerzyści sięgnęli po kopie i głęboko pochyleni ruszyli do śmiertelnego ataku. Stu opancerzonych mężczyzn dosiadających rumaków, które w kłębie sięgały dorosłemu człowiekowi do czubka głowy, ta potworna machina złożona z rozpędzonych ciał i żelaza wbiła się w oszołomione hukiem i dymem chłopstwo i przejechała po nim, wdeptując je w ziemię, jak polujący feudał wdeptuje w ziemię zboże w pogoni za uciekającą zwierzyną.

Potem konni wyłonili się z oparów dymu i zataczając łuk, wrócili na dawne pozycje pod lasem.

– *Laden!* – musiała zabrzmieć kolejna komenda.

Pierwsze starcie skończyło się tak, jak musiało się skończyć. Buntownicza czereda, a raczej ci, którzy ocaleli, biegiem pomknęli ku własnym pozycjom. To oczywiście nie był koniec bitwy, lecz zaledwie przygrywka do niej. Kiedy nad równiną rozwiał się prochowy dym, Löwefell dostrzegł, że na polu leży tylko jeden koń, a za to martwi i ranni chłopi zalegali na nim prawdziwie gęsto. Ten pierwszy tłum wypuszczono na pewną rzeź jedynie po to, by rozpoznać siłę przeciwnika. I dowódcom Hakenkreuza na pewno nie spodobał się fakt, iż setka Flamandów rozgromiła co najmniej dwutysięczną gromadę, nie ponosząc przy tym żadnych strat. Inkwizytor był pewien, iż po tym przedstawieniu wielu buntowników rozglądało się już, jak najszybciej dać nogę z pola bitwy. Ale teraz dopiero miał ruszyć prawdziwy atak cesarskich wojsk. Na równinę wyszli kusznicy, za nimi w równych czworobokach sunęła zdyscyplinowana burgundzka piechota. Nadal nie było widać chorągwi rycerskich i Löwefell zastanawiał się, jakąż to niespodziankę szykuje wrogom kapitan Savignon.

Astralna nić wciąż prowadziła w stronę taborów, więc inkwizytor był pewien, że chłopak na razie jest bezpieczny i przynajmniej nie posłano go do samobójczego ataku. Nie miał więc nic innego do roboty, jak nadal przyglądać się wojennemu widowisku. A to układało się całkiem interesująco, gdyż na spotkanie Burgundczykom ruszyła piechota rebeliantów, od skrzydeł chroniona przez raubritterów. Tym razem atak był znacznie lepiej przygotowany. Buntownicy szli, a nie biegli, i nieśli przed sobą snopy siana mające chronić ich przed ogniem arkebuzów lub bełtami kusz. Wydawało się też, iż udaje im się zachować względny porządek wewnątrz oddziałów. Burgundczycy rozwinęli linię i osłonięci tarczami ruszyli kłusem na wrogów, z wysuniętymi włóczniami. Chłopska armia uderzyła w cesarskich niczym morska fala bijąca o skalisty brzeg. I tak jak fala załamuje się na głazach, tak oni odbili się od tarcz i padli pod ciosami włóczni. Lecz buntowników było tak wielu, że samą swą masą wstrzymali Burgundczyków. Zaczęła się przerażająca w swej krwawej prostocie młócka. Włócznia przeciw widłom, tarcza przeciw siekierze, pancerz przeciw kowalskiemu młotowi. Walczący zbili się w tak gęsty tłum, iż nie wystarczało im nawet miejsca, by się zamachnąć. Kłuli, siekali, uderzali pięściami, gryźli, kopali...

I wtedy nastąpiło coś, czego, szczerze mówiąc, Löwefell spodziewał się od samego początku. Raubritterzy, zamiast oskrzydlić cesarską piechotę lub ruszyć na chronionych pawężami kuszników, po prostu uderzyli na walczące chłopstwo, rozrywając jego szeregi, siejąc śmierć i panikę. Nie minął nawet czas, w którym można by odmówić „Zdrowaś Mario", kiedy buntownicy podali tyły. Rozpoczęła się rzeź, w której największy udział mieli rycerze zdrajcy bezlitośnie masakrujący swych niedawnych sojuszników. Cóż, właśnie za ten postępek obiecano im zapewne darowanie wszystkich grzechów i cesarską łaskę. Byliby całkowicie pozbawieni rozumu, gdyby nie skorzystali z tak szczodrobliwej oferty. Ale Löwefell miał co innego do roboty niż zastanawianie się nad losem raubritterów. Bo oto wreszcie objawiła się cesarska konnica. Na tyłach taborów, czyli tam, gdzie nikt się jej nie spodziewał. A wystarczyło czytać pamiętniki Cezara, pomyślał inkwizytor i spiął konia. Polecając swe życie Bogu, ruszył w stronę taborów, gdzie szturm rycerzy właśnie przełamał utworzone z wozów barykady.

Chłopak leżał w wykrocie, oszołomiony upadkiem i zdyszany, z włosami zlepionymi potem i pyłem. Nad nim przywarował jeden z cesarskich brytanów, potężne czarne psisko o zębach przypominających sztylety. Z gardła bestii wydobywał się głuchy charkot, ślina skapywała z sinych warg.

Nie zdążę, pomyślał Löwefell, obejmując palcami rękojeść noża. Jak mi Bóg miły, nie zdążę.

Bo też rzeczywiście nie miał co marzyć o tym, że wyprzedzi w ataku brytana, którego wytresowano specjalnie do walki i pościgu. Zanim zdąży cisnąć nożem, bestia rozedrze chłopaka na strzępy.

– Dobry piesek – powiedział drżącym głosem czarnowłosy i Löwefell niemal boleśnie czuł, jak wiele wysiłku kosztuje chłopaka przełamanie drętwoty szczęk. – Nie bój się, piesku.

Inkwizytor usłyszał te słowa i niemal parsknął śmiechem, gdyż tak bardzo zdawały się one nie pasować do sytuacji. Chłopak leżał cały czas bez ruchu, a brytan w pewnym momencie zamknął paszczę i kichnął. Odwrócił wzrok od swej ofiary i nagle ujrzał jakiegoś mężczyznę wygrzebującego się z pobliskiego dołu. Skoczył w jego stronę, rzucił mu się na plecy. Potem Löwefell słyszał już tylko krzyk pełen bólu i przerażenia oraz wściekły warkot brzmiący, jakby wydobywał się z paszczy demona. Spiął konia i pochylając się, wyciągnął czarnowłosego za kark.

– Masz szczęście, obwiesiu – rzucił. – Jak Bóg na niebie, masz więcej szczęścia niż rozumu.

Chłopak stanął na równe nogi i przysunął się do końskiego boku, poczuł się pewniej, będąc blisko Löwefella i jego wierzchowca.

– Wsiadaj! – rozkazał inkwizytor.

Złapał chłopaka za ramię, posadził przed sobą na siodle. Spiął rumaka i ruszył galopem w stronę lasu. Niestety, z uwagi na bitewny tumult nie mógł podążać w kierunku cesarskich oddziałów, więc musiał zmierzać tam, gdzie uciekały niedobitki buntowników. Ale najważniejsze było, aby dopaść bezpiecznej gęstwiny.

– Skąd się wzięliście, panie? Gdyby nie wy...

Löwefell nie zamierzał mu wszystkiego tłumaczyć, zwłaszcza teraz, gdy zajęty był ucieczką.

– Dziękuj Bogu, nie mnie – rzekł tylko. – To Jego wola cię ocaliła.

Jakkolwiek by patrzeć, była to zresztą najszczersza prawda. Inkwizytor uważał się jedynie za użyteczne narzędzie w rękach Pana i sensem całego jego życia było, aby rolę tegoż użytecznego narzędzia wypełniać jak najdłużej i z jak największym powodzeniem.

Wreszcie dopadli pierwszych drzew, a zaraz potem zanurzyli się w leśnej gęstwinie. Löwefell wiedział, że musi się zatrzymać i dać choć chwilę odpocząć koniowi. Czekała ich jeszcze niebezpieczna podróż, w której prędkość będzie wielkim atutem, a wierzchowiec już ciężko dyszał, robił bokami i miał spienioną pierś. Inkwizytor znalazł więc miejsce, gdzie mogli się przyczaić wśród gałęzi młodych, gęsto rosnących świerków. Zeskoczył z siodła, sięgnął po derkę i wytarł zwierzę, na ile mógł.

– Mam dług – odezwał się czarnowłosy stłumionym głosem – i spłacę go. Ten pies... Widzieliście tego psa? On się do mnie... uśmiechnął.

Löwefell nie sądził, aby cesarski brytan do kogokolwiek się uśmiechał, a uważał raczej, iż od ataku powstrzymał go bezruch chłopaka i spokojny, kojący ton. Przypomniał sobie słowa „nie bój się, piesku" i tym razem naprawdę parsknął śmiechem.

– Myślcie sobie, co chcecie, panie. – Czarnowłosego najwyraźniej uraziło, że inkwizytor tak lekko podchodzi do tematu. – Ja jednak mogę przyrzec jedno: niech Bóg mnie skarze, jeśli umyślnie i dla płochej zabawy skrzywdzę jakieś zwierzę lub dam krzywdzić innym.

Inkwizytor klepnął go w ramię.

– Jeden z doktorów Kościoła wykładał, że to są nasi bracia mniejsi – powiedział. – Słusznie więc zrobisz, podążając za jego przykładem.

Poluzował koniowi popręgi i pochylił się, by sprawdzić, czy zwierzę nie ma na nogach żadnych skaleczeń i czy nic nie weszło mu w kopyta. Bo gdyby właśnie teraz wierzchowiec zaczął kuleć... Potem zastanowił się, co począć dalej, i w końcu uznał, iż najlepiej skierować się lasami na północ, okrążyć wzgórze i w ten sposób wyjść na trakt prowadzący do zamku Junglinster. Trochę czasu im ta droga zajmie, zwłaszcza że rumak miał nieść dwie osoby, a nie jedną, ale było to chyba najbezpieczniejsze rozwiązanie.

– Widziałeś coś? – zagadnął chłopaka. – Myślę o bitwie...

– Jak zobaczyliśmy konnych, wszyscy zaczęli uciekać. To ja z nimi – wyjaśnił.

– A to się nawojowałeś – roześmiał się Löwefell.

Generalnie humor mu dopisywał, bo nie dość, że odnalazł czarnowłosego, to jeszcze wszystkie znaki na niebie i ziemi wskazywały, że cesarska ofensywa zakończyła się druzgocącym zwycięstwem. Chłopstwo było w odwrocie i teraz bitwa musiała przypominać nawet nie szczucie niedźwiedzia, a polowanie z nagonką na zające. Ciekawe, czy złapali Hakenkreuza, pomyślał inkwizytor. I ciekawe, jakież to piękne widowisko obmyślą z okazji jego kaźni.

Löwefell zdecydował, że zaczekają w gęstwinie aż do zmroku, po pierwsze, by przetoczyła się najgroźniejsza fala pościgu, po drugie, by uciekać w osłonie ciemności. Inkwizytor bowiem nie lękał się nocy i tego, że zgubi drogę w mroku, zabłądzi w lesie, utknie w jakimś wąwozie czy zapuści się na bagniska. Dzięki łasce Bożej potrafił całkiem nieźle widzieć nawet w czasie nocy pozbawionej światła gwiazd lub księżyca. Wykorzystanie tej umiejętności kosztowało go sporo wysiłku, gdyż następnego dnia miewał kłopoty ze wzrokiem, a wszystko widział nieco niewyraźnie, jak przez zasłonę mgiełki. Ale w tym wypadku opłacało się ponieść taką cenę.

Rzemieślnik z Junglinster wszył listy cesarskie z powrotem pomiędzy warstwy skóry w cholewie buta Löwefella. Ale przeklęci buntownicy jednak je znaleźli. Wszystko przez dowodzącego nimi mężczyznę o wygolonej w tonsurę czaszce. Nie tylko najwyraźniej miał więcej rozumu w głowie niż wszyscy jego kamraci razem wzięci, ale w dodatku od samego początku traktował inkwizytora podejrzliwie. Teraz jego podejrzenia potwierdziły się w całej rozciągłości.

– Proszę, ja was proszę – zawołał niemal radośnie, kiedy już przejrzał dokumenty. – Pisma od samego cesarza! Niezły kąsek nam się trafił, kamraci.

– Jakże to? – Stojący obok zbir o wilkołaczo zrośniętych brwiach przymrużył wąskie, tępe oczka.

– Znaczy się, że to szpieg jaśnie panów – powiedział przywódca.

– Jakże to? – zapytał znowu zbir. – Skoro to pysma samego cysorza, a cysorz gadają, co trzyma z nami...?

– Cysorz trzyma z nami – mnich powtórzył jego słowa z szyderczą intonacją. – A kto ci właśnie po łbie przejechał, jak nie konnica Jaśnie Oświeconego cesarza?

– To cysorz zdrajca? – chciał się dowiedzieć osiłek.

– Zdrajca, zdrajca. – Dowódca uśmiechnął się samymi ustami. – A jeśli cesarz zdrajca, to i ten tutaj zdrajca. Wysłany, żeby biednych ludzi, takich jak my, pod katowski topór podprowadzić. A co robimy ze zdrajcami, kamraci?

– Rżniem! – zawołał wilkołaczy zbir i podrzucił w ręku siekierę.

– Nie, nie, nie! – Zamachał rękoma mnich. – Z takimi trzeba wolniutko i porządnie się obejść. Ze skóry obłupić, flaki na wierzch wyciągnąć, jaja uciąć, oczy wydłubać. A potem puścić go, niech idzie własną drogą, niech ludziom się pochwali...

A więc czeka mnie jednak męczeństwo, pomyślał Arnold Löwefell i przez jego ciało przebiegł wewnętrzny dygot. Zbyt wiele napatrzył się na tortury i zbyt wiele sam zadawał katuszy, że zrozumiał, iż już niedługo będzie wypatrywał śmierci niczym zbawienia.

Kątem oka spojrzał w stronę czarnowłosego, ale ten zdawał się nie zwracać na nic uwagi. Siedział przy rozgrzanym popiele i grzebał w nim patykiem w poszukiwaniu rzepy. Zresztą cóż mógłby poradzić ten młodzik przeciwko czterem uzbrojonym obwiesiom? Nawet jeśli rzeczywiście trenowano go w walce na kije, to przecież ustępował siłą tym hultajom spod ciemnej gwiazdy, zaprawionym zapewne w niejednych bijatykach. Poza tym pytanie brzmiało, czy nawet gdyby mógł, to chciałby uratować życie przygodnie poznanego szlachcica. Zawdzięczał mu co prawda własne, ale Löwefell już dawno nauczył się, by naiwnie nie liczyć na wdzięczność bliźnich.

– On nie jest ichni – rzekł czarnowłosy, a jego mowa zabrzmiała dziwnie chropowato i teraz mówił już z wyraźnym akcentem mozelskich prostaków. – Wiózł pyśma od Hakenkreuza. Sam żem je widział...

– A jak żeś ty rozpoznał, że to listy od Hakenkreuza? Może umiesz czytać, co? – Mnich zwrócił w jego stronę zaciętą twarz.

– Jaśnie pan dowódca, co był w barwach, tak rzekli... I puścili go, mnie przydając niby, cobym usłużył jak trza – wyjaśnił chłopak bez strachu, z łatwowierną pewnością siebie, charakterystyczną dla będących w słusznym prawie prostaków.

– Coś mi i ty podejrzany jesteś, bratku – burknął mnich, ale Löwefell poznał, iż przywódca zbirów zaczyna się wahać.

Podszedł i wyjął szmatę z ust inkwizytora.

– A ty co powiesz? – zapytał.

– To sfałszowane dokumenty – odparł Löwefell. – Ludzie Hakenkreuza dali mi je, żebym mógł przejść na cesarską stronę i zbadać, gdzie stoją wojska, a potem wrócić z wieściami.

– Ale żeś nie wrócił – zripostował przywódca.

– Ano nie zdążyłem – przyznał inkwizytor. – Jednak, tak czy inaczej, rozkazy mam jasne i trzeba mi wracać do Hakenkreuza.

– Toś sobie dziwną drogę wybrał na wracanie. – Mnich cały czas uważnie przypatrywał się inkwizytorowi.

– Znajdziecie mi lepszą, to pójdę z wami – odparł Löwefell. – A zważcie, że cesarskie pisma mogą i wam uratować życie, jak przyjdzie co do czego.

– Listy to i ja mogę pokazać.

– Tam napisano „szlachetnie urodzony", a po tobie, z całym szacunkiem, widać, żeś ksiądz lub mnich.

– Ano widać – zarżał wilkołaczy osiłek. – Sam własnego opata drewnianą piłą na pół przerżnął.

Mnich uśmiechnął się, jakby do miłych wspomnień.

– Jeszcze Boga kazałem mu się wyrzec i ślubować posłuszeństwo Szatanowi, żeby psiajucha z mojej piły trafił prosto w diabelskie kotły, na mękę wieczną i zatracenie.

– A ja żem ksienię z Wintrange własnym kutasem na ołtarzu wyruchał – pochwalił się osiłek.

– Też żem ją ruchał – wtrącił kolejny ze zbirów, o twarzy oszpeconej śladami po ospie. – I lepiej jej dogodził od ciebie.

– Psy ci jebać, a nie ksienię! – warknął osiłek. – Jak ja żem się do roboty zabrał, to...

– Milczeć! – wrzasnął mnich. – Każdemu z was psy i kozy jebać, sodomici przeklęci.

Musiał mieć spore poważanie wśród gromady, bo rzeczywiście wszyscy umilkli i nikt nawet nie śmiał zaprotestować. On tymczasem pogmerał chwilę patykiem w zębach, dwa razy siarczyście splunął na ziemię i widać było, iż się zastanawia.

– Jeśli rozetniesz drugą cholewę, zobaczysz pisma, o których mówił chłopak – poradził mu inkwizytor.

Mnich tym razem oglądał dokumenty dużo uważniej. Nawet poskrobał kartę tu i tam brudnym pazurem. Jego kamraci przypatrywali się tym zabiegom z wyraźnym szacunkiem.

– Niby podpis jest. I pieczęć jest... Dzień i tak musimy tu przeczekać – powiedział w końcu. – A wieczorem zdecyduję, co z wami zrobić, szlachetnie urodzony – dwa ostatnie słowa wypowiedział z wyraźnym szyderstwem.

Löwefell odetchnąłby z ulgą, gdyby tylko nie wydało się to podejrzane. Udało mu się ocalić skórę przynajmniej do zachodu słońca, a do tego czasu wiele przecież może się zdarzyć. Póki serce bije w piersi, póty jest nadzieja, pomyślał.

Mnich rozkazał podwładnym zadeptać popiół, by nie zdradzała ich obecności choćby wąska smużka dymu. Potem wszyscy usiedli pod drzewami, a inkwizytora przywiązali do pnia. Ospowaty zdjął też Löwefellowi ze stóp buty i sam założył je w miejsce własnych, porwanych i dziurawych.

– Cisną – poskarżył się i spojrzał z wrogością na Löwefella, jakby ten wyrządził mu jakąś celową krzywdę.

– Przestaną – obiecał inkwizytor.

Löwefellowi zabrano wszystko w czasie rewizji. Sakiewkę z monetami, miecz, sztylet, nawet skórzany pas. Jeden ze zbirów, łysy jak kolano staruch, zdjął mu też kolczą koszulkę i zajrzał do woreczka z sherskenem.

– Co za diabelstwo? – mruknął.

Wziął w palce szczyptę proszku, powąchał.

– Cuchnie paskudztwo – burknął.

Tak jak ty byś pachniał, skrzywił się w myślach inkwizytor.

Hultaj nie interesował się już dłużej woreczkiem i odrzucił go na bok, w trawę. Niestety, bardzo daleko od miejsca, w którym siedział Löwefell. Ale za to bardzo blisko czarnowłosego chłopaka, który niedbałym ruchem sięgnął po mieszek. Otworzył go, podniósł z ziemi kawałeczek kory i na tej korze wydobył szczyptę ziela. Powąchał, trzymając jednak twarz na tyle daleko, by pył przypadkiem nie trafił mu do nozdrzy.

Ty wiesz, co to jest, pomyślał z nagłym zdumieniem inkwizytor, przypatrując się chłopakowi. Skąd ty, na Boga żywego, wiesz, co to jest?!

Shersken był bowiem mieszanką przeróżnych specyfików, przypominającą w dotyku drobno zmielony pieprz. Ale działanie miał o wiele groźniejsze. W maleńkiej dawce mógł służyć za lekarstwo, w większej powodował niemal natychmiastową śmierć poprzedzoną zwiotczeniem mięśni i utratą tchu. Rzucony w twarz obdarzał ofiarę natychmiastową, chociaż chwilową ślepotą i prowokował tak przemożne swędzenie, że człowiek nie myślał o niczym innym, jak tylko by trzeć, trzeć i trzeć podrażnione oczy. Jeśli to zrobił i jeśli wtarł shersken w źrenice, mógł mieć pewność, że nigdy nie zobaczy już nic poza ciemnością. Jednak receptura tej niebezpiecznej mieszanki była trzymana w tajemnicy, a za samo jej posiadanie zwykły człowiek mógł pójść na stos, a przynajmniej zostać dokładnie przesłuchany. Tymczasem czarnowłosy najwyraźniej wiedział, z czym ma do czynienia, gdyż obchodził się niezwykle ostrożnie z woreczkiem. Później ściągnął na dłoń rękaw koszuli i odsypał trochę sherskenu w garść. Następnie spojrzał w stronę inkwizytora i znacząco skinął głową.

– Co tam masz? – zagadnął ospowaty.

Chłopak wzruszył ramionami.

– To tego tam, ślachetnie rodzonego – burknął.

– Proszek jakiś miał – wtrącił łysy starzec.

– A to pewnikiem ten pieprz, co go zza morza przywożą – pochwalił się znajomością świata i obyczajów wilkołaczy osiłek.

Ospowaty podszedł do chłopaka i zajrzał mu przez ramię.

– Ano pieprz – stwierdził pewnym głosem. – Wiem dobrze, bo jak żem usłyszał o tym pieprzu, tom się kiedyś zakradł do komory u jaśnie pana i siem nażarł go ile wlezie.

– O, masz ci! – zawołał staruch.

– Masz, masz! Małożeż mnie nie skręciło we flakach, takiż to piekielny żar, jakby sam diabeł ten ichni pieprz gotował albo i przedawał.

– O, masz ci! – Łysy przeżegnał się szybko i rozejrzał niespokojnie wokół, jak gdyby diabeł miał wypaść zza drzew i nakarmić go swym piekielnym zielem.

– A jaśnie państwo żrą niby ten pieprz?

– A jużci, że żrą! Jeno nie dla smaku... – zawiesił głos.

– A po kiego?

– Żrą, coby poznać męki, jakie im diabli w piekle gotują za to, że nas biednych plagami wszelkimi morzyli – dokończył ospowaty, podnosząc dłoń niczym kaznodzieja.

– O, masz ci!

– Ech, durnie jesteście co się zowie – roześmiał się mnich. – Toż pieprzu dodajesz jeno szczyptę, mniej, niż się między palcami pomieści. Jaśnie państwo sypią go do mięsiwa, żeby smak był lepszy.

– Do polewki też można wsypać pieprzu – wtrącił czarnowłosy. – Mówią, że wtedy dodaje sił i człek głodu nie czuje cały dzień. Dobrze, że mam ten woreczek. Przyda się.

O żeż ty, hultaju, pomyślał Löwefell jednocześnie z rozbawieniem i podziwem dla przebiegłości chłopaka. Jak mi Bóg miły, zaraz wytrujesz ich wszystkich!

– Co to, że ty masz? – warknął ospowaty. – Ty, kurewskie nasienie, nasz pieprz chcesz zabierać? Dawaj mi go miguśkiem, zaraz se sypniem do polewki.

– A ty co najwyżej tego popróbujesz! – Wilkołaczy osiłek wyciągnął kułak, grożąc chłopakowi z gniewną miną. – Migiem mi tu w dyrdy dawaj!

Czarnowłosy ze smętną miną podszedł do kociołka i podał woreczek zbirowi. Na odchodnym oberwał jeszcze kopniaka w siedzenie.

– Wszystko sypać? – zastanawiał się buntownik, trzymając rękę nad kociołkiem.

– A sypże ile wlezie jaśniepańskiego pieprzu! Tera my jaśnie pany! Ino zamieszaj dobrze.

– Ano!

Cały shersken mi zmarnują, westchnął w myślach Löwefell, wiedząc, że kolejną porcję dostanie dopiero w Inkwizytorium. Ale gra była przecież warta świeczki.

Wilkołak zamieszał polewkę, a potem podniósł do ust drewnianą łychę. Oblizał ją dokładnie.

– Jakby tak silniejszy trochę jestem – powiedział po chwili.

– Dawajże i mnie – warknął ospowaty i nałożył sobie solidną porcję. Przełknął głośno, później się oblizał. – Polewka jak polewka. – Wzruszył ramionami.

– Bo ty nie z jaśnie panów. – Staruch przepchnął się między nimi i niemal wyrwał ospowatemu łyżkę z rąk. – To nie na twoją chamską mordę!

– O, o, pan graf się znalazł! Brukiew ci żreć, a nie pieprzem się zajadać – zarechotał ospowaty, jednak posłusznie się odsunął.

Łysy zaczął wyjadać polewkę tak szybko, że osiłek odepchnął go z całej siły od kociołka. Staruch przewrócił się i rozjazgotał przekleństwami.

No to się zaraz zacznie, pomyślał Löwefell i spojrzał na chłopaka, który siedział pod drzewem i z obojętną miną przyglądał się całej scenie. Kiedy poczuł wzrok inkwizytora, skrzywił wargi w niemal niezauważalnym uśmiechu. W tym samym momencie staruch przestał wrzeszczeć, a jego krzyk przeszedł w ochrypły, dławiący kaszel. Klęczał teraz i charczał, jakby chciał wypluć na ziemię płuca. Miał wybałuszone oczy, z rozwartych w męce ust spływały mu strumyczki krwi. Na początku nikt na niego nie zwrócił uwagi, widać myśleli, że zadławił się z łakomstwa. Ale kiedy starzec zadygotał niczym epileptyk i zwalił się, kopiąc trawę nogami, wtedy mnicha coś tknęło.

– Nie żryjcie! – wrzasnął.

Było już jednak za późno na ostrzeżenia. Czarnowłosy podskoczył w jego stronę i zamachnął się. Z odległości kilku kroków wyglądało to tak, jakby chciał spoliczkować przeciwnika, ale w rzeczywistości sypnął mu w twarz sherskenem. Garsteczką, którą przetrzymał w dłoni. Mnich wrzasnął i zrobił to, co zawsze robią ludzie, którym shersken trafił pod powieki. Zaczął zajadle trzeć oczy, nie starając się nawet chwycić chłopaka, nie zwracając już na nic uwagi poza tym nieprawdopodobnym, strasznym swędzeniem, które zdawało się sięgać nie tylko oczu, ale kotłować również pod całą czaszką.

Czarnowłosy podbiegł teraz do Löwefella i przeciął mu więzy na rękach i nogach. Inkwizytor zerwał się, rozmasowując nadgarstki i szukając wzrokiem miecza. Ale Bogiem a prawdą miecz nie był mu do niczego potrzebny. Obaj bandyci leżeli już na ziemi, cierpiąc przedśmiertne katusze. Zjedli mniej polewki niż staruch, więc shersken zadziałał na nich nieco wolniej, a poza tym mieli cierpieć dłużej od niego.

Ospowaty dusił się i darł trawę pazurami. Z kącików jego ust spływała gęsta, zmieszana z krwią ślina. Löwefell przyklęknął mu na piersiach.

– No i co, przestały cisnąć? – zapytał uprzejmym tonem, a potem przejechał hultajowi ostrzem po gardle, wydobywając z tętnic fontannę krwi.

Buntownik zacharczał ostatni raz, wybałuszył oczy, wierzgnął kilkakrotnie nogami i umarł. W gruncie rzeczy inkwizytor wyświadczył mu przysługę, gdyż wilkołaczy zbir jeszcze konał. Pełzał po trawie w tak ucieszny sposób, iż przypominał pływaka, który zapomniał, że pod brzuchem nie ma już wody. Albo rybę wyrzuconą na brzeg, trzepoczącą się w bezradnym przerażeniu i otwierającą rozpaczliwie pysk.

– Teraz na pewno przestały cisnąć – stwierdził Löwefell i zabrał się do zdejmowania butów ze stóp trupa. – Pewnie mi je rozepchałeś, zasrańcu – dodał.

Kiedy wzuł buty, było już po wszystkim. Trójka bandytów leżała martwa, z twarzami skrzywionymi w boleści, pazurami wbitymi głęboko w ziemię lub we własną skórę i z pokrwawionymi brodami. Natomiast mnich, jedyny, który nie miał przyjemności zapoznać się ze smakiem jaśniepańskiej potrawy, przed chwilą wpadł na drzewo, huknął głową w pień i leżał na pół ogłuszony. Nie zapomniał jednak o tym, by nadal szorować palcami po oczach. Löwefell podszedł do czarnowłosego, który spokojnie czyścił zgrzebłem koński bok.

– Nie zapomnę ci uprzejmości, smyku – rzekł. – Bóg mi świadkiem: dopilnuję, byś został hojnie wynagrodzony.

– Nic mi nie jesteście winni – rzucił hardo chłopak. – Spłaciłem wam dług i jesteśmy skwitowani.

– Widziałem większe długi, które szły w niepamięć – powiedział spokojnie Löwefell. – Widziałem też takie, które najchętniej spłacano krwią wierzycieli.

– Zapamiętam te słowa, panie – odparł czarnowłosy. – Po to, by o mnie nikt tak nie mógł powiedzieć.

– Skąd wiedziałeś, co trzymam w mieszku? – Löwefell spojrzał mu prosto w oczy.

– Jesteście wysłannikiem cesarza, panie. Jak to mówią: szpiegiem. Co mogliście mieć tam innego, jeśli nie truciznę?

Inkwizytor uznał, że przyjmuje tę odpowiedź za dobrą monetę, choć nie zadowoliła go w najmniejszym stopniu. Był pewien, iż chłopak miał już do czynienia z sherskenem, i zastanawiał się, kto mógł mu pokazać tę truciznę oraz objaśnić jej działanie. Skąd wiedział, że należy cisnąć nią w twarz, by oślepić wroga? Skąd wiedział, że nie wolno jej zbyt długo przetrzymywać w dłoni? Ale nie zamierzał naciskać. Jeśli jego pomocnik miał ochotę zachować pewne sprawy w tajemnicy, niech je zachowa. Do czasu, rzecz jasna. Teraz Löwefell nie chciał go spłoszyć, bo gdyby przestraszony indagacją chłopak dał nogę, okazałoby się, iż inkwizytor nadaremnie trudził się i narażał życie, by go odnaleźć. W związku z tym poklepał czarnowłosego po ramieniu.

– Jak masz na imię? – zapytał serdecznym tonem, a potem machnął ręką. – Zresztą nieważne. Tam, gdzie cię poślę, dostaniesz nowe. – Zastanawiał się przez chwilę. – Miałem kiedyś sługę, daleko stąd, w Brytanii, którego nazywali Morti. Będę więc na ciebie wołał jak i na niego – zdecydował.

Zauważył, że chłopak nieco się skrzywił.

– To od Mortimera – wyjaśnił mu. – Dobre walijskie imię.

– Mordimer? – niepoprawnie powtórzył czarnowłosy. – Nawet mi się podoba, panie. Niech więc będzie Mordimer, skoro każecie.

– Mordimer. – Inkwizytor skinął głową. – Też pięknie.

Dwa razy musiałem już wybijać te ludzkie wszy, pomyślał Löwefell. I widzi mi się, że mogłem wyczerpać limit szczęścia przysługujący mi w tej podróży.

W końcu uniknął śmierci, tortur, a nawet najmniejszego wręcz skaleczenia (nie licząc oparzenia – pamiątki z podróży do nie-świata). Zresztą nie musiał się obawiać ran, gdyż potrafił w sposób nieosiągalny dla zwykłego człowieka regenerować siły oraz leczyć wszelkie urazy. Wiele lat temu utracił palce u lewej dłoni, ale wytężona modlitwa pomogła mu je odzyskać w ciągu zaledwie miesiąca. Choć do przyjemnych proces ten nie należał. Tyle że Löwefell zdawał sobie sprawę, iż dotarcie do zamku Bastarda wcale nie będzie dziecinnie łatwym zadaniem. Rebelianci co prawda zostali rozgromieni, lecz nie oznaczało to przecież, że ich niedobitki nie chowały się gdzieś po lasach. A koń inkwizytora mógł być dla nich nadzwyczaj cenną zdobyczą, wręcz nadzieją na uniesienie głowy z rzezi. Równie groźne zapewne okazałoby się spotkanie cesarskich żołnierzy, którzy rozochoceni zwycięstwem i rzezią mogli prędzej działać, niż myśleć. I pytanie tylko brzmiało, czy w razie spotkania któregoś z pościgowych oddziałów Löwefell zdąży krzyknąć, iż jest cesarskim posłańcem, czy też szybciej go ustrzelą. Tak czy inaczej, postanowił, że rozsądnie będzie uczynić dokładnie to samo, co chciał zrobić mnich. Czyli przeczekać do nocy. Potem pod osłoną ciemności popędzić w stronę zamku Bastarda. I wreszcie ta przygoda się skończy, westchnął w myślach. Bo jeśli jeszcze trochę potrwa, to zacznę się czuć stary i znużony. Inkwizytor nigdy nie przepadał za zadaniami wymagającymi krwawych walk i pościgów po bezdrożach. Zamiast wymachiwać mieczem, wolał posługiwać się rozumem, a zamiast nocować pod drzewem w kolczudze i butach, wolał spędzać noce w przytulnej komnacie, na wygodnym łóżku. Zamiast podrzynać ludziom gardła, wolał mamić ich umysły, a zamiast grozić, przekonywać. Niestety, jego upodobania niewiele miały wspólnego z rzeczywistością codziennego dnia...

Jaką mam historię opowiedzieć Bastardowi, żeby mi nie kazał tego chłopaka obłupić ze skóry? – zastanawiał się Löwefell, ponieważ wiedział, iż Mordimerowi nie pomogłaby nawet historia o tym, że z własnej woli opuścił rebeliantów i własnymi rękoma odesłał kilku z nich do piekła. Był w buncie, a to wystarczyło, żeby go skazać. Może w drodze szczególnej łaski Bastard kazałby czarnowłosego jedynie powiesić... I nagle inkwizytorowi wpadła do głowy przednia myśl.

– Powiemy, żeś zaczął niedawno nowicjat – zdecydował. – Znasz łacinę, a to lepiej niż dobrze, gdyż niewielu nawet mnichów jest tak wyuczonych.

– Obyczaje klasztorne też dobrze poznałem, bo przecież w Koblencji... – zaczął Mordimer i zaraz umilkł.

Löwefell udał, że niczego nie zauważył, ale oczywiście zakonotował w pamięci nieoczekiwane wyznanie chłopaka. A więc mieszkał w jednym z koblenckich klasztorów. Z jakiego powodu tam się znalazł? Czyżby odumarli go rodzice i trafił do świętego przybytku na wychowanie? Tak zdarzało się w wielu wypadkach, zwłaszcza jeśli dzieciak był bystry, w miarę kształcony i rokował nadzieje na przyszłość.

– Nie odzywaj się niepytany, a kiedy już cię o coś zapytają, odpowiadaj krótko i zwięźle. Nie wdawaj się też w żadne szczegóły. Nasza historia brzmi następująco: miesiąc temu przyjęto cię do klasztoru w Wintrange...

– Wybaczcie, panie, że ośmielam się wam przerwać, ale czy ci chłopi nie mówili, iż w Wintrange jest żeński klasztor?

Löwefell z satysfakcją przyjął te słowa, które świadczyły o tym, iż chłopak nie tylko pamięta, co powiedziano, lecz jeszcze potrafi wykorzystać nabytą wiedzę.

– W Wintrange są dwa klasztory – wyjaśnił. – Żeńskie zgromadzenie pod wezwaniem Świętej Urszuli i męskie Braci Miecza Pańskiego.

– Rozumiem.

– Jako jedyni na świecie ci mnisi chodzą w buroczerwonych habitach owiązanych białym sznurem. Wiesz dlaczego?

– Czerwień oznacza krew przelaną na chwałę Pana, natomiast biel niewinność tego uczynku – wyrecytował szybko chłopak. – Opat mi tłumaczył.

– Bardzo dobrze, Mordimerze – pochwalił go Löwefell, również zadowolony z tego, że oto zyskał kolejną informację na temat podopiecznego. – Poza tym mają dość swobodną regułę, pozwalającą na opuszczanie klasztoru, wykładanie Słowa Bożego i tak dalej, i tak dalej. Zresztą tego wiedzieć nie musisz, bo przecież dopiero co zaczynałeś nowicjat.

– Tak jest, panie.

– Kiedy buntownicy zajęli klasztor, ty uciekłeś i chowałeś się w lesie, póki cię nie przygarnąłem. Nie sądzę, by ktokolwiek chciał cię indagować w tej mierze, ale lepiej, byś na wszelki wypadek był przygotowany. Rozumiesz?

– Tak, panie.

– Najlepiej trzymaj gębę na kłódkę i nie rzucaj się ludziom w oczy. Pamiętaj, chłopcze, że człowiek rozumny zawsze woli stać na uboczu, gdyż świat znacznie lepiej widać, kiedy samemu jest się skrytym w mroku.

Mordimer skinął głową.

– Zapamiętam wasze słowa, panie.

– No to skończyliśmy lekcję – uśmiechnął się Löwefell. – A jak dobrze pójdzie, może wyniesiesz głowę z tej awantury...

Na zamku Junglinster panowała już zupełnie inna atmosfera niż ta, którą inkwizytor zapamiętał z poprzedniego wieczoru. Obok smutku, obok żałoby po zamordowanych krewniakach i przyjaciołach pojawiła się radość pełna głębokiej, zawziętej satysfakcji. Na dwór Bastarda dotarły już bowiem wieści o zwycięstwie cesarskich wojsk i o pogromie buntowników. Jednak Löwefell był pierwszym, który mógł tak dokładnie opisać starcie, i Bastard poprosił go, by zebranym w sali jadalnej gościom opowiedział o wszystkim, co widział. Inkwizytor, kiedy chciał, miał dar opowiadania, więc teraz odmalował przed oczami zebranych plastyczny obraz bitwy, szczególną uwagę przykładając do opisu pięknej szarży flamandzkich arkebuzerów i chwaląc ich za to, że zachowywali się tak spokojnie i tak byli zdyscyplinowani, że sprawiali wrażenie, iż są nie na bitwie, ale na paradzie. Inkwizytor zobaczył pełne satysfakcji uśmiechy na kilku twarzach, kiedy barwnie przedstawił uciekające w popłochu chłopstwo, tratujących się wzajemnie buntowników, wrzeszczących z przerażenia i siekanych bez litości przez gnającą za nimi kawalerię.

– A wy, panie? Usiekliście jakiegoś chama? – zainteresował się jeden z siedzących przy stole rycerzy.

– Przyznam, że mierny to powód do chluby, lecz wyznaczono mi inne zadania niż walka – odparł spokojnie Löwefell, choć natychmiast zobaczył, że tym zdaniem nie zdobył uznania w oczach gości Bastarda. Ale też na tymże uznaniu w najmniejszym stopniu mu nie zależało.

– No cóż, nie każdemu gra w sercu wojenna nuta – stwierdził rycerz i nie zwracając już uwagi na inkwizytora, odwrócił się do sąsiada obok.

– Jeśli wolno spytać, panie Ludwiku, czy wiecie coś więcej? – Löwefell skierował się w stronę pana zamku. – Czy schwytano Hakenkreuza?

– A jakże! – Bastard klasnął w dłonie. – Cesarscy medycy dbają tam ponoć teraz o niego, cukiereczka.

Zdrobnienie zabrzmiało przerażająco w jego ustach. Najwyraźniej sam oddałby część własnego zdrowia, aby tylko Hakenkreuz trafił na akwizgrański plac egzekucji, będąc w pełni sił.

– Już tu zakłady idą na zamku, kiedy jaśnie cesarz każe go oprawić. Ja sądzę, że siódmego lipca.

– W wigilię Jezusa Rzymskiego – mruknął Löwefell. – Myślę, że możecie mieć rację, bo to wszak za miesiąc.

– A ja jutro w południe zapraszam na widowisko – rzekł radośnie Bastard. – Hakenkreuza co prawda nie mam, lecz ze dwudziestu tych łotrów udało nam się pochwycić żywcem. Z każdym z nich inne teatrum odprawimy. Już tam moi ludzie głowią się, co i jak zrobić, by w takiej męce umierali, żeby piekło, do którego zmierzają, wydało im się istnym rajem.

– Ano tak! – krzyknął jeden z gości. – Wyobraźcie sobie takiego chama, panie, jak stoi przed piekielnymi wrotami i szczerze dziękuje, że wreszcie się tam znalazł.

Löwefell pokręcił głową.

– Aż żal serce ściska, że nie będę mógł tego zobaczyć na własne oczy – powiedział – lecz służba nie drużba. Nie zwlekając, muszę ruszać do Akwizgranu.

– No, no, jak widzę po was, nielekka jest cesarska służba – mruknął Bastard.

Inkwizytor przyłożył dłoń do piersi.

– Ale za to wdzięczna – rzekł z uśmiechem – bo jakie można mieć w życiu większe marzenie, niż pokornie służyć Najjaśniejszemu Panu?

– Jak kto lubi przemykanie po bezdrożach pośrodku rebelii, to pewnie i wdzięczna – podsumował Bastard.

– Miałbym do was tylko gorącą prośbę, panie Ludwiku, abyście mi oddali pod komendę kilku ludzi i użyczyli zapasów chociaż na parę dni.

Pan zamku machnął ręką lekceważąco.

– Tylko tyle? Nieba bym wam przychylił za zajmującą opowieść, jaką się z nami podzieliliście. Zwłaszcza że ja wam mogłem dopowiedzieć tak udane jej zakończenie. Moja pani przygotowała też skromną wyprawkę dla tej dzieweczki Wittlebenów.

– Pokornie dziękuję, panie Ludwiku.

– Nie macie za co dziękować. Ot, jakieś tam byle sukienczyny, bo ja sam nigdy córki nie miałem, to nawet podzielić się nie mam czym.

Kiedy Löwefell wraz ze służbą pilnował już przygotowań do podróży, okazało się, że wyprawka nie jest aż tak skromna, jak przedstawił to Bastard. Najwyraźniej służebne poprzerabiały kobiece suknie, przystosowując je do wzrostu dziecka, gdyż zebrały się tego dwa spore kufry. A samą dziewczynkę ubrano na podróż w sięgający kostek, przeszywany złotymi nićmi adamaszkowy płaszczyk z kapturem, spięty na piersi złotą broszą. Jasne włoski kunsztownie jej utrefiono, dłonie obleczono w jedwabne rękawiczki, a na stopach miała spięte złotymi zapinkami trzewiki z mięciutkiej skóry. Inkwizytor spojrzał z podziwem, kiedy zobaczył Annę Matyldę już gotową do podróży, bowiem wyglądała teraz niczym mała księżniczka sportretowana przez cesarskiego malarza. Siodlarz Bastarda przygotował też specjalnej konstrukcji siodło, w którym mogła bezpiecznie siedzieć na grzbiecie wierzchowca prowadzonego przez jednego ze służących. Dziewczynka najwyraźniej poznała inkwizytora, gdyż uśmiechnęła się i dygnęła przed nim, tak jak przystało się zachować dobrze urodzonej panience. Löwefell pomógł jej rozsiąść się wygodnie na końskim grzbiecie, a potem niespiesznie, stępa, wyjechali przez bramę. Tym razem już przez główną bramę zamku, której teraz nikt nie lękał się otworzyć. Inkwizytor zobaczył jeszcze tylko chłopa zakopanego po szyję w ziemi, przy którym siedziały trzy spasione wrony. Wszystkie trzymały w dziobach jakieś krwawe strzępy i wyrywały je sobie nawzajem z wrzaskliwym krakaniem. Löwefell z początku myślał, że chłop nie żyje, gdyż nie jęczał ani nie krzyczał, ale potem, kiedy jeden z ptaków wzleciał w powietrze, zobaczył, że ofierze zaszyto usta grubą szewską nicią. A to ciekawe, że strażnicy nie chcieli posłuchać, jak śpiewa, pomyślał inkwizytor.

Pan zamku ofiarował Löwefellowi nie tylko pięcioosobową, dobrze uzbrojoną eskortę, mającą towarzyszyć mu do samego Akwizgranu, ale pomyślał też, by Annie Matyldzie przydzielić służącą, tak więc wraz z nimi jechała młoda, roześmiana dziewczyna, która najwyraźniej zarówno dzieci lubiła, jak i umiała się nimi zajmować. Inkwizytor nie spodziewał się po drodze przykrych przygód. Niedobitki, które ocaliły głowę z pogromu, mogły zaatakować człowieka podróżującego samotnie lub z jednym tylko towarzyszem, lecz atak na pięciu kawalerzystów, odzianych w kolczugi, a uzbrojonych w miecze i łuki, nie powinien przyjść do głowy nikomu przy zdrowych zmysłach. No chyba że trafiliby na jakąś wyjątkowo wielką kupę hultajstwa, jednak takich kup dzięki wytężonym staraniom cesarskich wojsk już zapewne nie było. Musieli nadłożyć nieco drogi i zajechać do Trewiru, gdzie Löwefell chciał powierzyć Mordimera opiece przełożonego Akademii Inkwizytorium, a potem czekała ich długa podróż do Akwizgranu i następnie, samego tylko inkwizytora z dziewczynką oraz służącą, dalsza wyprawa do położonego w dolinie Łaby Amszilas.

Akademia Inkwizytorium leżała w obrębie murów miejskich Trewiru, tuż przy samej północno-zachodniej bramie zwanej Bramą Złotników (jako że pieczę nad nią oraz tą częścią fortyfikacji sprawował właśnie cech złotników). Akademia mieściła się w dużym, piętrowym budynku wzniesionym z ciemnoczerwonej cegły, do głównego gmachu przylegały budynki gospodarcze: stajnia, magazyny, piekarnia, kurnik pełen domowego ptactwa oraz chlew, w których, jak wiedział Löwefell, pracowali sami uczniowie. Uważano bowiem, że nie zawadzi, by oprócz zajmujących większość dnia fachowych zajęć pomagali również we wszystkich zadaniach gospodarskich. W końcu wytrawny inkwizytor musiał być człowiekiem umiejącym sobie radzić nie tylko ze śpiewaniem religijnych hymnów...

Löwefell znał dobrze Ulricha Küttla, mającego zaszczyt już niemal od dziesięciu lat pełnić funkcję przełożonego Akademii. Był to człowiek twardy, surowy i cechujący się nawet pewną prostodusznością, ale dobry opiekun młodych kandydatów na inkwizytorów. Szczerze się do swoich uczniów przywiązywał, co przejawiało się między innymi w tym, że zmuszał ich do szkolenia niemal ponad ludzkie siły.

– Im więcej przecierpicie tutaj, tym mniej będziecie musieli cierpieć, gdy już stąd wyjdziecie – mawiał.

Ale dbał też, by uczniowie byli dobrze odziani i najedzeni, a w zimie nie cierpieli chłodu. Nie pozwalał również na zbyt surowe ich karanie, co zaowocowało między innymi tym, że od dziesięciu lat w Akademii nie zaćwiczono na śmierć żadnego z chłopców.

– Miło cię widzieć w mych niskich progach, Arnoldzie. – Küttel szczerze się ucieszył, widząc Löwefella. – W sam czas się zjawiłeś, zaraz będziemy siadać do wieczerzy.

W Akademii odwiecznym zwyczajem było, iż wszyscy, zarówno uczniowie, jak i nauczyciele, jedli wspólnie posiłki w wielkim refektarzu na parterze. Jadłospis był zróżnicowany, a jedzenie obfite i tym tylko różnili się uczniowie od nauczycieli, że tym drugim wolno było pić wino do posiłków, a ci pierwsi musieli je mocno rozcieńczać wodą. Löwefell z zadowoleniem przyglądał się schludnie ubranym, zdrowo wyglądającym i zdyscyplinowanych chłopcom. Najmłodszy mógł mieć dwanaście lat, najstarszy zbliżał się zapewne do dwudziestego roku życia. Wszystkich cechowała naturalna powściągliwość w mowie i gestach oraz pełna skupienia powaga.

Küttel przedstawił gości wszystkim zgromadzonym (oprócz Löwefella znalazł się jeszcze przy stole inny służbowo odziany inkwizytor), potem zmówiono modlitwy, a jeszcze potem przełożony Akademii uprzejmie poprosił Löwefella, by opowiedział wszystkim o chłopskiej rebelii oraz jej upadku.

– Bo i my tutaj jesteśmy spragnieni wieści z szerokiego świata – wyjaśnił. – I choć dużo już wiemy o tych nieszczęsnych wydarzeniach, to mądrze będzie posłuchać o nich od naocznego świadka, który miał zaszczyt być na tej wojnie oczami i uszami samego Najjaśniejszego Pana.

Küttel celowo nie przedstawiał Löwefella jako inkwizytora, wiedząc, że ten w zbyt wielu uczestniczy tajnych misjach, by pragnął, aby powszechnie była znana jego rzeczywista profesja. Tak więc Löwefell po raz kolejny musiał opowiedzieć o bitwie, ale tym razem nakreślił obraz znacznie szerzej, skupiając się zarówno na przyczynach, jak i skutkach buntu. Później musiał jeszcze odpowiadać na liczne pytania (najgłupsze dotyczyło techniki nanizania Wittlebena na ruszt, a w jednym z mądrzejszych proszono Löwefella o wyjaśnienie związku pomiędzy rebelią a spekulacyjnym handlem zbożem prowadzonym przez weneckie kartele), tak że kolacja przeciągnęła się do późnego wieczora.

Później Küttel zaprosił gościa do swego gabinetu, gdzie czekała już na nich omszała butla wina.

– Bardzo ci dziękuję za zajmujący wykład, Arnoldzie – powiedział przełożony Akademii, siadając i prosząc Löwefella, by również usiadł. – Jak znalazłeś pytania moich chłopców?

– Przeważnie interesujące – odparł inkwizytor. – Zwłaszcza miło usłyszeć, iż rebelia nie wybuchła z poduszczenia demonów, tylko na skutek działań kupieckich spółek, które doprowadziły wieśniaków do ruiny poprzez lichwiarski obrót płodami rolnymi.

– Prawda? Zawsze mówię: zanim zaczniesz szukać najbardziej skomplikowanych odpowiedzi, wpierw poszukaj tych najprostszych. Jeśli widzisz, że ktoś porusza na odległość przedmiotami, nie oskarżaj go o pakt z diabłem, tylko sprawdź, czy nie ma nitki między palcami.

– Cieszę się, że właśnie w ten sposób kształtujesz umysły tych chłopców – powiedział szczerze Löwefell.

– Musimy się przecież czymś różnić od przeklętych papistów – burknął Küttel.

Inkwizytorium w teorii było poddane władzy Watykanu, ale w praktyce watykańscy duchowni, włączając w to samego Ojca Świętego, mieli na nie wpływ, delikatnie mówiąc, iluzoryczny. Dlatego też próbowali stworzyć konkurencję dla działań inkwizytorów i wysyłali w świat stada fanatycznych mnichów czy księży, często niedokształconych i skorumpowanych, a w zamian za to zawsze chorobliwie ambitnych i wyposażonych w niejasne kompetencje, które potem były przedmiotem prawniczych sporów, śledztw i dochodzeń oraz tematem pism krążących pomiędzy Stolicą Jezusową a Hez-hezronem, będącym główną siedzibą Inkwizytorium. Dlatego też, nadzwyczaj łagodnie rzecz ujmując, inkwizytorzy nie przepadali za papieskimi wysłannikami, w których prostych umysłach na każde pytanie dobra była odpowiedź: „To sprawka Szatana".

– Staram się jak mogę, choć obaj wiemy, że gorszy pieniądz wypiera lepszy.

– Nie daj nam, Boże, żyć na świecie, którym miałyby rządzić te ścierwojady z Watykanu. – Löwefell pokręcił głową.

Tu, w Akademii Inkwizytorium, mógł sobie pozwolić na takie słowa. Zresztą opinia, jaką wyraził, była tak powszechna wśród inkwizytorów, iż nikogo już podobne obawy nie dziwiły.

– Rozumiem, Arnoldzie, że przybyłeś do Trewiru nie tylko po to, by posiedzieć ze starym druhem przy szklanicy wina. Zdradź więc, czym mógłbym ci usłużyć?

– Czytasz w moich myślach, Ulrichu, gdyż faktycznie istnieje pewien problem, który mogę rozwiązać jedynie z twoją pomocą.

– Ha, miło słyszeć, że stary prowincjusz może się na coś przydać takiemu światowcowi jak ty!

Küttel napełnił kielichy. Löwefell posmakował i mlasnął z zadowoleniem.

– Czerwona alhamra. Moja ulubiona.

– Rocznik osiemdziesiąty, Arnoldzie. Niektórzy mówią, że najlepszy.

Przez dłuższą chwilę siedzieli w milczeniu, rozkoszując się smakiem trunku.

– A wracając do twego problemu... – odezwał się Küttel.

– Nie znalazłbyś w Akademii miejsca dla chłopaka, który przyjechał ze mną? Czy mógłbyś mi wyświadczyć tę przysługę i przyjąć go na próbę, póki sam się nie upewnisz, że spełnia wymagania tak czcigodnej uczelni?

– I tak znakomicie prowadzonej przez wybitną kadrę wykładowców – dokończył za niego Küttel, uśmiechając się pod nosem.

– Z ust mi to wyjąłeś!

– Każdego roku przez tydzień otwieramy nabór do Akademii. Nie uwierzyłbyś, Arnoldzie, jakie tłumy czekają przy bramie. Ale to wszystko w ogromnej większości mierzwa. – Machnął ręką. – A my potrzebujemy chłopców z gorącymi sercami i zimnymi umysłami. Czy ten twój jest właśnie taki?

– Ośmielam się tak sądzić – odparł Löwefell. – Chociaż sam wiesz, Ulrichu, jak to bywa. Człowiek przypomina wiejski dom...

– A czemuż? – zainteresował się Küttel.

– Musisz w nim przemieszkać najmniej rok, zanim poznasz, czy dokonałeś dobrego zakupu. Jaki jest latem, a jaki zimą, czy nie przecieka w czasie burzy, czy nie zajmie się natychmiast ogniem, gdy zaprószysz iskrę... I tak dalej, i tak dalej.

– Niby prawda – zgodził się przełożony Akademii. – Wielu chłopców nie wytrzymuje pierwszego roku, bo też i właśnie wtedy dajemy im najmocniej w kość.

– Mordimer przetrzyma – stwierdził Löwefell. – Ocalił mi życie, Ulrichu, a niewiele osób na świecie może o sobie coś takiego powiedzieć. W dodatku na moich oczach zabił trzech zbirów, no – roześmiał się – nie licząc dwóch, których zarżnął wcześniej.

– Nie lubimy tu ludzi, którzy znajdują płochą radość w odbieraniu życia innym istotom – zmarszczył brwi Küttel.

– Źle mnie zrozumiałeś. Uczynił, gdyż tak trzeba było uczynić. Nie widzę w nim bezmyślnej żądzy niszczenia, ani też by czerpał satysfakcję z zabijania.

– To dobrze – skinął głową przełożony Akademii. – Ale poznaję, że to nie wszystko, co chcesz mi powiedzieć, prawda?

Löwefell roześmiał się.

– Nic nie umknie twemu czujnemu spojrzeniu – rzekł. – Wyobraź sobie, że chłopak ma naturalną moc. Widzi umarłych i potrafi spontanicznie odbywać podróże do nie-świata.

– Ho, ho.

– Ano ho, ho – zgodził się inkwizytor. – Rzadko nam się trafia taki diamencik, czyż nie?

– Nie ułatwi to jego edukacji – rzekł Ulrich, krzywiąc wargi.

– Pokładam bezgraniczną wiarę w waszych umiejętnościach, mistrzu Küttel – mrugnął do niego Löwefell.

– Spróbować nie zawadzi, lecz nie myśl, że chłopak otrzyma szczególne przywileje...

– Po pierwsze, nie śmiałbym o to prosić, a po drugie, nie sądzę, by obdarzenie specjalnymi względami wyszło mu na dobre. Daj mu ciężką szkołę, Ulrichu. Jak tylko ty potrafisz.

– Ano zobaczymy, czy jest trzciną, czy drzewem.

– Jeśli drzewem, to nada się jedynie na opał. – Löwefell wzruszył ramionami. – No, nie w dosłownym tego słowa znaczeniu, rzecz jasna! – dodał, śmiejąc się.

Löwefell wiedział, że Inkwizytorium nie pozostawia bez opieki nawet tych, którzy nie byli w stanie przebrnąć wyczerpującego szkolenia. Jeżeli zawiodły wszelkie sposoby i ucznia musiano się pozbyć z Akademii, starano się umieścić go w miejscu bardziej odpowiadającym jego predyspozycjom, jednocześnie stosownie wyposażając oraz dyskretnie śledząc, jak sobie radzi. I w ten sposób niespełnieni inkwizytorzy zostawali kupcami, żołnierzami, rzemieślnikami, medykami lub jurystami. I najczęściej zawsze pamiętali, komu zawdzięczają powodzenie w życiu, oraz byli zachwyceni, mogąc spłacić dług wobec Inkwizytorium. Oczywiście rzecz nie dotyczyła młodzieńców, których wyrzucono za krnąbrność, niesubordynację lub zwykłe przestępstwa. Tych po prostu wykopywano za bramy i nie przejmowano się więcej ich losem. Ale tego typu godne pożałowania przypadki nie zdarzały się zbyt często.

Löwefell spędził pół nocy na rozmowie z Küttlem, który podzielił się z nim przeróżnymi anegdotkami z życia Akademii oraz opowiadał o szkoleniu młodych inkwizytorów, również o wyczerpujących próbach, jakim poddaje się ich ciała i umysły, tak by po opuszczeniu uczelni mogli godnie walczyć ze wszystkimi zagrażającymi świętej wierze. Löwefell wiedział, iż mimo szczerych wysiłków przełożonego Akademii część z tych chłopców zejdzie na złą drogę. W najlepszym wypadku zapomną o przyświecającym im celu, gromadząc dobra materialne, będą przyjmować łapówki, wysługiwać się możnym tego świata w zamian za poparcie lub pieniądze. W najgorszym wypadku odejdą od nakazów Bożej służby i z obrońców Jezusa staną się Jego wrogami. Na tych renegatów czekano w Amszilas. To właśnie do klasztoru odsyłano wszystkich, którzy postanowili sprzymierzyć się z Szatanem. Tam cierpliwi interrogatorzy dokładnie ich badali, szukali przyczyn i starali się znaleźć remedium mogące innych inkwizytorów ocalić przed podobnymi błędami. Natomiast sami błądzący odnajdywali wreszcie ukojenie wśród ekstatycznie bolesnych płomieni stosu i umierali wypełnieni miłością Bożą. No ale tego typu czarne owce trafiały się niezwykle rzadko, a nad każdym przypadkiem podobnej słabości szczerze ubolewano.

Następnego dnia o poranku Löwefell kazał wezwać chłopaka do swego pokoju.

– Przełożony Akademii Inkwizytorium postanowił wyświadczyć mi tę grzeczność i na próbę przyjąć cię w poczet uczniów. Tak więc czas, byśmy się pożegnali, Mordimerze – rzekł. – I wiedz, że z przyjemnością będę wspominał podróż w twojej kompanii.

– To ja wam dziękuję, panie. – Czarnowłosy skłonił nisko głowę.

– Spraw się dobrze, ale pamiętaj, że nie raz i nie dwa przyjdzie chwila, w której będziesz pragnął znaleźć się jak najdalej od murów Akademii. Wtedy zaciśnij zęby i powiedz sobie, że jeśli wytrwasz, to będziesz należał do najbardziej elitarnej konfraterni na świecie. Do ludzi, których Pan ulepił na swój obraz i podobieństwo.

– Zapamiętam, panie.

– Zwykły człowiek jest zazwyczaj samotnym drzewem, Mordimerze. Wykrzywionym przez wichury i nadżartym przez robactwo. Inkwizytorzy przypominają las z koronami drzew dumnie wyciągniętymi ku niebu. Ale inkwizytorem nie jest się dlatego, że ma się czarny płaszcz ze znakiem połamanego krzyża. Nie jest się nim też dlatego, że ma się władzę życia i śmierci nad ludźmi. Inkwizytorem zostaje się z czystej potrzeby serca, którego celem jest poniesienie w świat Bożej miłości. Rozumiesz, chłopcze?

– Sądzę, że rozumiem, panie.

– Sądzisz, że rozumiesz? – zaśmiał się Löwefell. – Nie, nie. Jeszcze nie rozumiesz. Ale kiedyś zrozumiesz na pewno.

Epilog

Löwefell, zawsze kiedy zbliżał się do klasztoru Amszilas, czuł się tak, jakby wracał do domu. Bo też w rzeczywistości był to jego jedyny dom, bezpieczna przystań, w której mógł odpocząć, by nabrać sił do nowych zadań. Oczywiście nie każdy powrót do Amszilas kończył się spokojnym odpoczynkiem. Czasami Löwefella proszono, by zapoznał się z pewnymi księgami lub dokumentami, by również brał udział w przesłuchaniach lub całych cyklach przesłuchań, niekiedy nawet powierzano mu kierowanie nimi. Generalnie jednak w klasztorze panowała zasada mówiąca, iż inkwizytor, który wypełnił szczególnie uciążliwą misję, ma prawo w pełni zregenerować siły, a do kolejnego zadania ma go pchnąć raczej poczucie obowiązku niż nakaz przełożonych.

Klasztor górował nad płynącą w dolinie rzeką, jego wieże i baszty wznosiły się dumnie pod niebo. Mury opasujące budowlę miały co najmniej dwadzieścia stóp wysokości. Ale na murach, blankach i w wieżyczkach Amszilas nie widziało się nawet jednego strażnika. Bo tego świętego miejsca nie strzegły zastępy zbrojnych, lecz potęga Pańskiego imienia. Kiedy koń wspinał się już stromą drogą prowadzącą do bramy, nagle Anna Matylda szarpnęła się w siodle.

– Gdzie jesteśmy? Dokąd mnie wieziesz, człowieku? – Jej głos nie brzmiał jak melodyjny głos dobrze wychowanej dziewczynki. Brzmiał raczej tak, jakby przemawiała dorosła kobieta, którą zmuszono do użycia dziecięcego głosu. – Natychmiast zawróć!

Spojrzał na Wittlebenównę i zobaczył to samo, co widział daleko na nadmozelskich polach. Twarz Anny Matyldy była ściągnięta gniewem, w oczach błyszczała złość.

– Słyszysz, co mówię, pachołku?! Zawracaj.

– Panienko słodka... – Towarzysząca im dziewczyna, zdumiona tym niespodziewanym atakiem, chciała objąć dziecko, ale Anna Matylda obróciła się do niej i smagnęła ją rączką przez twarz.

– Milcz, dziwko! – krzyknęła.

A potem z jej ust wydobyły się słowa, które Löwefell dobrze znał. Słowa jednego z przerażających wiedźmich zaklęć mających na celu podporządkowanie woli drugiego człowieka, uczynienie z niego posłusznego golema, pokornie wykonującego polecenia. Inkwizytor pozwolił jej dopowiedzieć zaklęcie do końca (zauważył, że wraz z ostatnim słowem służąca zastyga niczym głaz), a gdy zwróciła twarz w jego stronę, pewna, że może już rozkazywać, powiedział tylko:

– Przykro mi, pani, ale nie tak łatwo omotać wolę inkwizytora z Amszilas.

Tym razem wrzasnęła. Wrzaskiem, który w zamierzeniu miał nie tylko przerażać, lecz również paraliżować ofiarę. To nie było zaklęcie, lecz szczególna umiejętność dobrze wyszkolonych czarownic, którą inkwizytorzy żartobliwie nazywali syrenim śpiewem. I chociaż Anna Matylda najwyraźniej wiedziała, jak korzystać z tej zdolności, to dziecięce gardło nie chciało wydać z siebie pożądanych dźwięków. Dlatego wrzask nie zabrzmiał przerażająco, a raczej żałośnie i rozpaczliwie, jakby kociątko zapragnęło naśladować ryk dorosłego lwa.

– Cóż będzie dalej? – zapytał spokojnie.

Dziewczynka wpatrywała się w niego z nienawiścią w oczach, a jej buzia pokryła się krwawymi rumieńcami. Löwefell zastanawiał się, z kim ma do czynienia. Cóż, na pewno nie z demonem, który opętał dziecko i uczynił sobie dom z jego niewinnego, ochrzczonego ciała. To sprawdził już dużo wcześniej i taką możliwość ze stuprocentową pewnością wykluczył. Pozostawały dwie ewentualności. Anna Matylda mogła zostać spowita zaklęciem iluzyjnym, ale Löwefell nigdy w życiu nie słyszał o wiedźmie tak potężnej, by stworzyć czar tak realistyczny i tak długotrwały. Gdyby czarownica o podobnej mocy istniała, to zmiotłaby Löwefella jednym ruchem małego palca. Albo zmarszczeniem brwi. Pozostawała druga ewentualność. Najpewniej Anna Matylda była czarownicą, która odprawiła niezwykle złożone rytuały pozwalające jej w chwili śmierci powstrzymać duszę przed upadkiem w piekielne otchłanie. Tak biegłe w sztuce wiedźmy znały sposoby pozwalające im powrócić do świata żywych. Ceną za to był przymus dojrzewania w ciele wpierw niemowlęcia, a potem dziecka oraz czasowa utrata kontroli nad ciałem ofiary, która jednak stopniowo zanikała z biegiem lat. Ale też przez to właśnie rosła w nich nienawiść do rodzaju ludzkiego i wszelkich dzieł Pana. Kiedy Anna Matylda, a raczej ta dawna, prawdziwa czarownica, odeszła ze świata żywych? Równie dobrze mogło to być sześć lat temu, tuż przed poczęciem dziecka, jak i siedem stuleci temu. Mogła żyć w Cesarstwie, lecz równie dobrze w Rzymie, Persji, Brytanii czy Afryce. To było obojętne, gdyż przecież wyuczono ją mowy i obyczajów, jakie przystoją szlachetnie urodzonej panience. Tak czy inaczej, była nabytkiem niewiarygodnie wręcz cennym. Powiedzieć o niej „warta tyle złota, ile waży" to tak jak nazwać cesarski zamek w Akwizgranie kurnikiem.

– Wiem, co chcecie ze mną zrobić – warknęła nienawistnie i to warknięcie było tym bardziej przerażające, iż pochodziło z dziewczęcych, różowych usteczek. – Wiem, co tutaj robią z takimi jak ja. Myślicie, że wam na to pozwolę?

– Cóż takiego, twoim zdaniem, robimy, pani?

Spokojny ton i pokora w głosie Löwefella musiały ją zastanowić. Ale nie zbiły jej z tropu.

– Palicie je na stosach i topicie w rzekach. Każecie im wyrzec się mrocznej sztuki...

– Tak rzeczywiście postępuje wielu ludzi w Cesarstwie. Takie są prawa naszej świętej matki Kościoła, jedynego i powszechnego – odparł uczciwie i szczerze inkwizytor. – Lecz te prawa i to postępowanie nie dotyczą ciebie, pani. Zapewniam, że zostaniesz powitana z szacunkiem oraz obdarzona miłością.

Łypnęła na niego, a jej twarz znowu ściągnęła się w gniewnym grymasie.

– Chcesz mnie ogłupić? Omamić? Myślisz, że nie czuję w tobie swądu płomieni, które rozpalałeś? Myślisz, że nie słyszę wrzasków, skomleń i jęków tych, których torturowałeś?

– Kobieta o tak wielkiej mocy jak ty, pani, powinna umieć rozpoznać prawdę lub kłamstwo w moich słowach – przerwał jej.

Wpatrzyła się w niego, a jej źrenice ogromniały, zajmowały tęczówkę, aż w końcu zamieniły się w czarne, błyszczące koła. Wyglądała teraz iście nieludzko, złotowłosa dziewczynka o delikatnej buzi, w której raziły tylko te monstrualne, błyszczące czernią oczy.

– Byłeś taki jak ja – powiedziała z nagłym zdumieniem.

Inkwizytor uśmiechnął się.

– Być może łączyło nas pewne podobieństwo – zgodził się.

– Widzę to. Widzę to w tobie. Potrafiłeś latać. – Jej oczy rozszerzyły się jeszcze bardziej. – Przewodziłeś sabatom i krwią pisałeś zaklęcia na skórze zdartej z ludzkich grzbietów. Spółkowałeś z sukubami na łożu z płomieni...

Löwefell skinął głową, choć dopiero po chwili, jakby nie od razu wiedział, czy może zgodzić się z jej słowami. Pamięć o dawnych latach i o kimś, kim był wtedy, drzemała uśpiona w mrocznych zakątkach jego umysłu. Kiedy chciał sobie przypomnieć o konkretnych czynach, przypominał sobie o nich, ale tak, jakby poznał je z opowieści obcego człowieka.

– Nie jest ważne, kim byłem – powiedział łagodnym tonem. – Ważne jest, kim się stałem na chwałę Pana.

– Byłeś wolny. – Spoglądała na niego ze zdumieniem. – Mogłeś czynić wszystko, co chciałeś!

– Wszystko? Mylisz się, pani. To teraz potrafię czynić wszystko. Mógłbym wzbić się w powietrze na twoich oczach, ale nie pragnę tego, gdyż nie sądzę, by Bóg tego pragnął. Moc, którą miałem, jest niczym wobec tego, iż rezygnując z niej, stałem się lustrem odbijającym światło niepojęte dla ludzkiego rozumu.

– Stałeś się lustrem? – usłyszał szyderstwo w jej głosie. – Zaledwie żałosną marionetką, pchaną to tu, to tam przez ludzi, których zamiarów nawet nie pojmujesz. Byłeś wilkiem, a jesteś psem żrącym ochłapy z pańskiej ręki. Psem, który merda ogonem, kiedy pan pogłaszcze, a nie zdzieli batem!

Löwefell roześmiał się szczerze, a wizja jego samego jako psa rozbawiła go najbardziej.

– Nic nie rozumiesz – powiedział Annie Matyldzie. – Lecz nie mogę cię za to winić. Jednak już niedługo zrozumiesz.

– Zrozumiem? – zaniepokoiła się.

– Tak, pani. Gdyż teraz, kiedy patrzę na ciebie, widzę obrzydliwą skorupę pełną zgnilizny. Ale uwierz mi, że zamienimy cię w kielich z najczystszego złota, od dna aż po krawędzie wypełniony niebiańskim eliksirem. I z tego kielicha będziemy pić u stóp ołtarza, a każda przelana w nasze usta kropla stanie się niczym hymn wychwalający Pana.

– Bredzisz! – Dziecinna buzia wykrzywiła się w prawdziwie niedziecinnym wściekłym grymasie.

– Może dałem się ponieść zbyt wzniosłemu stylowi – przyznał z uśmiechem Löwefell. – Pokornie więc upraszam o wybaczenie. Czy możemy już jechać dalej?

Wyobrażał sobie złość i nienawiść czarownicy. Nie dość, iż zamknięta została w bezbronnym ciele dziecka, to w dodatku jej zaklęcia nie były w stanie uczynić krzywdy inkwizytorowi.

Niemniej musiał przyznać, że czar zniewalający został wypowiedziany z iście diabolicznym kunsztem, co świadczyło, iż czarownica dysponowała ogromną mocą.

Ale nawet gdyby była w swej dawnej postaci i w pełni sił, nie zdołałaby mnie pokonać, pomyślał Löwefell. Nie tu, nie tak blisko Amszilas, którego święte mury dają mi ochronę niemal nie do złamania.

– Jedźmy – zdecydowała spokojnym tonem, gdyż wiedziała, że nie pozostaje jej nic innego.

Inkwizytor dotknął twarzy służącej i szepnął słowo, które uwolniło dziewczynę od bezwolnego znieruchomienia.

– Co się stało? Co się stało? Panie? Panienko?

– Wszystko dobrze – uśmiechnął się Löwefell. – Jesteś bardzo zmęczona długą podróżą, moja miła. Będziesz musiała się dobrze wyspać.

Dziewczyna uśmiechnęła się z wdzięcznością i pogłaskała Annę Matyldę po włosach.

– Słyszysz, panienko? Zaraz będziesz w nowym domu.

Nie zauważyła, że dziewczynka wzdrygnęła się pod wpływem jej dotyku.

– Och, to cudownie, nianiu – zaszczebiotała, ale jej oczy pozostały wypełnione mrokiem.

Löwefell zostawił Annę Matyldę w towarzystwie dwóch zakonników, którzy najwyraźniej zostali uprzedzeni, kogo mogą się spodziewać. Zresztą tutaj, w świętych murach Amszilas, nie mogła nikomu uczynić nic złego. Pierwsze kroki skierował do kancelarii Ottona Vischera, którego powiadomiono już o przyjeździe inkwizytora.

– Gratuluję ci z całego serca, Arnoldzie. – Vischer wstał zza biurka i serdecznie uścisnął Löwefellowi dłoń. Jego blade policzki lekko się zaróżowiły. – Wiedziałem, że jak zwykle nie zawiedziesz pokładanych w tobie nadziei.

– Miło mi to słyszeć.

Löwefell zastanawiał się, dlaczego przełożony nie powiadomił go, z czym, a raczej z kim będzie miał do czynienia w czasie wypełniania tego zadania. Sam nie był do końca pewny? Liczył na to, iż misja Löwefella nie powiedzie się? Przykazano mu zachować tajemnicę? Cóż, teraz nie miało to już znaczenia, lecz inkwizytor wiedział, że nie zapomni, iż wysłano go w trudną podróż, nie przedstawiając kompletnego obrazu sytuacji.

– Odpocznij dziś wieczór, Arnoldzie, lecz jutro prosiłbym cię o pełny pisemny raport.

– Oczywiście – odparł Löwefell. – Czy wolno mi zapytać, czy przewidywany jest mój udział w badaniach?

– Nie, Arnoldzie. Twoje zadanie zakończyło się z chwilą przekazania wiedźmy klasztorowi. Nie będziemy na tyle bezwzględni, by wykorzystywać cię zaraz po tym, jak wróciłeś z tak wyczerpującej podróży. Odpocznij tydzień lub dwa, jeśli wola.

Nie chcieliście, bym się w ogóle dowiedział, że ona jest wiedźmą! – olśniło Löwefella. Sądziliście, że manifestacja nie nastąpi tak szybko. Że przywiozę ją, myśląc, iż eskortowałem po prostu małą, uzdolnioną magicznie dziewczynkę. Dlaczego?

– Pokornie dziękuję – powiedział uprzejmym tonem. – Nie omieszkam zastosować się do twej rady.

Vischer uśmiechnął się dobrotliwie i pokiwał głową.

– Jeszcze jedno... – Löwefell odwrócił się w progu. – Za twoim pozwoleniem rozkażę kancelarii wypisać rozkaz śledztwa w sprawie Ludwika Bastarda, pana na zamku Junglinster.

– Z jakimiż to zarzutami? – Otton uniósł głowę.

– Publicznie głoszonych herezji oraz apostazji.

Vischer długo milczał. Bardzo długo.

– Wiesz, co się stanie, jeśli każemy wszcząć dochodzenie przeciwko bohaterowi, na którego zamku znalazły ocalenie dziesiątki ludzi? Okolicznej szlachty, możnych, nawet rzemieślników?

– *Pamiętaj, byś nie miał względu na osobę żadnego* – odparł Löwefell.

– Nie musisz mi cytować Pisma! – warknął Otton. – Ośmielam się sądzić, że znam je równie dobrze jak ty. Pytałem, czy wiesz, co się stanie, jeśli zaczniemy śledztwo, i racz odpowiedzieć na to pytanie.

Jesteś stary, pomyślał Löwefell z pogardą. Stary i pozbawiony zębów oraz pazurów. Zbyt długo ślęczysz już w kancelarii, wdychając smród papierzysk, kiedy za murami Amszilas wrze prawdziwe życie. Życie, w którym na złe pytania udziela się złych odpowiedzi. A ta dobra odpowiedź brzmi zawsze: *Non nobis Domine non nobis sed tuo Dei da gloriam.*

– Nie zamierzam – odparł twardo Löwefell. – Ponieważ odpowiedź na to pytanie nie leży w zakresie moich kompetencji.

– Najłatwiej umyć ręce – burknął Vischer.

– Nie radzę, byś jeszcze raz ośmielił się porównać mnie do Poncjusza Piłata – odparł spokojnie inkwizytor.

Vischer poderwał się z krzesła, lecz kiedy spojrzał w twarz swego rozmówcy, opadł na nie z powrotem.

– Wybacz pochopne słowa – powiedział, nie patrząc w stronę Löwefella.

– Nawet już ich nie pamiętam – zapewnił go inkwizytor uprzejmym tonem.

Milczeli przez chwilę.

– Czy parafujesz rozkazy, które każę wypisać? – zapytał Löwefell.

Otton musiał zauważyć różnicę między tym pytaniem a poprzednim. Podwładny nie pytał go już o pozwolenie wydania rozkazów, a jedynie o to, czy je podpisze. A przecież Vischer doskonale wiedział, iż jego każdy krok jest pilnie śledzony przez zwierzchników.

– Czy istnieją świadkowie, którzy potwierdzą, iż doszło do takiego zdarzenia?

Inkwizytor przypomniał sobie towarzyszącą Bastardowi kobietę oraz dwóch służących. Wszyscy oni przebywali w komnacie, kiedy pan zamku wypowiadał nieostrożne słowa.

– Troje – odparł.

– Czy będą zeznawać z dobrej woli?

– Nie sądzę, ale dwóch ze świadków to słudzy, więc poprowadzenie przesłuchań nie wzbudzi oporu, jakiego moglibyśmy się spodziewać w wypadku szlachcica. Trzecim świadkiem jest żona Bastarda.

– Pięknie – syknął Vischer. – Jak sądzisz, ilu żołnierzy będę musiał posłać razem z inkwizytorami? Stu? Dwustu? A może dodać im katapulty i wieże oblężnicze?

Löwefell zdał sobie sprawę, iż dni Vischera jako jego przełożonego w Amszilas są już policzone. Odejdzie do innej, spokojniejszej pracy lub zostanie wysłany na godny odpoczynek. W ładnym podmiejskim domu z ogrodem i wytrenowaną służbą. Zajmie się czytaniem ksiąg, polowaniem w towarzystwie sąsiadów lub czym tam będzie tylko chciał. Nawet wyszywaniem makatek na ściany parafialnych kościółków. Ale na pewno nie obroną świętej i jedynej wiary. Na to miał już w sercu zbyt mało żaru.

– Ottonie, mój drogi przyjacielu Ottonie, dlaczego zapominasz, że nasza siła nie opiera się na zbrojnych, lecz na chwale Pańskiego imienia? – zapytał pogodnie, gdyż wizja odejścia Vischera nie była mu przykra.

– Bardzoś wymowny, drogi Arnoldzie. – Vischer obrócił na niego lodowate spojrzenie. – A skoro tak, może sam pofatygujesz się do Junglinster?

– Nie zwykłem dyskutować z rozkazami i jeśli taki wydasz, wypełnię go bez zwłoki oraz ze stosowną pieczołowitością – odparł Löwefell, patrząc przełożonemu prosto w oczy.

– A więc tak właśnie uczynimy – stwierdził Otton. – A teraz daruj mi, lecz muszę wracać do pracy. Możesz odejść, Arnoldzie, i zajmij się, z łaski swojej, wszelkimi formalnościami.

O tak, zajmę się, pomyślał inkwizytor. Zatroszczę się również, by raport z dzisiejszej rozmowy trafił do tych rąk, do których trafić powinien.

Wiedział, do której komnaty odprowadzono Annę Matyldę, więc skierował się tam, by zobaczyć ją po raz ostatni. Nie powinien tego robić i po słowach Vischera można było jego postępowanie uznać za wysoce niewłaściwe. Dziewczynka siedziała na wysokim łóżku wśród obitych jedwabiem poduch. Obok niej stał pogrążony w zamyśleniu młody mnich. Löwefell znał tego człowieka i wiedział, iż pomimo niepozornego wyglądu jest on jednym z najbieglejszych znawców mrocznej sztuki. W pewnym sensie bieglejszym nawet od samego Löwefella.

Anna Matylda obróciła głowę w stronę inkwizytora.

– Przyszedłeś się ze mnie naigrawać? – spytała tonem, który w zamierzeniu miał być wrogi, lecz tak naprawdę zabrzmiała w nim rezygnacja.

– Nie śmiałbym, pani. Przyszedłem tylko, aby się pożegnać.

Wpatrywał się w nią intensywnie, mając nadzieję, że uda mu się może nie rozpoznać, kim była w swej prawdziwej postaci, ale uzyskać choć najmniejszy trop. Nie mógł jednak przebić mroku, który otaczał jej umysł.

– Panie Löwefell – mnich uniósł wzrok – nie róbcie tego, z łaski swojej.

Inkwizytor pokłonił się.

– Żegnaj, Anno Matyldo – powiedział.

– Nie zapomnę ci tego – obiecała, a w jej głosie brzmiała jedynie czysta, niczym niezmącona nienawiść. – Nigdy ci tego nie zapomnę.

Zbliżył się i pogłaskał ją po policzku. Delikatnie, samymi opuszkami palców. Nie uchyliła się, jakby jego dotyk był jej absolutnie i doskonale obojętny.

– Nie zapomnisz – zgodził się. – Ale nadejdzie czas, kiedy im bardziej będziesz pamiętać, tym bardziej będziesz mnie kochać. Tak jak ja całą duszą kocham tych, którzy stworzyli nowego mnie.

Patrzyła na niego, a w dziecięcych, sarnich oczach pojawiły się łzy. Wiedział, dlaczego Anna Matylda płacze, i kiedy odchodził, uśmiechał się do własnych myśli.

Szachor Sefer

Człowiek, którego kciuki miażdżono w zgniatarce, wrzeszczał tak głośno, że przełożony Akademii Inkwizytorium musiał zatrzasnąć drzwi, aby w gabinecie dało się normalnie porozmawiać.

– Nie wyobrażasz sobie, ile musimy się naprosić, żeby dostać świeże eksponaty – westchnął. – A przecież edukacja wymaga nakładów. Jak mamy uczyć tych chłopców zachowania w czasie przesłuchań, skoro nie możemy wszystkiego pokazać na żywych przykładach?

Löwefell pokiwał współczująco głową.

– Jednak radzicie sobie, prawda?

– A co mamy robić, Arnoldzie? Pewnie, że sobie radzimy. Dostajemy jakichś morderców, podpalaczy, fałszerzy monet, sodomitów, to zajmujemy się nimi, starając się, żeby wystarczyli nam jak najdłużej. Ale uczniowie, jak to uczniowie, popełniają błędy. Czasami wystarczy jeden zbyt gwałtowny ruch, jedno zbyt mocne dokręcenie śruby i już jest po wszystkim. Oj, z nietrwałej gliny ulepiono tych rzezimieszków... – Ulrich Küttel westchnął z serdecznym żalem i widać było, że szczerze ubolewa nad słabością ludzkiej kondycji. – Cieszę się, że znalazłeś czas, by mnie odwiedzić – powiedział po chwili, zmieniając temat. – Bo mam z tobą ważną sprawę do omówienia, tak jak to pozwoliłem sobie wyłuszczyć w liście, który, jak mniemam, otrzymałeś.

– Dlatego tu jestem – rzekł Löwefell. – Chociaż nie wiem, w czym mógłbym ci usłużyć.

– A o co może chodzić, jeśli nie o twojego podopiecznego?

– O Mordimera? Czyżby okazał się tak niewdzięczny, by sprawiać ci kłopoty? A może się nie sprawdził?

– Nie, nie. Nie w tym rzecz. Nie mam żadnych zarzutów co do jego pilności czy zdyscyplinowania... – Küttel zawiesił głos. – Ale pewne rzeczy jednak mnie niepokoją.

– Zamieniam się w słuch.

Küttel podrapał się po brodzie, zerknął na Löwefella i spytał bardzo poważnym głosem:

– Czy ty naprawdę zdajesz sobie sprawę, jak wyjątkową mocą obdarzył Pan tego chłopaka?

– Sądzisz, że gdybym nie wiedział, zadałbym sobie trud przywiezienia go do Trewiru? I ryzykowałbym własn życie, by wyrwać go z łap buntowników?

– Zapewne. – Ulrich pokiwał głową. – Lecz kiedy myślę o tym, kim jest i kim może się stać twój Mordimer, to szczerze mówiąc, wydaje mi się, iż powinien być szkolony raczej w Amszilas niż w Akademii.

Löwefell uśmiechnął się ironicznie i ironii tej nie starał się ukryć.

– Nie wypowiadaj się na tematy, o których nie masz najmniejszego pojęcia – rzekł bez ogródek. – I pamiętaj, że nie ty decydujesz, kto nadaje się na ucznia w klasztorze.

– Nie chciałem cię urazić. – Ulrich nie stropił się ani nie obraził, a przynajmniej nie dał tego po sobie poznać. – Chcę tylko powiedzieć, iż jest w nim coś, co mnie niepokoi. Może być niebezpieczny, Arnoldzie.

Löwefell w myślach oczywiście zgadzał się z tą opinią. Nie zamierzał jednak podsycać obaw Küttla.

– Każdy z nas jest niebezpieczny, przyjacielu. Ty, ja, każdy, kto w sercu lub na płaszczu nosi złamany krzyż. Każdy, w czyim sercu płonie żar prawdziwej wiary. Czyż Pan nie ulepił nas właśnie po to, abyśmy byli niebezpieczni, a dzięki tej łasce mogli godniej stawać w Jego obronie?

Przełożony Akademii zmarszczył brwi.

– Dobrze wiesz, że nie to mam na myśli. I podejrzewam, że ciebie samego również zastanawia, skąd w chłopaku wzięła się moc, którą może wszak wykorzystać niekoniecznie w sposób, z jakiego bylibyśmy zadowoleni...

Löwefell zastanawiał się przez moment. Küttel rzeczywiście miał rację, niepokojąc się, że ten właśnie uczeń będzie szkolony w Akademii. Ale czy nie przesadzał ze swymi obawami? Z drugiej strony Löwefell wiedział, że stanowiska przełożonego Akademii nie osiągają ani głupcy, ani inkwizytorzy niemający oka do oceniania ludzkich charakterów.

– Nie sądzisz, że zmarnowanie talentu tej wielkości odbyłoby się ze szkodą dla naszej misji? – zapytał pojednawczym tonem.

– Temu twierdzeniu nie odmówię racji.

– No właśnie – przytaknął Löwefell. – I to jest najważniejsze. A co dalej stanie się z chłopakiem? Zobaczymy. Może nie podoła szkoleniu? Trudno, byśmy dzisiaj o tym wyrokowali. Ociosajcie go. Wyszkolcie. Sprawdźcie. Wtedy podejmiemy decyzję, jak wypada nam postąpić w przyszłości.

Ulrich Küttel skinął co prawda głową, lecz był wyraźnie nieprzekonany.

– Kim byli jego rodzice? Skąd pochodzi?

– Wychował się w Koblencji – odparł Löwefell. – Sądząc po swobodzie wymowy, umiejętności pisania i czytania oraz znajomości łaciny, musiał to być dość bogaty dom.

– A więc nawet nie wiesz, z jakiej psiarni pochodzi to szczenię. – Küttel cmoknął z dezaprobatą. – Nie poznaję cię, Arnoldzie. Zwykle cechowała cię ostrożność sądów i uczynków, a nie zuchwała pochopność.

Löwefellowi nie podobał się kierunek, w którym zmierzała rozmowa, lecz zmilczał, gdyż nie chciał obrazić przełożonego Akademii. Nie chciał też wydawać mu rozkazu, a pragnął przekonać do swoich racji.

– Mam kilka spraw do załatwienia w Koblencji i mogę przy okazji wyjaśnić problem, który tak cię intryguje. Czy uznasz to za satysfakcjonujące rozwiązanie?

– Nie lepiej wypytać chłopaka?

Löwefell zaprzeczył.

– Nie należy do osób, które swe życie podają innym na tacy niczym poczęstunek. A ja wcześniej zapewniłem go, iż ci, którzy trafiają do Akademii, zyskują nowe życie i nowe imię. W końcu zazwyczaj nie pytamy ludzi, skąd do nas przychodzą, lecz z czym do nas przychodzą. Czyż nie tak, Ulrichu? Czyż nasz Pan, z którego wszyscy winniśmy brać przykład, pytał o cokolwiek Newiusza Makrona, kiedy ten otworzył przed nim bramy Rzymu?

– Nie kieruje mną płocha ciekawość...

– Wiem – przerwał mu Löwefell – i przyrzekam, że zbadam rzecz z dogłębną pieczołowitością, a następnie podzielę się z tobą informacjami oraz pozostawię swobodę w podjęciu decyzji, jakakolwiek by ta decyzja była.

– Dobrze – zgodził się przełożony Akademii. – To uczciwe rozwiązanie. Ale powiedz mi jeszcze szczerze: próbowałeś, prawda?

Löwefell roześmiał się.

– Oczywiście, że próbowałem, stary lisie. Chłopak ma umysł niemal niepodatny na wpływ. To wielka, wielka zaleta w perspektywie walk czekających go jako inkwizytora. Mógłbym spenetrować jego pamięć i sięgnąć do najdalszych nawet wspomnień, ale obawiam się, iż w ten sposób mógłbym jednocześnie wyrządzić mu szkody, które znacznie przerosłyby spodziewane zyski. Diamenty trzeba szlifować z nadzwyczajną precyzją.

Ulrich wzruszył ramionami, jakby chciał dać do zrozumienia, że doskonale zdaje sobie sprawę z tego faktu i że jest ostatnią osobą, której trzeba by tłumaczyć podobne oczywistości.

– Skoro sądzisz, że śledztwo w sprawie przeszłości Mordimera okaże się bardziej pomocne, zostawiam ci wolną rękę – rzekł.

Löwefell skłamał, iż w Koblencji czekają na niego jakieś sprawy. Tak naprawdę nie miał w mieście nic do roboty, ale nie ścigały go również żadne terminy czy zadania. Bez kłopotów mógł więc odwiedzić miasto i poświęcić dzień lub dwa na znalezienie rodziny Mordimera. Na razie dysponował jednym śladem: wiedział, że chłopak spędził jakiś czas w klasztorze i że był to niemal na pewno klasztor Miecza Pańskiego, a więc musiano go tam pamiętać. Ba, jeżeli przyzwoicie prowadzono księgi rejestracyjne, to niemal z całą pewnością zapisano w nich jego imię i nazwisko, tak jak zapisywano imiona wszystkich, którzy byli na klasztornym utrzymaniu.

Inkwizytor nie przepadał za wielkimi miastami. Bo i cóż one miały do zaoferowania? Rozkrzyczany tłum przelewający się po brudnych, wąskich ulicach. Wywindowane na niebotyczny poziom ceny towarów. Smród nieczystości wylewanych z okien i spływających ulicami. Gospody zapełnione ludźmi od podłóg po sufity. Żebraków. Dziwki. Rzezimieszków. Biczowników. Cyrkowców. No, cyrkowcy może jeszcze nie byli tacy najgorsi i Löwefell lubił od czasu do czasu poprzyglądać się, jak tańczą na linie, fikają koziołki, żonglują mieczami albo połykają sztylety lub ogień. Kiedyś nawet widział, jak jakiś hultaj cisnął jabłkiem w spacerującego na wysokości linoskoczka, a ten spadł i skręcił sobie kark. Ależ tłum miał wtedy zabawę! A kiedy Löwefell po roku wrócił do tego miasta, zobaczył, że karczma, przed którą miało miejsce zdarzenie, zmieniła nazwę i zowie się teraz „Pod Linoskoczkiem". No ale drobne miejskie przyjemności były niczym w porównaniu z niedogodnościami, jakie niosło ze sobą przebywanie w wielkim ludzkim skupisku, a co gorsza, przymus załatwienia w nim jakichkolwiek spraw.

Löwefell skłamał również, uzasadniając, czemu nie wypytał Mordimera o jego przeszłość. Nie powodowała nim delikatność ani szacunek dla tajemnicy podopiecznego. Po prostu wiedział, iż nie usłyszy prawdy, a nie chciał zmuszać młodzieńca do kłamstwa. Zastanawiał się też, czy na pewno chłopak potrafiłby odróżnić kłamstwo od prawdy, gdyż jego umysł wydawał się podobny do komórki, którą zamknięto na solidną kłódkę. I trzeba było znaleźć wytrych do tej kłódki, a nie rozbijać ją za pomocą łomu.

Löwefell w czasie swego całkiem już długiego życia używał różnych imion, różnych nazwisk i różnych przydomków. Zresztą Arnold Löwefell również nie było mianem, pod którym przyszedł na świat, lecz pod nim znano go w Inkwizytorium oraz klasztorze. Czy może lepiej powiedzieć: takie imię nadano mu w klasztorze, by właśnie nim legitymował się w Świętym Officjum. Występował też w różnych rolach. Bywał kupcem korzennym, przełożonym kantoru weneckiego, kapitanem okrętu, pasowanym rycerzem, cesarskim szpiegiem, bizantyjskim biskupem, a nawet właścicielem zamtuza. Niezwykle rzadko przedstawiał się jako inkwizytor Jego Ekscelencji biskupa Hez-hezronu (na co posiadał stosowne, wyjątkowo nie podrobione, ale oryginalne dokumenty), a już niemal nigdy jako ktoś, kim był w istocie, czyli inkwizytor Wewnętrznego Kręgu. Niemal nigdy również nie zakładał oficjalnego stroju inkwizytorów: czarnego płaszcza z wizerunkiem srebrnego, połamanego krzyża.

Przed wizytą u opata zastanawiał się, jaką rolę odegrać tym razem i jak uzasadnić swoje zainteresowanie losem chłopaka, który zapewne spędził w klasztorze co najmniej kilka miesięcy. Odrzucił różne możliwości, aż w końcu uznał, że najpoważniej zostanie potraktowany, kiedy przedstawi się jako wysłannik biskupa Hez-hezronu, co przynajmniej zwolni go od tłumaczenia, dlaczego wypytuje o jednego z domowników klasztoru. Biskup prosił o informację, a więc pragnął ją otrzymać, a odmówienie pomocy byłoby aktem całkowicie nieuzasadnionego braku grzeczności.

Klasztor zgromadzenia Miecza Pańskiego (zakonników powszechnie nazywano Braćmi Mieczowymi) był jak wszystkie klasztory tej reguły budowany na podobieństwo warownej fortecy. Co prawda mnisi już od wielu dziesiątków lat nie szkolili się we władaniu bronią oraz jeździe konnej, jednak pewne obyczaje z przeszłości pozostały. I do tych właśnie obyczajów należało, iż klasztor powinien przypominać zamek opasany murami, z cylindrycznym donżonem i basztami strzelniczymi. Bracia Mieczowi rzeczywiście spełnili wielką i chwalebną rolę w czasie, kiedy szerzono chrześcijaństwo na ziemiach dzisiejszego Cesarstwa i kiedy zamieszkujących te tereny Rzymian, Galów, Germanów oraz Brytów należało przekonywać do ideałów wiary, dzierżąc w jednej ręce Pismo, a w drugiej miecz. Zakonnicy-wojownicy zaś chętniej używali miecza. No ale potem nastały spokojniejsze lata i książętom, królom oraz cesarzom nieszczególnie podobała się sytuacja, iż na ich ziemiach wyrastają potężne fortece pełne wojowniczych mnichów, nad którymi nikt nie sprawuje kontroli. Cesarz Andrzej nazwał je nawet publicznie „zadrami w zadku", co tak łatwo przeszło do potocznej mowy, iż do teraz każdy z tych klasztorów nazywano „zadrą". Chociaż nikomu już nie wadziły, ponieważ mnisi dali się nakłonić do rezygnacji z wojowniczych ideałów oraz niezależności. Z tego, co Löwefell pamiętał, udało się to osiągnąć pokojowymi metodami i nie zginęło przy tym więcej niż kilkuset ludzi.

Inkwizytor wylegitymował się przed bratem furtianem dokumentami wydanymi przez kancelarię biskupa Hez-hezronu i bez zwłoki został doprowadzony przed oblicze opata.

Opat Anzelm był wysokim, łysiejącym mężczyzną, który chodził w taki sposób, że do złudzenia przypominał brodzącego w wodzie żurawia, lecz w odróżnieniu od tego ptaka głowę trzymał wysoko, jakby chciał wypatrzyć coś niezwykle istotnego w klasztornym sklepieniu.

– Witam was, panie Löwefell – powiedział oschle. – W czym mogę pomóc? Jakaż to sprawa jest tak pilna, że odrywacie mnie od obowiązków?

– Raczcie wybaczyć. – Inkwizytor nie wysilił się nawet na przepraszający ton. – Nie poprosicie, bym usiadł? – zapytał po chwili.

– Z tego, co wiem, ludzie pańskiego pokroju i tak robią to, na co mają ochotę. – Opat wzruszył ramionami. – Ale siadajcie, skoro wola.

Löwefell spoczął na krześle odsuniętym od ściany. Nie spodziewał się w klasztorze życzliwego przyjęcia i jak widać, nie pomylił się.

– Nie zajmę wam wiele czasu, ojcze – rzekł. – A im szybciej znajdziecie odpowiedzi na pytania, które zadam, tym szybciej pozwolę wam wrócić do obowiązków.

– Pytajcie więc.

– Jak wielu utrzymujecie teraz domowników?

– Kilkunastu – odparł opat. – A pomocy udzielamy blisko setce potrzebujących. Żywimy ich, odziewamy, niektórym wypłacamy skromne zapomogi.

– Wielce to chwalebne wspomagać tych, którzy nie mogą pomóc sami sobie – stwierdził Löwefell, lecz na opacie jego słowa nie wywarły żadnego wrażenia. – Jednak mnie interesują ci, którzy mieszkają w klasztorze. Kilkunastu, mówicie?

Zakonnik nie odpowiedział i cały czas przyglądał się inkwizytorowi obojętnym wzrokiem.

– To chyba wielka łaska dla ubogich i potrzebujących trafić pod wasz gościnny dach – ciągnął Löwefell. – Rzadko się więc zapewne zdarza, by z dobrej woli rezygnowano z gościny.

– Ludzie to niespokojne duchy – rzekł zakonnik. – Dla wielu ciche, pokorne życie w klasztornych murach stanowi zbyt wielkie wyrzeczenie.

– Prowadzicie listę osób, które wspomagacie?

– Rzecz jasna. Żaden datek, czy to w naturze, czy w gotówce, nie może nie przejść przez księgi.

– Chwalebna pieczołowitość – przyznał Löwefell.

Mnich znowu nic nie odpowiedział, ale też inkwizytor nie spodziewał się, by ten człowiek zmienił swe nastawienie pod wpływem kilku uprzejmych słów.

– Interesuje mnie, czy w tym roku, a może w zeszłym, nie opuścił waszych progów młody chłopak. Czarnowłosy, nieźle wykształcony, zapewne pochodzący z dobrej rodziny. Mam powody, by przypuszczać, iż hodowaliście go tutaj przez jakiś czas, i ciekaw jestem, czy się nie mylę.

– Nie mogę wam pomóc – odparł opat. – Zbyt wiele mam trosk dotyczących działania klasztoru, bym wiedział, kto w danej chwili korzysta z naszej gościny. Poza tym nie sądzę, abyście wiedzieli, ale mam stu osiemdziesięciu trzech współbraci i wyobraźcie sobie, że nawet ich imiona czasem mi się mylą, a co dopiero jakiegoś chłopaka, który pewnie pomagał braciom w pracach gospodarskich.

– Ale ktoś się tym problemem zajmuje, czyż nie? Któryś ze współbraci ojca decyduje, komu z potrzebujących udzielić wsparcia? Proszę więc go wezwać.

Opat pokręcił głową.

– To brat Albert, lecz on wam nie pomoże, bo dopiero od miesiąca pełni swą funkcję. W kwietniu Pan powołał do swej światłości brata Sebastiana, który dożył chwalebnego wieku siedemdziesięciu trzech lat.

– No cóż. – Löwefell wzruszył ramionami. – Pokażcie mi więc, z łaski swojej, dokumenty. Może w ten sposób zdołam dotrzeć do potrzebnej mi wiedzy.

– Oczywiście – zgodził się zakonnik. – Zaczekajcie na dziedzińcu, o tam, pod arkadami, a każę wam je przynieść. Teraz wybaczcie. Obowiązki.

Nie skinął nawet inkwizytorowi na pożegnanie, tylko odwrócił się i wyszedł z gabinetu, stawiając stopy tak, jakby omijał jakieś przeszkody niewidzialne dla oka zwykłego człowieka.

Löwefell czekał na dokumenty długo. Zbyt długo. I był pewien, że nie jest to przypadek, lecz jasny i wyraźny sygnał, iż nie jest tutaj mile widziany. Zwłaszcza że nikt się nawet nie pofatygował, by zaproponować mu chociaż łyk wody.

– Na psy schodzi chrześcijańska gościnność – mruknął do siebie.

Wreszcie do Löwefella zbliżył się młody mnich niosący pod pachą księgę.

– Boże wam błogosław, panie – przywitał się grzecznie. – Jestem brat Albert i słyszałem, że będę mógł wam pomóc. Co z wielką chęcią uczynię.

Inkwizytor skinął mu głową.

– Będę wdzięczny, jeśli brat pokaże mi księgę, do której wpisujecie domowników.

– Już mnie uprzedzono, więc przyniosłem. – Zakonnik podał Löwefellowi tom. – Zapisana maczkiem, a i brat Sebastian, Panie racz go przyjąć do swej światłości, miał zacne serce, lecz charakter pisma podły. Więc zejdzie wam trochę czasu, nim się połapiecie, co i jak, bo ja to, szczerze mówiąc, do dzisiaj ledwo czytam te robaczki. Ale siądźcie sobie tu na ławeczce, a ja wam każę przynieść... – urwał – wody?

– Może być woda – westchnął inkwizytor. – Dziękuję wam, bracie.

Zakonnik uniósł wskazujący palec, wzniósł oczy do nieba i uśmiechnął się.

– Na chwałę Pana – rzekł szybciutko, co zabrzmiało jak „nachwłępna".

Löwefell, rozsiadłszy się, położył księgę na kolanach. Kiedy ją otworzył, zorientował się, że ostrzeżenia młodego mnicha były jak najbardziej uzasadnione. Brat Sebastian miał naprawdę paskudny charakter pisma, poza tym sadził kleksa za kleksem, a wycieranie tych kleksów przynosiło czasami efekt gorszy od samej plamy. Na szczęście inkwizytor miał ogromne doświadczenie w odczytywaniu dokumentów podobnego rodzaju, gdyż akta procesowe często znajdowały się w dużo gorszym stanie. Przynajmniej pod jednym względem księga prowadzona była solidnie. Otóż brat Sebastian wpisywał datę, a pod datą zapisywał, ile klasztor wydał racji żywnościowych, ubrań lub jałmużny oraz czy przyjęto kogoś na domownika. W tym wypadku zapisywano dokładniejsze dane: wiek, przezwisko lub imię, zawód albo chociaż do jakich prac może się nadać. Niestety, brat Sebastian miał również zamiłowanie do skrótów, co objawiało się tym, że notatka brzmiała na przykład w ten sposób: „JanzwBuhaj40st.ogr,ziel2kr". Dla Löwefella w tym wszystkim najważniejsze były cyfry widniejące przy imieniu, które ujawniały wiek, jaki podawał domownik, lub jeśli ten swego wieku nie znał, wiek, na jaki oceniał go brat Sebastian. Należało więc szukać liczb w przedziale od dwunastu do piętnastu najpierw w zapisie o przyjętym domowniku, a następnie w zapisie o domowniku, który odszedł z klasztoru. Lecz, niestety, niczego takiego nie znalazł. Przejrzał księgę raz, drugi i trzeci, a kiedy zobaczył, że nic to nie da, poprosił, aby oddano wolumin bratu Albertowi, a sam skierował się w stronę bramy. Czuł rozczarowanie, lecz nie zamierzał ze sprawy rezygnować.

– Jak wam, panie, przypadł nasz klasztor? – zagadnął furtian.

– Piękny – odparł Löwefell. – I pełen wielce pobożnych ludzi.

Zakonnik rozpromienił się.

– Tak właśnie jest! A nad tą księgą widziałem, że tak ślepiliście, znaleźliście co?

– Szukałem pewnego chłopca, który był waszym domownikiem. Nie znalazłem. Szkoda, bo upomniała się o niego bogata rodzina...

– O, to wielka szkoda – zgodził się furtian. – Ale był, tak? Nie jest?

– Odszedł co najmniej kilka miesięcy temu. Ma ze trzynaście, może czternaście lat.

– Toż ja wiem! – wykrzyknął zakonnik. – Jak mi Bóg miły, to musi być ten smyk, no, jakże mu tam było... – Pstryknął palcami w złości, że nie może sobie przypomnieć imienia. – Grzeczny, czarniawy, spokojny, robotny taki. No wiem przecież...

Löwefellowi kamień spadł z serca. Czyżby trafił na właściwy trop?

– Nie pamiętacie imienia? Może nazwiska?

– A gdzie tam, panie. Swoje nawet już zapomniałem. Ale sprawdźcie księgi. Brat Sebastian wszyściuteńko zapisywał w księdze.

Jak się okazuje, nie wszyściuteńko, pomyślał Löwefell, bo dam sobie głowę uciąć, że zapisów mówiących o przyjęciu i odejściu chłopaka w tych dokumentach nie ma.

– Szczerze mówiąc – rzekł – te zapiski są bardzo niewyraźne i niemal nic w nich nie widzę. Może brat mógłby mi pomóc i powiedzieć, kogo można dopytać o tego młodziana?

– Nie martwcie się. – Zakonnik przymrużył oko. – Też mam kłopoty z czytaniem. No ale po co czytanie furtianowi? Wystarczy, że umiem dobrze słuchać, jak nam Pismo czytają. Aha, aha, ale co to ja chciałem? Ano tak! Pewnie, że kogoś takiego znam. Nazywa się, nazywa się... – Potarł knykciami brodę i wysunął dolną wargę. – No, zabijcie, na Boga...

– To jeden z waszych braci?

– Nie, nie, nie.

– Czym się zajmuje?

– O, no właśnie, czym się zajmuje! Piwo nam przywoził w zeszłym roku, a chłopak pomagał mu rozładowywać. Pewnie coś wie, bo tam pogadywali razem.

– Przypomnicie sobie może nazwisko?

– Jejej, nie przypomnę. Jakieś takie długie i cudaczne było. Ale wiem, że ma karczmę. „Pod Zgniłym Pierogiem", tak się nazywa. No, karczma znaczy, nie on, bo jego, mówiłem wam już, nie pomnę.

– Uprzejmie wam dziękuję, bracie. Zostańcie z Bogiem – rzekł Löwefell serdecznie i w dodatku najzupełniej szczerze.

Siła Inkwizytorium nie polegała tylko na talentach oraz oddaniu jego funkcjonariuszy. Nie opierała się jedynie na strachu czy złocie. Inkwizytorzy już wiele, wiele lat temu zdali sobie sprawę, że podstawą ich sukcesu w pełnym zła świecie może być jedynie sprawna administracja, zarządzana i prowadzona przez świetnie wyszkolonych urzędników. Dlatego też to właśnie Inkwizytorium dysponowało jednym z najlepszych, a może nawet najlepszym zbiorem map w Cesarstwie. I to Inkwizytorium pieczołowicie oraz wytrwale prowadziło księgi osobowe, dotyczące między innymi wszystkich, którzy zostali uznani za „przyjaciół", „pomocników" lub „kontakty".

W archiwach znajdowały się dokumenty dotyczące tych ludzi, ich przeszłości, ich zalet, ich grzechów, ich upodobań, ich słabości, spis misji, które wykonali dla inkwizytorów, lub zalecenia, w czym mogliby okazać się pomocni. Główne archiwum znajdowało się w klasztorze Amszilas, natomiast drugie co do wielkości w siedzibie Inkwizycji w Hez-hezronie. Jednak każdy lokalny oddział Inkwizytorium dysponował odpisami dokumentów, które bezpośrednio dotyczyły ludzi mieszkających na terenie, którym się opiekowano. W Koblencji Święte Officjum miało wielu zaufanych informatorów, ale Löwefell teraz szczególną uwagę zwrócił na karczmarza Heinricha Brandta, który w Akademii Inkwizytorium spędził dwa lata i odszedł na własną prośbę oraz za przyzwoleniem nauczycieli. Rozstanie musiało przebiec w pełnej zgodzie, gdyż Brandt otrzymał pożyczkę na kupno zajazdu oraz zapewniono mu intratne kontrakty. Między innymi zaopatrywał w piwo zakonników z klasztoru Braci Mieczowych. Nie mogło więc chodzić o nikogo innego jak o człowieka, którego wspominał furtian. Tylko gdzie niby ma być to długie i cudaczne nazwisko? – pomyślał Löwefell z przekąsem, ubolewając nad niedostatkami ludzkiej pamięci, które czasem mogą niecnie pokrzyżować plany osobom pragnącym zgłębiać prawdę.

Zajazd prezentował się znakomicie. Nie dość, że stał tuż obok ulicy, która od Bramy Jana (największej w Koblencji) prowadziła do rynku, sukiennic i bazyliki, to w dodatku był solidną piętrową budowlą wzniesioną z podpalanej czerwonej cegły. Do ściany zajazdu przytuliła się obszerna stajnia, a na dużym podwórzu kłębił się tłum gości i dostawców.

Ma łeb do interesów ten nasz były kompan, pomyślał Löwefell. Inkwizytor miał pewność, że dług wobec Inkwizytorium nie tylko został dawno temu spłacony, lecz zapewne Święte Officjum pobiera również spore profity z działania zajazdu.

Przecisnął się przez tłum, po drodze odmawiając jakiemuś zafrasowanemu handlarzowi kupna dwóch skrzynek „najprzedniejszego jabłecznika, jakiego nigdy nie kosztowaliście", zignorował zalotny uśmiech kobiety z żółtą wstążką przy kapeluszu (która to wstążka aż nadto objaśniała jej profesję) oraz uprzejmie wyjaśnił pewnemu dostawcy, że nie przybył z Trewiru i nie ma dla niego ładunku tulipanowych cebulek. Przy drzwiach jeszcze musiał poradzić sobie z potężnym wykidajłą, który każdemu, kto próbował wejść do środka, ponurym głosem oznajmiał: „Nie ma miejsc, idźcie do stajni".

Nie ma to jak być oberżystą w Koblencji, pomyślał Löwefell, kiedy udało mu się sforsować wszystkie przeszkody i wreszcie znalazł się w pełnej gości sali. Kłębiło się w niej niczym w mrowisku. Wykidajło wskazał mu Brandta, który stał na piętrze i gospodarskim, zatroskanym wzrokiem przyglądał się tłumowi.

– Witajcie, panie Brandt – rzekł uprzejmie Löwefell, gdy już wdrapał się po schodach.

– Witajcie, czym wam mogę służyć? – Karczmarz nawet nie spojrzał w stronę gościa.

– Jedynie uprzejmą odpowiedzią na me pokorne pytanie.

Brandt poderwał głowę i bacznie przyjrzał się Löwefellowi.

– Czyżbym się mylił, iż jesteście... – zawiesił głos.

– Arnold Löwefell, do waszych usług, inkwizytor Jego Ekscelencji biskupa Hez-hezronu.

– Och, jakże miło! – Karczmarz rozpromienił się i jak Löwefell mógł zauważyć, nie była to wcale radość udawana. – Pozwólcie, panie Löwefell, do kantorka. Będzie nam i ciszej, i spokojniej.

Przecisnęli się pośród beczek i skrzyń, a potem Brandt pchnął drzwiczki prowadzące do małego pokoiku, gdzie jedynymi meblami były stół oraz dwa krzesła, z których jedno stało niczym źrebak, któremu rozjechały się nogi na śliskiej od deszczu łące.

– Siadajcie, mistrzu Löwefell, proszę serdecznie. – Karczmarz podsunął gościowi lepsze krzesło, a sam ostrożnie przysiadł na tym uszkodzonym. – W czym wam mogę usłużyć? Może szklaneczkę wina?

– Wino w dobrej kompanii zawsze smakuje – odparł inkwizytor, a Brandt, słysząc te słowa, rozpoczął gorliwe poszukiwania, które zakończyły się znalezieniem dwóch kubków oraz sporej flaszy.

– Kiszonego ogóraska? Szyneczki? A może coś cięższego? Zrazy z kaszą? Zaraz krzyknę, to nam przyniosą...

Löwefell pokręcił głową i przeszedł do rzeczy:

– W zeszłym roku mieliście umowę z klasztorem Braci Mieczowych na dostawy piwa, czy zgadza się?

– Zgadza się, mistrzu Löwefell. Bardzo proszę, mówcie mi Heinrich. Heini znaczy się, jeśli łaska.

– Oczywiście, Heini. Z tego, co mi wiadomo, w wyładunku dostaw pomagał ci zazwyczaj pewien chłopak...

– Ach, ten... – Brandt pokiwał głową. – Dobry dzieciak. Bo widzicie, ja sam zajmowałem się dostawami, żeby okazać zakonnikom szacunek. Chłopak był robotny, to i go wziąłem na pomagiera.

– Czy możesz mi coś o nim opowiedzieć? Kim jest, z jakiej pochodzi rodziny?

Brandt skubnął dolną wargę.

– Mistrzu Löwefell, powiem szczerze, że nikomu innemu bym tego nie wyznał, ale wam, rzecz jasna, powiem, co wiem.

– Bardzo to uprzejme z twojej strony – odparł inkwizytor. – Zamieniam się w słuch.

Oberżysta upił dwa łyki wina.

– Rzeknę wprost: matka tego smyka była czarownicą. Będzie cztery lata, jak ją aresztowano i osądzono.

A więc to tak, pomyślał Löwefell z satysfakcją, iż dotarł wreszcie do finału sprawy. Mordimer jest wiedźmim pomiotem. Tego się właściwie mógł spodziewać.

Inkwizytorowi pochodzenie podopiecznego w niczym nie przeszkadzało. Wręcz przeciwnie: był zadowolony, że chłopak odziedziczył moc, gdyż takie nieszkolone, spontaniczne zdolności rokowały dużo lepiej na przyszłość.

– Spalono ją?

– Ano, spalono. Na Kwietnym Rynku. Widowisko było jak się patrzy.

– Byłeś tam?

– Byłem, mistrzu Löwefell, tak jak i pół miasta było. Bo tę jego matkę znano, oj, znano. Cudna kobieta, niejeden sobie na nią ostrzył zęby... Nazywali ją Piękną Katarzyną.

– Pamiętasz, jak wyglądała?

– Pamiętam, mistrzu Löwefell, pamiętam. Miała włosy tak czarne, że aż błyszczały niczym natłuszczone krucze skrzydła. I tak długie, mówili, iż może się w nie otulić jak płaszczem. A przy tym miała jaśniuteńką skórę... Nigdy nie pozwalała, by dotknęły jej promienie słońca. Nawet w nie taki znowu pogodny dzień służąca zawsze nosiła nad nią parasol.

– Doskonale wszystko zapamiętałeś – uśmiechnął się Löwefell.

– Ano – westchnął Heini. – I ja się w niej kochałem, co tu ukrywać. Ale ta dama nie była dla takich jak ja. Obdarzała względami jedynie tych, co mieli pełną kiesę. A zresztą i nawet to nie wystarczało. Mało to majętnych kupców smaliło do niej cholewki? Jednak ona wybierała nie tylko bogatych, lecz i znaczących. I nie tak ich wielu znowu było, którzy mogli się pochwalić, że pomieszali swoją chochlą w jej kociołku.

– Czarownica-kurtyzana – uśmiechnął się Löwefell. – Musiała być wyjątkową kobietą.

– I co jej przyszło z tej wyjątkowości? Jeno garść popiołu została. – Karczmarz wzruszył ramionami. – A i urodę straciła, jak nasi się nią zajęli. Nawet na stos wieźli ją w kapturze, bo gadano, że twarz miała okrutnie zeszpeconą.

– Wieźli ją w kapturze? – zdumiał się Löwefell.

– A po co miała złym okiem na kogoś rzucić? – mruknął Brandt. – Wiecie sami, mistrzu Löwefell, jak straszne potrafią być wiedźmy, kiedy je przywieść do ostateczności.

– Masz rację, Heini – pokiwał głową inkwizytor. – Powiedz mi jeszcze, czy słyszałeś, co potem stało się z jej synem?

– Zniknął, mistrzu Löwefell. O tym, że mały jest wiedźmim bękartem, nikt nie wiedział oprócz takiego starego mnicha, a ja kiedyś przypadkiem podsłuchałem, jak właśnie ten mnich rozmawiał o sprawie z opatem. Oj, wściekał się ojciec Anzelm jak Bóg wie co... Myślałem, że krew mu na mózg się rzuci, tak wrzeszczał.

Ta relacja wyjaśniała, dlaczego zapisków o przyjęciu i odejściu chłopaka nie można było znaleźć w klasztornej księdze. Po prostu na wszelki wypadek je wymazano.

– Jesteś jednym z nas, Heini, więc będę z tobą szczery. – Inkwizytor udał, że nie zauważa, jak przy słowach „jesteś jednym z nas" twarz karczmarza pokrywa się rumieńcem dumy. – Sam wiesz, jak niekiedy bywa z czarownicami. Czasem to wariatki, czasem zwykłe trucicielki, czasem znachorki. A co się mówiło o Pięknej Katarzynie? Że naprawdę była czarownicą?

– Mistrzu Löwefell, ja wiem, jak jest, nie musicie mówić. Ale z tego, co słyszałem, to jeśli ona nie była czarownicą, to nikt na świecie nie jest czarownicą.

Informacja wymagała oczywiście sprawdzenia u źródeł, gdyż nie można było wierzyć plotkom i temu, co powtarzali mieszczanie po oberżach, niemniej fakt, iż Katarzynę uważano za groźną czarownicę, okazał się już znaczący.

– Wiesz może, kto ją wydał?

– Gadali, że Solomon Grien. – Löwefell nie mógł nie zauważyć, że Heini ściszył głos, kiedy wymawiał to nazwisko.

– Kim on jest?

– Teraz? Trupem, mistrzu Löwefell. Albo raczej, dokładniej mówiąc, niemal trupem. Wnętrzności mu gniją za życia. Straszny los, mistrzu Löwefell, straszny. Podobno jak czasami zaczyna krzyczeć, to słyszą go ulicę dalej.

– Czemu sam nie skróci sobie cierpień?

– Grzech to przecież straszny... – zaczął Heini, lecz przypomniał sobie, z kim ma do czynienia, więc tylko się uśmiechnął i dokończył innym tonem: – Grien nie zamachnie się na własne życie, bo cały czas ma nadzieję wyzdrowienia. Widzicie, mistrzu Löwefell, ta choroba czasami ustępuje. Na tydzień, dwa, ale za to potem jak nie trzaśnie...

Inkwizytor zamyślił się.

– Mistrzu Löwefell? – przypomniał o sobie Brandt.

– Tak?

– Jeśli chcecie go odwiedzić, powiem wam, jak trafić.

– Będę wdzięczny. Nie wiesz, czemu to zrobił?

– Pieniądze, cóż by innego. Piękna Katarzyna przepisała na niego kamienicę, pałac na wsi i dała na przechowanie obligacje na ogromne sumy. Kiedy ją skazano, wszystko dostał niczym na tacy.

– Czyli jak zwykle – westchnął Löwefell. – Żądza złota, zawiść albo rodzinne niesnaski. Oto typowa motywacja delatora.

– Tak, tak, ostatnio ojciec doniósł naszym na własną córkę. Będzie dwa miesiące, jak ją spalili.

– No, no – rzekł tylko inkwizytor. – Rzadko spotyka się tak szczerze święty zapał, prawda?

– Ano – odparł Brandt, choć najwyraźniej jedynie z grzeczności.

– Większość ludzi hołduje cudacznym przesądom każącym im wierzyć w więzy krwi lub przyjaźni, a nie zdają sobie sprawy, że wydanie przyjaciela lub krewniaka w ręce inkwizytorów jest najgłębszym przejawem miłości. Czyż nie?

– Nie śmiałbym zaprzeczyć waszym słowom, mistrzu Löwefell – odparł szybko Brandt.

Ale nie wierzysz w nie, pomyślał inkwizytor, i dlatego jesteś karczmarzem, a jedyne, co ci zostało, to prawo do sentymentalnego nazywania inkwizytorów „naszymi".

– Wracając do tego Griena. Kim on jest, czy był? Kupcem? Radnym?

– Mówili o nim, że wie o wszystkim, co się dzieje w mieście. I że jeśli szczur pierdnie nad rzeką, to staremu Solomonowi w dwa pacierze o tym meldują.

– Więc to takie buty – mruknął Löwefell, domyślając się już, o czym mowa.

– W Koblencji narazić się ludziom Griena to jak samemu sobie ukręcić sznur. Z całego miasta ściągał haracze, a wszyscy radni siedzieli u niego w kieszeni.

– Taki człowiek skusił się na mająteczek ladacznicy?

– Nie, nie, mistrzu Löwefell, to nie tak, za waszym przeproszeniem. Ani ona nie była lada tam jaką wywłoką, ani to nie był lada tam jaki mająteczek.

– Czyli?

– A bo to teraz wiadomo, mistrzu Löwefell? Pewnie w Inkwizytorium ściślej was objaśnią, bo przecież muszą mieć spis notarialny z zajętych majętności. Ale gadało się, że Solomon mógł i sto tysięcy koron zarobić na tym interesie.

Inkwizytor pokiwał głową ze zrozumieniem. Sto tysięcy koron było rzeczywiście majątkiem, za który większość obywateli Cesarstwa oskarżyłaby o czary nie tylko kochankę, lecz własną siostrę i matkę. Nawet dla kogoś tak potężnego jak Grien musiała to być suma wywołująca rozkoszny dreszczyk. Löwefell dopił wino i odstawił pusty kubek.

– Pokornie dziękuję za informacje, których mi udzieliłeś. Gdyby kiedyś była ci potrzebna pomoc dobrych ludzi, będziesz wiedział, gdzie się zgłosić, prawda?

– To był dla mnie zaszczyt, mistrzu Löwefell. Zawsze proszę tylko powiedzieć, w czym mogę usłużyć...

– Dziękuję. – Inkwizytor uścisnął mu dłoń i wyszedł z gospody.

Nie musiał ostrzegać, by Brandt trzymał gębę na kłódkę i nikomu nie wspominał o tej rozmowie. W końcu karczmarza kiedyś szkolono w Akademii Inkwizytorium i wiedział, czego mogą się spodziewać ci, którzy mają zbyt długie języki i zbyt wielką skłonność do mielenia nimi.

Czas więc odwiedzić „naszych", jak ich nazywał Heini, pomyślał Löwefell. Czas zobaczyć, jak wyglądają dokumenty z tamtego okresu.

Tym razem inkwizytor znowu zamierzał użyć pism stwierdzających, iż jest pełnomocnym wysłannikiem biskupa Hez-hezronu, nominalnego zwierzchnika całego Inkwizytorium w Cesarstwie. To dawało Löwefellowi bardzo szerokie uprawnienia, choć, jak wiedział z doświadczenia, z uprawnień tych należało korzystać z umiarem. Lokalni inkwizytorzy nie przepadali za obcymi panoszącymi się na ich terenie, nawet jeśli ci drudzy dysponowali biskupimi dokumentami. Cóż, każdy przełożony lokalnego oddziału lubił być kogutem na swoim podwórku i niechętnie widział innego koguta wdzierającego się na nie bez pardonu. A koblenckie podwórko wyglądało prawdziwie okazale. Siedziba Inkwizytorium była wzniesionym na planie podkowy dwupiętrowym pałacem, którego wewnętrzny dziedziniec okalały krużganki. Podkowę zamykało żelazne, zdobione ogrodzenie, a od potężnej furty prowadziła aleja, na którą z wysoka spoglądały posągi Apostołów. Löwefellowi nigdy nie podobał się przepych, z jakiego słynęły niektóre lokalne oddziały Świętego Officjum, zwłaszcza te znajdujące się w ludnych i bogatych miastach. Ale rozumiał, że taka jest właśnie historyczna konieczność. Olśniewać. Przytłaczać. Roztaczać blask potęgi. Zdarzało się jednak, że bogactwo miało zgubny wpływ na skuteczność oraz zapał braci inkwizytorów. Coraz częściej pozostawali w zażyłych stosunkach z miejscowymi notablami, angażowali się w operacje i spekulacje finansowe, zajmowali handlem, nabywali włości, użerali z dzierżawcami. I tak dalej, i tak dalej. Gdzieś gasł w tym wszystkim prosty, szczery duch pierwszych inkwizytorów, którzy nieśli jak ziemia długa i szeroka żagiew świętej wiary, nie przejmując się tym, czy mają co założyć na grzbiet.

Przełożonym Inkwizytorium w Koblencji był Zygmunt Schongauer – stary, doświadczony inkwizytor, wsławiony tym, iż wiele lat temu brał udział w „wypadkach lugduńskich", w czasie których stosy płonęły dniem i nocą. On to urządził ogromne *auto da fé* na lugduńskim rynku, gdzie w ciągu jednego wieczora spalono niemal dwustu czcicieli Szatana. Ale czasy żarliwej młodości już przeminęły i Schongauer jako zwierzchnik koblenckich inkwizytorów zachowywał daleko idącą powściągliwość w szafowaniu oskarżeniami. I nawet wyglądał całkiem dobrodusznie z siwym zarostem pokrywającym brodę oraz policzki. Zarost przysłaniał też częściowo zniekształconą blizną górną wargę – ślad po uderzeniu kamienia rzuconego grzeszną dłonią. Ale Schongauer mimo upływu lat, jakie minęły od czasów, kiedy szerzył wiarę z zapalczywą prostotą, z całą pewnością nie był ani łagodnym, ani dobrodusznym człowiekiem. Aczkolwiek musiał być zgorzkniały, doskonale zdając sobie sprawę, że odsunięto go na plan dalszy i w Koblencji spędza okres czegoś na kształt honorowej emerytury.

Löwefella powitał przyjaźnie, chociaż z łatwo dającą się wyczuć ostrożnością. Zasiedli w gabinecie przy winie, kandyzowanych owocach i lukrowanych pierniczkach, a Löwefell uśmiechnął się w myślach, ponieważ wszyscy wiedzieli o ogromnej słabości Schongauera do słodyczy.

– W czym ci mogę usłużyć, Arnoldzie? – zapytał. – Z jakąż to misją wysyła cię nasz łaskawy biskup, Boże miej go w swej opiece?

Sięgnął do półmiska z owocami, starannie wybrał sobie dorodną figę. Zakąsił ją pierniczkiem i przegryzł ocukrowanym kwiatkiem fiołka.

– Nie nazywałbym tego misją – odparł lekkim tonem Löwefell. – To zaledwie pytanie dotyczące pewnej sprawy sprzed lat, która, Bóg mi świadkiem, nie wiem czemu zainteresowała Jego Ekscelencję.

– Prowadzimy tak solidne księgi, że wszystko znajdziesz w nich czarno na białym. Ale może będę mógł ci pomóc bez sięgania do dokumentów, bo Bóg łaskaw, pamięć mam jeszcze jaką taką.

– Będę wielce zobowiązany – odparł uprzejmie Löwefell. – W takim razie pozwolę sobie przedstawić ci rzecz całą. Jego Ekscelencję zajmuje proces przeciwko pewnej czarownicy nazywanej, o ile mnie pamięć nie myli, Piękną Katarzyną.

Löwefell, wymawiając te słowa, uważnie wpatrywał się w twarz starego inkwizytora. Nie dostrzegł jednak na niej niczego podejrzanego. Schongauer jedynie skinął głową.

– A któż by nie pamiętał tej sprawy? Cudna kobieta, powiadam ci, Arnoldzie. Widzę ją przed oczyma, jakby to było dzisiaj. Na cesarskim dworze nie spotkałbyś powabniejszej. Cóż począć, skoro zamiast poprzestać na bałamuceniu mężczyzn, zajęła się mroczną sztuką?

– Dowody były niezbite, jak mniemam?

Schongauer zmarszczył brwi, jakby się naburmuszył lub zasępił, lecz tak naprawdę zastanawiał się nad tym, czy sięgnąć teraz po kandyzowaną skórkę pomarańczy, czy maleńką gruszeczkę z marcepana. W końcu zagarnął obie.

– Że jak? Ach, oczywiście. Dostarczę ci wszystkie dokumenty, ale tak, tak, niezbite. Trudno o lepsze. Miała ukrytą komnatkę w domu, w której trzymała wszelkie narzędzia potrzebne jej do odprawiania wiedźmich praktyk. I bogaty księgozbiór. Bóg raczy wiedzieć skąd wzięła tak niesłychanie rzadkie pozycje.

Schongauer zbyt późno zorientował się, iż powiedział o jedno zdanie za dużo. Ale nie dał niczym poznać po sobie. Löwefell nie zamierzał jednak odpuścić takiego prezentu.

– Bóg raczy wiedzieć? – powtórzył słowa Schongauera. – Nie wyjawiła tego w trakcie przesłuchań?

– Nie. Niestety – oschle odparł przełożony Inkwizytorium.

– Lecz przecież nie zmarła w trakcie badań, bo jak słyszałem, na stos wieziono ją żywą. Jaki więc był powód, iż nie prowadzono przesłuchań tak długo, póki nie uzyskano pełnych zeznań?

– Nie pamiętam już sprawy aż tak dokładnie. – Schongauer machnął ręką. – Jednak będzie lepiej, jeśli zajrzysz do dokumentów, Arnoldzie, nie zdając się na moją zawodną pamięć.

– Twierdziłeś, Zygmuncie, że pamiętasz sprawę jak dzisiaj, więc ośmielałem się sądzić...

Schongauer zgryzł pierniczka z wyraźną złością.

– Powiedziałem, że pamiętam wiedźmę, a nie wszystkie okoliczności procesu – rzekł ostro. – Nie staraj się mnie łapać za słowa, Arnoldzie, bo jak mniemam, nie jestem przesłuchiwany?

– Uchowaj Boże! – zawołał Löwefell. – Skąd podobna myśl?! Pokornie upraszam o wybaczenie, jeśli ośmieliłem się czymś cię urazić...

Schongauer uśmiechnął się i znowu machnął dłonią.

– Nie, chłopcze, nie. Nie uraziłeś mnie – odparł z łagodną pobłażliwością. – To tylko złość starego człowieka na siebie samego, że pamięć zaczyna mu już szwankować. I ty, wierz mi, doświadczysz wątpliwych radości związanych z podeszłym wiekiem, choć ci tego oczywiście, nie życzę.

Löwefella rozbawiła ta wypowiedź, gdyż był pewien, że mógłby być dziadem dziada Schongauera. Jeśli nie pradziadem pradziada... Ale niby skąd przełożony koblenckiego Inkwizytorium mógł o tym wiedzieć?

– Dziękuję, że zechciałeś poświęcić mi czas, i poproszę w takim razie o wszystkie związane ze sprawą dokumenty. Protokół rewizji i protokoły z przesłuchań oraz opis samej egzekucji.

– Oczywiście, każę ci je niezwłocznie dostarczyć, Arnoldzie, i mam nadzieję, że póki nie zakończysz swego zadania, zechcesz korzystać z naszej gościny.

– Będę zaszczycony – powiedział Löwefell, wstając.

Archiwa koblenckiego oddziału Inkwizytorium były rzeczywiście pierwszorzędnie prowadzone. Co ważne, protokolanci najwyraźniej przykładali się do swej pracy, gdyż wszystkie dokumenty zapisano wyraźnym, czytelnym pismem pozbawionym kleksów oraz poprawek. Löwefell z doświadczenia wiedział, że nie zawsze zachowywano tak godny pochwały porządek, i nie raz, i nie dwa zdarzało mu się już przedzierać przez dokumenty, które wyglądały, jakby dawano na nich jeść psom. Inkwizytor dokładnie przeczytał wszystkie pisma i nie znalazł w nich nic wykraczającego poza normalność. Z wyjątkiem jednego. Czarownica odmawiała jakichkolwiek zeznań na każdym etapie śledztwa. Nie pomogło podwieszanie połączone z wyłamywaniem stawów, nie pomogło przypalanie stóp, zakładanie żelaznych trzewików, kruszenie kciuków w imadle, szarpanie piersi rozżarzonymi cęgami, rwanie paznokci, sadzanie na koźle i tak dalej, i tak dalej. Wtedy prowadzący śledztwo inkwizytor zadecydował o bezcelowości dalszych tortur („w trosce, by skazana dożyła dnia egzekucji" – jak napisano). Owszem, takie przypadki się zdarzały. Niezwykle rzadko, zważywszy na poświęcenie oraz wyszkolenie funkcjonariuszy Inkwizytorium, lecz się zdarzały. W wypadku braku dowodów ze świadków i rzeczy czasami sprawę wtedy umarzano, a oskarżoną czy też oskarżonego zwalniano. W tym jednak wypadku dowodów rzeczowych było aż nazbyt wiele. Katarzynę dodatkowo obciążały zeznania służącej, która już w czasie pierwszej interrogacji wyznała, iż dopomagała swej pani w mrocznych praktykach poprzez porywanie dzieci z ulicy i zbieranie dla niej kości martwych noworodków na cmentarzu. Razem z nią latała również na sabaty, całowała w tyłek diabła ukazującego się pod postacią kozła oraz oddawała się sodomii. Łącznie oskarżano Katarzynę o popełnienie szesnastu zbrodni.

Do prostactwa zarzucanych czynów nie pasował spis woluminów, które znaleziono w pracowni kobiety. Spis z rewizji był bardzo dokładnie przygotowany i obejmował nawet takie przedmioty jak „cynowa łyżka sztuk jedna" (chociaż oczywiście w domu Pięknej Katarzyny aż roiło się od drogich sprzętów i dzieł artystycznych). Wyszczególniono również tytuły wszystkich zarekwirowanych ksiąg i Löwefell z uwagą wczytał się w ten fragment protokołu. A było się w co wczytywać! Piękna Katarzyna miała nie tylko księgi spisane po łacinie, lecz również po grecku, a nawet w języku perskim i aramejskim. W jej bibliotece znajdowały się nie tylko traktaty o najbardziej wynaturzonych praktykach magicznych, lecz również dzieła dotyczące botaniki, anatomii czy praktyki leczenia chorób oraz ogromne kompendium wiedzy astrologicznej. Kogo wy chcecie nabrać? – pomyślał Löwefell. Albo czarownica była rzeczywiście potężna, a wtedy te wszystkie zeznania są niewarte funta kłaków, albo mieliście do czynienia z wariatką i trucicielką, która usiłowała zabawiać się mroczną magią i która w czasie przesłuchań częściowo przyznała się do rzeczywistych win, a częściowo powtarzała to, co podpowiadali jej przesłuchujący, lub to, co podpowiadała jej fantazja.

Inkwizytor dokładnie zapoznał się z aktami, po czym zdecydował się na powtórne odwiedziny u Schongauera.

– Byłbym rad, jeśli zechciałbyś wyświadczyć mi jeszcze jedną przysługę – powiedział.

– Koblencki oddział Inkwizytorium jest do twojej dyspozycji – odparł grzecznie Schongauer, a Löwefell z ironią pomyślał, jak bardzo te słowa nic nie znaczą.

– Prosiłbym w takim razie o protokoły z innych procesów czarownic, które odbyły się w tym samym roku co proces Pięknej Katarzyny.

– Czemu nie? – Schongauer wzruszył ramionami. – To żaden kłopot.

Kiedy już Löwefellowi dostarczono żądane dokumenty, ten pieczołowicie rozłożył je na blacie stołu. Oto leżał przed nim protokół z przesłuchań jakiejś czarownicy nazywanej Starą Bertą. Karty zapisane były tym samym charakterem pisma, co karty z procesu Katarzyny. Bardzo dopracowanym i wyraźnym charakterem. Ale na dokumentach ze śledztwa Starej Berty Löwefell dostrzegł ledwo widoczną różową plamę. Najwyraźniej na papier kapnęła kropla krwi lub wina, którą protokolant następnie usiłował starannie wytrzeć. Dalej inkwizytor dostrzegł tłusty ślad. Oto najprawdopodobniej na dokumenty spadła kropelka płynnego wosku ze świecy. Protokolant zgrabnie usunął wosk, lecz ślad po nim pozostał. A co było na trzeciej stronie? Bystre oko Löwefella wypatrzyło brązową kropkę, którą starano się przykryć, przedłużając nóżkę litery K. To był najpewniej ślad, jaki na dokumencie pozostawiła iskra. Potem jeszcze inkwizytor zobaczył, że górny róg karty jest nadszarpnięty, jakby ktoś zbyt gwałtownie chciał przerzucić stronę i naderwał delikatny papier. Mimo tych drobnych kancer dokumenty z procesu Starej Berty prezentowały się niemal idealnie. Niemal. Tymczasem w przypadku dokumentów z procesu Katarzyny nie trzeba było używać słowa „niemal". One po prostu były w idealnym stanie.

A więc miałem rację: funta kłaków niewarte, pomyślał Löwefell z satysfakcją, jaką daje udowodnienie podejrzeń. Akta z przesłuchań Pięknej Katarzyny zostały najwyraźniej zapisane po to, by ukryć prawdziwą dokumentację.

Przełożony koblenckiego oddziału Inkwizytorium był, delikatnie mówiąc, nieszczególnie zachwycony, iż musi odwiedzić pokój biskupiego wysłannika. Jak widać jednak, nie chciał się okazać niegrzeczny, a poza tym, co tu dużo mówić, Löwefell w pewnym stopniu był jego przełożonym, czy też dokładniej rzecz biorąc, miał prawo korzystać ze względów należnych przełożonemu.

– Potrzebujesz mojej pomocy, Arnoldzie? – spytał, nie siląc się już na serdeczny ton.

Löwefell wcześniej dokładnie rozłożył na stole dokumenty, a teraz wskazał je palcem. Nawet nie musiał szczególnie długo wyjaśniać, jakim tropem biegły jego myśli.

– I kto by pomyślał, że zdradzi nas perfekcja kancelisty? – westchnął Schongauer, a potem roześmiał się.

Löwefella zdumiało, że Schongauer najwyraźniej nie przejął się odkryciem mistyfikacji.

– Nie tylko perfekcja kancelisty, lecz również porównanie zarekwirowanych dzieł z zeznaniami służącej. Kobieta, która czytała księgi zajmujące się wiedzą tak hermetyczną, nie kazałaby służbie porywać dzieci czy kraść kości na cmentarzu.

– Niedopatrzenie – beztrosko zgodził się Schongauer. – Dziwisz się? – zapytał zaraz później, jakby odgadując myśli gościa. – Dziwisz się, że nie sram w portki ze strachu, iż biskupi piesek przejrzał naszą grę?

A jednak się boisz, pomyślał Löwefell. Inaczej nie starałbyś się zamaskować tego strachu niegrzecznym zachowaniem.

– Sądzę, że wszystko mi wyjaśnisz – odparł łagodnie.

– A ja sądzę, że nie wyjaśnię ci niczego – rzucił lekceważącym tonem Schongauer. – I możesz z taką właśnie odpowiedzią wrócić do swojego biskupa.

– Mam wrócić do biskupa i zameldować mu, że sfingowałeś śledztwo, proces oraz egzekucję? – Löwefell nie przepadał za sytuacjami, w których przestawał rozumieć, co się wokół niego dzieje.

– Właśnie tak – odparł Schongauer. – A potem dodaj, żeby nie wtykał nosa w nie swoje sprawy.

I wtedy Löwefell wszystko zrozumiał. Pojął, dlaczego przełożony koblenckiego oddziału Inkwizytorium jest tak pewny siebie. Najwyraźniej rozkazy wydał mu ktoś, kto nie musiał się liczyć z biskupią władzą. A ten ktoś mógł być tylko członkiem Wewnętrznego Kręgu, a więc jakkolwiek by patrzeć, towarzyszem Löwefella. Inkwizytora nie zdziwiło, iż o sprawie nic nie wiedział. W Amszilas każdy miał swoje zadania i interesowanie się zadaniami innych funkcjonariuszy było gorzej niż nieostrożne.

– Rozumiem – rzekł. – Szkoda tylko, że wcześniej nie oświeciłeś mnie co do sedna zagadnienia. Zaoszczędziłbyś czasu i mnie, i sobie.

– Każdy robi to, co robić mu kazano – odparł opryskliwie Schongauer. – A teraz, jeśli pozwolisz, wrócę do obowiązków, pozostawiając ci głowienie się nad tym, co powiesz naszemu biskupowi.

Skinął Löwefellowi na pożegnanie i zniknął za drzwiami. Inkwizytor usiadł przy stole, opierając brodę na pięściach. A więc zamiast Pięknej Katarzyny na stosie spalono inną kobietę, przezornie przewożąc ją przez miasto w kapturze. Może była to też wiedźma, może dzieciobójczyni lub zwykła złodziejka, a może po prostu pijana ladacznica, którą porwano z ulicy i ogłupioną, niewiedzącą, w czym rzecz, zawieziono wprost na stos. Tymczasem Piękną Katarzynę zabrano do Amszilas, by tam nie tylko poznać jej umiejętności i zmusić, by podzieliła się swą wiedzą, lecz być może obdarzyć ją łaską poznania i pokochania Prawdy. Czy tak się rzeczywiście stało? Czy Katarzyna przebywała teraz w klasztorze, czy może uznano nawet, iż jest godna pomagać w szerzeniu na świecie chwały Chrystusowej? Co wspominała z dawnego życia, kiedy była omotana, zaślepiona i służyła mocom ciemności? Czy pamiętała, iż miała syna, a jeśli tak, czy miał on dla niej jakiekolwiek znaczenie? Löwefell zdawał sobie sprawę, że nie znajdzie odpowiedzi na te pytania, a szukanie tychże odpowiedzi mogło okazać się zarówno nierozumne, jak i niebezpieczne. Wiedział też jednak doskonale, że póki jest w Koblencji, nie podaruje sobie okazji, by nie zasięgnąć języka od ludzi, którzy mogli mu powiedzieć coś więcej o matce Mordimera. Przede wszystkim zamierzał sprawdzić, co o całej sprawie wie Solomon Grien, nazywany przez Brandta gnijącym za życia trupem. Czy stary oszust, złodziej i morderca, niekoronowany przywódca koblenckich rzezimieszków, będzie pamiętał tę sprawę? A jeśli tak, co z niej zapamiętał?

Gdyby Löwefell podał się za biskupiego wysłannika, zostałby w domu Griena najpewniej dobrze przyjęty i grzecznie ugoszczony. W końcu nikt nie był na tyle głupi, by bez powodu zadzierać z przedstawicielem Świętego Officjum. Ale też wyszedłby z pustymi rękoma. Solomon Grien zasłoniłby się chorobą, brakiem pamięci, obiecał wszechstronną pomoc i wypytanie kogo trzeba, po czym nie raczył nawet kiwnąć palcem. Lecz Löwefell przygotował się na podobną sytuację. Przestępcze podziemie Cesarstwa nie było spójną strukturą, jak chcieli w to wierzyć poniektórzy przedstawiciele władz albo jak bajano w tawernach. Ale pomiędzy „mistrzami tongów", jak ich nazywano, istniało coś więcej niż nić porozumienia. W końcu wielkie interesy przekraczały granice miast i państwa, a żeby dobrze nad nimi panować, potrzebna była wymiana informacji oraz współdziałanie. Löwefell poznał system haseł umożliwiających mu podawanie się za wysłannika tongów i zamierzał tej właśnie sztuczki użyć, prosząc Griena o rozmowę.

Oszust przyjął Löwefella w sypialni, leżąc w ogromnym łożu zasłanym puchowymi poduchami i kołdrami obleczonymi w śnieżnobiałe, nakrochmalone poszwy. Pośród tej bieli tym bardziej złowrogo wyglądała jego twarz. Bowiem twarz Solomona Griena przypominała kartę papieru, którą wpierw zmięto, a potem wytarzano w popiele.

– Dziękuję, że zechcieliście mnie przyjąć – rzekł uprzejmie Löwefell. – Wielce jestem wdzięczny za ten dowód życzliwości.

– Siadajcie i mówcie – inkwizytor z trudem usłyszał szept wychodzący z ust, które niemal się nie poruszyły.

W komnacie jedynym meblem oprócz łoża był wielki klęcznik i Löwefell dostrzegł, że zamiast aksamitnej poduszeczki w miejscu, gdzie trzyma się kolana, ten klęcznik miał żelazne guzy. Ktoś tutaj ma sporo grzechów na sumieniu, pomyślał. Jak widać, usilnie pragnie za nie odpokutować.

– A, tak. Nie ma gdzie – wymamrotał gospodarz. – Zawołajcie, niech zydel przyniosą.

– Pokornie dziękuję, a że nie zabiorę wam wiele czasu, to i nogi wytrzymają – uśmiechnął się serdecznie Löwefell.

– Jak sobie chcecie. Mówcie.

– Pamiętacie Piękną Katarzynę?

Coś na kształt zwiędłego uśmiechu pojawiło się na wyniszczonej twarzy Griena.

– Jak mam nie pamiętać? Nie raz i nie dwa... – przymknął powieki i odetchnął ciężko – gościłem u niej. Gawędziliśmy sobie...

– Oskarżono ją, osądzono i spalono.

– Chciałem jej pomóc. Szczerze ją lubiłem. Prawie jak córkę...

– Słyszałem, że zabraliście jej majątek.

– Źle słyszeliście! – Grien najwyraźniej chciał krzyknąć, lecz udało mu się osiągnąć tylko to, że jego szept stał się trochę głośniejszy. – Owszem, zarobiłem na kamienicy i domu, ale dostała w zamian kwity od kantoru weneckiego. Ugadałem ludzi, by przewieźli ją do Palatynatu. Miała tam zacząć wszystko od nowa.

Długa przemowa tak go zmęczyła, iż całkowicie znieruchomiał z zamkniętymi oczami. Löwefell poruszył się niespokojnie.

– Panie Grien?

– Nie umarłem jeszcze. – Starzec uchylił powieki. – Jeszcze nie.

– Skoro nie wy, to kto? – Löwefell wierzył słowom Griena, choć wiedział, że ludzie częstokroć potrafią wymyślić bardzo prawdopodobnie brzmiące historie, aby tylko uśpić dręczące ich wyrzuty sumienia. Najciekawsze było, iż z czasem sami zaczynali w nie święcie wierzyć.

– Dziewka – westchnął Grien. – Niby zaufana służąca. Ona ją wydała.

– Jaki miałaby w tym cel?

– Diabli wiedzą. Nie wolno zawierzać służbie.

Inkwizytor przytaknął, jakby zgadzał się z przemyśleniami swego rozmówcy.

– Ja widzę to inaczej, panie Grien. Już Lucjusz Kasjusz zapytywał *qui bono?*, mając na myśli, że odpowiedź na pytanie, komu występek przyniósł korzyść, ujawni nam i samego sprawcę. Ja nie widzę nikogo poza wami, komu upadek Katarzyny przyniósłby profity.

– Myślcie sobie, co chcecie. – Solomon najwyraźniej chciał odwrócić głowę, ale nie miał dość sił, by wykonać taki gest.

– Moim celem nie jest osądzanie was, nawet gdybym sobie uzurpował prawo do osądzania kogokolwiek. Pragnę jedynie poznać prawdę.

– Jedynie... – zaszeleścił Grien. – Niewielkie macie wymagania, nie ma co...

Löwefell nie poznałby ironii po tonie jego głosu, lecz, rzecz jasna, poznał ją po słowach. Oczywiście Grien miał rację. Prawda stała się towarem deficytowym i mówienie, iż „jedynie" jej się żąda, było tak samo zuchwałe jak chęć posiadania „jedynie" złota oraz diamentów.

– Naprawdę lubiłem tę dziewczynę – powtórzył Grien. – Ale nawet gdybym chciał jej pomóc, nie byłem już w stanie. Wierzcie mi... Od kiedy czarne płaszcze wzięły się do roboty...

– W to akurat szczerze wierzę – odparł Löwefell. – A skoro twierdzicie, że to wina dziewki – dodał – może wiecie jeszcze, co się z nią stało?

– Cóż mnie to obchodzi? Każę sprawdzić, jeśli chcecie.

– Będę wam wielce zobowiązany.

– To wszystko, czego chcieliście? – Znowu zamknął oczy.

– Uprzejmie wam dziękuję, panie Grien. – Löwefell ruszył ku drzwiom. – Życzę powrotu do zdrowia.

– Ona była czarownicą – na progu dobiegł go jeszcze szept oszusta.

– Skąd to możecie wiedzieć?

Solomon Grien rozkaszlał się spazmatycznie, więc zaniepokojony inkwizytor wezwał medyków, by pomogli starcowi dojść do siebie i opanowali ten atak duszności. Dopiero kiedy znalazł się za drzwiami, zdał sobie sprawę, iż to, co słyszał, było chyba śmiechem.

Ludzie Griena spisali się doskonale. Stary oszust może i utracił z powodu wyniszczającej choroby wiele na znaczeniu, jednak zachował wpływy na tyle, by w ciągu jednego dnia wyśledzić, gdzie mieszka i czym się zajmuje dawna służąca Katarzyny. Do domu, w którym mieszkała, zaprowadził Löwefella jeden z podwładnych Griena.

– To dzielnica, którą ufundował Tybald Krankl – wyjaśnił, kiedy weszli pomiędzy czynszowe domy. – Nazywają ją u nas Tybaldią. Patrzcie, panie. – Wskazał na fasadę.

Na ścianie pierwszego z identycznie wyglądających budynków umocowano kamienną tablicę, na której wyryty napis głosił: *Tybald Krankl z Koblencji, narodzony ku dobru miasta, z pobożności i wdzięczności dla dobroci Bożej za swój majątek, jako wzór szczególnej szczodrości sprezentował, podarował i poświęcił swym współmieszkańcom sprawiedliwym, ale prześladowanym nędzą sto mieszkań wraz z ich budową i wyposażeniem.*

– Bardzo zacnie z jego strony – stwierdził inkwizytor.

– Taka tu hałastra mieszka – powiedział człowiek Griena – ale z tego, co się wywiedziałem, dziewczyna jest porządna. Nie pije, nie kurwi się, nie przestaje ze studentami ani z klerykami. Z pomocą dobrych ludzi coś tam zarobi i tak bieduje od zimy do zimy.

– Przecież była służącą u możnej pani.

Człowiek Griena parsknął.

– Jak sami ją zobaczycie, to powiecie, czy ktokolwiek chciałby taką na służbę. Chyba żeby dzieci mu straszyła. Jeszcze możny w dodatku...

Doprowadził Löwefella pod sam dom, skinął mu głową i bez słowa odszedł w swoją stronę.

Inkwizytor znalazł dziewczynę w maleńkim, lecz zdumiewająco czystym i zadbanym mieszkaniu. Kiedy ją zobaczył, nie dziwił się już słowom swego przewodnika. Bowiem Irmina może nie wyglądała aż tak źle, by nadawać się do straszenia dzieci, ale któż by chciał mieć za służącą dziewczynę, której jeden policzek zakrywała niemal w całości blizna po oparzeniu? Kto by chciał mieć za służącą niezdarnie chodzącą dziewczynę, przy każdym kroku kolebiącą się niczym kaczka (najwyraźniej złamano jej kość biodrową, która potem źle się zrosła). I wreszcie któż by chciał mieć za służącą dziewczynę, której palce dłoni były tak pokrzywione, jakby od lat chorowała na reumatyzm.

Irmina zobaczyła Löwefella, przestraszyła się i cofnęła o krok.

– Witaj, Irmino – rzekł inkwizytor ciepłym głosem i przywołał na twarz przyjacielski uśmiech. – Nazywam się Arnold Löwefell i jestem prawnikiem wynajętym przez rodzinę twojej dawnej pani.

– Pani Katarzyny? – szepnęła dziewczyna.

– Właśnie tak – odparł. – Polecono mi przekazać ci tę niewielką sumę.

Wyciągnął sakiewkę z kilkunastoma srebrnymi monetami, bo nawet nie miał przy sobie nic więcej, i położył ją na stole. Irmina przez długą chwilę wpatrywała się w sakiewkę, jakby nie wiedziała, co to w ogóle jest, po czym rozpłakała się głośno.

– Och, moja pani... Dziękuję, dziękuję...

– Polecono mi też, bym poprosił cię o odpowiedź na kilka pytań dotyczących wiadomej, smutnej sprawy. Jeśli tylko zechcesz mi na nie odpowiedzieć.

Służąca uniosła głowę i spojrzała na niego załzawionymi oczyma.

– Pytajcie. Jeśli to coś komuś pomoże...

– Bądź pewna, że pomoże – stwierdził Löwefell, zresztą najzupełniej zgodnie z prawdą. – Co się wtedy wydarzyło, Irmino? Tego ranka, kiedy aresztowano twoją panią.

– Sprzątałam – powiedziała cicho. – Jak dziś pamiętam, że układałam poduchy. I wtedy weszli do sypialni. Moja pani i za nią czarne płaszcze... – Zamknęła oczy i tylko łzy spływały jej po policzkach. Löwefell spokojnie czekał. – Krzyknęłam: „Zostawcie moją panią! Wynoście się! Ona jest niewinna!".

Inkwizytor uśmiechnął się w myślach, gdyż tę część opowieści można było włożyć między bajki. Ale może Irmina już sama wierzyła w to, iż wrzeszczała na funkcjonariuszy Świętego Officjum?

– Chciałam rzucić się na jednego. – Zacisnęła dłonie w pięści i syknęła, gdyż ten ruch najwyraźniej sprawił jej ból. – Lecz pani kazała, żebym przyniosła wino. Taka była spokojna ta moja pani. To była wielka dama, wie pan?

– Tak właśnie mi o niej opowiadano – odparł Löwefell. – Czy zapamiętałaś nazwisko któregoś z inkwizytorów?

– Nazwisko? – powtórzyła dziewczyna. – Tak, moja pani powiedziała do jednego po nazwisku. Rzekła: „Nie wolno wam tego robić, mistrzu Ijdof", czy jakoś tak.

Zeedorf, pomyślał Löwefell, który znał nazwiska wszystkich inkwizytorów z Koblencji. Ruprecht Zeedorf, mianowany niedawno przełożonym Inkwizytorium w Kaiserburgu. Jeszcze nie opuścił miasta, ale szykował się do przeprowadzki.

– Potem odkryli pokoik... Nawet nie wiedziałam, że coś takiego jest w domu. – Irmina bezradnie wzruszyła ramionami, jak gdyby ufała, że wiedząc o skrytce, mogłaby coś zaradzić. – Za ścianą szafy było do niego wejście. Taaak, sprytna była ta moja pani... Zawsze chciałam być taka jak ona. – Spojrzała na opuchnięte dłonie. – A teraz? Kto mnie zechce?

Podniosła się, rozsznurowała suknię i bez wstydu obnażyła się przed Löwefellem do pasa. Na piersiach i brzuchu miała zastarzałe szerokie blizny oraz dziury, najwyraźniej po szarpaniu kleszczami. Jej ciało wyglądało niczym nierówno zagniecione ciasto.

– Widzicie, co ze mną uczynili? Sadzali mnie też na koźle, wszystko mi porozrywali w środku. Do dzisiaj tak mnie czasem boli, że obgryzam palce z tej męki. – Machnęła ręką i zaczęła się powoli ubierać. – Stare dzieje.

– Domyślam się, że świetnie wiedzieli, iż nie byłaś czarownicą – rzekł Löwefell.

– Myślicie, że o to im chodziło? Chcieli się dowiedzieć, gdzie ukryłam kosztowności z domu pani. I dowiedzieli się, szubrawcy. Taki stary z brodą pytał ciągle i pytał. Potem mnie dręczyli, żebym pokazała więcej, ale ja już wszystko oddałam. Wszystko, co miałam. – Zaczęła rozpaczliwie szlochać.

– I w końcu cię zostawili?

– Prawie pół roku się kurowałam. A i tak co teraz po mnie? W rękach nic nie mogę utrzymać, a chodzę jak kaczka. Sami widzieliście...

– Wiesz, co się stało z chłopakiem? Z jej synem?

– Diable nasienie! – Irmina syknęła z nienawiścią. – Własną matkę wydał na zatracenie! Wszystko jak na dłoni wyłożył czarnym płaszczom.

Löwefella nie zdziwiło to wyznanie. Od kiedy tylko zaczął słuchać Irminy, był pewien, że nie ona doniosła Inkwizytorium o zbrodniach Katarzyny. A jeśli nie ona i nie Grien, to któż inny pozostawał? Może kiedyś się dowiem, czemu to zrobiłeś, Mordimerze, pomyślał. Czy już gdy byłeś dzieckiem, płonął w tobie tak żarliwy ogień świętej wiary, czy też chciałeś odpłacić matce za jakieś krzywdy? Wyimaginowane lub nie. A może po prostu pragnąłeś, by się tobą zainteresowała? Może chciałeś, by zobaczyła cię, przekonała się, że w ogóle istniejesz?

– Mów dalej – poprosił Irminę.

Dziewczyna westchnęła żałośnie, a jej twarz złagodniała.

– Ale to w końcu jej szczenię – dodała cicho. – Więc posłałam go do klasztoru, gdzie mój chrzestny był mnichem. Brat Sebastian. Przyjął go na domownika, choć o wszystkim wiedział.

Löwefellowi teraz wszystkie kawałki ułożyły się w pełną mozaikę.

– A więc to byłaś ty – powiedział. – To ty posłałaś chłopca do Braci Mieczowych.

– Ano, co było robić? To w końcu jej szczenię – powtórzyła. – Wiedziałam, że pani Katarzyna chciałaby tego. Przecież kochała chłopaka, ale wiecie, jak jest... Młoda była, chciała się bawić.

Byłaś wtedy sporo młodsza od niej, pomyślał Löwefell. A teraz mówisz tak, jakby ona była dzieckiem, a ty starą kobietą. Zresztą może tak właśnie jest, westchnął, wiedząc, że przesłuchania w Inkwizytorium potrafią z roześmianych młodzików uczynić zgorzkniałych starców. I to w naprawdę szybkim czasie. Taką cenę płacimy, pomyślał jeszcze, za to, iż stanęliśmy do bezwarunkowej walki z ciemnością. Za to, że do tej walki wysłaliśmy armię. A przecież kiedy armia maszeruje, zdarza się, iż pod butami żołnierzy giną mrówki, które swą śmierć muszą odbierać jako w niczym niezawinione przekleństwo losu. Tyle że gdybyśmy starali się uratować życie każdej mrówki, wtedy najpewniej stracilibyśmy całą armię.

– Nigdy nie widziałaś, żeby zajmowała się czarami?

– Nie, panie. Śmiała się ze mnie zawsze, gdy opowiadałam jej o zaklęciach. Bo poznałam taki czar, który się odprawia, jak chłopiec chce zyskać miłość dziewczyny. Ale ona powiedziała, że wystarczy mieć dobre serce, żeby zdobyć czyjąś miłość.

– Dobre serce, mówisz? Może i tak.

– No chodziła do takiej jednej wiedźmy, ale do niej wiele dam chodziło.

– Jakiej wiedźmy?

– Myślała, że nie wiem. – Dziewczyna nieoczekiwanie uśmiechnęła się, chociaż w niczym nie pomogło to jej zeszpeconej twarzy. – Chowała włosy i twarz pod kaptur, zakładała mysie sukienki i szła tam, aż pod mury.

– Pod mury?

– Niedaleko kościoła Świętego Makrona – wyjaśniła. – Wszyscy tam znali staruchę. Ja nie byłam, raz tylko widziałam ją z daleka.

Löwefell postanowił, iż sprawdzi ten ślad, chociaż nie obiecywał sobie po nim wiele. Na co mogłaby się przydać pięknej, bogatej i wykształconej czarownicy jakaś żyjąca w nędzy stara wariatka?

– A oni kazali, żeby założyła żółtą suknię. – Irmina wróciła pamięcią do dnia, w którym po jej panią przyszli inkwizytorzy. – Jak najgorszej wywłoce, jak byle gamratce, co ją ściągają z ulicy. Mojej pięknej pani to zrobili...

Löwefell chyba właśnie w tym momencie zadecydował, co robić. Ta dziewczyna straciła zdrowie i tak naprawdę w jakimś stopniu również życie z winy swej pani – czarownicy. A jednak nawet dzisiaj darzyła ją uczuciem. Ba, pomogła też jej synowi. Rzadko spotykało się tak czyste przykłady bezinteresownego uczucia.

– Rozdziej się – rozkazał.

– Co wy, panie? Jakże, chcecie mnie taką? Wybaczcie, ale boli, kiedy...

– Sza – przykazał łagodnie Löwefell. – Jestem nie tylko prawnikiem, lecz również biegłym w sztuce medykiem, Irmino, i zbadam twoje ciało. Daj Boże, może uda mi się w czymś ci dopomóc.

– Ależ ja nie mam...

– Nie chcę od ciebie pieniędzy – przerwał. – Rozdziej się, dziecko.

Löwefell nie był medykiem, lecz anatomię i fizjologię ludzkiego ciała poznał w sposób tak dogłębny, że poza zakresem rozumienia jakiegokolwiek lekarza na świecie. Dużo częściej zdarzało mu się korzystać z tej znajomości, by zsyłać cierpienie, nie ulgę, ale w rzeczywistości potrafił też leczyć i w dodatku leczył wyśmienicie.

Kazał dziewczynie położyć się na łóżku i delikatnie powiódł palcami od jej dłoni aż po ramiona, piersi, brzuch i uda. Przymknął oczy, by lepiej widzieć, i wtedy pod jego powiekami ukazało się wnętrze ciała, tak dokładnie, jakby oglądał anatomiczne rysunki. Kości, żyły, ścięgna, mięśnie. Położył dłoń na czole Irminy i skoncentrował się na zesłaniu na nią kojącego, mocnego snu. Szeptał też cicho coś, co dziewczynie mogło wydawać się melodią spokojnej pieśni, a było słowami mocy. Kiedy zasnęła, zabrał się najpierw do poszarpanej śladami po kleszczach skóry. Wygładził dziury w jej ciele, usunął blizny i doprowadził do porządku naderwane mięśnie. Teraz czekało go dużo trudniejsze zadanie. Musiał na nowo połamać źle zrośnięte kości palców oraz umiejętnie złożyć je z powrotem. Ten zabieg kosztował inkwizytora dużo wysiłku, więc na długą chwilę pogrążył się w modlitewnej medytacji. Następnie musiał poradzić sobie z obrażeniami, jakie wyrządził dziewczynie kozioł, i aż syknął, kiedy dostrzegł, jak bardzo wszystko w jej wnętrzu było nie na miejscu. Nic dziwnego, że obcowanie fizyczne sprawiało Irminie nieznośny ból, a nie rozkosz. Kiedy skończył ten etap, czekała go tylko praca nad wywichniętym biodrem oraz uszkodzoną rzepką w kolanie.

– Na gwoździe i ciernie – szepnął do siebie. – Wykończy mnie ta dziewka.

Wreszcie mógł otworzyć oczy i przyjrzał się z zadowoleniem efektom swej pracy. Jeszcze położył dłonie na twarzy dziewczyny, by usunąć jej bliznę po oparzeniu oraz wygładził głębokie zmarszczki, które przeorały jej czoło oraz policzki.

– No i od razu odmłodniała – sapnął. – Wygląda, jak powinna wyglądać dwudziestolatka. Świeża niczym różyczka po deszczu. Ha, powiedziałbym, ponętna nawet. Oj, coś mi się widzi, dziecinko, że teraz nie opędzisz się od zalotników. No i daj ci Boże zdrowie za te cztery lata cierpienia.

Dla pewności raz jeszcze powiódł dłońmi po całym ciele Irminy i nagle zobaczył coś niepokojącego, co zalęgło się w jej wątrobie. Löwefell widział już podobne stwory, przypominały mu one szczury utkane z dymu. Często te szczury spały spokojnie, lecz kiedy budziły się, niszczyły wszystko, co było w ich zasięgu. A potrafiły zalęgnąć się w zasadzie wszędzie. W mózgu, w płucach, w kościach, w nerkach czy chociażby, tak jak w tym wypadku, w wątrobie. Człowiek, którego zaczęły pożerać, nie miał szans na przeżycie i konał w długich, straszliwych męczarniach.

– Cóż, wyjmiemy z ciebie to paskudztwo – powiedział do śpiącej dziewczyny. – Jaki byłby sens w leczeniu kalectwa, gdybyś i tak miała umrzeć?

Nagle Löwefellowi przyszła do głowy pewna myśl, która spodobała mu się tak bardzo, iż postanowił ją zrealizować.

– A wiesz co, moja mała, że ten szczur może mi się nawet przydać? Pozwolisz, że go sobie zabiorę, prawda? Potraktujmy go jako moje honorarium za operację i wierz mi, że z wysokości tego honorarium będę więcej niż zadowolony.

Ostrożnie wniknął do wątroby i zbliżył palce do szczura, ale nie dotknął go, tylko kazał swym opuszkom, by wysnuły jasną przędzę i otuliły nią czarny kształt. Szczur nawet nie drgnął, więc Löwefell spokojnie wydobył kokon i umieścił go pod skórą własnej dłoni.

– Tylko mi się nie zbieś – przykazał. – Bo chcę cię całego, silnego i zdrowiutkiego.

Uśmiechnął się do własnych myśli, a potem delikatnie wybudził Irminę ze snu.

Przez następne kilka pacierzy miał okazję obserwować, co tak naprawdę oznacza pojęcie szczęścia. Dziewczyna szalała z radości. Nie bacząc na obecność Löwefella, nawet nie myślała o ubraniu się, tylko wciąż dotykała swego ciała. Twarzy, piersi, brzucha, łona, kolan. Tańczyła, podskakiwała, płakała i śmiała się. Wreszcie wyczerpana padła na łóżko.

– Ja śnię. Śnię, śnię, śnię. O Boże, nie daj mi się obudzić! Proszę cię, Panie Jezu...

Löwefell dotknął jej ramienia.

– Drogie dziecko, zapewniam cię, że nie śnisz. A teraz bądź tak miła i ubierz się, bo chcę ci jeszcze coś powiedzieć.

Dziewczyna zerwała się, jakby z nowymi, niespożytymi siłami.

– O nie! – krzyknęła. – Nie ubiorę się! Chcę patrzeć i wy, panie, patrzcie, bo to wasze dzieło!

Nagle jej twarz skurczyła się w grymasie przerażenia. Przypadła Löwefellowi do kolan.

– To nie minie? Nie skończy się? Nie będę już taka jak dawniej? To były czary, prawda? Pan nie jest prawnikiem ani lekarzem. Pan jest czarownikiem, jak moja pani. Zabierze mnie pan ze sobą? Proszę!

Położył dłoń na jej ustach. Ugryzła go. Co prawda lekko, ale zawsze.

– Mam wszystkie zęby! – wykrzyknęła radośnie.

Löwefell nie wiedział, jak sobie z nią poradzić, więc szepnął słowo mocy. Słabiutkie, ale takie, by troszkę okiełzać entuzjazm Irminy.

– Posłuchaj, dziecko. Posłuchaj mnie bardzo uważnie. To nie minie, nie skończy się, nie będziesz już taka jak dawniej. Ale to nie są czary, lecz gorąca modlitwa połączona z doświadczeniem w leczeniu ciał.

Irmina odetchnęła z ulgą, choć kiedy usłyszała, że to nie czary, była wyraźnie zawiedziona.

– Tak widoczna zmiana twojego wyglądu może wzbudzić podejrzenia zawistnych ludzi – ciągnął dalej inkwizytor. – Oskarżyli cię już raz o czarostwo, oskarżą i drugi raz, by wyjaśnić twe nagłe uzdrowienie. Dlatego przedstawię ci, co masz robić, a ty usłuchaj mej rady w każdym detalu. Rozumiesz, co mówię?

– Tak, panie – szepnęła i widać było, że teraz rozradowanie walczy u niej z przerażeniem.

– Ubierz się tak, jak zwykle się ubierasz, a wierzę, że starałaś się nie pokazywać ludziom twarzy. Płaszcz z kapturem?

Skinęła głową.

– Tak właśnie odziana idź do kościoła. Najlepiej Piotra Rzymianobójcy, bo słyszałem, że niegdyś świątynia ta słynęła z głośnych cudów. Połóż się krzyżem u stóp ołtarza i wyznaj głośno, że jesteś niewinna i jeśli Pan Bóg wierzy w twą niewinność, to błagasz go, by cię poratował w cierpieniu.

– O Matko Przenajświętsza – szepnęła dziewczyna.

– Pamiętaj mówić na tyle głośno, by ludzie w kościele cię słyszeli. Leż krzyżem jeszcze przez chwilę, a potem wstań. Dalej powtórz już to, co robiłaś w mojej obecności. Ciesz się, płacz ze szczęścia, dotykaj zdrowych kończyn i w uniesieniu dziękuj Panu za łaskę. Postaraj się, by wypadło to naturalnie.

– O Jezusie Najsroższy – szepnęła znowu. – Strasznie się boję.

– Wszystko będzie dobrze. – Löwefell wstał. – Bądź zdrowa, Irmino. I bądź szczęśliwa. Wykorzystaj dobrze życie, które dostałaś.

– Panie, jak mam wam dziękować? Niech was Bóg błogosławi i Jego Aniołowie. Jesteście samym dobrem!

O tak, Irmino, pomyślał Löwefell, jestem samym dobrem. Chociaż akurat nie udowodniłem tego tutaj, teraz i tobie, lecz staram się udowadniać całym moim życiem. A potem wyszedł, mając przed oczami obraz nagiej, pięknej dziewczyny, która znowu zaczęła tańczyć.

Ruprecht Zeedorf miał pobrużdżoną zmarszczkami, długą twarz, która nadawała mu wygląd osowiałego muła.

– Arnold Löwefell – powiedział, kiedy tylko zobaczył inkwizytora. – Spodziewałem się ciebie, nie powiem.

– Witaj, Ruprechcie. Widzę, że wieści szybko się rozchodzą.

Zeedorf wskazał mu krzesło.

– Piękna Katarzyna, czyż nie? – zapytał i przeciągnął dłonią po rzadkich, szpakowatych włosach.

– Ty ją aresztowałeś?

Zeedorf przytaknął.

– Tak, ja – odparł.

Löwefell usłyszał w brzmieniu jego głosu jakąś dziwną nutę. Wstydu? Żalu?

– Jak to się odbyło?

– Zapomniałem, że nie grzesznika mam nienawidzić, lecz popełnianego przez niego grzechu – wyznał, pochylając głowę. – Kiedy zobaczyłem ją taką dumną, pewną siebie, piękną...

– Chciałeś ją upokorzyć, czyż nie?

Zeedorf westchnął.

– Potwornie grzeszyła, Arnoldzie. Zadawała ludziom cierpienie poprzez rzucanie klątw na ich podobizny, w pracowni miała taki arsenał trucizn, że mogłaby wytruć pół miasta. A księgi? W życiu nie widziałem podobnych...

– A więc poniósł cię gniew?

– Gniew? Tak, może to był gniew... – odparł smutno Zeedorf.

Zapewne nie był to gniew, pomyślał Löwefell, ale nie jestem tu po to, by cię oceniać lub uczyć poznania samego siebie. Ważne, iż zrozumiałeś, w czym tkwi rzecz, ważne, iż pojąłeś istotę naszego powołania, które wszakże nie jest niczym innym niż powołaniem miłości. Bowiem stworzono nas właśnie do szerzenia miłości, choć wielu nie jest w stanie tego pojąć.

– Co takiego jej zrobiłeś?

– Zostawiłem ją...

Löwefell nie zrozumiał, lecz czekał, gdyż najwyraźniej gospodarz nie skończył jeszcze zdania.

– Zostawiłem ją z tymi wieprzami. Na długo. Pomyślałem, że przerwę im, kiedy usłyszę krzyk. Ale ona nie krzyczała. Potem gdy schodziła z piętra, widziałem, że każdy krok sprawia jej ból. Ale schodziła z taką dumną twarzą. Jakby... jakby...

– Jakby jej to nie dotyczyło?

Zeedorf pokiwał głową.

– Jakby jej to nie dotyczyło – powtórzył. – Przeszła obok i nawet na mnie nie spojrzała. Miała potargane włosy, siniaki na twarzy i tę ohydną żółtą suknię, całą w strzępach. I wiesz co, Arnoldzie? Wiesz, jak wyglądała?

– Jak wielka dama – odparł cicho Löwefell.

– Ano tak. Jak wielka dama.

– Co stało się dalej?

Zeedorf milczał długą chwilę, a Löwefell postanowił nie przerywać tego milczenia. Wiedział, że prędzej czy później dowie się wszystkiego.

– Odprowadziłem ją do nas, lecz wróciłem następnego dnia. Rano. Przyniosłem jej grzebień. Miała takie piękne włosy... Podałem go jej przez kraty, a ona nawet nie drgnęła. Patrzyła na mnie, jakbym nie istniał. Nawet nie jak na gówno, Arnoldzie. Po prostu jakbym nie istniał. – Westchnął ciężko, a Löwefell był pewien, iż przywołał teraz pod powiekami obraz tej pięknej, upokorzonej kobiety, która spoglądała na niego niczym królowa na pastucha.

– Więc poprosiłeś ją o wybaczenie...

– Więc poprosiłem ją o wybaczenie – zgodził się Zeedorf.

– Wybaczyła ci? Jak sądzisz?

– Mój żal był szczery, zatem może wybaczyła. Modlę się w jej intencji, bracie Löwefell. Jak i w swojej własnej, by więcej mój umysł nie uległ podobnemu zaćmieniu.

– Powiedziała coś?

– Nic, a raczej... – zastanowił się. – Jednak nie, coś, no tak... „Może nadejdzie czas, kiedy spłacicie dług", tak powiedziała. Bóg mi świadkiem, nie wiem, co to mogło znaczyć.

– Widziałeś ją jeszcze później?

– Nie. Odsunięto mnie od śledztwa, tak jak i nas wszystkich z Koblencji. Katarzynę przesłuchiwali inkwizytorzy z Hezu, potem tylko widziałem, jak ją palono.

– Nadal była piękna?

– Wieziono ją przez miasto w kapturze – rzekł Zeedorf po namyśle i głosem takim, jakby sam się dziwił własnym słowom. – Ach, pamiętam już! Schongauer powiedział, że wiedźma ma złe oko.

– Można było ją oślepić...

– Tak, zapewne masz rację, właśnie tak trzeba było uczynić. Niemniej miała kaptur. Kaptur – powtórzył.

– Dziękuję, Ruprechcie. Możesz mi wyjawić, co stało się ze szczotką?

Dostrzegł, iż twarz Zeedorfa pokryła się rumieńcem.

– Czy możesz mi ją dać? – Löwefell nie musiał czekać na odpowiedź, by zadać drugie pytanie.

– Oczywiście, Arnoldzie. – Zeedorf odwrócił się i odszedł w stronę stojących pod ścianą skrzyń. Z jednej z nich wydobył drewniane pudełeczko. – Proszę – powiedział.

Inkwizytor odemknął wieczko i zobaczył leżącą w nim szczotkę. Prosty przyrząd z drewna i końskiego włosia. Najwyraźniej Zeedorf pomyślał o tym, by dać Katarzynie taki prezent, który strażnicy uznają za bezwartościowy i którego nie zechcą ukraść. Pomiędzy włosiem szczotki Löwefell dostrzegł czarny długi włos. Z całą pewnością należał on do Pięknej Katarzyny.

– Dziękuję, Ruprechcie – powtórzył, zamykając wieczko. – I jeszcze jedno, jeśli łaska. – Löwefell przypomniał sobie, o czym opowiedziała mu Irmina. – Nie zajmowaliście się nigdy sprawą jakiejś staruchy? Wiedźmy, która mieszkała pod murami, niedaleko kościoła Świętego Makrona?

Zeedorf milczał dłuższy czas. Ale nie dlatego, by przypominał sobie zdarzenia z dawnych lat. On najwyraźniej zastanawiał się, co odpowiedzieć. W końcu uniósł głowę.

– Schongauer zakazał komukolwiek badać tę sprawę.

– Nie wydało ci się to... zastanawiające?

– Z początku tak. Później nie, gdyż domyśliłem się, że rozkazy przyszły... – urwał na moment – skądinąd.

– Rozumiem – odparł Löwefell, gdyż rzeczywiście wszystko zrozumiał. – Czy ta wiedźma nadal żyje?

– Z tego, co wiem: nie. Zniknęła w tym samym czasie, kiedy aresztowaliśmy Katarzynę.

Löwefell skierował się ku drzwiom.

– Życzę szczęścia w Kaiserburgu, Ruprechcie.

– Myślę, że mi wybaczyła – rzekł jeszcze Zeedorf, gdy Löwefell przekraczał już próg.

– Tak?

– Bo gdyby nie wybaczyła, pewnie skończyłbym jak ci strażnicy.

– Cóż takiego się stało strażnikom?

– Dwa lata później zachorowali na trąd. Wszyscy trzej. Na jakąś dziwną odmianę, która uczyniła szybkie spustoszenia w ich ciałach. Przegnano ich, rzecz jasna, z miasta i zamknięto w kolonii trędowatych, gdzieś chyba pod Trewirem. Wszyscy trzej. – Pokiwał głową. – Czyż to nie zastanawiające, Arnoldzie? Jak mogła rzucić klątwę w lochach Inkwizytorium?

Tego zrobić nie mogła, pomyślał Löwefell. A to oznacza jedno: Piękna Katarzyna nie tylko żyje, lecz pozwolono jej również władać magią. I jak widać, nie omieszkała z tej możliwości skorzystać. Wtedy też przypomniał sobie przerażający los Solomona Griena, o którym sądzono, że był donosicielem Świętego Officjum, a którego toczyła nieznana nikomu choroba o zdumiewającym przebiegu. Jakoś dziwnie cieszę się, iż nie jestem twoim wrogiem, Katarzyno, pomyślał. A potem pożegnał Zeedorfa, mając dla jego własnego dobra nadzieję, że kiedy przyjdzie czas, Ruprecht będzie chciał spłacić swój dług.

Kiedy Irmina opowiadała o starej wiedźmie mieszkającej pod miejskimi murami, Löwefellowi nie wydało się to szczególnie interesujące. Bogate damy miały swoje kaprysy, a do tych kaprysów należało między innymi zainteresowanie magią, astrologią lub alchemią, co zwłaszcza w tym pierwszym wypadku miało urok zakazanego owocu. Na przykład w Koblencji działał i cieszył się wielką sławą wróżbita, na którego wypolerowanych paznokciach ukazywały się obrazy przyszłości. Konferował on również z historycznymi postaciami, których wizerunki raczyły się na tych paznokciach pojawiać, i przedstawiał udzielane z zaświatów rady. Ponieważ wróżbita był agentem Świętego Officjum, a wizje w wielu wypadkach podpowiadano w Inkwizytorium, więc, rzecz jasna, tolerowano taką działalność, a nawet dyskretnie jej sprzyjano. Z kolei kilka lat wcześniej w Augsburgu miejscowy oddział Inkwizytorium zorganizował poprzez podstawionych agentów całe czarnoksięskie sprzysiężenie, by potem hurtem aresztować wszystkich zamieszanych w ten proceder mieszczan. Löwefell z jednej strony uważał tę akcję za, delikatnie mówiąc, nieprzemyślaną, gdyż do lochów poszła cała miejscowa śmietanka kupiecka i bankierska, z drugiej jednak na pewno był to cenny odstraszający przykład. Dobrze zresztą zrozumiany, gdyż podobne prowokacje w kilku innych miastach zakończyły się niepowodzeniem, a to dlatego, że nakłaniani do uczestnictwa w magicznych praktykach mieszczanie natychmiast o całej sprawie donieśli inkwizytorom. A nawet jednego z agentów sami ukatrupili i do końca nie wyjaśniono, czy dlatego, że uważano go za czarnoksiężnika, czy dlatego, że podejrzewano o pracę dla Świętego Officjum.

W wielu wypadkach tolerowano wróżbitów, iluzjonistów czy jasnowidzów, zwłaszcza kiedy byli naciągaczami, niedysponującymi żadną mocą, a znającymi jedynie pewne sztuczki, czy też umiejącymi poznać i zaspokoić potrzeby swych gości. Wiele oczywiście zależało od władz miasta. Zygmunt Schongauer na stare lata stał się człowiekiem łagodniejszym niż w latach zapalczywej młodości, ale Zeedorf wiedział przecież, że w wypadku starej wiedźmy rozkazy przyszły spoza Koblencji. Kim więc ona była? Agentem? A może po prostu jedynie obserwowano, kto ją odwiedza? Löwefell postanowił zbadać dom, w którym mieszkała starucha, chociaż nie spodziewał się wiele po tej wizycie. W końcu od sprawy minęło już kilka lat, zatem w domu wiedźmy albo mieszkał kto inny, albo dom ten po prostu zburzono. Zwłaszcza że władze zabrały się ostatnio ostro do porządkowania dzielnic biedoty, które uważano za gniazda rozpusty oraz, co gorsza, siedliska najgorszych chorób. Porządkowanie polegało na tym, że robotnicy burzyli rudery, a straż miejska wypędzała ich mieszkańców za mury miasta. I porządni mieszczanie mogli wreszcie odetchnąć z ulgą.

Przewidywania Löwefella spełniły się niemal w całości. Kiedy wypytał okolicznych mieszkańców, okazało się, że pamiętano tu starą wiedźmę, ale zarówno jej dom, jak i inne znajdujące się w okolicy zburzono, a na ich miejscu wznoszono właśnie garbarską manufakturę oraz farbiarnię. Löwefell nie zazdrościł ludziom, którzy będą musieli mieszkać w pobliżu tych budynków. Ale wycieczka okazała się jednak użyteczna. Bo oto inkwizytor wykrył ślady potężnej mocy. By odkryć jej działanie, nie musiał nawet korzystać z siły rytualnej modlitwy ani badać osnowy w nie-świecie. Pozostałości mocy były tak silne, że szturmowały umysł Löwefella niczym fale przypływu. Oznaczało to, że w tym właśnie miejscu przez długi czas przebywała nie zwykła czarownica wzywająca pomniejsze demony, nie wiedźma ciskająca uroki na ludzi lub bydło, lecz prawdziwa wiedząca, znająca tajniki zjednoczenia z żywiołami oraz umiejąca najprawdopodobniej spacerować po nie-świecie niczym po wygodnej promenadzie. Löwefell przysiadł na stercie desek niedaleko pracujących robotników i starał się dokładnie zbadać ślady pozostawione przez dawną mieszkankę. I te badania w pełni potwierdziły pierwsze wrażenie. Miał do czynienia nie tylko z niesłychaną wręcz mocą, ale był również pewien, że używająca jej kobieta dysponowała dyscypliną, którą można osiągnąć jedynie poprzez lata wytężonego szkolenia. Jednocześnie w śladach było coś znajomego, coś na kształt magicznego podpisu, o którym Löwefell był przekonany, że spotkał się z nim już wcześniej.

Löwefell nie lubił ani nie szanował ludzi, którzy służyli złotemu cielcowi. Zwłaszcza iż wiedział, że ci, którzy zbytnio cenią dobra doczesne, przestają być wiernymi i gorliwymi admiratorami Pana. Sam korzystał z pieniędzy jedynie w tym stopniu, by zaspokoić podstawowe potrzeby, a kiedy potrzebował gotówki, wystarczyło, że podszedł do bogato ubranego mieszczanina czy szlachcica i poprosił go o sakiewkę. Oczywiście słów mocy musiał używać oględnie, jedynie wtedy, kiedy był sam na sam ze swym celem, a najlepiej bardzo blisko niego, wiążąc w ten sposób słowa mocy z siłą dotyku. Nigdy też nie zabierał ofierze całego majątku, lecz sprawiedliwie wydzielał tyle, ile akurat było mu potrzebne na wydatki. Trudno więc, by przy takim lekceważeniu kwestii materialnych Löwefellowi podobało się postępowanie przełożonego koblenckich inkwizytorów.

Zapomniałeś o tym, iż cechować nas mają piękne dusze, a nie piękno przedmiotów, którymi się otaczamy, pomyślał Löwefell o Schongauerze. Ale skoro tak lubisz prezenty, drogi Zygmuncie, to i ja mam dla ciebie stosowny gościniec.

Wybrał się raz jeszcze do siedziby Inkwizytorium i poprosił Schonagauera o rozmowę, gdyż prezent musiał mu być przecież wręczony osobiście.

– W czym wam mogę jeszcze usłużyć? – zapytał Schongauer, mocno akcentując słowo „jeszcze", i najwyraźniej nie był zachwycony wizytą biskupiego wysłannika, co do którego miał nadzieję, iż pozbył się go raz a dobrze.

– Niczym, dobry mistrzu, niczym – odparł Löwefell serdecznym tonem. – Przyszedłem jedynie, by pożegnać się z wami i by serdecznie podziękować za naukę, której mi udzieliliście.

Schongauer był zbyt szczwanym lisem, by złapać się na lep gładkich słów, ale nie wypadało mu odmówić Löwefellowi podania ręki. Inkwizytor posunął się jednak dalej i serdecznie, a wręcz czule zamknął Schongauera w objęciach. Wyszeptał mu do ucha słowo mocy i wtedy też obudził uwięzionego w kokonie czarnego szczura. Podrażnił go kilkoma dźgnięciami, aż poczuł zapiekłą złość emanującą z tego widmowego kształtu. Ostrożnie umieścił kokon w wątrobie Schongauera, a później szybkim ruchem pociągnął niteczkę przędzy, rozplątując w ten sposób kokon. Uwolniony szczur zajadle wgryzł się w zdrową tkankę. Kiedy Löwefell zobaczył już, iż wszystko wykonał jak trzeba, zwolnił Schongauera ze słowa mocy.

Stary inkwizytor nerwowo wyswobodził się z uścisku młodszego kolegi.

– No, dobrze już, dobrze, bywajcie – powiedział jednocześnie zdziwiony i zniecierpliwiony.

– Z Bogiem, bracie – uśmiechnął się Löwefell najbardziej promiennym uśmiechem, na jaki mógł się zdobyć. – Wiecie, że słodycze potrafią zrujnować wątrobę? – zapytał jeszcze przy drzwiach.

Przełożony koblenckiego oddziału Inkwizytorium skrzywił się.

– Zajmijcie się własnymi sprawami, jeśli łaska.

Löwefell był jednak pewien, że już niedługo stary inkwizytor przypomni sobie o tym ostrzeżeniu. I z całą pewnością znienawidzi kandyzowane owoce oraz lukrowane pierniczki. Choć, szczerze mówiąc, nawet na nienawiść nie zostanie mu już wiele czasu.

Löwefell spędził w Koblencji ostatnią noc, nie korzystając z gościny Inkwizytorium. Wynajął pokój w oberży, gdzie o świcie obudził go hałas dobiegający od strony okien. Otworzywszy oczy, zobaczył, że na okiennicy przysiadły dwa maleńkie ptaszki tak kolorowo upierzone, iż zdawały się miniaturowymi trefnisiami ubranymi w pstrokate kubraki.

– Szachor – zaświergotał pierwszy.

– Sefer – zagwizdał drugi.

Löwefell uniósł się na łokciu, niepewny, czy rzeczywiście słyszy to, co słyszy.

– Szachor – zagwizdał drugi ptaszek.

– Sefer – zaświergotał pierwszy.

Potem oba podskoczyły na parapecie i zatrzepotały skrzydełkami.

– Szachor Sefer – zaśpiewały zgodnym chórem, podrywając się do lotu.

Löwefell narzucił tylko płaszcz na ramiona i pobiegł do drzwi. Potrącił kogoś na schodach, brutalnie pomagając sobie pięściami, przepchnął się przez tłumek stojący przy wejściu do gospody i wyskoczył na ulicę. Ptaszki unosiły się na wysokości jego głowy, a ich pióra migotały w słońcu.

– Szach, szach, szach, sef, sef, sef – zakwilił pierwszy.

– Pódź, pódź, pódź – odezwał się drugi.

Löwefell zauważył, że nikt prócz niego nie spostrzega ptaków. Jakiś przechodzień gestykulował, nie bacząc na to, że pierzasta kuleczka śmiga mu pomiędzy dłońmi, jakaś kobieta przystanęła, ocierając pot z czoła, i nie zauważyła nawet, że ptaszek przysiadł na jej ramieniu i maleńkim dziobkiem iska się pod skrzydełkiem. Kiedy tylko ptaszki zrozumiały, że Löwefell zamierza iść za nimi, poderwały się do lotu i skierowały w głąb ulicy. Leciały na tyle wolno, iż inkwizytor mógł za nimi nadążyć i nie stracić ich z oczu. Prowadziły do dzielnicy biedaków, gdzie wśród rozpadających się domów czynszowych pobudowano byle jak sklecone rudery. Uliczki były tu wąskie, często kończące się ślepymi zaułkami, a przechodzień tonął po kostki, albo i gorzej, w nieczystościach oraz błocie. Dwa kolorowe ptaszki wyglądały w tej ponurej okolicy niczym przybysze z innego, weselszego świata. Od czasu do czasu przysiadały na dachach domów i świergotały. A w ich świergocie powtarzały się dwa słowa: „szachor" i „sefer", wyśpiewywane tak radośnie, jakby Księga, której nazwę wymawiały, nie opisywała najmroczniejszej z mrocznych sztuk.

Nagle ptaszki przysiadły nie na dachu, ale na szarym wzgórku spiętrzonym na samym końcu ciemnego ślepego zaułka. Löwefell na początku myślał, że to tylko kupa brudnych, śmierdzących łachmanów, lecz potem zauważył siwe kłaki wynurzające się z barłogu. I rękę przypominającą korzeń starego, chorego drzewa. Zaraz później ujrzał pomarszczoną twarz staruchy, która zamiast oczu miała krwawiące rany. Kolorowe ptaszki przysiadły na policzkach kobiety i wsunęły się w głąb tych ran. Na Löwefella spojrzały kaprawe oczy wiedźmy.

– Mistrzu Narsesie – wymamrotała – jesteście, mistrzu Narsesie. Widziałam was. Widziałam, jak krążyliście wokół mojego dawnego domu. Widziałam światło, które was otaczało. Musiałam was sprowadzić.

Inkwizytor długą chwilę przyglądał jej się w milczeniu. Narses, pomyślał w końcu, och tak, kiedyś nazywano mnie Narsesem, przypomniał sobie, lecz to przypomnienie nie wywołało w nim żadnej emocji.

– Szachor Sefer – rzekł. – Co wiesz o Czarnej Księdze?

Czarownica zmrużyła oczy i podciągnęła zbutwiały koc pod same ramiona. Mimo że dzień był pogodny, trzęsła się z zimna.

– Nie pamiętasz... – zabełkotała. – Nie pamiętasz, mistrzu Narsesie.

Ktoś spieszący za swoimi sprawami potrącił Löwefella i ten zatoczył się, z trudem łapiąc równowagę. Wiedźma zaśmiała się rzężącym śmiechem.

– Kiedyś spaliłbyś człowieka, który ośmielił się ciebie dotknąć, mistrzu Narsesie. Kiedyś spopieliłbyś go kawałek po kawałku, każąc mu patrzeć i czuć, jak jego ciało powolutku pożerają płomienie.

Ja? – spytał siebie Löwefell. Tak, pomyślał po chwili, rzeczywiście kiedyś bym właśnie tak postąpił.

– Czarna Księga – powtórzył.

– Nie pamięta mnie – poskarżyła się wiedźma w niebo. – Mistrz już mnie nie pamięta.

Inkwizytor przysiadł obok staruchy, chociaż smród zgnilizny omal go nie sparaliżował. Czuł się tak, jakby znalazł się w grobie, z którego właśnie wykopano kilkunastodniowe zwłoki.

– Czarna Księga. Opowiedz mi o Czarnej Księdze.

Starucha rozwarła usta i Löwefell dostrzegł, że jej język pokrywają ropne wrzody. Mówienie musiało sprawiać kobiecie straszny ból, a jednak mówiła.

– Miałam ją, strzegłam, broniłam. Szachor Sefer. Nasz skarb.

Trzymałem kiedyś w rękach tę Księgę, wspomnienie wręcz olśniło Löwefella. Dzierżyłem w dłoniach gruby tom emanujący takim zimnem, iż czułem, jakbym ręce aż po ramiona ukrył w śnieżnej zaspie. To w tym woluminie zgromadzono najtajniejszą wiedzę Wschodu, najmroczniejsze sekrety czarnoksiężników, demonologów i kapłanów. Czy zdążyłem poznać tajemnice Szachor Sefer? Czy mógłbym wydobyć je dzisiaj z mroków zapomnienia?

– Gdzie jest teraz?

Czarownica zacharczała i rozkaszlała się, chowając głowę w ramionach. Kiedy ją podniosła, miała brodę całą we krwi.

– Chcieli jej – wymamrotała. – Czarne płaszcze szukały jej, cały czas szukały, zawsze, krążyły wokół mnie, czarne płaszcze jak czarne kruki... Ale bali się, bali się...

– Czego się bali? – nie zrozumiał inkwizytor.

– Że umrę, zanim wycisną ze mnie prawdę. Ty byś to potrafił, mistrzu Narsesie – dodała przypochlebnym tonem, w którym zabrzmiała jakaś obrzydliwie niezrozumiała nuta zalotności. – Potrafiłbyś torturować mnie tak, żebym nie umarła. Prawda? Potrafiłbyś?

Wpatrywała się w niego z nadzieją i uwielbieniem.

– Potrafiłbym – zapewnił.

– O, taaak – rozmarzyła się.

– Czarna Księga – przypomniał jej łagodnie Löwefell.

– Ukryłam ją. Użyłam magii. Twojej magii płomieni.

Dla staruchy najwyraźniej wszystko było oczywiste, lecz Löwefell nic nie rozumiał z jej słów. Czekał więc.

– Zabrała mi wszystko – zajęczała. – Młodość, urodę, siłę. Twoja straszna magia, mistrzu. Tylko ty potrafiłeś tańczyć wśród płomieni z otchłani. Ale musiałam, musiałam spróbować... Żeby ocalić. Nasz dar, nasz skarb, naszą mądrość...

– Co uczyniłaś?

– Spaliłam ją. – Wpatrywała się w niego martwym wzrokiem zaropiałych źrenic. – Lecz zachowałam płomień i popiół.

Podróż Löwefella w stronę wspomnień przypominała pełzanie w całkowitych ciemnościach. Aż wreszcie dostrzegł światełko. Magia piekielnych ogni. Pozwalała spalić każdy przedmiot, a potem odtworzyć go w nienaruszonym stanie, jeśli tylko przechowało się popiół i płomień. Inkwizytor przypomniał sobie również, iż tak samo jak z przedmiotami można było postępować z ludźmi. Wtedy z popiołu i płomienia budziły się ślepo posłuszne golemy, nieczułe na moc zaklęć i ostrze oręża, wierne swemu mistrzowi do czasu, aż nie rozpadły się i nie rozwiały na wietrze.

– Daj mi je – zażądał.

Pokręciła głową i zapłakała.

– Bałam się – wyjęczała. – Bałam się czarnych płaszczy. Że odkryją tajemnicę.

– Co zrobiłaś? – nachylił się, tak podniecony wizją odzyskania Czarnej Księgi, iż zapomniał o trupim odorze.

– Ukryłam. Dobrze ukryłam. – Wyciągnęła spod koca brunatne dłonie i zatarła je w geście zadowolenia.

– Gdzie?

– W nim! – wrzasnęła. – Właśnie w nim!

Teraz powinna umrzeć, taka myśl przebiegła przez głowę Löwefella. Właśnie teraz powinna umrzeć, zostawiając mnie w niemal kompletnym mroku.

– Mów! – rozkazał. – Co zrobiłaś?

– Syn czarownicy – powiedziała. – On jest skrzynią, w której złożono Szachor Sefer. Przysięgłam, że dam jej Szachor Sefer, i dotrzymałam przysięgi. Dostała to, co dostać chciała, choć nie tak, jak się dostać spodziewała!

– Syn Pięknej Katarzyny? – osłupiał Löwefell. – To w nim ukryłaś Księgę?

– Sprytna jestem, mistrzu Narsesie, prawda? – spytała znowu tym na poły przypochlebnym, na poły zalotnym tonem. – Dobrze mnie wyuczyłeś, prawda? Jesteś ze mnie zadowolony? Powieeedz...

– Jestem bardzo zadowolony. – Löwefell przełknął ślinę. – Powiedz mi tylko, jak odzyskać Księgę? Mam zabić chłopaka?

– Nieeeeee! – Löwefell nie przypuszczał, że z wychudzonego ciała wiedźmy może się wydobyć tak straszny krzyk. – Umrze! Szachor Sefer umrze, umrze, umrze... – zaczęła łkać z tak bezgraniczną rozpaczą, że inkwizytor w ostatniej chwili powstrzymał się, by nie dotknąć jej ramienia.

– Nie pamięta. – Wiedźma zwróciła wyblakłe oczy w stronę nieba. – Mistrz Narses nie pamięta. Jak to możliwe, że mój mistrz nie pamięta?

Potem znów spojrzała na inkwizytora.

– Stworzyłam obrońców. Ale nie miałam czasu, mistrzu. Nie miałam mocy – wyjęczała. – Powinni być z krwi i diamentu, ze stali i szponu orła, z serca rycerza i słonecznego promienia. Ale nie miałam aż tyle mocy... Uciekli ode mnie, nie zdążyłam nauczyć... – zaczęła coś bełkotać i mamrotać tak, iż Löwefell nie był już w stanie niczego zrozumieć. Zresztą interesowało go coś zupełnie innego.

– Powiedz mi – rzucił Löwefell twardym, rozkazującym tonem – jak wydobyć Księgę?

– Dowiesz się – zaskrzeczała tym razem głośno i wyraźnie. – Jednak dowiesz się wtedy, kiedy znowu będziesz nim.

– Kiedy będę kim? – Inkwizytor przez moment nie zrozumiał wypowiedzianych słów, ale potem dotarł do niego ich sens. – Kiedy znowu będę Narsesem – dokończył cicho. – Ach tak.

Zmrużył oczy i zacisnął dłonie w pięści. Dopiero po chwili zorientował się, że drży na całym ciele, tak jak drżała wiedźma. Wokół było naprawdę zimno. Ona umiera, pomyślał z rozpaczą, wiedząc, iż tajemnica umrze wraz ze staruchą.

– Powiedz mi – spytał z nagłym napięciem. – Czy pamiętasz, kto napisał Szachor Sefer?

Charkotliwy śmiech zdawał się dobiegać nie tylko z jej ust, lecz również z głębi trzewi. Śmiała się tak, iż jej broda pokryła się plwociną i krwią.

– Dowiesz się – zarzęziła. – Dowiesz się.

Potem znów zaczęła dygotać, jakby jej ciało obłożono płatami lodu.

– Narsesie – szepnęła – Narsesie...

Spojrzał na jej twarz. Coś widział pod tą obrzydliwą maską, zniekształconą starością i chorobami. Widział coś z dawnych lat, coś... Co to było?

– Obiecaj, że przyjdziesz po mnie, mój mistrzu. – Głos wiedźmy nabrał niespodziewanej łagodności. – Ty jedyny, który schodziłeś do piekieł. Uwolnisz mnie od męczarni, Narsesie? Od wiecznego ognia, który po kres świata będzie palił moje ciało? Przyjdziesz odebrać mnie demonom, Narsesie?

– Tak – przyrzekł. – Oczywiście, że przyjdę.

Uśmiechnęła się i przez moment, gdy ten uśmiech gościł na jej twarzy, wydawała się łagodną, spokojną starowinką, która odchodzi ze świata żywych pogodzona z ludźmi i Bogiem. Ale potem twarz wykrzywiła się w okropnym grymasie pełnym lęku oraz bólu.

– Lecą po mnie! – wrzasnęła z rozdzierającym trzewia przerażeniem i w jej oczach zamarła groza.

Umarła, a Löwefell zaklął wściekle i wstał. Nie mógł się zdobyć na to, by zakryć powiekami wybałuszone oczy wiedźmy, w których zastygł obraz piekła.

Epilog

Tym razem w gabinecie Küttla panował spokój, który zakłócały nie jęki torturowanych, ale wesołe nawoływania chłopców mocujących się w ogrodzie pod oknami. Löwefell opowiedział szczegółowo przełożonemu Akademii o wizycie w Koblencji. O zacnych, bogobojnych mieszczanach – rodzicach Mordimera, których w kwiecie wieku Pan zabrał do swej chwały. Küttel pokiwał głową.

– Dziękuję, Arnoldzie, że zechciałeś choć częściowo rozwiać moje obawy dotyczące tego chłopca.

– Choć częściowo? – powtórzył Löwefell. – Jak więc mniemam, w pewnej części ich nie rozwiałem. W jakiej, jeśli wolno wiedzieć?

– Może babka, może ciotka, może był tak naprawdę adoptowany...

– Byłbyś łaskaw wyrażać się jaśniej? – poprosił inkwizytor, chociaż doskonale wiedział, o co chodzi.

– W jego rodzinie musiała być czarownica. Silna czarownica. Nie żadna znudzona życiem trzpiotka zabawiająca się skrzydłem nietoperza, czaszką wisielca czy korzeniem mandragory i z przejęciem recytująca przy tym wszystkim nic niewarte zaklęcia. Chodzi o prawdziwą wiedzącą, Arnoldzie.

– Po czym to wnioskujesz?

– Po tym samym, po czym i ty byś wnioskował, gdybyś raczył przyjrzeć się chłopakowi bliżej – odparł Küttel, nie starając się ukryć poirytowania.

– Sugerujesz, iż nie dopełniłem obowiązków?

Przełożony Inkwizytorium spojrzał na niego ciężkim wzrokiem.

– Niczego podobnego nie śmiałbym sugerować – rzekł. – Chcę jedynie podzielić się z tobą wątpliwościami.

– Więc podzieliłeś się – stwierdził twardo Löwefell. – I wystarczy. Pozwól zatem, że nie będę sprawdzał, kim były jego babka, prababka lub stryjeczna ciotka ze strony ojca. Jak zapewne zdajesz sobie sprawę, mam ważniejsze problemy na głowie niż zajmowanie się byle szczeniakiem.

Küttel milczał dłuższą chwilę.

– I rozumiem, że nie zamierzasz go stąd zabrać? – zapytał wreszcie.

– Dobrze rozumiesz – zgodził się Löwefell.

– No cóż, będę musiał więc zastosować się do twej uprzejmej prośby i zrobić z tego chłopaka inkwizytora.

– Bardzo mnie to cieszy. Jednak pozwól, że ci coś doradzę...

– To moja szkoła, Arnoldzie – przerwał mu Küttel – i nikt...

– To nie jest twoja szkoła! – warknął Löwefell. – To Akademia Inkwizytorium, do której zostałeś najęty, tak jak inni nauczyciele, jak stajenni, jak kucharz, czy jak czyściciele kloaki. Rozumiemy się, Ulrichu?

– Aż za dobrze – odparł na pozór spokojnym głosem Küttel. – Wybacz zatem i zechciej udzielić mi rady dotyczącej tego chłopca.

– Po pierwsze, nie dziel się z nikim swoimi wątpliwościami czy podejrzeniami – przykazał Löwefell. – Zwłaszcza iż są one wedle całej dostępnej mi wiedzy zupełnie bezzasadne. Po drugie, traktuj go jak innych uczniów i pozwól, by jego szkolenie toczyło się zwyczajnym trybem. Nie staraj się uczyć go rzeczy, których nie uczycie w innych wypadkach. Nie staraj się rozbudzać ani pogłębiać jego naturalnych zdolności, nawet jeśli uważasz, że takowe istnieją.

– Na przykład?

– Na przykład nie ucz go zapanować nad podróżami do nie-świata – wyjaśnił Löwefell.

– Przecież to go kiedyś zabije – burknął Küttel. – Tego właśnie chcesz?

– On sięga dużo dalej niż ja. Dużo sprawniej się tam porusza, a ja nie mógłbym nawet marzyć, by móc zdziałać tyle, co on. By korzystać z tylu możliwości, co on. – Inkwizytor spojrzał przełożonemu Akademii prosto w oczy. – Zrozum, że jedynym, co go powstrzymuje przed penetrowaniem nie-świata, są strach i ból. Nauczysz go pozbyć się ich, a stworzysz kogoś, nad kim nie tylko my nie będziemy w stanie zapanować, ale nie będzie panował również on sam.

– Jak sobie życzysz, Arnoldzie.

Löwefell wyraźnie dostrzegł, że przełożony Akademii jest niezadowolony z jego decyzji, ale sam był przekonany o jej słuszności. Mordimer poruszający się bez obaw o życie i zdrowie po nie-świecie mógł stać się niebezpieczny dla wszystkich, nie wyłączając siebie samego.

– Chłopak będzie za każdym razem coraz bardziej cierpiał, a potem umrze – powiedział jeszcze Küttel, najwyraźniej po to, by mieć ostatnie słowo.

– Ostrzeżemy go o zagrożeniach – rzekł twardo Löwefell. – Reszta to już jego sprawa. Być może przyjdzie czas, kiedy dopuścimy go do wiedzy bardziej hermetycznej. Na razie jednak jest na to wcześniej niż za wcześnie. W tej chwili Mordimer zdawałby sobie sprawę jedynie z beneficjów tego daru, a nie pojąłby związanych z nim śmiertelnych zagrożeń. Zarówno dla ciała, jak i dla nieśmiertelnej duszy.

– Zapewne masz rację – zgodził się wreszcie Küttel.

– Na pewno mam rację – sprostował Löwefell. – Jeśli nawet zdecydujemy, iż należy go uczyć, to nauka ta potrwa wiele lat i złożą się na nią tysiące małych kroczków. Ale być może w ogóle do tego nie dojdzie.

– To już nie moja sprawa, Arnoldzie – powiedział Küttel. – Ja postaram się z niego zrobić po prostu dobrego inkwizytora.

– Doskonale. Naucz go tylko bronić się przed nieświadomym transem. Niech kontroluje, kiedy, w jakim miejscu, z jakiej przyczyny i w jakim celu chce się udać do nie-świata. To możemy dla niego zrobić i to zwiększy jego szanse na przeżycie.

– Jak sobie życzysz, Arnoldzie – powtórzył przełożony Akademii, lecz tym razem nieco się rozchmurzył. – Zresztą nad tym aspektem zagadnienia już zapanowaliśmy.

– Cieszy mnie to.

– Tak czy inaczej, nie zdziwiłbym się, gdyby chłopak daleko zaszedł. Może zainteresuje się nim któryś z Aniołów? Jak myślisz?

Löwefell spojrzał na Küttla zimnym wzrokiem.

– Nie sądzę, aby był to temat, który chciałbym poruszać w rozmowie z tobą – rzekł.

Jednak wypowiadając te słowa, pomyślał jednocześnie, że jest więcej niż prawdopodobne, iż podejrzenie Küttla kiedyś się spełni. Nie za rok, nie za dwa i nie za trzy. Kiedyś. A wtedy Boże miej w opiece tego chłopca.

Na niskim murku przed kamienicą siedziała czule objęta para, młodzieniec ostrożnie wyłuskiwał wszy ze złotych włosów kochanki, gęstymi lokami opadających jej aż za łopatki. Wpatrywali się w siebie z tak wielkim uczuciem, że Löwefellowi, mimo iż nie należał do istot sentymentalnych, aż zrobiło się cieplej na sercu. Przysiadł naprzeciwko nich, nieopodal kramu z owocami. Dobrodusznie wyglądający przekupień rzucił mu prosto w dłonie dojrzałe jabłko.

– Na zdrowie, panie! – zawołał.

Löwefell podziękował mu z uśmiechem i obracając owoc w palcach, pogrążył się w myślach. Wyjaśnienie tajemnicy pochodzenia Mordimera zaprowadziło go dalej, niż mógł się tego spodziewać, i szczerze mówiąc, o wiele dalej, niżby sobie tego życzył. I cóż mógł z tym wszystkim począć? Owszem, wiedział już, kim jest matka Mordimera i po kim chłopak odziedziczył moc. Ale reszta nitek się urwała. Piękna Katarzyna była poza zasięgiem jego władzy i nawet dopytywanie się o nią w Amszilas mogło być niebezpieczne. Stara wiedźma, nazywająca go Narsesem, umarła, ujawniając co prawda tajemnicę, ale ujawnienie tejże tajemnicy niosło ze sobą sekret jeszcze większy. A czy można było ufać jej słowom? Czy jej umysł nie był już zamglony starością oraz obłędem? Czy nie stworzyła tej historii jedynie we własnej imaginacji? Choć przecież mnie znała, pomyślał Löwefell. Wiedziała, kim byłem, i wiedziała, czego potrafiłem dokonać. „Tańczyłeś wśród płomieni piekła", przypomniał sobie jej słowa. I przypomniał też sobie siedzącą na złotym fotelu postać w czerwonych szatach i koronie z rubinów. Pomiędzy palcami postaci ślizgały się języczki płomieni. Wiedział, że w tym wizerunku rozpoznaje samego siebie sprzed... Sprzed dziesiątków lat? Sprzed wieków? Obok tronu na wolnym ogniu spalano człowieka, a jego ból unosił się szkarłatną chmurą, która otulała Narsesa i którą tenże Narses chłonął niczym zbawienny eliksir. Löwefell westchnął i odsunął od siebie pamięć minionych dni. Dawno,

dawno temu, jeszcze w kazamatach Amszilas, zmierzył się z widmami przeszłości. Zmierzył się, znienawidził je i pokonał. Nie jestem Narsesem, pomyślał. Jestem...

– Arnold Löwefell, jak mniemam? – odezwał się ktoś przyjacielskim tonem.

Inkwizytor obrócił się, by zobaczyć, kto go zaczepił. Ujrzał niezwykle otyłego mężczyznę o nalanej, spoconej twarzy i oczach niczym obrane ze skorupki jajka. Nie przypominał sobie, by kiedykolwiek go widział, i był jednocześnie pewien, że takiego osobnika nigdy by nie zapomniał.

– Czym wam mogę usłużyć? – zapytał z rzeczową uprzejmością.

– Niczym, drogi mistrzu, niczym. – Grubas zamachał dłońmi. Miał palce jak serdelki, a na każdym z nich ogromne pierścienie połyskujące oczkami szlachetnych kamieni. – A raczej drobnostką wręcz niewartą waszej uwagi.

– Słucham was uważnie.

Löwefellowi coś nie podobało się w tym człowieku. Grubas wyglądał na poły zabawnie, na poły żałośnie, lecz inkwizytor był zbyt wytrawnym znawcą ludzkich dusz, by nabrać się na ten wizerunek. I zobaczył w tłuściochu kogoś, kim ten był naprawdę: niebezpiecznego, bezwzględnego człowieka, któremu nie warto wchodzić w drogę. Mężczyzna roześmiał się.

– Macie bystre oko, panie Löwefell – rzekł z uznaniem. – Chwali się to wam, chwali. Pozwólcie, że się przedstawię. Jestem Marius van Bohenwald i uznałem, że czas, bym spotkał się z wami, jako że obaj pielęgnujemy w sercach żar prawdziwej wiary.

No to wpadłem w kłopoty, smętnie pomyślał Löwefell, lecz tylko pochylił grzecznie głowę.

– Nie turbujcie się, drogi mistrzu, moją obecnością, gdyż przybywam jako przyjaciel, a może również po to, by rozjaśnić wam pewne kwestie do tej pory przed wami skrywane.

– Uchowaj Boże, bym zmuszał was do jakichkolwiek wyznań – odparł inkwizytor, zdając sobie jednocześnie z wypowiadanymi słowami sprawę, że akurat ma przed sobą człowieka, którego nie sposób byłoby zmusić do niczego.

Marius van Bohenwald uśmiechnął się serdecznie.

– Znane jest mi wasze zainteresowanie pewną kobietą i przybyłem was objaśnić, że rzecz cała niewarta jest waszego czasu oraz waszej uwagi.

– Z pełną pokorą przyjmuję tę radę – odparł Löwefell. – Nie omieszkam się do niej zastosować.

– Bardzo mnie to cieszy. – Van Bohenwald najwyraźniej chciał skinąć głową, ale podbródki mu w tym przeszkodziły. – Tak jak i cieszy mnie wasze zainteresowanie pewnym chłopcem, którego poczynania obserwujemy z daleko posuniętą życzliwością.

Zaraz nastąpi jakieś „ale", pomyślał Löwefell.

– Jednakowoż mimo całej, jak już wspominałem, naszej życzliwości nie sądzimy, aby w jego wypadku należało przedsiębrać działania nazbyt pochopne, mające na celu, jak by to można ująć, jakąkolwiek formę faworyzowania go w przyszłości, bliskiej czy też dalszej. Pozostawmy raczej rzeczy ich biegowi. Nie obarczajmy również innych ludzi ciężarem do niczego im niepotrzebnej wiedzy dotyczącej rodziny chłopaka oraz jego przeszłości.

– Stanie się zgodnie z waszym życzeniem, panie van Bohenwald – odparł Löwefell. – Zresztą pozwoliłem sobie podjąć już stosowne kroki – dodał, myśląc o rozmowie z Küttlem.

– Cieszę się, iż wykazujesz tak wielkie zrozumienie, Arnoldzie – rzekł kordialnie van Bohenwald.

– Do usług.

Czy powinien opowiedzieć tłuściochowi o spotkaniu z czarownicą i – przede wszystkim! – o Szachor Sefer? Być może. Ale nie potrafił się na to zdobyć. Najpierw musiał wszystko przemyśleć, przyzwyczaić się do wizji z przeszłości, które coraz silniej atakowały jego umysł. Zresztą na razie nikt nie mógł mu niczego zarzucić. Dopiero kiedy dotrze do Amszilas, będzie miał poważny orzech do zgryzienia i będzie musiał podjąć decyzję, czy wyjawić przełożonym tajemnicę Czarnej Księgi. Bo jeśli oni wiedzą o związanym z nią sekrecie... Jeśli wiedzą o starej wiedźmie, Katarzynie, Mordimerze i Narsesie... I jeśli wiedzą, że Löwefell wie... I jeśli Löwefell nie złoży raportu... O tak, inkwizytor westchnął w myślach. Wtedy z całą pewnością zamienią moje życie w piekło.

– Inkwizytorium przypomina wieżę, Arnoldzie. Ty stoisz na jednym z wyższych pięter tej fortecy i obserwując świat, sięgasz wzrokiem dużo dalej niż zwykli ludzie czy nawet ogromna większość inkwizytorów. Wiesz jednak dobrze, że nad tobą są kolejne piętra, na które zapewne kiedyś zostaniesz zaproszony.

Löwefell skinął głową w milczeniu. W geście ni to podziękowania, ni to zgody na taki obrót spraw.

– Być może i nad tobą jest piętro, którego istnienia nawet nie podejrzewasz – powiedział spokojnie, gdyż wbrew rozsądkowi postanowił wbić van Bohenwaldowi szpilę.

Grubas tylko się roześmiał. Roześmiał się tak serdecznie, że aż zadrgały mu tłuste policzki, zatrzęsły się liczne podbródki, a ogromne brzuszysko zafalowało.

– Arnoldzie, kochany Arnoldzie! – wykrztusił. – Ja święcie wierzę, że nade mną jest nie jedno piętro, lecz cała nowa wieża.

Machnął dłonią rozbawiony.

– Piętro, powiedział. A to paradne!

Odwrócił się i skinął Löwefellowi na pożegnanie.

– Bywaj, dowcipnisiu – rzekł serdecznym tonem.

– Z Bogiem, panie van Bohenwald – odparł inkwizytor i tym razem nie było mu już do żartów.

Tłuścioch odkolebał się kaczym krokiem, a jego wielki zad trząsł się niczym wóz pełen siana.

– Poświęciłeś wiele czasu, by znaleźć matkę. A zdarzyło ci się pomyśleć o ojcu? – zapytał, nie odwracając nawet głowy.

Löwefell przyglądał mu się, jak odchodził, rozgarniając tłum na podobieństwo nieforemnego galeonu żeglującego wśród szalup.

– Zdarzyło – odparł, ale był pewien, iż nikt go już nie usłyszał.

Drugie piętro wieży

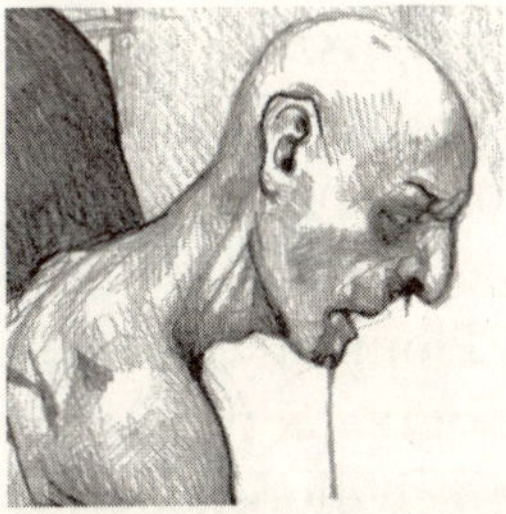

Salamandra spojrzała na Löwefella oczami, które przypominały migoczące iskierki.

– Znajdziesz mnie w szkarłatnym płomieniu – pisnęła.

Inkwizytor pochylił się i pozwolił zwierzątku wejść na dłoń, lecz ono przemknęło tylko przez jego nadgarstek, zeskoczyło i zniknęło w krzakach. Najwyraźniej rola, którą mu wyznaczono, zaczynała się i kończyła na wypowiedzeniu tego właśnie zdania.

– Znajdziesz mnie w szkarłatnym płomieniu – powtórzył Löwefell. – Wiem, co to znaczy, ale nie wiem, kto cię przysłał.

Poczekał, aż uspokoją się drżące na gałęzi listki, potem wstał.

– I nie wiem również, do czego mnie potrzebuje.

Nagle uśmiechnął się do własnych myśli.

– Choć dam głowę, że do niczego dobrego – dopowiedział.

Otrzymana wiadomość pochodziła od osoby potrafiącej zaklinać magiczne istoty i znającej umiejętność Löwefella polegającą na podróżowaniu do nie-świata. To po pierwsze. Po drugie, sam gatunek wysłanego stworzenia też o czymś świadczył. Czyż w ten sposób tajemniczy posłaniec nie zdradzał charakteru swojego pana? Czy przypadkiem nie chodziło o maga lub wiedźmę, którzy specjalizowali się w wykorzystywaniu żywiołu ognia?

Löwefella otaczały płomienie skrzące się wszelkimi możliwymi barwami. Jednak tylko jeden spośród nich można było nazwać szkarłatnym. Inkwizytor ostrożnie postąpił krok w jego stronę, a potem równie ostrożnie wyciągnął rękę i zanurzył palce w ogniu. Płomienie zdawały się ledwie ciepłe, niczym rękawice ogrzane przy ognisku. Ale kiedy Löwefell wyciągnął z nich dłoń, zobaczył na jej wnętrzu napis: „Jeśli szukasz jej, znajdziesz mnie".

Słowa zapisano w języku perskim, lecz przy użyciu aramejskiego alfabetu. To również był widoczny sygnał. A i przesłanie więcej niż jasne. Kogóż innego mógł mieć na myśli tajemniczy mag, jeśli nie Piękną Katarzynę?

Löwefell już wcześniej zastanawiał się, czy prosta sztuczka z astralną nicią, którą to sztuczkę zastosował, szukając Anny Matyldy oraz później Mordimera, zda się tym razem na cokolwiek. Katarzyna niemal z całą pewnością była w klasztorze Amszilas, ale inkwizytor chciał się przekonać, czy słowo „niemal" ma w tym wypadku znaczenie. Jednak po rozmowie z Mariusem van Bohenwaldem poszukiwanie czarownicy mogło zostać odczytane jako złamanie wydanych nakazów. W Amszilas ceniono inicjatywę, inteligencję i umiłowanie nie tylko prawdy, lecz również procesu dochodzenia do tej prawdy. Ale w Amszilas tolerowano jedynie tych, których cechowało bezwzględne posłuszeństwo. Z drugiej strony jednak wiedziano doskonale, że posłuszeństwo na polu bitwy bywa czasem zgubne dla armii słuchającej rozkazów błądzącego generała. A czymże innym byli inkwizytorzy, jak nie armią zaciekle walczącą z wrogiem, który jako „lew ryczący" krył się wszędzie, gdzie sięgnąć wzrokiem? Löwefellowi zadano by tylko kilka pytań: w jakim celu szukasz tej kobiety? Dlaczego chcesz się dowiedzieć więcej o jej życiu oraz zdolnościach? Komu ma posłużyć wiedza, którą zdobędziesz? I, szczerze mówiąc, inkwizytor nie za bardzo potrafił sobie odpowiedzieć na tak postawione pytania. A może inaczej. Potrafił odpowiedzieć, lecz zastanawiał się, czy odpowiedź zadowoliłaby pytających. Bowiem wiedział, iż poznając Katarzynę, pozna również jej syna. A wtedy być może dowie się, jak odzyskać Szachor Sefer, niezależnie od tego, co miałoby to oznaczać dla tego, który nosił w sobie Księgę.

– Jeśli szukasz jej, znajdziesz mnie – powtórzył.

I w tym momencie zrozumiał, że może bezpiecznie posłać astralną nić, ponieważ wcale nie doprowadzi go ona do Katarzyny. Ktoś, kto przekazywał mu wiadomość, najwyraźniej wiedział, iż inkwizytor będzie szukał czarownicy, i zapewne potrafił tak utkać zaklęcia, by astralna nić poprowadziła Löwefella nie do niej, lecz do... No właśnie: do kogo?

Löwefell przenosił się do nie-świata, korzystając ze sposobu, który był nie tylko nieprzyjemny i męczący, lecz również niósł ze sobą zagrożenie życia i nie pozwalał na zbyt długie pozostawanie w groźnym uniwersum. Niemniej inkwizytor miał pewność, iż kiedyś, dawno temu, kiedy jeszcze nazywano go Narsesem, potrafił penetrować nie-świat z naturalną swobodą, a z problemami, z jakimi borykał się w tej chwili, mogli co najwyżej zmagać się jego uczniowie. Tak czy inaczej, nie posiadał teraz ani dawnej mocy, ani dawnej władzy. Ba, nie do końca nawet rozumiał, jakież były ta moc i ta władza. Co nie przeszkadzało mu uważać poprzedniego życia za całkowicie pozbawione wartości. Jako Narses był niewiarygodnie bogaty, tysiące sług oraz uczniów wykonywało każdy jego rozkaz, a możnowładcy bili przed nim czołem, pełzając brzuchami po marmurowych posadzkach. Miał dostęp do najtajniejszej wiedzy, a w ruch jego ust wpatrywano się z napięciem, czy aby nie formułują zaklęć mogących zatrząść światem. Ale od kiedy poznał światło objawionej Prawdy, od kiedy oddał się w służbę Chrystusa, dawna egzystencja budziła w nim zarówno obrzydzenie, jak i politowanie.

Skupił uwagę na czarnym długim włosie, który zdjął ze szczotki ofiarowanej mu przez Zeedorfa, a który, jak wierzył, był włosem należącym do Pięknej Katarzyny. Przywołał astralną nić i wtedy zdarzyło się coś, co zdarzyć się nie powinno. Zanim zdążył cokolwiek uczynić, coś, co znajdowało się na drugim końcu nici, oplotło go, chwyciło i porwało w przestrzeń nie-świata. Musiał na moment stracić przytomność, gdyż kiedy wylądował już na ziemi, ujrzał, że znajduje się w różanym ogrodzie. Rozchylone kielichy kwiatów układały się w zdanie:

„Najczcigodniejszy Narsesie, witaj w domu swego najpokorniejszego sługi Arsanesa". Arsanes, usiłował sobie przypomnieć Löwefell. To imię nie tylko nie brzmiało jak dzwon, ale nawet nie dźwięczało jak malutki dzwoneczek. Niemniej, sądząc po wschodnim brzmieniu imienia, z całą pewnością był to ktoś, kto znał Narsesa.

Inkwizytor wiedział oczywiście, że nadal znajduje się w nie-świecie. Lecz przebywał teraz w jego enklawie stworzonej przez potężnego maga. Czarnoksiężnik ten zbudował sobie, w swej imaginacji, bezpieczny azyl, gdzie przebywał duszą oraz umysłem. Jego ciało, z pozoru pozbawione życia, spoczywało natomiast w jakiejś kryjówce. Löwefell miał tylko nadzieję, że czas biegnący tutaj nie pokrywa się z czasem w rzeczywistym świecie, gdyż wtedy mógłby, wracając, ujrzeć własne, martwe już ciało. Na razie jednak nie mógł zrobić nic innego jak podejść do rzeźbionych drzwi i nacisnąć złotą klamkę.

Komnata nie przypominała w niczym pracowni czarnoksiężnika, tak jak i nie przypominał go sam gospodarz. Arsanes był ubrany w czerwony jedwabny szlafrok haftowany w złote smoki oraz w czerwone pantofle z zagiętymi noskami i złotymi pomponami. Miał smagłą twarz i oczy ocienione długimi rzęsami. Ponieważ trefione, obsypane złotym pudrem włosy kładły mu się aż za ramiona, można by go wziąć za postawną kobietę, gdyby nie kwadratowa, władczo wysunięta dolna szczęka, która nadawała twarzy niepokojący wyraz bezwzględności. Oczywiście Arsanes nie musiał tak wyglądać naprawdę.

W rzeczywistości mógł być starcem, młodzieńcem lub nawet kobietą. Jego obecny wygląd, jak i cała otaczająca inkwizytora sceneria były niczym innym jak odbiciem woli Arsanesa w nie-świecie. Czarnoksiężnik chciał mieszkać w domu otoczonym różanym ogrodem i chciał tak wyglądać, jak wyglądał. Zaświadczało to aż nazbyt dobitnie o jego kunszcie i mocy. Tak wielkich, że Löwefell miał jedynie mgliste pojęcie o tym, jak można osiągnąć podobny efekt. Sam przecież potrafił przebywać w nie-świecie jedynie przez kilka minut, nie mówiąc już o tak skomplikowanych działaniach jak zmiana jego struktury. Mógł mieć tylko nadzieję, że ktoś, kto zadał sobie tyle trudu, nie sprowadził Löwefella po to, by go zamordować.

– Panie mój i mistrzu, Narsesie, władco płomieni! – Arsanes uklęknął i pochylił głowę tak nisko, że zamiótł włosami posadzkę. – Uszczęśliwiłeś swą obecnością twego niegodnego sługę.

Löwefell spokojnie przysiadł na krześle. Zauważył, że Arsanes nosi na palcach złote pierścienie z rubinami, a spod rękawów szlafroka zabrzęczały masywne bransolety. Oczywiście ze złota skrzącego się od wbitych w nie rubinów.

– Nazywam się Arnold Löwefell i mam zaszczyt być inkwizytorem. Nie nazywaj mnie ani mistrzem, ani tym bardziej Narsesem – przykazał chłodno.

Czarnoksiężnik uniósł głowę i powstał z klęczek, lecz pozostał ze zgiętym grzbietem, jakby niewidzialna siła sparaliżowała go w połowie głębokiego ukłonu.

– Wybacz, że ośmielę się nie usłuchać cię, mistrzu. Ale tylko dlatego, iż kiedy nadejdzie ten wielki dzień, w którym obwieścisz światu, że znowu pragniesz być najpotężniejszym Narsesem, biada wszystkim, którzy uczynili z ciebie nędznego Arnolda Löwefella. I biada wszystkim, którzy wiedząc, kim jesteś naprawdę, przezywali cię tym fałszywym mianem.

Mężczyzna splunął z obrzydzeniem dwakroć na podłogę, jakby samo imię i nazwisko inkwizytora skalało jego usta. Potem roztarł plwocinę podeszwą buta. O dziwo, wszystko to uczynił, będąc nadal zgięty wpół.

Löwefell zwrócił uwagę, że Arsanes nie użył słowa „jeśli", lecz „kiedy". A więc albo święcie wierzy, że stanę się tym, kim byłem, albo pragnie, bym ja w to uwierzył, pomyślał. W każdym razie inkwizytor nie zamierzał zwracać uwagi na określenie go „nędznym Arnoldem Löwefellem". W końcu naprawdę był zaledwie nędznym okruchem szkła odbijającym światło bijące od majestatu Pańskiego. Zapewne nie to miał na myśli Arsanes, utrafił jednak w sedno rzeczy.

– Aż tak bardzo się mnie boisz?

Czarnoksiężnik przygiął się do ziemi jeszcze bardziej. Löwefellowi było niewygodnie od samego tylko patrzenia na niego.

– Ludzi tak nieostrożnych, iż odważyli się obrazić twój majestat, najpierw kazałeś obdzierać ze skóry, a potem czerwonych niczym kielichy najpiękniejszych róż w ogrodzie Semiramidy rozkazywałeś gotować we wrzącym oleju. Dzięki twej niemającej równych magii nie tracili oni świadomości, a umierali dopiero wtedy, kiedy w swej łasce pozwalałeś im umrzeć. Pytasz więc, czy się ciebie boję, czcigodny mistrzu? Ja lękam się nawet echa powtarzającego twe westchnienie.

Dopiero kiedy czarnoksiężnik opowiadał, co Narses wyczyniał z wrogami, Löwefell zdał sobie sprawę z tego, iż te słowa są prawdziwe. Zobaczył cień przeszłości przed swoimi oczami. Wrzeszczącego bez opamiętania obdartego ze skóry człowieka, którego zanurzano w parującym kotle. Widział też siebie, jak siedzi na tronie i uśmiecha się, zajadając winogrona. Ale te wizje przeszłości wydawały się dotyczyć go w tym samym stopniu, co niegdyś obejrzane obrazy. Tak naprawdę zarówno był Narsesem, jak i nigdy nim nie był.

– Służę teraz innemu Panu – rzekł. – Poza tym możesz się wyprostować, a także usiąść, jeśli uznasz, że będzie ci wygodniej, siedząc.

– Mistrz Narses sam był panem dla siebie – odparł Arsanes.

Wyprostował się i przysiadł na krawędzi krzesła.

– Ośmielam się to uczynić tylko dlatego, że zezwoliłeś mi, o ty, który jesteś krynicą mądrości.

– Tak jakby to było możliwe. – Löwefell wzruszył ramionami, wracając myślą do poprzednich słów Arsanesa. – Musiałem być... musiał być – poprawił się – głupcem. Okrutnym, bezmyślnym, zadufanym w sobie, nie przeczę, że potężnym, ale jednak głupcem. Ty też, jeśli uwierzyłeś w podobne bzdury. Nikt nie jest panem samego siebie, a może być nim jedynie w zakresie ograniczeń wynikających z woli Bożej.

Czarnoksiężnik nie wydawał się ani urażony, ani zdziwiony słowami inkwizytora.

– Kiedyś światło twej myśli przeniknie zasłony, które stworzyli czciciele fałszywego Boga – odparł spokojnie. – Kiedyś zrozumiesz, co mam na myśli, panie. Jednak ośmielę się zauważyć, że nie przybyłeś tu, o największy z magów, by rozprawiać ze mną o cudach przeszłości. Raczyłeś się pojawić, by poznać prawdę o kobiecie, czyż nie? O tej, którą nazywano Piękną Katarzyną, a której niegodny bękart nosi w sobie Szachor Sefer. Czy w tym mogę ci usłużyć, o ty, który jesteś światłem w oczach swych wyznawców?

– Tak właśnie jest – odparł Löwefell. – Obawiam się jednak, że jeśli zostanę, by cię wysłuchać, to...

Zza grubej kotary dostojnym krokiem wyszedł puszysty biały kocur. Dumnie unosił ogon, a jego wściekle żółte oczy łypnęły w stronę inkwizytora. Zbliżył się do Löwefella i bez ostrzeżenia wskoczył mu na kolana. O dziwo, nawet ten ruch udało się kotu wykonać z godnością.

– Wybacz, boski płomieniu... – Arsanes zerwał się na równe nogi.

Löwefell uniósł dłoń.

– Zostaw – rozkazał i podrapał zwierzę za uchem.

– Twemu ciału nic się nie przydarzy – zapewnił czarnoksiężnik, wychwytując w lot obawy Löwefella. – Przynajmniej dopóki twój niegodny sługa może ci składać hołdy w tym domu, który chociaż nie mógłby służyć nawet za chlew dla świni, będącej...

– Dość – rozkazał inkwizytor. – Mów, co masz do powiedzenia.

– Uwierz, mistrzu Narsesie, że moje serce drży z przejmującej rozkoszy, iż właśnie ja, który byłem zaledwie uczniem twoich uczniów, mogę teraz podzielić się z tobą wiedzą, której pragniesz. – Czarnoksiężnik z powrotem przysiadł na krawędzi krzesła.

Czy raczej podzielić się ze mną tą częścią wiedzy, którą pragniesz, bym poznał, sprostował go w myślach inkwizytor. Jesteś niebezpiecznym człowiekiem, Arsanesie, i domyślam się, że swojego mistrza równie silnie nienawidzisz, jak i naprawdę, nie wątpię, się go boisz. Ale ja, Arnold Löwefell, inkwizytor z Amszilas, jestem ci do czegoś potrzebny. Mam coś, co i ty chcesz mieć, choć Bóg mi świadkiem, iż nie jestem pewien, co to może być. Ale za to wierzę głęboko, iż wiele uczynisz, by mi to zabrać.

– Mów – powtórzył. – Mów wszystko, czego dowiedziałeś się o kobiecie.

– Doszły mnie słuchy, iż odważyła się wezwać księcia Berithiego...

– Wezwała Berithiego? – przerwał Löwefell, nie dowierzając w pierwszej chwili słowom czarnoksiężnika. – Czy mówimy o tym samym Berithim, mordercy opisanym w Goecji króla Salomona?

Kocur ułożył się wygodnie na kolanach inkwizytora z głębokim, basowym mruczeniem.

– Właśnie o nim, o najczcigodniejszy z mędrców. Przywołała wilki, niedźwiedzie i lwy, by uwięzić go w kole natury oraz zmusić do wypełnienia jej nikczemnych rozkazów.

Löwefell po raz kolejny już pomyślał, jak bardzo niezwykłą kobietą musiała być matka Mordimera. Z całą pewnością nie czuł do niej sympatii, lecz co najwyżej coś w rodzaju szacunku, z jakim dowódca armii słucha o niezwykłych wyczynach wroga. Zresztą któż mógł wiedzieć, kim była dzisiaj Piękna Katarzyna? Ciągle wrogiem? Już sprzymierzeńcem? A może zarówno jednym, jak i drugim? Minęły dopiero cztery lata od jej pojmania, ale w Amszilas nie czas miał znaczenie, lecz święty zapał mnichów oraz inkwizytorów zajmujących się więźniami. Przez cztery lata z tej gliny można było uformować nową rzeźbę i Löwefell miał nadzieję, że tak właśnie stało się w tym przypadku.

– Udało jej się to?

– Utkała magię z niemal takim kunsztem, jak gdyby miała honor być podnóżkiem u twych stóp. – Czarnoksiężnik opuścił głowę. – Ale rozkazała Berithiemu, by poświęcił swój czas i swe siły Roksanie, twojej pokornej słudze i uczennicy. Jak raczyłeś twierdzić: najzdolniejszej. Ośmielił się odmówić wykonania tego polecenia.

– Roksana – powtórzył Löwefell i wspomnienie podsunęło mu przed oczy obraz kruczowłosej piękności o smagłej twarzy i oczach barwy jezior zatopionych wśród gór Hindukuszu. – Pamiętam Roksanę. Taaak, wydaje mi się, że ją pamiętam... Co uczyniła wtedy Katarzyna?

– Doświadczyła księcia Berithiego bólem, jakiego nie sprowadzono nań od czasów, kiedy ty, o strzelisty szczycie mocy, raczyłeś go obdarzyć męką płomieni. Ta dziewka kazała lwu, by go pożarł. Czyż to nie urocze? – Czarnoksiężnik śmiał się prawdziwie szczerze oraz radośnie, ale zaraz potem zesznurował usta i pochylił głowę w geście pełnym pokory i szacunku. – Mój pan z całą pewnością wyobraża sobie wściekłość księcia Berithiego, kiedy w końcu udało mu się wrócić.

– Nawet nie przypuszczałem, że można go zamknąć w kole natury. Ja sam – Löwefell przymknął oczy, by pozwolić płynąć wspomnieniom – ja sam przyzwałem go w krąg ognia. Otoczyłem ifrytami... Kiedyś...

– Nie odważyłbym się na podobną próbę – rzekł Arsanes. – Ja, który studiuję najpiękniejszą i najwznioślejszą ze sztuk dłużej, niż trwało życie większości ludzi. Jak wielką moc posiadała więc kobieta, która potrafiła tego dokonać? A ona była ladacznicą, mistrzu. Kapryśną niczym górski wiatr. Zakochaną w sobie i pięknych przedmiotach, niczym żona leciwego wezyra. Największą i najwznioślejszą ze sztuk traktowała na podobieństwo kochanka, którego raz przygarnia się czule, by zaraz potem zająć się kimś innym. Wyobraź sobie, panie, jak ogromną potęgą mogłaby dysponować, gdyby poddać ją zdyscyplinowanemu szkoleniu, gdyby otrzymała nawet nie łaskę spijania mądrości płynącej z twych ust, lecz łaskę służenia najnędzniejszemu z twych uczniów. Czy bękart dysponuje podobnymi zdolnościami?

Arsanes zadał to pytanie jakby od niechcenia i Löwefell również jakby od niechcenia odpowiedział:

– Jest tyle samo wart co zamknięta skrzynia, w której złożono złoto.

– Wierzę, że w swej niezmierzonej mądrości mistrz moich mistrzów odnalazł sposób, by otworzyć tę skrzynię? Lub... rozbić ją?

Löwefell przesunął palcami po futrze rozłożonego na jego kolanach zwierzęcia, a kocur spojrzał bursztynowymi ślepiami i zadowolony wbił mu pazury w udo.

– Być może – odparł inkwizytor. – Z całą pewnością dam ci znać, kiedy nadejdzie właściwy czas.

– Nie jestem godzien, by skóra zdarta z mego grzbietu służyła za chodnik, po którym będą stąpać twe święte stopy! – zawołał Arsanes. – Ale wiedz, że z utęsknieniem czekam na dzień chwały, kiedy Szachor Sefer powróci w ręce prawowitego pana.

Jeżeli Narses musiał na co dzień gadać z takimi cudakami, nie dziwię się, że ciągle był wściekły, pomyślał Löwefell. Wiedział jednak, że nie może dać się zwieść pozorom. Czarnoksiężnik mógł udawać sługę olśnionego blaskiem pana, mógł sprawiać wrażenie płaszczącego się idioty, lecz tak naprawdę musiał być przebiegłym i silnym człowiekiem. W końcu przetrwał na dworze Narsesa, co nie było, jak się zdaje, takim łatwym zadaniem. A ten oto Arsanes nie dość, że przetrwał, to jeszcze znakomicie wyszkolił się w mrocznej sztuce.

– Och, z całą pewnością jesteś tego godzien – odparł inkwizytor lekkim tonem. – Jeśli Narses powróci, przypomnę mu o twych słowach.

Czy mu się wydawało, czy Arsanes pobladł, słysząc to zdanie?

– Gdzie jest Katarzyna? – spytał go.

– Tam, gdzie i ty byłeś, o panie, którego moc tryska niczym przejrzyste źródła Elbursu – rzekł uniżonym tonem czarnoksiężnik. – W brudnym chlewie nazywanym przez wyznawców fałszywego Boga klasztorem Amszilas.

– Czy wiesz, kim ona jest teraz?

– Nie, mistrzu. – Przez twarz czarnoksiężnika przebiegł skurcz i Löwefell był pewien, iż w tym momencie Arsanes wyobraził sobie, że on sam trafia do klasztornych lochów. – Lecz podejrzewam, że...

– Że ją złamali – dokończył za niego Löwefell. – Bo skoro potrafili uczynić to ze mną...

Arsanes najwyraźniej starał się udawać, że nie usłyszał tych słów.

– Ośmielam się sądzić, mój panie, że kobieta wykonuje wolę naszych wrogów. Ale być może mylą się ci, którzy sądzą, że lawę bijącą z wulkanicznego krateru da się z powrotem wepchnąć w głąb ziemi.

Tak naprawdę mówi o mnie, pomyślał inkwizytor. Ale jego wola. Skoro chce wierzyć, iż stanę się kiedyś Narsesem, niech wierzy. Lecz ja, jak mi Bóg miły, nie zamierzam wracać tam, skąd przybyłem. Bo nie tylko zbyt długą pokonałem drogę. Ważniejsze, iż bycie tym, kim jestem, to wybór mego serca.

– A więc kobieta jest w Amszilas – rzekł, z jednej strony ciesząc się, że jego podejrzenia zostały potwierdzone, z drugiej martwiąc, iż w takiej sytuacji nic już nie będzie w stanie osiągnąć.

– Właśnie tak, mistrzu – zgodził się czarnoksiężnik.

– Dlaczego pozostawiłeś mi wiadomość? Dlaczego chciałeś się ze mną widzieć? Wiesz przecież, kim jestem, i wiesz, że powinienem doprowadzić do Amszilas również ciebie.

– Panie mój i władco, jesteś Narsesem, Płomieniem Persji, i pozostaniesz nim po wiek wieków. Arnold Löwefell to jedynie brudny łach, który zrzucisz, by znów jaśnieć blaskiem oszałamiającym twych wiernych uczniów. Ośmieliłem się pozostawić ci wiadomość, by odpowiedzieć na wszystkie pytania, które zechcesz zadać.

– Dlaczego nie mam ci ich zadać w Amszilas? – zapytał Löwefell. – Zapewne wiesz, że tam ludzie zyskują niezwykły wręcz dar konwersacji i starają się odpowiedzieć na pytania, zanim jeszcze zostaną one zadane.

– Nie wątpię, że tak właśnie jest – rzekł czarnoksiężnik. – Lecz tu, w tym miejscu, nie działa moc Arnolda Löwefella, a w każdym razie nie działa z taką siłą, by mógł mnie zmusić do czegokolwiek.

– Może tak, może nie – rzekł inkwizytor. – Ale masz rację: dlaczego na razie nie mamy pogawędzić tutaj? Nie sądzisz, że konfrontacja oraz przemoc są ostatecznością, przed którą powinien wzdragać się rozumny człowiek?

– Światło prawdy w twych słowach przyćmiewa słoneczny blask, o czcigodny – odparł Arsanes. – Pytaj, o panie, a twój niegodny sługa będzie zaszczycony.

– Mam wiele pytań – rzekł Löwefell. – Zacznijmy od najprostszego: kto uczył czarownicę? Kim jest starucha, która powiedziała mi o Szachor Sefer?

– Starucha? – zdumiał się czarnoksiężnik. – Wybacz, płomieniu dostojeństwa, ale nie znam żadnej staruchy. Czarownicę znalazła Roksana i ona ją szkoliła przez kilka lat. Ona też ukrywała naszą świętą Księgę przed wzrokiem kundli służących fałszywemu Bogu.

– Ach tak...

Teraz dla Löwefella jasne stały się słowa umierającej wiedźmy. „Zabrała mi wszystko. Młodość, urodę, siłę. Twoja straszna magia, mistrzu". Czyż nie tak właśnie powiedziała? A więc użyła zaklęć tak potężnych, że zniszczyły jej ciało. Wszystko w tym celu, by ukryć Czarną Księgę przed oczyma inkwizytorów. Löwefell musiał przyznać, że wiedźmie nie brakowało determinacji oraz wiary.

– Rozumiem – szepnął Arsanes. – Poświęciła życie, by Szachor Sefer nie trafiła w ręce wrogów. Użyła magii płomieni, czyż nie? – Pokiwał głową. – Powinna wiedzieć, że tak potężnego przedmiotu nie da się zakląć w płomieniu i popiele bez konsekwencji. A potem miała jeszcze dość siły, by ukryć Księgę w bękarcie... Nie na darmo nazywałeś ją najukochańszą ze służebnic, o krynico nieskalanej mądrości – dodał zaraz potem z tą fałszywą słodyczą w głosie, która od początku nie podobała się Löwefellowi.

– Roksana... – Przed oczami inkwizytora znów pojawiła się smagła piękność z przeszłości, tak nieprzypominająca obrzydliwej wiedźmy, którą widział, kiedy umierała na zgniłym barłogu. – Lubiłem ją. Bawiła mnie.

Obrócił wzrok na Arsanesa. Poruszył się przy tym i kot drgnął na jego kolanach, uniósł łebek i spojrzał z wyraźnym wyrzutem na człowieka, który zmuszał go do przełożenia łap.

– Jak go schwytali? – zapytał i był naprawdę ciekaw, w jaki sposób inkwizytorom udało się ujarzmić tak potężnego maga, jakim był Narses.

Czarnoksiężnik rozłożył tylko dłonie.

– Wybacz, ojcze płomieni, lecz nie posiadam tej wiedzy. Mówiono, że na twoim dworze był zdrajca, oby jego serce rzucono psom na pożarcie, który zwabił cię do Bizancjum. Jedynie Roksanie udało się uciec z pułapki. Przez wiele lat nie ustawała w poszukiwaniach, aż wreszcie znalazła kobietę, która mogła przechować Szachor Sefer do twego pełnego chwały powrotu.

– A więc to miała być Katarzyna – rzekł Löwefell. – Dlaczego w takim razie Roksana odprawiła rytuał z synem, a nie z matką?

– Wiedziała, że wyznawcy fałszywego Boga są na tropie tej kobiety, czcigodny Narsesie. Rzuciła im ją na przynętę, by odwrócić ich wzrok od prawdziwego skarbu. I przynęta była na tyle cenna, że jej zamysł w pełni się powiódł. Przynajmniej na pewien czas – westchnął z nieudawanym żalem.

– Czemu nie wróciła z Księgą do Persji? – zapytał Löwefell, któremu postępowanie wiedźmy wydawało się tyleż zuchwałe, co niewytłumaczalne.

– A czemu ja nie wróciłem? – westchnął znowu Arsanes i zaraz potem szybko dodał: – Już spieszę z odpowiedzią, nieskalany filarze wiedzy. Otóż nie było do czego wracać, czcigodny Narsesie. Twoi wrogowie podnieśli rebelię, złupili nasze pałace, wymordowali uczniów. Wiernym brakło niezmierzonej siły, którą dawał twój blask. Teraz Persja jest dla nas tak samo niebezpieczna jak krainy rządzone przez psy Chrystusa.

To na pewno była interesująca wiadomość. A więc na Wschodzie doszło do przewrotu. Jak zwykle. Z tego, co donosili szpiedzy, w Persji ciągle wybuchały bunty, rokosze i rebelie. Aż dziw bierze, że czciciele ognia mieli jeszcze dość siły, by mordować chrześcijan, skoro od stuleci z nieustającym zapałem mordowali siebie nawzajem. Szachowie, królowie i książęta od Morza Śródziemnego aż po szczyty Hindukuszu, od dzikich stepów Sarmacji aż po Moab i Idumeę wydawali się od wieków tkwić w obłąkanym kręgu wojen, przerywanych krótkimi chwilami pokoju, które oznaczały nic więcej ponad to, że przez rok czy dwa nikt nie czuł się na tyle silny, by wznieść miecz przeciw wrogom. Wtedy królowały intrygi oraz pilnie pracowali skrytobójcy. Löwefell wiedział, że magowie – czciciele ognia – uczestniczą oczywiście w tych zmaganiach. Zresztą w łonie samego kultu również istniało mnóstwo grup, odłamów, stronnictw zwalczających się nawzajem z niesłychaną bezwzględnością. I jak widać, zwolennicy Narsesa ponieśli pod nieobecność swego przywódcy przytłaczającą klęskę.

– Ci, którzy ocaleli, czekają na twój chwalebny powrót, o czcigodny – kontynuował Arsanes. – Niektórzy przyczaili się w niezdobytych twierdzach Elbursu, inni uciekli aż nad Morze Czerwone i w spowite wiecznym śniegiem góry Kunlunu. Ale tysiące staną na twe rozkazy, kiedy tylko pobłogosławisz ich do boju. Przybędą ze wschodu, zachodu, południa i północy, by ponieść żagiew zemsty.

Löwefell westchnął jedynie, słysząc te słowa, i zastanawiał się, na ile zapał Arsanesa jest szczery, a na ile udawany.

– Dlaczego chciałeś, bym wiedział, gdzie jest Katarzyna? – zapytał.

– Moim obowiązkiem jest uprzedzać życzenia mego pana.

– Czarownica nie ma już nic wspólnego z Czarną Księgą – rzekł inkwizytor. – Czyż nie tak właśnie jest?

Czarnoksiężnik uciekł wzrokiem.

– Czy raczysz skosztować wina, niezmącony oceanie sprawiedliwości? Mam tu gatunki, które choć może nie zadowolą podniebienia...

– Zadałem ci pytanie, Arsanesie – przerwał mu Löwefell.

Pers opuścił głowę.

– Nie znam odpowiedzi na to pytanie, o ty, u którego stóp leży świat.

Znasz ją, pomyślał Löwefell. Na Boga Żywego i Jedynego, jestem pewien, iż ją znasz! Dowiedziałem się już, że ja sam jestem kluczem do otworzenia pudła z Szachor Sefer, ale czy drugim kluczem nie jest czarownica? A jeśli tak, to z jakich powodów właśnie ona? Czyżby z uwagi na więzy krwi łączące ją z chłopcem? A może odwrotnie? Może zabicie jej pomoże w otworzeniu pudła? Jak mogę się tego dowiedzieć, skoro nie wiem nawet, jakie zaklęcie utkała starucha? I jaką rolę w tym wszystkim masz spełnić ty, Arsanesie? Czy naprawdę służysz Narsesowi, czy też jego perskim wrogom? A może jedynie samemu sobie?

– Mój mistrz nie potrzebuje rad człowieka takiego jak ja, który jest jedynie pyłem u jego stóp – odezwał się czarnoksiężnik.

– Mów – rozkazał Löwefell.

– Jeśli wezwiesz czarownicę przed swój majestat, to jakże będzie ona mogła nie wyjawić najskrytszych myśli i zamierzeń, zarówno swoich, jak i tych, którzy ją uwięzili?

W całym tym zdaniu nie było ani słowa prawdy. Löwefella nie otaczał żaden majestat, który otumaniłby czarownicę, nie mógł jej w żaden sposób wezwać, nawet gdyby chciał to uczynić, a jeśliby spotkał się z nią oko w oko, z całą pewnością nie byłoby łatwo wydobyć z niej prawdy. Nie mówiąc już o wydobyciu informacji o zamierzeniach pokornych Sług Bożych z Amszilas.

Być może mógłbym odpowiednio się przygotować i powrócić, by go zabić, pomyślał. Być może mógłbym zmusić go, by wyjawił, gdzie ukrył swe ciało, a potem uwięzić i zaprowadzić do Amszilas. Ale czy przypadkiem bardziej użyteczny nie okaże się, knując swe intrygi w bezpiecznym miejscu? A poza tym czy tak naprawdę jestem gotów, by zmierzyć się z perskim czarnoksiężnikiem na jego terenie i na jego warunkach? Nie wiem, czy zwycięstwo przyniosłoby mi jakąkolwiek korzyść, a klęska na pewno zamknęłaby przede mną drzwi, które może otworzyć Arsanes. Nie mówiąc już o tym, iż w razie klęski mógłby mnie najzwyczajniej w świecie zabić, choć oczywiście pozbawiłby się tym samym nadziei na zmartwychwstanie Narsesa.

Jedna księga, pomyślał Löwefell. Czy naprawdę może tak wiele znaczyć? Tak wiele, by walczyli o nią zarówno chrześcijanie, jak i poganie? By zajmowała myśli inkwizytorów z Wewnętrznego Kręgu? By perska wiedźma poświęciła dla niej zdrowie, urodę, a w końcu życie? Co takiego zawiera Szachor Sefer? Jakież to zaklęcia lub objawione prawdy wypełniają ten złowrogi tom? A może to mit, legenda lub celowo podsycana plotka spotęgowały jej znaczenie? Może walczono o nią nie dlatego, iż zawierała w sobie moc, lecz dlatego, że uważano, iż zawiera moc? Löwefell wiedział przecież, że nie liczy się rzeczywista wartość przedmiotu, ale wartość przypisywana temu przedmiotowi przez ludzi. Czyż w czasach głodu nie kupowano bochna chleba, płacąc za niego czystym złotem? Sumą, za którą w innym razie można by kupić nie tylko ten bochen, lecz również całe pole, na którym wyrosło zboże użyte do jego wypieku?

Najwyraźniej w Amszilas nie potrafili wydobyć Czarnej Księgi ukrytej w ludzkim ciele. Dlaczego? Czyż przesłuchując Narsesa, nie poznali najtajniejszych obrzędów, zaklęć i rytuałów odprawianych przez magów ognia? Jaki był więc powód, dla którego wypuścili Mordimera ze swoich rąk, zamiast spróbować złamać czar wiążący w nim Szachor Sefer? Löwefell nie potrafił sięgnąć do swoich nie swoich wspomnień dotyczących tego rodzaju magii. Był pewien, iż sam jej używał, ale poza tą pewnością nie pozostawało nic innego. Czuł się jak człowiek stojący przed bramą miasta i mogący przysiąc, że kiedyś ją przekroczył, ale niemający najmniejszego pojęcia o tym, co znajduje się za murami. Wiedział jednak, że przyczyn tej ostrożności może być co najmniej kilka.

Czar mógł zostać tak kunsztownie złożony, że każda próba jego zniszczenia unicestwiłaby również samą Księgę.

Ostrożnie uniósł kota i postawił go na dywanie. Potem wstał.

– Mam nadzieję, że pogwarzymy jeszcze kiedyś, Arsanesie – rzekł.

– Mój pan zawsze znajdzie mnie, korzystając z tej samej drogi co dziś. – Czarnoksiężnik uklęknął, pochylając głowę tak, iż znowu zamiótł dywan włosami.

Löwefell odwrócił się, podszedł do drzwi i nacisnął klamkę. W tym samym momencie przed oczyma wybuchnął mu jasny płomień, a już za chwilę ocknął się, leżąc na podłodze w pokoju gospody obok wywróconego cebrzyka. Na posadzce rozlewała się kałuża wody. I nie to było dziwne, lecz fakt, że na łóżku siedział ogromny kocur wpatrujący się w inkwizytora znudzonym wzrokiem. A to wydarzyć się nie powinno...

Po bruku ulicy turkotały koła wozu ciągnionego przez dwie chabety. Na ułożonej na wozie drewnianej platformie stał przywiązany do szczebli niemal nagi mężczyzna z ogoloną do łysa czaszką. Dla przyzwoitości pozwolono mu tylko zatrzymać kawałek płótna, którym był przewiązany w pasie. Obok czuwał kat w czarnym fartuchu i zarzuconym na głowę czarnym kapturze. Co jakiś czas unosił za plecy naszpikowany kolcami rzemienny bicz i chłostał skazańca.

– Za obrzydliwy grzech sodomii! – krzyczał basowo przy każdym ciosie, a bity mężczyzna wrzeszczał tak, że niemal zagłuszał jego słowa. Plecy i klatkę piersiową miał już całą we krwi i strzępach mięsa.

Löwefell przystanął na moment, nie po to, by przyglądać się kaźni, lecz by przeczekać, aż oblepiający ulicę tłum ruszy dalej, kierując się w ślad za wozem. Inkwizytor wiedział, iż pojazd dotoczy się do rynku, gdzie skazaniec zostanie albo spalony, albo, w drodze łaski, zakuty w dyby i wystawiony na szyderstwa oraz gniew tłuszczy. A jeśli nie miał szczęścia i jeśli tak postanowiła miejska ława, kat wypali mu wnętrzności rozgrzanym do czerwoności prętem. Który to pręt zostanie wsadzony do ciała przez ten właśnie otwór, który sodomita miał czelność plugawić bezbożnym postępowaniem, narodzonym z grzesznej chuci i diabelskiego poduszczenia. Löwefell nie widział szczególnego sensu w dręczeniu ludzi lubiących zabawić się w inny sposób niż większość. Zwłaszcza że niemało było wśród tłustych, leciwych przeorów, opatów i biskupów takich, którzy nad niewieście wdzięki przedkładali jędrne chłopięce tyłeczki. No ale ich, rzecz jasna, nikt nie ośmieliłby się karać, chyba że zanadto obnosili się ze swoją dewiacją. Sroga pomsta, jak zwykle, dotykała tylko maluczkich, pozostawiając wielkich grzeszników w słodkim przeświadczeniu, że są poza prawem ludzkim oraz boskim.

Löwcfell odchylił się nieco, by nie dać sposobności do kradzieży kręcącemu się w tłumie rzezimieszkowi, i w tym właśnie momencie dostrzegł postać, którą wcześniej czy później spodziewał się zobaczyć. Marius van Bohenwald wyglądał niczym góra niewypieczonego ciasta, na którą narzucono aksamitne szmaty i przewiązano pasem ze złotogłowiu. Kiedy szedł, każdy kawałek

jego ciała zdawał się trząść i drgać, tak że mogło się wydawać, iż za chwilę rozpadnie się na kawałki. Jego oczy jak zwykle przywodziły na myśl obrane ze skorupy jajka, a wystające zza bufiastych rękawów dłonie zakończone były palcami, z których każdy przypominał białą, nieforemną kiełbasę. Löwefell dawno nauczył się, iż człowieka nigdy nie można oceniać po wyglądzie. Widział już szubrawców o twarzach cherubinów, poczciwiny z obliczami najpodlejszych łotrów albo bogaczy ubierających się niczym nędzarze z najgorszych miejskich zaułków. Znał kobiety, których słodka mowa kryła zdradę, i mężczyzn o srogim obliczu, którzy paskudzili w spodnie na widok nieprzyjaciela na polu bitwy. Ale widząc van Bohenwalda, cały czas nie mógł się powstrzymać od zmieszanego z politowaniem rozbawienia. To był tylko pierwszy odruch, silniejszy niż wskazania rozumu ostrzegające, iż ma przed sobą jednego z najbardziej niebezpiecznych ludzi, jakich miał okazję poznać, będąc Arnoldem Löwefellem – inkwizytorem Wewnętrznego Kręgu.

– Drogi Arnoldzie! – wykrzyknął van Bohenwald wesoło. – Cóż za przemiła niespodzianka! Jak mówią: góra z górą...

– Rzeczywiście – odparł uprzejmie Löwefell. – Miło cię widzieć, Mariusie.

– Taaak... – Van Bohenwald objął inkwizytora w pasie i ruszył naprzód, niczym wielki holownik ciągnący za sobą szalupę. – Pożartowaliśmy sobie, pośmialiśmy się, czas przejść do interesów, Arnoldzie.

– Zamieniam się w słuch – powiedział Löwefell, wyłapując rozbawione spojrzenie przechodzącego obok młodzieńca.

No tak, pomyślał inkwizytor, wyglądam teraz jak podstarzały sodomita w uściskach bogatego kochanka. Powinien mnie jeszcze klepać po pośladkach.

Czuł intensywny odór potu bijący od towarzysza (przywodzący na myśl ten szczególny rodzaj zapachu, jaki wydaje z siebie ser długo leżący w ciepłym pomieszczeniu), zmieszany z równie mocną wonią wschodnich pachnideł.

– Wiesz przecież, Arnoldzie, że w Amszilas niemal nade wszystko cenimy sobie posłuszeństwo? – zapytał van Bohenwald takim tonem, jakby mówił, iż najbardziej ceni sobie golonkę z kapustą.

– Oczywiście, Mariusie. – Löwefell nie był głupcem, więc zwrócił uwagę na słowo „niemal". To dawało mu pewne nadzieje na przyszłość.

– Nad posłuszeństwo przedkładamy jednak żar prawdziwej wiary płonącej w naszych sercach, a który w twoim przypadku objawił się pragnieniem wiedzy – dodał grubas już poważnie.

Skazaniec zawył szczególnie głośno i van Bohenwald obrócił się w stronę ulicy.

– Założę się, że bardziej wrzeszczy ze strachu przed czekającym go diabelskim drągiem niż z rzeczywistego bólu – skwitował.

A więc jednak sodomita nie miał szczęścia, pomyślał Löwefell. Mianem diabelskiego drąga czy piekielnej kuśki (jak wymyślili żartownisie) nazywano rozpalony drąg, którego użycie miało wypalić grzech wraz z grzesznikiem. I taki, jak widać, koniec czekał jadącego na wozie skazańca.

– Mniemam, że ty, Arnoldzie, wolisz raczej towarzystwo dziewek – zagadnął van Bohenwald.

– Szczerze mówiąc, zapomniałem o ogniu, jaki rozpalają cielesne żądze – odparł Löwefell. – Choć kiedyś: tak. Kiedyś wolałem towarzystwo dam.

– Kiedyś, kiedyś, kiedyś... – Tłuścioch zamachał dłońmi. – A ja kiedyś, wyobraź sobie, byłem wiotki niczym trzcina.

Tego Löwefell nie potrafił sobie wyobrazić, ale kto wie, może Marius rzeczywiście niegdyś bardziej przypominał człowieka niż nieforemną bryłę tłuszczu.

Oddalili się już od ulicy i weszli w zaułek, z którego prowadziła droga do ogrodów okalających kościół.

– Zmęczyłem się – sapnął van Bohenwald. – Przysiądźmy no sobie na murku, Arnoldzie. Pogwarzymy.

– Służę uprzejmie – odparł Löwefell, gdyż chwila odpoczynku w cieniu drzew nie mogła zaszkodzić. Oczywiście pod warunkiem, że rozmowę z Mariusem można byłoby nazwać odpoczynkiem.

– Czy słusznie domniemywam, że w interesujący sposób spędzałeś ostatnio wolne chwile?

– Wolne chwile? W życiu inkwizytora? Raczysz żartować, Mariusie – odparł ostrożnie.

Grubas zasapał z wyraźnym rozbawieniem.

– Może pragniesz o czymś mi opowiedzieć?

– Nie sądzę, Mariusie. – Löwefell zachował spokój. – Ponieważ zmierzam do Amszilas, a w klasztorze rzeczywiście będę zaszczycony, mogąc napisać raport dotyczący pewnych wydarzeń. Jeżeli otrzymasz stosowne pozwolenie, zapewne będziesz się mógł z nim zapoznać.

– No, no – mruknął van Bohenwald. – Lina jest już napięta. Nie przeciągaj jej bardziej.

Inkwizytor spojrzał na niego szczerze zdumionym wzrokiem.

– Wybacz, lecz nie rozumiem, o czym mówisz.

– Oczywiście. – Grubas otarł wierzchem dłoni czoło pokryte grubymi kroplami potu. Ale ponieważ dłoń również miał mokrą, niewiele to dało. – Dowiedz się, że nie uczyniłeś nic, czego nie chcieliśmy, abyś uczynił – rzekł. – Odwiedziłeś Arsanesa zgodnie z naszą wolą, choć wola ta nie została na głos wyrażona, ani też przekazana.

Bohenwald zamilkł na chwilę, jakby spodziewał się komentarza do swych słów, lecz Löwefell nie zamierzał się odzywać. Nie dziwiło go, iż grubas wiedział o jego rozmowie z perskim czarnoksiężnikiem. Niewiele zdarzeń mogło ujść uwadze inkwizytorów Wewnętrznego Kręgu, a choć Löwefell był jednym z nich, to nie wątpił, iż podlegał stałej kontroli. Tak jak zapewne podobnej kontroli podlegał również Marius van Bohenwald. Ciekawe, czy chociaż on mógł odpowiedzieć na pytanie: *quis custodet ipsos custodes*? Inkwizytor zastanawiał się więc tylko, jakie będą konsekwencje jego rozmowy z perskim czarnoksiężnikiem.

– Arsanes jest zbyt biegły w sztuce, by nie odgadnąć, jeśli zostałbyś przez nas wysłany – kontynuował Marius. – Nie należał może do najbardziej lotnych uczniów Narsesa, lecz, jak widziałeś, posiadł wiedzę pozwalającą mu wegetować w stworzonym przez niego samego zakątku nie-świata. Nie wiemy, gdzie ukrył swoje ciało, nie wiemy, gdzie leży na podobieństwo trupa, nie jedząc, nie oddychając i nie wydalając. I, szczerze mówiąc, problem ten nie spędza nam snu z powiek.

– Ale...? – dopowiedział Löwefell, gdyż wiedział, że musi nastąpić jakieś „ale".

– Ale kiedy przyjdzie czas, chętnie zamienimy z nim kilka słów. Pogawędzimy sobie w Amszilas tak, jak zwykliśmy gawędzić z ludźmi, których możemy wiele nauczyć i od których możemy się wiele nauczyć. Tak jak nie przymierzając niegdyś gawędziliśmy z tobą, Arnoldzie. – Na twarzy grubasa pojawił się uśmiech.

– Nie pamiętam – odparł spokojnie i szczerze Löwefell.

– Wiem – skinął głową van Bohenwald, co przyszło mu z wyraźnym wysiłkiem, gdyż opuchnięta szyja i tłuste podbródki nie pozwalały mu na podobne manewry. – Ale to nie należy do rzeczy. Ważne, iż przybyłeś do niego z własnej woli i dałeś mu, niezależnie od własnych poglądów, nadzieję, iż powróci mistrz Narses. Czego Arsanes zapewne w równej mierze się lęka, jak i pożąda.

– A czegóż pragnie tak naprawdę? Do jakiego dąży celu? – zdecydował się spytać Löwefell, właściwie tylko po to, by van Bohenwald potwierdził jego podejrzenia.

– I ty wiesz, i ja wiem, czego pragnie Arsanes i czego pragniemy my wszyscy. Szachor Sefer, rzecz jasna.

– Ta Księga należała do mnie – rzekł z namysłem Löwefell. – Czy ja ją również napisałem? – zapytał po chwili cicho.

– Nie, na Boga! – szczerze roześmiał się Marius i otrząsnął się, opryskując inkwizytora kropelkami potu. – Nawet ty u szczytu swej władzy nie byłeś na tyle potężny, by napisać Czarną Księgę. Choć przyznam, że, jak nam wiadomo, dopisałeś do niej kilka wielce interesujących komentarzy.

Löwefell nie pytał, kto w takim razie napisał Szachor Sefer, ponieważ wiedział, że van Bohenwald powie mu o tym sam w chwili, w której uzna za stosowne to powiedzieć.

– Skoro znałem treść Czarnej Księgi – kontynuował Löwefell – czemu wy jej nie znacie? Wydawało mi się, iż Narses podzielił się z wami całą swą wiedzą...

Wypowiedział te słowa najzupełniej obojętnym tonem i rzeczywiście odpowiedź nie interesowała go ze względu na fakt, iż sam kiedyś był Narsesem, lecz z uwagi na to, że wydało mu się zdumiewające, iż w Amszilas nie pokuszono się o wydobycie wszystkiego, co wiedział perski czarnoksiężnik. Bohenwald skinął głową.

– To prawda, mistrzu Löwefell. Narses studiował wiedzę zawartą w Czarnej Księdze. Nie sądzimy jednak, iż do końca zgłębił jej tajemnice. Szachor Sefer jest niczym labirynt, w którym zgubić się może nawet najtęższy umysł. Gorzej, iż w sekretnych komnatach tego labiryntu ukryto bezcenne skarby, tak kunsztownie zmieszane z bezwartościowymi rupieciami, iż często nie można rozeznać, co jest czym. Rozmawiając z Narsesem, nie poznaliśmy Czarnej Księgi. Poznaliśmy jedynie, co on z niej pojął. A to może być ogromna różnica, mistrzu Löwefell. Baaa, my wiemy, że to jest ogromna różnica.

Inkwizytor rozumiał ten punkt widzenia. Dzieła czarnoksiężników czy alchemików często rzeczywiście przypominały nie tyle może labirynt, co rozrzucone kawałki mozaiki. Dało się z nich ułożyć wiele obrazów, ale tylko niektóre stawały się prawdziwymi dziełami sztuki.

– Być może ten skarb nie jest aż tak cenny, jak wszyscy sądzą... – mruknął inkwizytor.

Fakt, że wszyscy zdawali się przykładać tak wielką wagę do Szachor Sefer, ba, fakt, że on sam, będąc jeszcze Narsesem, najwyraźniej cenił to dzieło, nie zbijał Löwefella z tropu. Historia znała wiele przykładów, iż nawet mędrcy popełniali kosztowne pomyłki, dając się zwieść złudom oraz fantasmagoriom.

Marius poklepał go po ramieniu.

– Tym się już nie kłopocz, Arnoldzie – powiedział z szerokim uśmiechem. – A decyzje o tym, co jest ziarnem, a co plewą, racz pozostawić innym.

– Oczywiście, Mariusie – zgodził się natychmiast Löwefell.

– Są tacy, którzy szukają Szachor Sefer po to, by ją zniszczyć, są również tacy, którzy najchętniej uprowadziliby chłopaka, gdyby tylko wiedzieli, że jest on skrzynią dla Czarnej Księgi. Dlatego nie wolno w żaden sposób okazać, iż bękart Katarzyny interesuje nas w sposób szczególniejszy, niż miałoby to miejsce w przypadku uzdolnionego młodego inkwizytora.

– A jeśli zginie? Co stanie się z Księgą?

Bohenwald rozłożył dłonie.

– Wyznam szczerze, Arnoldzie, iż w tej kwestii trapią nas spory oraz wątpliwości. Ja uważam, że Księga nie zniknie, gdyż jest zbyt potężna, by po prostu wyparować niczym plwocina na piasku. Są również ludzie, których uważam za mądrych i godnych, twierdzący, iż Szachor Sefer sczeźnie wraz z ostatnim uderzeniem serca bękarta Katarzyny.

Löwefell przypomniał sobie, iż kiedy zadał pytanie, czy ma zabić Mordimera, by wydobyć Księgę, wiedźma wpadła w przerażenie. Krzyczała, że Księga przepadnie wraz ze skrzynią. Czy była to prawda, czy tylko Roksana wierzyła, iż tak właśnie się stanie?

– Dlaczego nie zamknąć chłopaka w Amszilas? – zapytał. – Niech siedzi w celi, póki nie znajdziemy sposobu wydobycia Szachor Sefer.

– Znajdziemy? – prychnął złośliwie van Bohenwald, mocno akcentując ostatnią sylabę. – Nie słyszałem, by zapraszano cię do uczestnictwa w rozwikłaniu tej tajemnicy.

– I ludzie, i rzeczy się zmieniają – odparł sentencjonalnie Löwefell.

– Zapewne – powiedział tłuścioch bez przekonania w głosie. – A co do twego pytania, Arnoldzie, to, niestety, tak uczynić nie możemy. Możemy jedynie pozwolić mu żyć normalnym życiem. Wyszkolić go na tyle, by umiał zadbać o własne bezpieczeństwo, i z daleka przyglądać się jego postępkom. Czasami mu pomóc, jeśli sytuacja naprawdę będzie tego wymagała.

Löwefell zrozumiał, a może raczej wydawało mu się, iż zrozumiał, co naprawdę miał na myśli van Bohenwald. Mordimera nie chciano zamknąć w klasztorze, gdyż najwyraźniej ludzie pragnący zniszczyć Szachor Sefer należeli również do Wewnętrznego Kręgu. Inkwizytor nie zajmował się wewnętrznymi sporami w samym sercu Amszilas, lecz wiedział, że takie spory istnieją. Nie obchodziło go to, póki nie kolidowało z prowadzoną przez niego misją.

Grubas spoglądał na Löwefella, jakby czytał w jego myślach. Inkwizytor nie sądził, by było to możliwe, lecz nie mógł oprzeć się wrażeniu, iż w czasie każdej rozmowy z van Bohenwaldem do jego umysłu próbuje się coś przedostać. Coś tak zwinnego i niezauważalnego jak wąż ukryty w chaszczach. Nie spostrzegasz samego węża, a o jego obecności możesz domniemywać jedynie dlatego, iż dostrzegłeś niemal niewyczuwalny ruch listków oraz łodyg. Nie było to miłe doznanie, lecz też Löwefell nie miał nic do ukrycia, gdyż wykonywał swe obowiązki tak, jak kazały mu rozum oraz sumienie. Może posunął się zbyt daleko, ulegając ciekawości, ale czyż nie na rozwikływaniu sekretów również polegała jego misja?

– Pamiętasz naszą rozmowę? O wieży, którą przypomina Inkwizytorium? – zagadnął van Bohenwald.

Nie czekał nawet na odpowiedź, będąc pewny, że Löwefell nie zapomniał tych słów.

– Uprzejmie więc zapraszam was na nieco wyższe piętro, mistrzu Löwefell. – Wstał z muru z głośnym sapnięciem i wyciągnął w stronę inkwizytora tłustą, upierścienioną dłoń, a ten uchwycił ją po niemal niedostrzegalnej chwili wahania. Kątem oka dostrzegł jedynie, że usta van Bohenwalda poruszyły się, jakby grubas wypowiadał jakieś słowa, ale zaraz potem nie mógł już nic więcej zobaczyć, gdyż poczuł uderzenie krwi do głowy i stracił przytomność.

Świadomość wróciła razem z kwaśnym smakiem wymiotów oraz zawrotami głowy. Klęczał pod ścianą i właśnie przy tej ścianie pozostawiał resztki zjedzonego dzisiaj śniadania.

– Pierwszy raz zawsze jest kłopotliwy – usłyszał współczujący głos Mariusa.

Löwefell obrócił głowę i dojrzał tłuściocha, który stał kilka kroków dalej, pogryzając soczystą gruszkę. Inkwizytor zobaczył sok spływający po paluchach van Bohenwalda i znowu zrobiło mu się niedobrze, jednak tym razem powstrzymał się od wymiotów. Wstał i zapewne opadłby z powrotem na kolana, gdyby nie podtrzymała go silna dłoń towarzysza.

– Muszę przyznać, że i tak dobrze to znosisz, Arnoldzie – rzekł van Bohenwald z uznaniem. – Znałem takich, którzy wyrzygiwali własne wnętrzności.

– Zapewne – Löwefell słyszał, jak słaby jest jego głos – nie było z nich później zbyt wiele pożytku.

Grubas roześmiał się szczerze.

– W sedno utrafione, mistrzu Löwefell. Jakąż jednak korzyść mielibyśmy ze słabych i jakże, dowodząc słabymi, moglibyśmy zwyciężyć w wiecznej i świętej wojnie, którą prowadzimy?

Inkwizytor rozejrzał się wokół. Stali pośrodku niewielkiej, pustej komnaty, której posadzka wyłożona była kwadratowymi płytami barwy piasku. Przez okna wypełnione kolorowymi szybkami witraży wpadało słabe światło dnia. Zamrugał powiekami, by wyostrzyć wzrok, i ujrzał, że sceny wyobrażone na witrażach przedstawiają płonące na stosach kobiety. Dzieło sporządzono tak kunsztownie, iż płomienie zdawały się buzować pod powierzchnią szkła, a ciała czarownic wydawały się wić w męce.

– Witaj z powrotem w Amszilas, Arnoldzie – powiedział van Bohenwald.

– W Amszilas – powtórzył otępiały Löwefell. – Jak to w Amszilas? – Starał się zebrać myśli. – Przenieśliśmy się do klasztoru?

– To nie latający dywan, mistrzu Löwefell – prychnął grubas. – Ale jeszcze nastąpi czas na wyjaśnienia, co, jak i dlaczego. Choć zapewne nie od razu wszystko zrozumiesz. Teraz jednak nie w tym rzecz. Spieszę ci oznajmić, Arnoldzie, że twoja ciekawość zostanie zaspokojona. Niedługo uprzejmie cię zaproszę, byś poznał panią Katarzynę. Ale przedtem mamy sprawę do załatwienia...

Podszedł do drzwi i otworzył je na oścież. Löwefell zobaczył korytarz o łukowatym sklepieniu, po którego obu stronach stały rzeźby. Ta z lewej wyobrażała rycerza w pełnej zbroi, unoszącego nad głowę oburęczny miecz, ta po prawej inkwizytora trzymającego krzyż o połamanych ramionach.

– Bądź moim gościem, Arnoldzie. – Van Bohenwald uprzejmym gestem zaprosił Löwefella, by przeszedł przez próg.

Inkwizytor ruszył w głąb korytarza. Nigdy przedtem nie widział, by jakakolwiek ściana w klasztorze (nie licząc kaplicy oraz katakumb) pokryta była reliefami. Te, które oglądał teraz, sprawiały co najmniej intrygujące wrażenie. Zerknął przez ramię, by upewnić się, czy grubas idzie w ślad za nim. Szedł. Nie to więc zaniepokoiło Löwefella, ale fakt, że z tego, co pamiętał, w Amszilas posągi nie potrafiły ruszyć z miejsca i stanąć na straży drzwi. Obrócił się gwałtownie, by zobaczyć, jak inkwizytor z rycerzem stają ramię przy ramieniu, a krzyż dotyka ostrza miecza. Kamienne oczy spoglądały na niego obojętnie. To nie była zręczna sztuczka wytrawnego mechanika. Ruchy posągów miały taką płynność, jaką daje jedynie żywe ciało, napędzane ścięgnami, mięśniami i kośćmi, a nie systemem zębatych kółek oraz dźwigni. Nie były to również golemy, bezmyślnie i posłusznie wykonujące każdy rozkaz tego, kto je ożywił. To były

żywe, czujące i myślące istoty. Tyle że zamiast skóry, mięśni, mięsa i krwi złożono je z kamienia.

– Gdzie tak naprawdę jesteśmy? – zapytał van Bohenwalda, starając się, by jego głos zabrzmiał mocno i pewnie.

Marius rozłożył dłonie.

– Tak jak mówiłem, Arnoldzie. Na drugim piętrze wieży. Zobaczymy, czy spodoba ci się widok, jaki ujrzysz z jego okien.

Löwefell nic już nie odpowiedział, tylko poszedł dalej wzdłuż korytarza, a postaci ze ściennych płaskorzeźb odprowadzały go badawczym wzrokiem.

Epilog

Löwefell znał klasztor Amszilas tak, jak mógł poznać tę ogromną budowlę człowiek, dla którego przez wiele lat była ona domem. Ale też domem szczególnego rodzaju, gdyż część pomieszczeń pozostawała przed inkwizytorem zamknięta. Zarówno w przenośni, jak i dosłownie. Teraz, kiedy szedł prowadzony przez Mariusa van Bohenwalda korytarzami Amszilas, nie mógł się pozbyć wrażenia, że nie jest to znany mu budynek. Bo oto wydawało się już, że wchodzi na schody, które wcześniej przemierzał dziesiątki razy, lecz nagle okazywało się, że prowadzący z nich korytarz zmierza nie w prawo (jak pamiętał), lecz w lewo. Oto spodziewał się przejść przez ciągnący się nad dziedzińcem krużganek, a droga okazywała się prowadzić wzdłuż litego kamiennego muru. Oto pamiętał drzwi do piwnic, które tutaj nieoczekiwanie otwierały się na strome stopnie, wygładzone czasem i podeszwami butów. Jednak to nadal był klasztor Amszilas.

– Schodziłeś do podziemi, w których miałeś okazję – czy Löwefellowi się wydawało, czy kąciki ust van Bohenwalda leciutko się uniosły – przesłuchiwać podejrzanych. Wspinałeś się na klasztorne wieże, by z wyżyn spojrzeć na ziemię, którą się opiekujemy. Spędziłeś wiele dni w naszych bibliotekach i pracowniach, gdzie zgłębiałeś tajniki mrocznej sztuki, by tym skuteczniej móc walczyć z wrogami wiary.

Löwefell nie przytakiwał słowom Mariusa, ponieważ nie było takiej potrzeby.

– W końcu jako jeden z nielicznych dostąpiłeś największej łaski i największego zaszczytu, mogąc na własne oczy ujrzeć naszego Pana.

– Przechowuję w sercu ten obraz – odparł zgodnie z prawdą Löwefell.

– Jak i my wszyscy – zgodził się z nim Marius. – Czy mogę więc powiedzieć, że poznałeś Amszilas w głąb, wzwyż i wszerz?

Tym razem van Bohenwald oczekiwał od niego odpowiedzi.

– Na ile mi pozwolono: tak – odparł.

– Amszilas nie jest tylko gmachem, którego szerokość, wysokość i długość można zmierzyć. To nie tylko budynek, którego architektoniczne plany możemy rozłożyć na stole. To dużo, dużo więcej, mistrzu Löwefell. Kiedy otworzę te drzwi i kiedy wyjdziesz na balkon okalający basztę, w której się znajdujemy, nic już nie będzie takie, jak było. Czy jesteś gotów, Arnoldzie?

– Nie wiem – odparł Löwefell szczerze i po długiej chwili namysłu. – Sądzę, że wystarczy, jeśli ty sądzisz, iż jestem gotów.

– Tak właśnie sądzę – rzekł poważnie grubas i pchnął drzwi.

Inkwizytor postąpił krok do przodu i stając na balkonie, rozejrzał się wokół, oszołomiony rozpościerającym się przed nim widokiem. Bohenwald miał rację. Od tej pory nic nie miało już być takie, jak było dotychczas.

Koniec tomu pierwszego

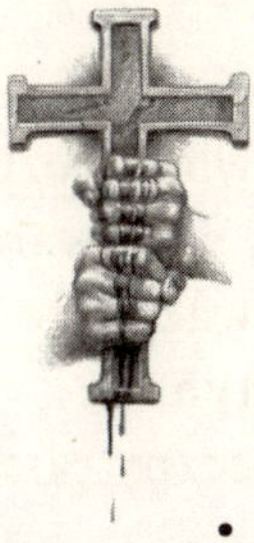

Przypisy

Cykl „Płomień i krzyż" nie jest, oczywiście, cyklem opowiadań historycznych. Opowiadam historię, której akcja toczy się w czasach zbliżonych do renesansu znanego z naszego uniwersum, ale w wielu przypadkach starałem się odwoływać do autentycznych zjawisk historycznych. Zarówno ze sfery obyczajowości, duchowości, kultury, ekonomii, jak i militariów.

Piękna Katarzyna

Wyciągnęła się wygodnie w balii i odgarnęła płatki fiołków, które pływały na powierzchni wody. – W czasach późnego średniowiecza oraz renesansu ludzie zamożniejsi czy z lepszych rodzin zaczęli coraz częściej dbać nie tylko o higienę, ale również o przyjemności związane z kąpielą i wszelkimi zabiegami kosmetycznymi. Stąd właśnie kąpiele w wodzie, do której sypano płatki kwiatów, wcieranie pachnących balsamów w skórę czy nadawanie oddechowi miłego zapachu poprzez zgryzanie odpowiednich korzeni (na przykład cynamonu). Przekłuwanie cebulek włosa rozpalonymi szpilkami to również zabieg znany i stosowany przez damy dbające o swe ciało. Warto zauważyć, że depilowano w ten sposób również miejsca intymne.

Strasburski XVI-wieczny poeta Tomasz Murner pisał tak:

Kiedy Bóg zlitował się nad nami,
zechciał pokazać nam,
w jaki sposób zażywając kąpieli,
można się umyć, oczyścić i odrzucić wstyd.

Katarzyna uwielbiała dostatnie życie. – Opisany tu dom Katarzyny mógłby z powodzeniem być domem bogatej rodziny z czasów naszego renesansu. Obrazy, tapiserie, zdobione meble, sztućce ze szlachetnego kruszcu, lustra – to wszystko było świadectwem zasobności i powodem do dumy przed sąsiadami czy dalszą rodziną. Również korzystanie z usług czarnoskórej służącej lub służącego było w bardzo dobrym tonie. Natomiast posiadanie szachownicy i przede wszystkim umiejętność gry w szachy były jednym ze świadectw przynależności do intelektualnej elity. Podobno wielka kariera najbogatszego XVI-wiecznego bankiera Fuggera (w latach świetności był największym pożyczkodawcą królów Hiszpanii, Anglii i Francji) rozpoczęła się od tego, że zaproszony na dwór książęcy doradził księciu wykonanie dobrego ruchu w czasie partii szachów.

Melchior Ritter był mężczyzną na schwał. – Strój Melchiora człowiekowi współczesnemu może się kojarzyć raczej z cyrkiem niż z salonami. Ale wedle ówczesnej mody było to ubranie nad wyraz wytworne. Warte zapamiętania jest jedno: mężczyzna wolny, aktywny i bogaty bardzo często występował publicznie w strojach kłujących kolorami w oczy. Zmiana tego ubioru na spokojną czerń świadczyła na przykład o tym, że rozszalały młodzieniec zamienia się w solidnego kupca. Nie od rzeczy też Katarzyna zauważa jędrne pośladki i łydki Melchiora. W XVI wieku stroje modnisiów były często bardzo obcisłe, a specjalny krój uwydatniał łydkę, która wręcz pełniła rolę symbolu męskiej urody i seksualności. Noszono również ubrania watowane, by poszerzać ramiona, czy specjalne woreczki uwydatniające strefę genitaliów. Opisując strój Melchiora Rittera, miałem przed oczyma obraz Lucasa Cranacha Starszego „Henryk Pobożny, książę Saksonii", pochodzący z 1514 roku.

Każę wam przynieść kawy... – Kawa pochodzi z okolic dzisiejszej Etiopii, gdzie wojownicy używali jej jako środka pobudzającego. Legenda mówi też, że zasmakowali w niej etiopscy mnisi, którzy dzięki ziarnom kawy mogli mniej spać, a dłużej się modlić. Jako napój kawę zaczęto przygotowywać dopiero w średniowieczu, a do Europy trafiła ona przez Turcję. Faktycznie na początku uważano ją za napój szatana i dopiero w XVI wieku papież Klemens oficjalnie zezwolił chrześcijanom na jej picie.

– Dramaty – odparł młody Ritter. – Ale któż zechciałby je kiedykolwiek wystawić? – Heinz Ritter, który (jak uważny czytelnik cyklu o inkwizytorze Madderdinie na pewno dostrzeże) jest w wykreowanym przeze mnie

świecie kimś podobnym do Szekspira, prezentuje również postawę artystyczną bliską Szekspirowi. Otóż dramat przedelżbietański, w opozycji do którego tworzył Szekspir, był dramatem dworskim, formalnym, niezrozumiałym dla większości obywateli. Dramat Szekspira natomiast był dramatem ludycznym, można powiedzieć, inicjatywą „popkulturową" uwielbianą przez tłumy.

Opowiedz mi o Bizancjum, przyjacielu. O strojach, o zwyczajach, o tańcach. – Wbrew obiegowym opiniom nie istniało coś takiego jak „moda renesansowa", ale z biegiem lat i w różnych krajach pojawiały się modowe „nowinki", które albo znajdowały podatny grunt, albo nie. W historii Polski najjaskrawszym przykładem nieporozumień wynikłych ze stylu ubierania jest przybycie Henryka Walezego. Zachowanie i stroje jego dworzan stały się dla polskiej szlachty powodem szyderstw oraz zapoczątkowały wielką niechęć mas szlacheckich do „francuskiego stylu".

Katarzyna pyta o suknie niemal obnażające biust. To prawda, głęboki dekolt nie jest współczesnym wynalazkiem! Takie stroje możemy zobaczyć na portretach sławnych kobiet renesansu. Elżbieta Wielka, Izabela Portugalska, Lucrezia Panciatichi czy Elżbieta Austriaczka pozują w sukniach, w których materiał ledwie okrywa górną część biustu, a pod szyję sięgają już tkaniny przezroczyste lub koronki.

...pewna babka nauczyła go miłosnych czarów. – Zaklęcie, o którym mówi Irmina, to autentyczna średniowieczna formuła czarnoksięska opisywana przez ówczesnych ba-

daczy. Również autentyczne są magiczne sztuczki, o których opowiada dziewczyna. Na przykład by spowodować samoistne toczenie się jabłka, wydrążano owoc w środku i wsadzano do jego środka dużego chrząszcza.

...opłacenie wraz z innymi udziałowcami wyprawy do Indii. – Już na początku XVI wieku bogaci kupcy zaczęli inwestować fundusze w zamorskie wyprawy. Przeważnie ekspedycję taką sponsorowało grono finansistów, którzy po szczęśliwym powrocie statków sprzedawali towar, dzielili się zyskami i spółkę rozwiązywali.

Pije tylko zioła, je spleśniały chleb i czasami trochę owoców. – Wielu Ojców Kościoła utożsamiało jedzenie z pożądaniem i sądziło, że powstrzymywanie się od jedzenia może być lekarstwem na popęd płciowy. Jedzenie prostych potraw, niesmacznych, lub celowe psucie ich smaku było popularne wśród przedstawicieli arystokracji i niektórych duchownych. Francuski król Ludwik Święty na przykład celowo odmawiał sobie potraw, które lubił, owoce jadał tylko wówczas, kiedy lekko nadgniły, a sosy rozcieńczał wodą, by straciły smak. Mistyczka Ida z Louvain jadła jedynie spleśniały chleb, a kiedy podawano jej inne dania, mieszała wszystko ze sobą, by zepsuć smak. Z kolei Angela z Foligno pisała: „Ropa ma równie cudowny smak co komunia".

Musiała jedynie wmieszać do wosku arszenik i również arszenikiem nasączyć knoty. – Trucicielskie zamachy przeprowadzane za pomocą odpowiednio spreparowanych świec są opisywane przez kronikarzy. Z kolei sposób polegający na zatruciu księgi spopularyzował w „Imieniu róży" Umberto Eco, a zatrucie rosnących na drzewie owoców to podobno przyczyna śmierci cesarza Oktawiana Augusta. Jeśli chodzi o arszenik, to trucizna ta została wyodrębniona już w VIII wieku naszej ery przez arabskiego uczonego Gerbera. Powszechnie nazywano ją „proszkiem dziedziczenia" z uwagi na to, że przyczyniła się do tysięcy nagłych zgonów. Zaletą arszeniku jako trucizny było, iż jest on preparatem bezwonnym i bez smaku. Co ciekawsze, zatrucie nim dawało objawy bardzo podobne do przebiegu cholery. Opisywane poniżej sposoby na uniknięcie otrucia są autentyczne. Kielichem ze skorupy orzecha kokosowego oraz smoczymi językami dysponowano na przykład na dworze Jagiellonów. W rzeczywistości smocze języki były skamielinami, a rogi jednorożców porożami antylop, nosorożców lub kośćmi narwali.

Poza wszelkimi specyfikami Katarzyna przechowywała w pracowni skarb wyjątkowy. Były nim lalki wyobrażające wszystkich zalotników... – Pierwsze wzmianki na temat stosowania w magii lalek wyobrażających konkretne osoby sięgają trzeciego tysiąclecia przed naszą erą, kiedy pewien Egipcjanin za pomocą takiej właśnie lalki spowodował, iż kochanka jego żony pożarł krokodyl. Wręcz masowo ten rodzaj czarów uprawiano w antycznej Grecji, gdzie używano go nawet w celach politycznych w czasie trwania wojny peloponeskiej, pomimo że przyłapanie na gorącym uczynku mogło zakończyć się skazaniem na karę śmierci. Podobna kara groziła za tę zbrodnię w czasach średniowiecza i renesansu.

Pod murem dostrzegła młodzieńca, który (...) usiadł z lutnią w dłoniach. – Piosenka śpiewana przez zakochanego w Katarzynie mężczyznę to tak naprawdę utwór trubadura Rigaut de Barbezieux, pochodzący z początku XIII wieku.

Nazywają cię Berithi i jesteś mordercą. – Berithi (imię pochodzi z języka fenickiego) to książę demonów wymieniany w „Goecji", spisanej wedle legendy przez króla Salomona. Przybiera postać ubranego na czerwono żołnierza w złotej koronie i często ukazuje się w towarzystwie czerwonego rumaka.

Opowiadają, jak w Watykanie urządził przyjęcie... – Orgia, o której mówi Gersard, rzeczywiście miała miejsce w naszym świecie. Zorganizował ją papież Aleksander Borgia, znany z hulaszczego trybu życia oraz oskarżany o czary i trucicielstwo.

Ogolą cię na łyso, czarownico... – Tortury, o których mówi Berithi, były powszechnie stosowane w czasie śledztw. Golenie głowy stosowano dlatego, iż wierzono, że we włosach może ukrywać się diabeł i dawać czarownicy wskazówki oraz chronić ją przed bólem. Z tego samego powodu przed przesłuchaniem stosowano nakłuwanie igłą lub szydłem wszelkich znamion, pieprzyków czy brodawek na ciele oskarżonej. W tym przypadku bardzo podejrzane było, kiedy kobieta nie odczuwała bólu w czasie nakłuwania. Opisywane są wypadki, kiedy łowca czarownic posługiwał się szydłem z ostrzem chowającym się w rękojeści, aby w ten sposób pogrążyć oskarżoną.

Kiedy stała już naga, rzucili jej pod nogi wściekle żółtą, podartą suknię. – Średniowiecze i renesans miały swoją hierarchię kolorów. Kolor mógł też świadczyć o pełnionym zawodzie czy nawet stosunku do świata. Żółty w hierarchii kolorów był jednym z najniżej ocenianych. W poszczególnych krajach oraz w zależności od epoki stosowano różne sposoby, by oznakować kobiety zajmujące się nierządem. Między innymi nakazywano im noszenie żółtych sukien. Ubranie w taki strój uczciwej kobiety było hańbą nie do wyobrażenia.

Płomień i krzyż

Arnold Löwefell siedział na pniu drzewa i ogryzał podpieczone w ogniu, na pół surowe ludzkie mięso. – O opisanej tu scenie pieczenia przez rebeliantów rycerza i karmienia jego ciałem rodziny mówią kronikarze zajmujący się francuskim powstaniem żakierii, które wybuchło w czasie wojny stuletniej w 1358 roku. Nazwa „żakieria" pochodzi od imienia Jacques (czyt. Żak), popularnego wśród plebsu (można więc, spolszczając, powiedzieć, że była to „rebelia Maćków" czy „rebelia Jaśków". Największym sukcesem powstańców było zdobycie i złupienie Paryża.

Oczywiście, biorąc pod uwagę relacje kronikarzy dotyczące przebiegu powstań ludowych, należy pamiętać o fakcie, iż relacje te były często (z różnych powodów) przekłamywane. Podam tu jeden przykład dotyczący historii Polski. Oto żydowski kronikarz Hanower pisze tak o egzekucji buntownika Pawluka: „Zrobili mu żelazny tron i posadzili go na nim, i włożył kat żelazną koronę na jego głowę i żelazne berło włożył mu w rękę, a wszystko to przedtem rozpalone w ogniu do białości; również podłożył węgle pod niego i trzymając żelazny pręt w ręku, tak długo nim go palił, dopóki buntownik nie wyzionął ducha". Tymczasem z wiarygodnych relacji wiadomo, że Pawluk został stracony w Warszawie, i to honorowo, gdyż ścięty toporem, a Hanower powtarzał tylko legendy szerzące się na Ukrainie. Zresztą, co ciekawe, kronikarz ten sympatyzował z Polakami, a więc opis tortur miał zapewne pełnić u niego rolę moralizatorską: najpierw kronikarz przedstawiał okrucieństwa ukraińskiej czerni na Polakach i Żydach, potem opowieść znajdowała stosowny finał w makabrycznej kaźni wodza buntowników. W wypadku żakierii relacje były w znakomitej większości pisane przez ludzi potępiających rebelię, a więc podkreślających wyjątkowe barbarzyństwo ich uczestników. Niezależnie od tego, czy sceny opisywanych przez dziejopisarzy okrucieństw były prawdziwe, czy też nie, ważne jest, iż funkcjonowały i do dzisiaj funkcjonują w świadomości społecznej.

Wyciągnął zza pazuchy lalkę w balowej, kremowej sukni. – Prezent dla dziecka w postaci lalki nie jest niczym dziwnym, gdyż zabawki te znajdowano już w grobowcach antycznego Egiptu. Natomiast pierwsze znane lalki, którym można było zakładać i zdejmować ubranka, pochodzą z VI – VIII wieku przed naszą erą. Zwykle wyrabiano je z drewna lub gliny, ale również z wosku, a nawet kości słoniowej.

...po bitwie jeden z rycerzy rzucił mu w twarz zajęczą skórkę. – Obdarowanie rycerza zajęczą skórką lub kądzielą było śmiertelną zniewagą, gdyż równało się z nazwaniem go tchórzem. Znane są przypadki rycerzy, którzy popełniali samobójstwa w chwili, kiedy taki „podarunek" dostali od swego suzerena (w Polsce podobną historię zanotowano za czasów Bolesława Krzywoustego).

...dostrzegł jeszcze linię flamandzkich arkebuzerów... – Arkebuz był lżejszym oraz mniej skutecznym starszym bratem muszkietu. Muszkieterzy zwykle kojarzą nam się (i słusznie) z linią piechoty ustawiającej broń na podpórkach. Jednak arkebuz jako broń lżejsza mógł być stosowany przez kawalerię. I rzeczywiście, atak arkebuzerów wyglądał tak, jak opisywany w bitwie pod Schengen. Po pierwszej salwie konni sięgali po kopie i przystępowali do szarży. Perszeron z kolei kojarzy się raczej z odmianą konia pociągowego, ale była również odmiana tego konia specjalnie szkolona do celów bojowych. Ponieważ perszeron może dorastać do około 1,70 m w kłębie, więc rzeczywiście mógł sięgać czubka głowy mężczyzny, zważywszy na fakt, że w XVI wieku średnia wzrostu była znacznie niższa niż dzisiaj.

Nad nim przywarował jeden z cesarskich brytanów... – Psów używano w celach militarnych już w czasach Aleksandra Macedońskiego, a potem w antycznym Rzymie (pomocnikami legionistów były molosy i mastiffy). Jeśli chodzi o okres średniowiecza i renesansu, to wiemy, iż psy towarzyszyły hiszpańskim konkwistadorom na terenie Ameryki Południowej. Pojawiały się też na europejskich polach bitew. W 1518 roku Henryk VIII podarował na czas konfliktu z Francją królowi hiszpańskiemu czterysta mastiffów w żelaznych obrożach, a w roku 1599 królowa Elżbieta powołała na wojnę istną „psią armię" (osiemset bloodhoundów!), która miała pomóc w tłumieniu powstania w Irlandii.

A to pewnikiem ten pieprz, co go zza morza przywożą. – W rzeczywistości pieprz nie był przyprawą tak rzadką i drogą, gdyż stanowił aż trzy czwarte weneckiego importu korzeni. W miarę niska i stała cena pieprzu pozwalała na codzienne jego spożywanie studentom, żołnierzom i więźniom. W XIV wieku nazywany był nawet „przyprawą biedoty". Na przykład we Francji funt pieprzu kosztował 4 sous, a funt szafranu czy „rajskich nasion" już dziesięć razy więcej.

...proszono Löwefella o wyjaśnienie związku pomiędzy rebelią a spekulacyjnym handlem zbożem... – Pytanie ucznia Akademii jest ze wszech miar uzasadnione. W 1525 roku w Niemczech wybuchło krwawo stłumione (mówiono o stu tysiącach ofiar) powstanie chłopskie, którego jedną z przyczyn były wielkie spekulacje na rynku towarowym prowadzone przez, mówiąc dzisiejszym językiem, ówczesnych „oligarchów". Jednym z chłopskich postulatów było zlikwidowanie spółek zajmujących się dalekomorskim handlem, gdyż zajmowały one pozycje monopolistyczne i narzucały rynkowi niezwykle wysokie ceny. Sprawy związane ze spekulacjami były na tyle poważne, iż poświęcił im nawet rozprawę Marcin

Luter („O kupiectwie i lichwie"), który pisał tak: „Mają oni wszystkie towary w swoich rękach i robią z nimi, co chcą, podnoszą i obniżają ceny wedle swego upodobania, uciskają i niszczą wszystkich drobnych kupców". Przeciwko monopolom wypowiedział się też w 1512 roku niemiecki Reichstag.

Szachor Sefer

Czyż nasz Pan, z którego wszyscy winniśmy brać przykład, pytał o cokolwiek Newiusza Makrona, kiedy ten otworzył przed nim bramy Rzymu? – W rzeczywistości Newiusz Makron był prefektem pretorianów na dworze Tyberiusza. Sprzymierzył się z Gajuszem Cezarem Kaligulą i przeprowadził spisek przeciwko cesarzowi. W alternatywnym świecie, który opisuję, to właśnie Makron otworzył armii Jezusa bramy Rzymu, za co został później nagrodzony tytułem świętego. Dokładniej zdarzenie to zostanie przedstawione w powieści „Rzeźnik z Nazaretu".

A przy tym miała jaśniuteńką skórę. – Brandt nie bez powodu podkreśla urok jasnej karnacji Katarzyny. Przez długie wieki powszechnie uważano, że idealna kobieta musi mieć po pierwsze delikatną skórę (dlatego stosowano przeróżne balsamy oraz maści, a także depilację), a po drugie jasną. Skóra spalona słońcem czy wiatrem była cechą wieśniaczek. Niezwykle ceniono też włosy koloru złota, ale w balladach, powieściach czy romansach z tamtych czasów pojawiają się również czarnowłose piękności. Z kolei włosy długie i rozpuszczone były symbolem zmysłowości.

Oto kobieta idealna według poematu jednego z trubadurów:

Mam panią powabu pełną,
miłą, radosną, młodziutką,
włosy jej jasne, różana cera,
jak kwiecie głogu białe jej ciało,
łokcie ma gładkie, a piersi twarde,
plecy mięciutkie jak czysta,
świeża skórka królicza.

Z kolei truwer Gace Brule pisał tak: „Jasne piękno kobiety jest źródłem wielkiej rozkoszy: kiedy spoglądam na twe ciało, słyszę twe słowa i widzę twoją twarz – całe moje serce napełnia się światłem".

Blask jaśniejący od twarzy, stroju, pancerza, światło odbijające się od jasnych włosów, lśniące oczy – wszystko to było przedmiotem zachwytu pisarzy, którym teologiczną wykładnię dawał Robert Wielkogłowy, kanclerz Oksfordu i biskup Lincolnu, pisząc: „W sensie metafizycznym Bóg jest światłem w stanie czystym, jeśli zatem rzeczy jaśnieją blaskiem, wówczas są nie tylko szlachetne, ale i boskie".

On to urządził ogromne auto da fé *na lugduńskim rynku, gdzie w ciągu jednego wieczora spalono niemal dwustu czcicieli Szatana.* – Podobne masowe masakry są znane z naszego świata. W 1210 roku wojska „krzyżowców" pustoszących na rozkaz papieża południową Francję uwięziły na dnie jaru stu czterdziestu katarów. Przywiązano ich do słupów, ułożono stosy i wszystkich równocześnie podpalono. Z kolei w roku 1244 na polecenie biskupa dowodzącego szturmem fortecy Montsegur spalono dwieście dwadzieścia osób. W pięć lat później podobną masową egzekucję katolicy przeprowadzili w mieście Agen.

Ale pomiędzy „mistrzami tongów", jak ich nazywano, istniało coś więcej niż nić porozumienia. – Tongi były tak naprawdę chińskimi tajnymi organizacjami, kontrolującymi niemal całą nielegalną oraz legalną sferę gospodarczą kraju (łapówki, prostytucja, narkotyki, kontrakty międzynarodowe itp.) i odgrywającymi sporą rolę polityczną. Słowo to brzmi na tyle tajemniczo, że zdecydowałem się je zaadaptować do warunków alternatywnej Europy. Zresztą w Europie „zorganizowana przestępczość" nie jest niczym nowym. Na przykład żeby trudnić się wyłudzaniem czy żebraniną w dobrych punktach (chociażby przy schodach uczęszczanych katedr lub kościołów) wielkich miast, należało nie tylko mieć pozwolenie, nazwijmy to umownie, „króla żebraków", ale również opłacać stosowny haracz. Oczywiście nie były to struktury na miarę znanych współcześnie chińskich, włoskich, kaukaskich czy japońskich mafii.

To dzielnica, którą ufundował Tybald Krankl. – Działalność charytatywna miejskich notabli czy bogatych przedsiębiorców to zwyczaj sięgający już czasów rzymskich, kiedy obywatele uważali wręcz za obowiązek ludzi bogatych, by ci zapewniali im żywność, rozrywki oraz rozbudowywali samo miasto. Przytoczony napis na kamiennej tablicy jest autentyczny. Pochodzi z roku 1516, kiedy przedsiębiorca i bankier Jakub Fugger nakazał wybudować w Augsburgu dzielnicę dla biedoty, w której pobierano jedynie symboliczne czynsze. Dzielnica ta istnieje do dzisiaj i jest nazywana Fuggerei.

...idź do kościoła. Najlepiej Piotra Rzymianobójcy... – Apostoł Piotr był tym, który w Ogrójcu wyciągnął miecz w obronie Chrystusa i odciął strażnikowi ucho. Można więc domniemywać, że (z uwagi na swój temperament) w alternatywnym świecie, w którym wyznawcy Chrystusa zdobywają władzę nad światem już w I wieku drogą wojny i podbojów, mógłby stać się właśnie „Rzymianobójcą".

...młodzieniec ostrożnie wyłuskiwał wszy ze złotych włosów kochanki... – Podobne scenki nie były niczym dziwnym na ulicach renesansowych miast. Wzajemne zabiegi higieniczne (w tym iskanie się z wszy) były zarezerwowane dla osób bliskich, gdyż dopuszczały do sfery intymnej prywatności. Stąd na przykład pewna zabawna historia o księdzu, którego parafianie oskarżyli o łamanie celibatu, gdyż podejrzano go z pewną kobietą na wzajemnym iskaniu się. W tych czasach wniosek był prosty: jeśli iskają się osoby nieznajdujące się w związku rodzinnym, muszą one być kochankami.

Drugie piętro wieży

Ludzi tak nieostrożnych, iż odważyli się obrazić twój majestat, najpierw kazałeś obdzierać ze skóry... – Zabieg obdarcia wroga ze skóry był stosowany przez wiele cywilizacji, ale szczególnie lubiano go na wschodnich dworach. Nie zawsze miał on postać kary (obdzieranie żywcem). Czasami ze skóry obdzierano trupa, wypychano ją i ustawiano przed pałacem władcy, aby pokazać wszystkim, jak kończą jego wrogowie. Taki podobno los spotkał rzymskiego cesarza Waleriana, który miał nieszczęście dostać się do perskiej niewoli. Tak również ukarano (już w średniowieczu) przywódców sekty nizarytów.

Z tego, co donosili szpiedzy, w Persji ciągle wybuchały bunty, rokosze i rebelie. – Jak zapewne większość czytelników zauważyła, w „cyklu inkwizytorskim" nigdzie nie ma mowy o Arabach czy islamie, a wrogiem na Wschodzie i okupantami Ziemi Świętej są Persowie. W naszym świecie sytuacja wyglądała podobnie na początku VII wieku, kiedy wielka ofensywa sasanidzka spowodowała zajęcie przez Persów całej Azji Mniejszej aż po Bizancjum. Dzięki bizantyjskiej kontrofensywie udało się kilkanaście lat później odzyskać stracone ziemie, ale już niedługo potem na tereny obu zwalczających się stron wkroczyły arabskie hordy i skutecznie poradziły sobie zarówno z Bizancjum, jak i państwem Sasanidów. Jeżeli założymy, że istnieje alternatywny świat, w którym nigdy nie powstał islam, to kto wie czy w czasach późnego średniowiecza i renesansu cywilizacja chrześcijańska nadal nie zmagałaby się z Persją lub jakąś formą państwowości, gdzie Persowie (lub ich kulturowi spadkobiercy) odgrywaliby główną rolę. Warto bowiem pamiętać, że walki pomiędzy Europą a Persją trwały od czasów antycznej Grecji (VI wiek p.n.e.) aż po czasy chrześcijańskiego Bizancjum (VII wiek n.e.). Oczywiście zmieniały się w tym czasie dominujące narody, nazwy państw, formy rządów czy religie, ale konflikt trwał niezależnie od nich. Można więc stwierdzić, że nie powstanie wojowniczego islamu było powodem konfliktów, ale islam po prostu wpisał się w tradycję odwiecznych zmagań militarnych pomiędzy Wschodem i Zachodem.

Kiedy mowa o konfliktach targających Persją, to naprawdę miały one miejsce w naszym świecie. Potężne państwo perskie było przez wieki nękane wojnami domowymi, które wybuchały z powodów politycznych, religijnych oraz narodowościowych. Między innymi z tego powodu Persom nie udawało się skutecznie wykorzystać nawet tych nielicznych okresów w dziejach, kiedy osiągali zdecydowaną przewagę militarną.

Spis rzeczy

SERIA:

Ja, inkwizytor

SERIA
Ja, inkwizytor

Andrzej Ziemiański

Achaja

„Achaja" to obowiązkowa pozycja dla każdego, kto uważa się za miłośnika gatunku. Polecam ją tym wszystkim, którzy zwątpili w umiejętności pisarskie i inwencję twórczą polskich fantastów. Jest doskonała, pełna głębi, artystycznie bogata, napisana z poczuciem humoru, inteligentna.

Igor Szlapa, Wirtualna Polska

Andrzej Ziemiański chciał stworzyć łatwo i szybko się czytającą fantastyczną powieść przygodową. Cel ten udało się mu osiągnąć. Pod względem tempa fabuły „Achaja" jest literaturą akcji najwyższej klasy.

Jacek Dukaj

Jarosław Grzędowicz

Pan Lodowego Ogrodu

Czterotomowa powieść napisana z rozmachem godnym dzieł Hieronima Boscha, Stevena Spielberga, J.R.R. Tolkiena czy George'a R.R. Martina.

Nikt nie wie, co się dzieje z grupą naukowców. Vuko Drakkainen ma ich odnaleźć i sprowadzić na Ziemię lub zabić i zatrzeć ślady. Z taką misją przybywa na Midgaard – świat kryjący w sobie rasę istot rozumnych oraz magię. Tymczasem niektórzy już dawno zginęli, inni sięgnęli po magię i obwołali się bogami. Nikt nie chce wracać. Żaden z nich nie odda łatwo władzy, jaką zdobył. Vuko przemierza krainy Midgaardu, szukając sojuszników, by ukończyć misję. Czy wykona zadanie?

WYDANIE IV

ISBN 978-83-7964-052-2

PROJEKT I ADIUSTACJA AUTORSKA WYDANIA Eryk Górski, Robert Łakuta

PROJEKT OKŁADKI „Grafficon" Konrad Kućmiński

GRAFIKA NA OKŁADCE Dominik Broniek

ILUSTRACJE Dominik Broniek

REDAKCJA Karolina Kacprzak

KOREKTA Magdalena Byrska

SKŁAD Dariusz Nowakowski

SPRZEDAŻ INTERNETOWA
swiatksiazki.pl

ZAMÓWIENIA HURTOWE
Firma Księgarska Olesiejuk sp. z o.o. sp.j.
05-850 Ożarów Mazowiecki, ul. Poznańska 91
tel./faks: 22 721 30 00
www.olesiejuk.pl, e-mail: hurt@olesiejuk.pl

WYDAWCA
Fabryka Słów sp. z o.o.
20-834 Lublin, ul. Irysowa 25a
tel.: 81 524 08 88, faks: 81 524 08 91
www.fabrykaslow.com.pl
e-mail: biuro@fabrykaslow.com.pl
www.facebook.com/fabryka

DRUK I OPRAWA OPOLGRAF S.A. www.opolgraf.com.pl